ALEXANDRA LEHNERT

Die letzte Kiya

Schattenerbe

IMPRESS

Alexandra Lehnert, geboren im April 1995 im wunderschönen Franken, entdeckte ihre Leidenschaft fürs Lesen und Schreiben bereits in ihrer Kindheit. Nach dem Abitur hat sie eine Ausbildung zur Steuerfachangestellten abgeschlossen, merkte jedoch schnell, dass sie in dem Bürojob nicht glücklich werden würde. Die heute 24-Jährige macht nun eine Ausbildung zur Erzieherin und taucht in ihrer Freizeit am liebsten in fremde Welten ein.

Für Kristina,
weil dieses Wunder ohne dich nicht wahr geworden wäre.

1

TEXAS

1. KAPITEL

Dimitri

»Braucht Ihr noch etwas, Hoheit?« Sarahs leise Stimme drang an mein Ohr.

»Momentan nicht«, grummelte ich, ohne den Blick von dem Jahresbericht vor mir zu lösen. Ich blätterte auf die nächste Seite und untersuchte die Fotos und Namen der abgebildeten Schüler. Erst nach einer Weile fiel mir auf, dass Sarah immer noch auf dem Boden kniete.

»Was ist?«, fragte ich genervt, als sie keine Anstalten machte, das Zimmer zu verlassen.

»Ich ... ich weiß, es steht mir nicht frei, darüber zu reden, aber ...«

»Dann solltest du es auch nicht tun«, unterbrach ich sie barsch.

Sie zuckte erschrocken zusammen, den Blick immer noch auf den Fußboden geheftet.

»Natürlich ... aber ... aber wir sind jetzt seit fast zwei Jahren unterwegs ... Ich wollte nur wissen, ob ersichtlich ist, wann wir zurückkehren.«

Ich klappte das Heft zu und legte es auf dem Couchtisch ab.

»Ach, hast du etwa Heimweh? Gefällt es dir nicht, mit uns unterwegs zu sein? Du solltest dich glücklich schätzen, uns auf der Reise begleiten zu dürfen.«

»Das tue ich auch«, sagte sie schnell. »Ich habe mir nur Sorgen um meine Familie gemacht. Sie wissen nicht, ob sie mich jemals wiedersehen.«

»Warum solltest du dir Sorgen machen? Hast du etwa Grund zu der Annahme, dass ihnen zu Hause etwas passieren könnte?« Ich wusste, wem aus ihrer Familie die Sorge galt. Ich selbst war mir nicht sicher, ob ihr Bruder noch leben würde, wenn wir zurückkehrten.

»Mein Bruder hat morgen Geburtstag. Ich dachte ... nun ja, vielleicht wäre es möglich, in Erfahrung zu bringen, ob es ihnen allen gut geht.« Nervös wickelte sie sich eine dunkelblonde Haarsträhne um den Finger.

»Verstehe. Und wenn dem nicht so ist? Du nützt uns nichts, wenn du nur Trübsal bläst, falls du erfährst, dass dein Bruder schlussendlich doch in seinen Tod gerannt ist.« Offensichtlich trafen meine Worte sie hart, denn sie zuckte zusammen.

»Das werde ich nicht. Bitte«, flehte sie mit brüchiger Stimme.

»Betteln nützt dir auch nichts!« Ich lehnte mich nach vorn und setzte ein eiskaltes Grinsen auf. »Sieh mich an«, wies ich sie an. Widerwillig hob sie den Kopf und ihr Blick aus grünen Augen begegnete meinem. Die Angst stand ihr ins Gesicht geschrieben und Tränen glitzerten in ihren Augen. »Wenn du noch einmal deine Grenzen überschreitest, wird dich deine Familie tatsächlich niemals wiedersehen. Hast du das verstanden?«

Sie keuchte und sah zu Boden. »Selbstverständlich. Bitte verzeiht mir, Hoheit.«

»Was bist du?«, fragte ich abschätzig.

»Nur eine wertlose Sklavin, Hoheit.«

»Und was bin ich?«

»Ein ehrenwerter Prinz, Hoheit«, antwortete sie ehrfürchtig, dennoch entging mir der unterschwellige Hass in ihrer gepressten Stimme nicht.

»Sehr richtig. Vergiss das nie wieder.« Ich schlug das Heft erneut auf. »Du kannst jetzt gehen.«

»Danke, Hoheit.« Hastig stand sie auf, verbeugte sich und eilte aus dem Zimmer. Ich blickte ihr noch einen Moment hinterher, dann wollte ich mich wieder an die Arbeit machen, wurde aber erneut unterbrochen, als mein Begleiter Sascha die Hotelsuite betrat.

»Na, was Hilfreiches gefunden?«, fragte er.

»Natürlich nicht.« Genervt warf ich die Hefte in den Mülleimer neben der Couch. Sascha holte sie jedoch kopfschüttelnd wieder heraus.

»Dimitri, ich hatte doch gesagt, dass wir sie nicht einfach wegschmeißen. Wie sieht das denn aus, wenn wir in jedem Hotelzimmer einen Haufen Jahresberichte der umliegenden Schulen und Universitäten zurücklassen?«

»Als ob sich irgendein Mensch dafür interessiert, was wir wegschmeißen!«

»Trotzdem müssen wir uns nicht auffällig verhalten. Gerade du benimmst dich manchmal wie ein kranker Massenmörder, der an einer Schule Amok laufen will und sich schon mal seine Opfer aussucht«, bemerkte er vorwurfsvoll.

Ich grinste breit. »Bin ich das denn nicht?«

Statt einer Antwort verdrehte Sascha nur die Augen und packte die Hefte in eine Tüte, um sie später nach und nach irgendwo wegzuschmeißen. Meistens bewunderte ich ihn für diese Gründlichkeit, doch manchmal übertrieb er auch. Trotzdem hatte er recht damit, dass wir aufpassen mussten, welche Spuren wir hinterließen. Nicht wegen der Menschen, sondern vielmehr wegen unserer eigenen Rasse.

»Also können wir aufbrechen? Die ersten Vorlesungen beginnen bald«, stellte ich mit einem Blick aufs Handydisplay fest und stand auf.

»Klar ...« Saschas nicht vorhandene Begeisterung war deutlich herauszuhören. Bei mir sah es nicht viel besser aus, aber die Aussicht, aus diesem öden Hotelzimmer zu kommen, hob meine Laune ein wenig. Zumindest für den Augenblick.

»Bloß nicht so stürmisch, Mann.« Ich verpasste Sascha einen freundschaftlichen Boxhieb auf den Oberarm und holte meine Jacke.

***

»Darf ich einem von Ihnen noch etwas bringen?«

Genervt schüttelte ich den Kopf und warf dem Kellner einen eiskalten Blick zu, der ihn schnell wieder verschwinden ließ.

»Der arme Kerl hat dir nichts getan, Dimitri. Lass deine Wut nicht an ihm aus.«

Ich lenkte meine Aufmerksamkeit wieder auf mein Gegenüber. Sascha schaute mich missbilligend an.

»Tut mir leid, dass wir nicht alle immer so gut drauf sein können wie du«, antwortete ich gereizt.

Sascha verdrehte die Augen. Das tat er auffallend häufig in meiner Gegenwart. »Du solltest aufhören, deine ganze Energie auf diese Suche zu verschwenden. Das verdirbt dir nur dauerhaft die Laune. Du wirst ihn nicht finden.«

Es war klar, dass er wieder auf diesem Thema herumritt, nachdem wir heute in der Universität keine Hinweise entdeckt hatten.

»Ich habe es dir schon tausend Mal gesagt. Lass das meine Sorge sein.« Gedankenverloren drehte ich das leere Glas vor mir hin und her. Mir war nicht nach einer Diskussion zumute. Texas war der letzte Bundesstaat, dann hatten wir auch die gesamten USA abgesucht. Anschließend würden wir weiter nach Mexiko reisen und Südamerika durchkämmen. Meine Hoffnung schwand von Tag zu Tag mehr, aber die Suche abzubrechen war keine Option. Fast fünfzehn Jahre lang hatte ich nichts anderes getan, als vermeintlich sinnlos durch die Welt zu reisen. Wie würde mein Volk reagieren, wenn ich mit leeren Händen zurückkäme? Diese Schmach wollte ich nicht erleben, dafür war mein Stolz viel zu groß. Eher würde ich mit der Suche immer wieder von vorn beginnen.

Sascha gab jedoch nicht nach. »Das Ganze bringt nichts. Anisyas Kind kann überall auf der Welt sein. Sie starb vor fast zwanzig Jahren. Wenn es tatsächlich stimmt, dass sie etwas mit einem Menschen hatte und ein Sohn aus dieser Verbindung entstanden ist, wird sie gut dafür gesorgt haben, dass ihn niemand finden kann. Das Kind müsste mittlerweile neunzehn oder zwanzig Jahre alt sein. Genau wissen wir es nicht. Das heißt, wir müssen alle Unis absuchen. Vorausgesetzt, dass *er* aufs College oder eine Universität geht. Und da Jugendliche häufig zum Studieren in eine andere Stadt ziehen, könnten wir mit unserer Suche gleich von vorn anfangen oder wir kontrollieren wie bisher die vergangenen Highschool-Jahrgänge. Wie willst du ihn überhaupt erkennen, wenn du ihn siehst? Wenn er zur Hälfte ein Mensch ist, könnte die Gefahr durchaus bestehen, dass keine typischen Merkmale der Kiye zu erkennen sind. Das Kind könnte im tiefsten Urwald aufwachsen oder in einer Großstadt. Findest du nicht, es ist an der Zeit, aufzugeben und sich um Wichtigeres zu kümmern?«

Ich fixierte einen Punkt an der Wand und vermied es, Sascha anzusehen. Er zählte alle Probleme auf, die mir jeden Tag durch den Kopf gingen, und das brachte meine Laune wirklich auf den Tiefpunkt.

»Ich weiß das alles. Aber ich werde nicht aufgeben. Eines Tages werde ich den letzten Nachfahren ihrer Familie finden. Ich lasse nicht zu, dass Valentins Spione vor mir erfolgreich sind.«

»Bitte, Prinz Dimitri …« Er senkte die Stimme und sah mich über den Tisch hinweg eindringlich an. »Denk darüber nach, welche Pflichten du deinem Volk gegenüber hast. Du reist seit Jahren durch die Welt auf der Suche nach jemandem, dessen Existenz noch nicht einmal bewiesen ist. Wir können Valentin auch auf andere Art und Weise besiegen. Das Rätsel wird sich auf lange Sicht von allein lösen. Anisyas Sohn wird immerhin in den nächsten Jahren erwachen. Irgendwann wird er auftauchen, wenn es ihn tatsächlich gibt.«

»So lange will ich aber nicht warten!«, antwortete ich gereizt. Ich wusste, dass ich mich wie ein trotziges Kind anhören musste, das sein Spielzeug nicht bekam. Nur waren Ausraster von Kindern nicht so tödlich wie meine.

»Dimitri, du weißt, dass ich dir überallhin folgen werde. Wenn du es möchtest, reise ich auch die nächsten Jahrhunderte an deiner Seite durch die Welt. Ich werde mit dir jede Stadt und jedes Dorf überprüfen, das habe ich dir immerhin geschworen, aber ich mache mir langsam Sorgen um dich. Gib dich bitte nicht selbst auf. Du bist unser Prinz, unser rechtmäßiger König. Egal, wie die Sache hier ausgeht, wir brauchen dich.« Er sah mich eindringlich an. »Es ist deine Aufgabe, Valentin zu stürzen. Lauf nicht vor der Verantwortung davon, nur weil du damals versagt hast.«

Saschas letzte Worte brachten mein Blut endgültig zum Kochen.

»Ich habe nicht versagt!«, brüllte ich und sprang vom Stuhl auf. Die anderen Gäste blickten neugierig in unsere Richtung, wie in Erwartung eines Spektakels. Einen Moment lang war ich versucht, ihnen genau das zu geben. Eine Schlägerei, eine Randale. Einfach mal wieder Dampf ablassen. Das hatte ich schon viel zu lang nicht mehr getan. Ich wüsste zu gerne, wie der beherrschte Sascha reagieren würde, wenn ich mich auf ihn stürzte. Aber es war vermutlich unklug, noch mehr Aufsehen zu erregen. Sonst würden die Leute anfangen, ihre Handys auszupacken und zu filmen. Ich wollte lieber nicht an die Konsequenzen denken, wenn mein Volk im Internet eine Schlägerei von mir und meinem Gefährten fände. Valentin zumindest würde sich köstlich amüsieren. Und alle Zeugen im Restaurant gleich mit zu erledigen war vielleicht auch zu viel des Guten. Also riss ich mich zusammen und stürmte wortlos aus dem Lokal.

***

An der frischen Luft beruhigte ich mich langsam wieder. Die kleine Kneipe lag in einer ruhigen Seitenstraße, somit begegnete mir niemand, während ich über den Gehweg schlenderte. Sascha war mir inzwischen hinterhergeeilt. Ich spürte, dass er mir mit ein paar Metern Abstand folgte.

Auch wenn ich sauer auf ihn war, ließ er mich doch niemals allein. Er war der beste Freund, den ich hatte. Vielleicht sogar der einzige. Doch das würde ich niemals zugeben. Alle anderen, mit denen ich Kontakt hatte, arbeiteten lediglich für mich. Nur ungern baute ich eine Beziehung zu Fremden auf. Ich war ein Einzelgänger. Insgeheim sah ich Sascha nicht als Untergebenen, sondern tatsächlich als Freund an. Ich war mir aber sicher, dass er es wusste, auch wenn ich es nicht sagte. Schließlich gestattete ich ihm Bemerkungen wie die von eben, ohne ihn umzubringen.

Seufzend blieb ich stehen und gab Sascha ein Zeichen, dass er zu mir aufschließen durfte. Er stellte sich neben mich und hielt respektvoll den Kopf gesenkt. Bevor er sich entschuldigen würde, kam ich ihm zuvor.

»Tut mir leid, Sascha. Du hast nur Tatsachen genannt, ich hätte deshalb nicht laut werden dürfen.«

Überrascht sah er auf. »Wieso glaubst du, mir eine Entschuldigung schuldig zu sein?« Seine Augen, die den gleichen Braunton wie meine hatten, musterten mich fragend. Für Außenstehende wirkten wir vermutlich wie Brüder. Die gleichen dunkelbraunen Augen und Haare, die ähnliche Statur – groß und muskulös. In unserem Volk, den Djiye, sahen wir uns alle ähnlich. Theoretisch waren wir auch eine große Familie. Trotzdem gab es zwischen uns genug Unterschiede, zum Beispiel in den Gesichtszügen, die man erkennen konnte, wenn man genau hinsah. Die meisten Menschen machten sich nur nicht die Mühe, auf Details zu achten. Wie bei Europäern, für die alle Asiaten gleich aussahen.

»Ich weiß, dass ich das nicht bin. Aber ich wünsche mir von dir Ehrlichkeit, dann sollte ich nicht so reagieren, wenn ich sie höre.«

Ein Lächeln huschte über Saschas Gesicht. »Danke. Das bedeutet mir viel. Aber wie du sicher weißt, nehme ich dir deine Ausraster nicht übel. Ich bin froh, dass ich nicht an deiner Stelle stehe und so viel Verantwortung trage. Da sei dir deine schlechte Laune verziehen.«

Dankbar klopfte ich ihm auf die Schulter und nickte knapp. »Ich verstehe.«

Ich wollte noch etwas sagen, da bog eine Gruppe Jugendlicher in die Gasse ein. Vier Jungs und zwei Mädchen, die aussahen, als wären sie auf dem Weg von einer wilden Party zur nächsten. Normalerweise würde ich der Gruppe keine weitere Beachtung schenken, doch einer der Jungs weckte mein Interesse.

Sie blieben etwa zwanzig Meter von uns entfernt stehen und die anderen Jungen und Mädchen unterhielten sich lautstark, ohne auch nur einen Blick in unsere Richtung zu werfen. Der eine Kerl jedoch sah mir direkt in die Augen. Ich bemerkte sofort, dass er kein normaler Teenager sein konnte. Er war ein unerweckter Djiyo, der vermutlich unter den Menschen aufwuchs. Seinem Blick nach zu urteilen erkannte er mich auch. Abschätzig musterte er mich von oben bis unten, bevor sein Blick wieder an meinem Gesicht haften blieb.

Wut kochte in mir hoch. Ich hasste es, wie schlecht meine eigene Rasse von mir dachte. Ich war sein Kronprinz, er hatte sich mir gegenüber gefälligst respektvoll zu verhalten. Zornig ballte ich die Hände zu Fäusten und machte einen Schritt auf ihn zu. Ich würde diesem Wicht eine Lektion erteilen.

Sascha schien meine Absicht erraten zu haben, denn er griff nach meinem Arm und zog mich zurück. Diese kleine Geste reichte wie immer, um mich zurück auf den Boden der Tatsachen zu bringen. Schnaubend warf ich dem Jungen noch einen finsteren Blick zu, befreite mich aus Saschas Griff und marschierte in die entgegengesetzte Richtung.

Zwei Straßen weiter, wo wir unsere Mietwagen geparkt hatten, blieben wir schließlich stehen.

»Welch unangenehme Begegnung«, meinte Sascha und lehnte sich an seinen weißen Chrysler. »Hoffentlich macht es nicht die Runde, dass wir hier sind.«

»Mhh«, grummelte ich. »Ich hasse dich dafür, dass du mich immer zwingst, das Richtige zu tun. Ich hätte diesen Wicht auseinandernehmen sollen.«

»Nein, hättest du nicht – und das weißt du genau. Die Leute haben ohnehin schon ein schlechtes Bild von dir. Verschlimmere es nicht, indem du wehrlose Kinder verprügelst.«

»Pah, wehrlose Kinder! Respektlose und unerzogene Bälger sind das. Sind die Eltern etwa nicht mehr in der Lage, ihren Kindern Manieren beizubringen? Oder ist das der Einfluss der Menschen, unter dem viele von ihnen aufwachsen?«

»Zeiten ändern sich nun mal. Er war jung und hat mit seinen Freunden Party gemacht. Du konntest den Alkohol doch ebenfalls riechen. Diese Phase der Rebellion hattest du auch. Wären wir ihm allein begegnet, wäre er sicher vor lauter Angst vor dir auf die Knie gesunken.«

Bei dem Gedanken musste ich schmunzeln. Tatsächlich fühlten sie sich in einer Gruppe – selbst wenn sie nur aus Menschen bestand – ziemlich sicher, wohingegen einzelne Djiye nicht schnell genug das Weite suchen konnten. Hin und wieder begegneten wir während der Reise auch Siye. Vor allem bei unseren Recherchen in den Universitäten. Im Gegensatz zu meiner Rasse hatten sie das Wort »Respekt« offensichtlich noch nicht verlernt. Keiner von ihnen würde sich mir gegenüber jemals unangemessen verhalten.

»Nun gut, für heute sparen wir uns die Maßregelung.« Nach einer kurzen Pause wechselte ich das Thema, um mich abzulenken. »Also, wie sieht der Plan für die nächsten Tage aus? Die Schulen und Universitäten hier in Dallas haben wir alle überprüft. Welche kommen als Nächstes dran?«

»Ich habe eine Liste mit den Schulen in der umliegenden Gegend erstellt. Da nächste Woche Ferien sind, wird es jedoch wenig Sinn machen, sie zu besuchen«, erklärte Sascha.

»Oh, verdammt.« Stöhnend legte ich den Kopf in den Nacken. »Du hast recht, es ist Spring Break. Das hatte ich ganz vergessen.«

Sascha lachte. »Ach komm, so schlimm ist das doch nicht. Das heißt, es gibt eine Menge Partys. Vielleicht sollten wir uns einfach unter das Volk mischen. Dort können wir genauso nach Anisyas Sohn Ausschau halten. Und außerdem würde dir ein bisschen Spaß sicher nicht schaden.« Er zwinkerte vergnügt, doch ich verdrehte nur stöhnend die Augen.

»Und dabei noch mehr Typen wie dem von eben begegnen? Da bräuchte ich aber sehr viel Alkohol, damit es kein Blutbad gibt. Aber meinetwegen, ich habe ja schließlich einen Aufpasser dabei.« Ich warf ihm ein breites Grinsen zu. »Seit wann freut sich mein *Siyo* eigentlich über Partys?«

»Oh, fang nicht wieder damit an«, meinte er vorwurfsvoll, konnte sich ein kleines Lächeln aber nicht verkneifen.

Ich hob beschwichtigend die Hände. »Sorry, aber es fasziniert mich immer wieder aufs Neue. Abgesehen von den optischen Merkmalen der Djiye haben wir irgendwie keine Gemeinsamkeiten. Ich glaube immer noch, dass deine Eltern Siye sind.« Sascha war ein sehr guter Krieger, doch aufgrund seines Charakters verspottete ich ihn oft, dass er ein Kind der Siye wäre, denn diese Rasse zeichnete sich anders als die Djiye durch Sanftmut und Vernunft aus.

»Jaja, mach dich nur lustig. Sei froh, dass die charakterlichen Eigenschaften bei mir nicht so ausgeprägt sind, ansonsten hättest du wirklich niemanden, der auf dich aufpasst.«

»Wohl wahr.« Amüsiert schüttelte ich den Kopf. »Also zurück zu ernsteren Themen. Wir sollten morgen noch mal zum Flugplatz fahren, unser restliches Zeug holen und Bescheid geben, dass wir länger bleiben. Bei der Gelegenheit können wir auch die Befragung erledigen.«

»Natürlich. Fahren wir jetzt zurück zum Hotel?«

Ich schüttelte den Kopf. »Fahr du ruhig schon. Ich will noch ein bisschen den Kopf frei bekommen.«

Sascha musterte mich skeptisch, hielt sich aber mit einem Kommentar zurück. »Verstehe.« Er verbeugte sich leicht und stieg in den Wagen. Ich hob eine Hand zum Abschied, nahm aber nicht meinen schwarzen Ford Mustang, sondern ging zu Fuß weiter Richtung Innenstadt.

2. KAPITEL

Lilya

Ich werde verfolgt. Jede Faser meines Körpers drängt mich zur Flucht, doch ich bin zu langsam, um meine Verfolger abzuschütteln.

Seit Tagen bin ich auf den Beinen. Ich muss mich endlich ausruhen und wieder zu Kräften kommen. Keuchend bleibe ich an einer dunklen Straßenkreuzung stehen und schaue mich um. Die Monster verstecken sich. Treiben mich vor sich her, wie das Raubtier seine Beute.

Dabei sollte ich das Raubtier sein. Diese Monster sind dumm und schwach, doch sie können mir in meinem momentanen Zustand sehr gefährlich werden. Vor allem, wenn sie in der Gruppe angreifen.

Mir bleibt keine Zeit mehr zu Atem zu kommen, denn ich bemerke, wie sie mich umzingeln. Ein Dutzend dieser widerlichen Kreaturen schleicht langsam auf mich zu. Allein werde ich sie niemals besiegen können. Panisch lege ich eine Hand auf meinen gewölbten Bauch. Ich darf jetzt nicht sterben!

Ich fauche wütend und starre in ihre toten ausdruckslosen Augen. Ein Wimpernschlag vergeht, dann greifen sie an.

»Hey, Miss, wachen Sie auf!«

Erschrocken öffnete ich die Augen und blickte in das Gesicht einer hübschen Stewardess, die mich am Arm gepackt hatte.

»Was ist los?«, fragte ich ein wenig desorientiert.

»Sie haben offensichtlich schlecht geträumt. Ist alles in Ordnung mit Ihnen?«

Sie hielt mir ein Glas Wasser hin und lächelte. Dankbar nahm ich es entgegen und trank einen Schluck.

»Ja, danke, alles okay.« Ich rieb mir verschlafen die Augen. Verdammt, es war schon wieder passiert. Ich hatte nur kurz die Augen zumachen wollen und war wohl eingenickt.

Die Stewardess nickte und ging wieder. Die anderen Passagiere in meiner Nähe warfen mir jedoch noch eine Weile seltsame Blicke zu.

So viel Aufmerksamkeit hatte nicht einmal der ältere Mann zwei Reihen vor mir erhalten, der vorher lauthals geschnarcht hatte, oder die durchgehend schreienden Babys in den hintersten Reihen. Hatte ich geschrien, im Schlaf geredet oder sogar um mich geschlagen? Ich wusste es nicht und würde mich hüten, meine Sitznachbarn danach zu fragen. Das war wirklich zu peinlich. Mit hochrotem Kopf versank ich tief im Sitz. Ich konnte nirgendwo mehr in Ruhe schlafen. Seit einigen Monaten plagten mich diese schrecklichen Albträume und langsam machte ich mir wirklich Sorgen deswegen.

Als kurze Zeit später die Anschnallzeichen aufleuchteten und eine Durchsage erklang, war der Albtraum vor meinem inneren Auge schon fast verblasst und ich konnte mich wieder entspannen. Auch die anderen Passagiere hatten ihr Interesse an mir verloren. *Bald bin ich zu Hause,* dachte ich freudig und sah aus dem Fenster, während wir in den Landeanflug gingen. Die Spitzen der Hochhäuser von Dallas verschwanden aus meinem Blickfeld, als wir genau auf sie zusteuerten. Sehnsüchtig bewunderte ich die umliegende Landschaft der Großstadt. Meine Heimat. Ich kannte die Umgebung in- und auswendig, immerhin hatte ich sie Tausende Male erkundet, sowohl auf dem Rücken meiner Pferde als auch aus der Luft mit meinen Flugzeugen.

***

Ungeduldig trat ich von einem Fuß auf den anderen. Dutzende Urlauber tummelten sich auf dem Flughafengelände von Dallas. Es war Freitagabend und nächste Woche Spring Break. Viele flogen in die Ferien oder nach Hause, so wie ich. Gedankenverloren betrachtete ich, wie Menschenmassen aus dem Gebäude hetzten und sich die einen auf den Weg zu einem Taxi oder Bus machten, während die anderen von Verwandten oder Freunden abgeholt wurden. Ein Empfangskomitee mit bunten Ballons und Willkommensschildern lief an mir vorbei. Auf mich wartete niemand. Ich trat von einem Fuß auf den anderen. Immer wieder zog ich mein Handy aus der Hosentasche und warf einen Blick aufs Display. Bereits Viertel nach acht. Er kam zu spät.

Seufzend zog ich meinen roten Trolley zu der nächsten Bank und durchwühlte meine Handtasche nach etwas Süßem. Nachdem ich eine Tüte Bonbons gefunden hatte, stellte ich mich auf eine längere Wartezeit ein. Da hatte der Flug bereits zwanzig Minuten Verspätung gehabt und trotzdem kam er zu spät. Das war ungewöhnlich. Normalweise musste ich mich beeilen aus dem Gebäude zu kommen, weil er bereits viel zu früh da war.

Dass er sich heute ein wenig verspäten könnte, hatte er vorhin aber noch geschrieben. Ansonsten hätte ich mir jetzt ziemliche Sorgen gemacht.

Weitere zehn Minuten vergingen, dann erblickte ich zwischen den ankommenden Autos endlich den dunklen Jeep meines Vaters. Er parkte den Wagen am Straßenrand, stieg aus und winkte mir zu. Als ich am Wagen ankam, ließ ich den Koffer stehen und warf mich in die Arme meines Vaters.

»Daaad! Ich freue mich so dich zu sehen.«

»Oh, Lilya, mein kleines Mädchen. Es ist schön, dass du wieder hier bist.« Er drückte mich an sich und ich hatte das Gefühl, dass er mich auch nie wieder loslassen wollte. »Tut mir wirklich leid für die Verspätung«, entschuldigte er sich, verriet aber den Grund dafür nicht. »Na, wie war der Flug?«, fragte er stattdessen, nachdem er mich wieder losgelassen und sich meinen Koffer geschnappt hatte.

»Sehr ruhig«, antwortete ich schulterzuckend und verschwieg die Strapazen der Reise.

»Ich glaube, du willst wieder hier einziehen, kann das sein?«, meinte er schmunzelnd, als er dabei war, meinen schweren Koffer auf die Ladefläche zu hieven.

»Man weiß nie, was man braucht.« In der Hinsicht war ich auch nur ein ganz normales Mädchen. Allerdings hatte ich viele Bücher eingepackt, nachdem ich mir vorgenommen hatte, die nächste Woche über zu lernen. Das hatte mir zumindest meine Freundin Rachel geraten. Es sollte mich von anderen Dingen, vor allem von jeglichen Gedanken an meinen Ex-Freund, ablenken.

Ich ließ mich auf dem Beifahrersitz nieder und mein Vater fädelte sich wieder in den Verkehr ein. Bis zu unserer Ranch stand uns noch eine neunzigminütige Autofahrt bevor.

»Ist schön, wieder hier zu sein«, meinte ich, als die weite Landschaft von Texas an uns vorbeizog.

»Vor allem die angenehmeren Temperaturen hast du vermisst, was?« Er warf einen Blick auf meine dicke Winterjacke, die ich direkt auf den Rücksitz geworfen hatte.

»O ja. In New York ist das Wetter aktuell wieder eine Katastrophe.« Nachts sank die Temperatur immer noch unter den Gefrierpunkt. Allein bei dem Gedanken daran fröstelte ich. Ein Blick auf die Temperaturanzeige des Jeeps verriet mir, dass wir hier bereits siebzehn Grad erreicht hatten, was mir deutlich lieber war als das nasskalte Wetter an meinem zweiten Wohnort. Ich hatte meine Heimat wirklich sehr vermisst. Zuletzt war ich an Weihnachten hier gewesen, was definitiv zu lange her war. Nicht nur wegen des Wetters.

»Und gibt's was Neues auf der Ranch, Dad?«

»Nein, alles beim Alten. Es war sehr ruhig ohne dich.« Er zwinkerte mir zu.

»Du hast mir auch gefehlt«, antwortete ich schmunzelnd. »Und Mom und Malyk«, fügte ich leise hinzu. Wehmütig dachte ich daran, dass ich sie erst in einigen Wochen wiedersehen würde. Ich hatte vor ein paar Tagen erfahren, dass sie beide über Spring Break nicht ebenfalls nach Texas kommen würden, sondern in Europa blieben.

Wir hielten an einer Kreuzung und mein Vater warf mir einen vielsagenden Blick zu. »Ich vermisse deine Mutter und deinen Bruder auch. Aber bei unserem Australienurlaub werden sie beide dabei sein. Wir haben also etwas, worauf wir uns freuen können.« Dass er sich genauso freute, bezweifelte ich stark, sagte allerdings nichts dazu.

»Ja, ich weiß. Ich kann es kaum erwarten, dass es losgeht.« Ich freute mich nicht nur, den Rest meiner Familie wiedersehen zu können, sondern auch endlich mal die USA zu verlassen. Bisher hatten wir unsere Urlaube nicht weit weg von zu Hause verbracht. Dabei war mein Vater beruflich auf der ganzen Welt unterwegs, meine Mutter leitete inzwischen ein Hotel in Deutschland und mein Bruder besuchte seit Jahren ein Internat in der Schweiz. Nur ich hatte das Gefühl, irgendwie hier festzusitzen, was sich aber zumindest deutlich gebessert hatte, nachdem mein Dad mir nach der Highschool erlaubt hatte, in New York zu studieren.

»Hast du denn schon Pläne für die Reise?«, unterbrach er meine Gedanken.

»Nicht direkt. Ich will einfach alles sehen und machen. Vom Surfen bis zu einer Tour durchs Outback.«

»Klingt gut. Mal sehen, was Malyk alles plant.«

Ich musste bei dem Gedanken an meinen jüngeren Bruder lächeln. Er interessierte sich seit einigen Jahren für nichts anderes mehr als verschiedenste Kampfsportarten. Die Pubertät schien er irgendwie ausgelassen zu haben. Sein scheinbar mangelndes Interesse an Frauen war einer der Punkte, mit dem ich ihn gerne aufzog, und wenn ich sagte, dass wir auf ein Outing von ihm warten würden, verdrehte er nur genervt die Augen und beschwerte sich, dass es auch noch Wichtigeres als Beziehungen gab.

»Wird Mom eigentlich auch nach dem Urlaub mit nach Texas oder wieder zurück nach Europa fliegen?«, fragte ich und begab mich damit auf gefährliches Terrain. Die Ehe meiner Eltern war ein schwieriges Thema, doch ich war schließlich schon lange kein Kind mehr, dem man etwas vormachen musste.

Dad stöhnte. »Nach Europa, denke ich. Aber das werden wir noch sehen. Sie hat dort zu viel Verantwortung, die sie nicht einfach abgeben kann.«

Ich verstand die Problematik. Meine Mutter hatte das Hotel von ihren Eltern geerbt und wollte es nicht einfach verkaufen. Und mein Dad führte nach wie vor die Ranch, auch wenn er seit einiger Zeit wieder seinen alten Beruf als Pilot verfolgte, weshalb sein Bruder mehr und mehr die Arbeit auf der Ranch übernahm. Doch ich wusste, dass es sicher eine Lösung geben würde, wenn meine Eltern noch eine intakte Beziehung führten.

»Dad, wieso sprichst du mit mir nicht ehrlich über Mom?«

»Was meinst du?«, fragte er und tat ahnungslos.

»Na, was ist da los? Ihr müsst vor Malyk und mir nicht so tun, als wäre alles in Ordnung. Wir sind keine kleinen Kinder mehr und blöd auch nicht. Glaubst du wirklich, wir wüssten nicht, dass da nichts mehr läuft?«

Er legte die Stirn in Falten und blickte einige Zeit stumm auf die Straße, bevor er antwortete. »Weißt du, es ist komplizierter, als du vielleicht denkst. Deine Mutter und ich, wir hängen sehr aneinander, doch wir haben uns weiterentwickelt. Sie war doch erst fünfzehn, als sie mit dir schwanger wurde. Seitdem ist so viel passiert. Sie liebt dich und deinen Bruder über alles, doch ich schätze, sie braucht einfach mal diesen Abstand. Wir haben beide viel um die Ohren, da läuft nicht immer alles rund.«

Nachdenklich lehnte ich die Stirn gegen die kühle Scheibe und beobachtete den Sonnenuntergang in der Ferne. Auch wenn es logisch klang, hatte ich irgendwie das Gefühl, dass hinter seinen Worten noch viel mehr steckte, als er verraten wollte ...

***

»Anisya?« Jurij, einer meiner vertrautesten Wächter, tritt zu mir auf die Lichtung. Ich erkenne ihn trotz der Dunkelheit der wolkenverhangenen Nacht.

»Die Männer sind zurück und wir haben Euch gesucht, um mit Euch zu sprechen.«

Ein weiterer Djiyo erscheint zwischen den Bäumen. Seinen Namen kenne ich allerdings nicht. Respektvoll hält er den Kopf gesenkt. Ich weiß, dass er schlechte Nachrichten bringt, ehe er die Worte aussprechen kann.

»Eure Hoheit, es tut mir sehr leid, Euch das mitteilen zu müssen, aber Euer Mann Yaris ist tot!«

»Nein, nein, nein!«

»Lilya! Lya, wach auf!«

Die Stimme meines Vaters drang in mein Bewusstsein und riss mich aus dem Traum. Die Dunkelheit verschwand, stattdessen musste ich gegen helles Licht anblinzeln. Seine dunklen Augen waren das Erste, was ich erkennen konnte. Er hatte sich über mich gebeugt und rüttelte mich noch immer an den Schultern. Auf seinem Gesicht zeigte sich Besorgnis und er wirkte erschöpft. Als er merkte, dass ich wach war, ließ er mich los.

»Alles in Ordnung. Es ist vorbei«, sagte er erleichtert.

Ich blinzelte erneut und sah mich vorsichtig um. Ich lag verschwitzt und keuchend im Bett. Mein Vater trat einen Schritt zurück, sodass ich mich aufrichten konnte. Ich hob eine Hand und rieb mir den schmerzenden Nacken.

»Was ist passiert?«, fragte ich.

»Du hast im Schlaf geschrien«, sagte er seufzend. »Mal wieder. Ich dachte, es hätte aufgehört?« Mit ernster Miene sah er zu mir herunter. Der Albtraum. Natürlich, was auch sonst? Wieso hatte ich nicht daran gedacht, ihn vorzuwarnen? Als ich ihm am Telefon verschwiegen hatte, dass die Albträume auch nach Silvester weitergegangen waren, hatte ich eigentlich angenommen, dass sie bis Spring Break nicht mehr relevant sein würden. Selbst nach dem Flug gestern hatte ich es noch verheimlicht. Bis auf die anderen Passagiere hatte ich seit Wochen niemanden mit meinem nächtlichen Geschrei gestört. In New York gab es keinen mehr, den ich aus dem Schlaf reißen konnte.

»Wie spät ist es?«, fragte ich gähnend und ignorierte seine Frage.

Auf der Stirn meines Vaters bildeten sich Falten. »Halb fünf.«

Na ja, das war ja noch annehmbar. Bei den letzten Malen hatte ich meine Familie immer bereits um drei Uhr früh durch mein Geschrei geweckt.

»Dann werde ich jetzt aufstehen.« Ich machte Anstalten, aus dem Bett zu steigen, doch er hielt mich davon ab. »Du solltest lieber versuchen weiterzuschlafen. Du musst ausgeschlafen sein, wenn du nachher noch lernen und auf der Ranch helfen willst.«

»Ich glaube nicht, dass ich jetzt noch schlafen kann. Ich werde ein Bad nehmen, um mich zu entspannen. Vielleicht kann ich danach wieder ins Bett.« Ich stand auf, gab ihm einen Kuss auf die Wange und lief aus dem Zimmer. An der Tür blieb ich noch einmal stehen und drehte mich zu ihm um. »Ich finde, du solltest wieder ins Bett gehen. Du siehst ziemlich müde aus. Ich komm schon allein klar.«

Er schaute mich bestürzt an. Ihm schien noch etwas auf dem Herzen zu liegen. Ich wartete darauf, dass er es aussprach, aber dann nickte er und ging in sein Schlafzimmer zurück, wobei ich ihm noch ein »Gute Nacht« hinterherrief.

***

Im Bad ließ ich Wasser in die Badewanne, putzte mir die Zähne und betrachtete mich prüfend im Spiegel. Die schlaflosen Nächte hatten ihre Spuren hinterlassen. Man könnte meinen, ich wäre um Jahre gealtert. Nun, zumindest war ich dieser Auffassung. Ich wirkte blasser, als ich es ohnehin schon war. Seitdem ich so viel Zeit in New York verbrachte, hatte ich noch mal deutlich an Farbe verloren. Meine sonst so gesunden schwarzen Haare sahen strohig aus, ich hatte Zahnschmerzen und fühlte mich ziemlich schlapp. Die Träume hatten mich ausgelaugt. Es hieß, man verarbeite in ihnen seine Erlebnisse, aber ich konnte keine Veränderung in meinem Leben benennen, die solche schlimmen Albträume ausgelöst haben könnte. Zugegeben, die letzten Monate waren nicht ganz stressfrei verlaufen, da ich viel für die Uni lernen musste und erst mit einer Beziehungskrise und nun einer Trennung zu kämpfen hatte, allerdings waren das meiner Meinung nach keine Gründe für die schlaflosen Nächte.

Obwohl ich mich an keinen der Träume erinnerte, war ich mir ziemlich sicher, dass es verschiedene Arten von Albträumen waren. Nach manchen hatte ich einfach nur Angst, bei anderen das Gefühl, etwas oder jemanden verloren zu haben. Ich wünschte, ich wüsste, was es mit diesen Träumen auf sich hatte und wie ich sie loswerden konnte. Endlich mal wieder durchzuschlafen wäre wunderbar. Müde gähnte ich und spritzte mir kaltes Wasser ins Gesicht. Nach einem weiteren skeptischen Blick in den Spiegel zog ich mich schließlich aus und stieg in die heiße Wanne.

***

»Vielleicht sollte ich hierbleiben. Ich mache mir Sorgen um dich.«

Mein Vater stand mit gepackten Koffern im Flur und beäugte mich misstrauisch. Ich hatte die Augenringe überschminkt und fühlte mich trotz der unruhigen Nacht mittlerweile wieder erstaunlich fit. Er schien es mir allerdings nicht so richtig abzukaufen. Bereits beim Frühstück hatte er mich keine Sekunde aus den Augen gelassen. Nachdem er mir außerdem gebeichtet hatte, dass er kurzfristig für einen Kollegen einspringen und deshalb den nächsten Flieger nach Los Angeles nehmen musste, rechnete er sicher damit, dass ich wütend oder enttäuscht war. Doch das war ich nicht, auch wenn ich mich auf die paar Tage Auszeit bei meiner Familie gefreut hatte. Jetzt war halt niemand von ihnen mehr da.

»Es ist in Ordnung, Dad. Ich weiß, wie sehr du deine Arbeit liebst. Außerdem hast du für mich und Malyk schon genug aufgegeben. Du solltest deinen Kollegen nicht absagen, nur weil deine erwachsene Tochter ein paar Albträume hat.«

»Ich weiß, aber ich habe trotzdem ein schlechtes Gewissen. Du hast mir nicht erzählt, dass es auch nach deinem letzten Besuch noch weitergegangen ist. Das quält dich jetzt seit Monaten. Und jetzt lass ich dich auch noch allein hier. Das ist nicht sehr fürsorglich von mir. Versprich mir, mich sofort anzurufen, wenn es schlimmer wird.« Nervös fuhr er sich mit einer Hand durch die dunkelbraunen Haare.

»Mach ich, Dad. Auch wenn du bis zu meiner Abreise nächstes Wochenende nicht zurück sein solltest, sehen wir uns doch trotzdem in ein paar Wochen wieder. Bis zu unserem Urlaub sind diese Albträume bestimmt längst Geschichte.«

Seine braunen Augen musterten mich durchdringend. Warum auch immer, aber ich hatte das Gefühl, dass er nicht daran glaubte. Gerade als ich ihn fragen wollte, was ihn so bedrückte, lächelte er mich an und strich mit der Hand über meine schwarzen Locken.

»Hoffentlich. Vielleicht solltest du dir mal eine Auszeit gönnen. Du hast so viel zu tun, dass dir das irgendwann über den Kopf wachsen könnte. Die Arbeit auf der Ranch, das Reiten, das Fliegen, das Cheerleading und dein Studium. Versuch mal, ein wenig kürzerzutreten.«

Ich nickte, wusste jedoch, dass ich seinen Rat nicht beherzigen würde. Ich liebte all diese Dinge und wollte nichts davon aufgeben.

»Ich versuche es. Auf Wiedersehen, Dad.« Ich umarmte ihn und gab ihm zum Abschied einen Kuss auf die Wange.

»Mach's gut, meine Große. Pass auf dich auf«, sagte er und löste sich von mir. Ein letztes Mal musterte er mich besorgt und lief schließlich zu seinem Taxi. Ich winkte ihm hinterher und spürte eine tiefe Leere in mir, als der Wagen aus meinem Sichtfeld verschwand. Ich fühlte mich schrecklich allein. In New York war das ein beinah alltägliches Gefühl. Umgeben von Millionen fremder Menschen kam ich mir oft einsam und verloren vor, auch wenn ich dort viele Freunde hatte. Für andere hatte mein Leben den Anschein, perfekt zu sein, doch das war es nicht. Etwas Entscheidendes fehlte und ein Teil davon war eben mit dem Taxi davongefahren.

Nun war meine komplette Familie ausgeflogen. Meine Mutter und mein Bruder waren dieses Jahr noch überhaupt nicht in den USA gewesen und mein Onkel und meine Tante waren vor ein paar Tagen abgereist, um ihren Sohn in Chicago zu besuchen. Somit würde ich die nächste Woche mit unseren Angestellten und den Feriengästen allein sein, bevor sie zurückkämen und ich wieder nach New York zur Uni musste. Zu Beginn der Semesterferien in drei Monaten würde ich dann mit Dad endlich nach Australien fliegen und dort meine Mutter und Malyk treffen.

Für einen Moment blieb ich an der Tür stehen und schaute in die Ferne. Ich wurde das Gefühl nicht los, dass mein Vater mir etwas verheimlichte. Seitdem ich ihm von den eigenartigen Träumen erzählt hatte, verhielt er sich anders. Ich wusste nur nicht, wieso.

3. KAPITEL

Dimitri

»Sarah!«, brüllte ich, sobald die Tür hinter mir ins Schloss gefallen war. Der Abend war mal wieder nicht so gelaufen, wie ich mir das vorgestellt hatte. Ich war wütend auf alles und jeden und irgendjemand musste dafür büßen. Und jetzt war der perfekte Zeitpunkt, weil Sascha mich nicht maßregeln konnte, da er in seinem Hotelzimmer am Ende des Ganges schlief. Es gab nicht viele, an denen ich meine Wut auslassen konnte, ohne dass ich Aufsehen erregte.

»Hoheit?«

Ich hatte sie offensichtlich aus dem Schlaf gerissen. Sie lag mit verstrubbelten Haaren auf der Couch. Dennoch starrte sie mich mit wachem Blick an. Sie war auf der Hut, immerhin wusste sie zur Genüge, was passierte, wenn ich schlecht gelaunt war. Ängstlich drückte sie die Decke an die Brust.

»Hoheit, Ihr habt getrunken«, stellte sie fest.

Mit wenigen Schritten hatte ich die Suite durchquert und entriss ihr die Decke. »Das weiß ich auch, ohne dass du es mir sagst.« Nachdem Sascha zurück ins Hotel gefahren war, war ich noch in einer Bar gewesen und hatte mich durch das ganze Sortiment getrunken. Mit jedem Drink waren die Frustration und Wut gestiegen. Meine jetzige Stimmung war der Grund, warum ich mit Alkohol vorsichtig sein musste.

Ich packte Sarahs Arm und zerrte sie auf die Beine. Panisch schrie sie auf. »Was habt Ihr vor?«

Ohne zu antworten, schleifte ich sie hinter mir her und warf sie auf mein Bett. Sie starrte mich mit offenem Mund an. So verängstigt hatte ich sie noch nie erlebt. Die Antwort auf ihre Frage erübrigte sich wohl.

Auch wenn Sarah bereits so lange an unserer Seite lebte, hatte ich nie derlei Absichten gehegt. Sie war eine Sklavin, normalerweise war es unter meiner Würde, Hand an eine von ihnen zu legen. Zudem mangelte es mir nie an Angeboten. Hübsche Frauen standen Schlange bei mir. Und dabei sortierte ich die billigen Damen sogar gleich aus. Ich wusste, wie ich jede rumkriegen konnte.

Doch bei Sarah war das anders. Sie sah nicht mein gutes Aussehen oder meinen Charme. Sie wusste, was ich war. Wusste, dass ich nicht nur in dem Körper eines Monsters steckte, sondern tatsächlich eins war. Sie hasste mich vermutlich mehr, als ich die Menschen verabscheute. Das war wohl auch kein Wunder, immerhin lebte ihre Familie seit Generationen in Kanada unter der Tyrannei der Vampyre.

Ich beugte mich zu ihr herab und stützte die Hände links und rechts neben ihrem Kopf ab.

»Hast du Angst?«, flüsterte ich schmunzelnd. Ich wusste, dass meine Augen nun rot leuchteten. Das war aber üblicherweise nicht die einzige äußerliche Veränderung, die sich gerade bei mir einstellte. Sarah starrte stumm auf meine Fangzähne und zitterte am ganzen Körper.

Ich beugte mich zu ihr hinunter und sie kniff die Augen zusammen. Kurz atmete ich den Duft ihres Shampoos ein, bevor ich die Fänge in ihrem Hals versenkte und gierig ihr Blut trank. Ein leises Wimmern verließ ihre Lippen. Als ich genug hatte, leckte ich kurz über die Einstiche an ihrem Hals, damit mein Bett nicht mit Blut besudelt wurde. Es hörte auf zu bluten und ich lehnte mich zurück.

Bisher war nichts passiert, was Sarah nicht kannte, doch heute Nacht hatte ich mehr mit ihr vor.

Nachdenklich musterte ich das Mädchen unter mir. Auch wenn sie nur ein Mensch, eine Sklavin, war, war sie keinesfalls unansehnlich. Sie war so klein und zierlich, dass sie bei einem Schlag von mir auseinanderbrechen würde. Ihre dunkelblonden Haare lagen wie ein Fächer um ihren Kopf. Tatsächlich könnte sie bis auf den etwas zu dunklen Ton fast als eine Siya durchgehen. Alle Siye hatten blonde Haare und grüne Augen und besaßen ein engelhaftes Aussehen.

Sarah trug eine kurze graue Jogginghose und ein schwarzes Top. Sobald wir mit ihr rausgingen, ließen wir sie sich rausputzen, immerhin mussten wir uns mit ihr sehen lassen können. Vor allem die blauen Flecken, die sie fast immer hatte, mussten bedeckt werden. Jetzt waren sie für mich aber deutlich sichtbar.

Während ich in ihre grünen Augen starrte, musste ich an unsere Abreise von vor zwei Jahren denken. Angeblich hatten wir spontan entschieden, wer mit uns aufbrechen sollte. In Wahrheit hatte ich persönliche Gründe gehabt. Die Wahl war auf die damals erst fünfzehnjährige Sarah gefallen. Ihr großer Bruder hatte deswegen ein Riesentheater gemacht. Genauso wie sie fragte ich mich, ob er wohl noch lebte. Er hatte großes Talent darin, sich mit den Djiye anzulegen. Wenn er sehen könnte, was ich im Begriff war zu tun, würde seine Reaktion darauf genügen, um ihn lebenslang einzusperren oder letztendlich doch umzubringen.

»Wie hieß er gleich noch mal? Liam?«, überlegte ich laut.

Sarah erwachte aus ihrer Schockstarre. »Was ist mit ihm?«, krächzte sie.

»Er würde dich jetzt vor mir beschützen wollen ... Damals hat er uns angefleht, ihn an deiner Stelle mitzunehmen. Doch wir wissen ja, dass man ihn niemals unbeaufsichtigt lassen sollte, nicht?«

Tränen stiegen in ihre Augen und sie vermied es, mich anzusehen. Gedankenverloren strich ich über das Tattoo an ihrem rechten Handgelenk. Eine Lilie, deren drei Blätter von einer Krone umschlossen wurden. Das Wappen der Kiye. Das Symbol dafür, dass sie für immer uns Vampyren gehörte.

»Wie es wohl wäre, wenn jeder Mensch es tragen würde ...?«, murmelte ich. Der Alkohol schien mir wirklich zu Kopf gestiegen zu sein. Nun philosophierte ich schon vor mich hin.

Ich schüttelte den Kopf und verdrängte alle ausschweifenden Gedanken.

»So, wo waren wir stehen geblieben?« Ich setzte ein breites Grinsen auf und zog ihr das Top aus, während sie mit bebender Unterlippe zu mir aufsah. Bei jedem anderen hätte dieser herzzerreißende Blick vielleicht Mitleid ausgelöst, doch solche Gefühle kannte ich schon lange nicht mehr.

Mein Herz war von einem unglaublichen Hass auf die Welt zerfressen. Ich war ein Monster, genauso wie Valentin. Ich behandelte sogar Sascha immer schlechter, für die Menschen hatte ich da erst recht kein Mitleid übrig.

»Sagtest du nicht, dein Bruder hat heute Geburtstag?«

Sarah riss entsetzt die Augen auf. »Ich, ich ... Ja, schon, aber ...«

»Gut.« Ich zog mein Handy aus der Hosentasche und wählte Boris' Nummer. »Das wird doch sicher eine große Überraschung. Hast du dir so etwas nicht gewünscht?«

In ihrem Gesicht las ich keine Freude, sondern blanke Angst. Sie traute mir nicht. Zu Recht.

Boris ging bereits nach dem ersten Klingeln ran, obwohl es bei ihnen in Kanada noch mitten in der Nacht war. Allerdings lebte ein Großteil der Vampyre dort nicht nach dem menschlichen Rhythmus, sondern schlief tagsüber. »Was kann ich für Euch tun, Eure Hoheit?«, meldete er sich mit rauer Stimme.

Ich erklärte ihm kurz, dass er Sarahs Bruder ans Telefon holen sollte. Er fragte nicht nach, sondern machte sich direkt auf die Suche nach ihm. Obwohl Boris vom Schloss aus erst in das angrenzende Dorf der Sklaven laufen musste, dauerte es nur wenige Minuten, bis ich im Hintergrund eine kurze Diskussion hörte, das Handy weitergereicht wurde und schließlich Liams verschlafene Stimme ertönte. »Hallo?«

»Hallo Liam, hier ist jemand, den du sicher gerne sprechen möchtest.« Ich schaltete den Lautsprecher an und legte das Handy auf dem Nachttisch ab.

»Sarah?«, tönte Liams Stimme zaghaft durch den Raum.

»Oh, Liam«, schluchzte Sarah.

»Was haben sie dir angetan?«, fragte er leise.

»Nichts. Mir geht es gut«, antwortete sie viel zu rasch.

»Du lügst.«

»Bitte Liam, es ist alles okay. Ich vermisse euch nur so sehr. Und ich wünsche dir alles Gute zum Geburtstag, Bruderherz.«

»Ich weiß, dass er zuhört.« Er machte eine kurze Pause. »Wehe, ihr bringt sie nicht bald unversehrt wieder zurück.«

»Soll das eine Drohung sein?« Ich schmunzelte. Aus dem Munde eines Menschen waren das nur leere Worte.

»Nein, das ist eine Warnung«, meinte er ernst.

Ich konnte mir ein Lachen nicht verkneifen. Sarah war wie erstarrt. Ich setzte mich auf die Bettkante und zog sie auf meinen Schoß. Sie wehrte sich nicht und gab keinen Mucks von sich. Einerseits, weil es ohnehin nichts gebracht hätte, und andererseits, damit Liam nichts davon mitbekam. Sie wusste, worauf ich hinauswollte.

»Hättest du gerne ein Foto? Von mir und deiner Schwester? Vielleicht blutleer?«

Sarah schnappte entsetzt nach Luft, als ich es ihm schickte.

»Gefällt dir, was du siehst?«

»Lass sie sofort los!«, brüllte Liam ins Telefon.

»Und wenn nicht?« Ich vergrub das Gesicht in ihrer Halsbeuge, während ihre Arme schlaff herabfielen, und schickte ihm ein zweites Bild.

»Wenn du es wagst, ihr auch nur ein Haar zu krümmen, werde ich dich töten!«

»Soso, dann bin ich mal auf unser nächstes Treffen gespannt.« Ich grinste breit, fuhr mir über die Fänge und sagte: »Ich habe jetzt leider keine Zeit mehr ... Ich muss mich, nun ja – endgültig! – um deine Schwester ... kümmern. Und zum Geburtstag alles Gute.«

»*Neeein!* Bitte!«, schrie Liam, als ich auflegte.

Doch es war zu spät.

Einen Moment lang bäumte Sarah sich noch auf, als ich endlich die Fangzähne aus ihrer Halsbeuge zog. Ihr Körper erschlaffte langsam in meinen Armen und ich ließ sie achtlos zu Boden fallen.

***

»Ist das dein Ernst? Warum hast du das getan?« Sascha warf einen Blick auf das fast blutleere Mädchen zu meinen Füßen und sah mich verächtlich an. Mit diesem Anblick hatte er vermutlich nicht gerechnet, als ich ihn angewiesen hatte, in mein Zimmer zu kommen.

»Was ist dein Problem? Sie ist unsere Sklavin, ich kann mit ihr machen, was ich möchte. Das solltest du respektieren«, sagte ich gelangweilt und verschränkte die Arme vor der Brust. Ich würde mich von Sascha nicht ausschimpfen lassen wie ein unartiges Kind.

»Genau, das ist natürlich ein Grund, sie halb leer zu trinken, wenn du schlechte Laune hast.« Er kniete sich neben Sarah auf den Holzboden und strich ihr die dunkelblonden Haare aus dem Gesicht. »War es beabsichtigt, dass sie noch lebt?«

Statt einer Antwort zuckte ich nur mit den Schultern.

»Du kannst sie entsorgen, ich will sie nicht mehr sehen.«

»Wie bitte?« Sascha sah entsetzt zu mir auf.

»Was denn? Den Blutsverlust überlebt sie ohnehin nicht.«

»Das ist doch nicht sicher. Bitte, wenn du erlaubst, würde ich sie gerne versorgen lassen.«

Ich hob überrascht die Augenbrauen. »Was willst du mit ihr machen? Ins nächste Krankenhaus fahren?«

»Nein, natürlich nicht. Ich rufe eine Siya an, die in der Nähe wohnen müsste.«

Schnaubend gab ich mich geschlagen. »Meinetwegen, tu, was du nicht lassen kannst.«

»Danke«, sagte Sascha leise und holte eine Decke, in die er Sarah wickelte.

»Was Anastasija wohl dazu sagen würde, dass du dich so sehr um das Wohl der jungen Sklavin sorgst?«

Sascha lud das bewusstlose Mädchen auf seine Arme und ging nicht auf meinen Kommentar ein. »Ich kümmere mich um sie und komme danach wieder zu dir«, teilte er mir mit.

Ich nickte nur, woraufhin er die Suite verließ und ich mich auf mein Bett fallen ließ.

***

»Mary hat getan, was sie konnte. Sie meint, Sarah wird es schaffen«, verkündete Sascha, als er am Morgen zurück war.

»Glückwunsch zu deiner gelungenen Rettungsaktion.«

»Wenn du nicht gewollt hättest, dass ich sie rette, hättest du sie gleich getötet«, sagte er und setzte sich zu mir an den Frühstückstisch.

»So?« Ich hob den Blick von der Lokalzeitung und sah Sascha fragend an.

»Ja«, meinte er schlicht und schenkte sich eine halbe Tasse Kaffee ein. Koffein war einer der Bestandteile, die wir nicht in größerer Menge zu uns nehmen konnten oder vielmehr sollten, weil es bei uns viel stärker wirkte. Genauso wie Alkohol. Ein weiterer Punkt, auf den Sascha mehr achtete als ich.

»Hast du dich eigentlich schon um Ersatz gekümmert?«

»Nein, ich dachte, das muss nicht sofort mitten in der Nacht sein.«

»Verstehe. Eigentlich können wir es uns auch sparen, jemanden aus dem Dorf herschicken zu lassen«, überlegte ich.

»Wie meinst du das?« Sascha sah mich verständnislos an.

»Ist es nicht völlig egal, wen wir nehmen? Da draußen laufen doch genug Menschen herum, die uns mit Blut versorgen können ...«

Sascha stellte seine Tasse lauter als nötig auf dem Tisch ab.

»Jetzt redest du wie Valentin, ist dir das eigentlich klar?« Der vorwurfsvolle Ton seiner Stimme entging mir nicht.

»Vielleicht sind wir uns nicht so unähnlich, wie du glaubst.«

»In eurem Inneren seid ihr komplett verschieden, auch wenn ihr ein paar Gemeinsamkeiten habt.«

Ich wusste, dass Sascha wirklich so dachte, doch ich selbst glaubte nicht mehr daran. Nachdem mir von meinem eigenen Bruder alles genommen worden war, was mir je etwas bedeutet hatte, hatte ich kein Problem mehr damit, anderen ebenfalls alles zu nehmen. Vorhin hatte ich einem jungen Mädchen beinahe das Leben genommen. Einfach so, ohne Grund, weil ich schlecht gelaunt war. Und zu allem Überfluss hatte ich ihren Bruder daran teilhaben lassen. Nachdem mein Gehirn jetzt wieder funktionierte, hatte auch ich bemerkt, wie krank das war, und ich hatte beinahe so etwas wie ein schlechtes Gewissen bekommen. Insgeheim war ich also froh, dass sie überlebt hatte.

»Ach wirklich? Und warum habe ich mir vor ein paar Stunden vorgestellt, wie es wäre, wenn alle Menschen versklavt wären? Ist das nicht Valentins Philosophie?«

Sascha seufzte. »Ist es, doch die Mittel sind andere. Egal, was du tust, du würdest nie in seinem Ausmaß töten. Deshalb hast du es auch nicht beendet und Sarah am Leben gelassen. Du benimmst dich wie ein Riesenarschloch, aber Valentin dagegen ist wahnsinnig.«

»Wenn du das sagst, muss es ja stimmen.« Ich stand auf. Das Gespräch war für mich beendet. Doch bevor ich ihm den Rücken kehrte, fiel mir ein, dass wir immer noch eine Sklavin zu wenig hatten. »Kümmere dich um Ersatz.«

»Was immer mein Prinz wünscht. Doch wenn ich dir noch einen Rat geben darf ...« Er warf mir einen ernsten Blick zu.

Ich hob die Augenbrauen und sah ihn fragend an.

»*Ein* versuchter Mord reicht für heute!«

Ich verdrehte die Augen und verließ die Suite. Weg von dem Ort, der die verdrängten Schuldgefühle in mir wecken könnte.

***

Nachdem ich ziellos durch die Stadt gestreift war, setzte ich mich auf eine Parkbank und beobachtete die Passanten. Haufenweise betrunkene Leute liefen vorbei, die nach einer durchzechten Partynacht auf dem Heimweg waren. Was für eine primitive Rasse die Menschen waren! Und doch war ich nicht besser. Ich hörte, wie ein Kerl sich hinter einem Busch neuen Stoff von seinem Dealer besorgte. Der Geruch der Drogen brannte mir schmerzhaft in der Nase. Und das alles an einem sonnigen Vormittag, während bereits Mütter ihre Kinderwagen durch den Park schoben.

Ich fragte mich, was nach dem Anruf und den Fotos nun in Kanada los war. Boris hatte Liam sicher eingesperrt. Liam wusste, dass ich regelmäßig das Blut seiner Schwester trank, dafür war ein Sklave schließlich da, doch diesmal hatte er guten Grund anzunehmen, dass es zu viel gewesen war und ich sie möglicherweise sogar getötet hatte. Er würde es nicht gut verkraften. Auch wenn Sarah überlebt hatte, würde sie nicht so schnell nach Kanada zurückkehren oder uns weiterhin begleiten, weil sie zu schwach war, nachdem sie beinahe gestorben war. Das war mir ehrlich gesagt auch lieber. Nach letzter Nacht wollte ich sie am besten nie wiedersehen. Sie war wie ein lebendiger Beweis dafür, was für ein Monster ich doch war. Was Liam glauben würde, war mir dagegen egal. Das war eine gerechte Strafe für diesen Idioten und mir konnte er ohnehin nichts anhaben.

Mein Blick fiel auf eine Gruppe Jungs, die Passanten aggressiv anpöbelten. Vielleicht sollte ich als Entschädigung mal etwas Gutes tun und den vier Halbstarken Manieren beibringen. Allerdings war dies nicht meine Aufgabe. Ich war nicht der Retter der Schwachen und Unterdrückten. Ganz im Gegenteil.

Es stimmte, vieles wäre einfacher, wenn wir sie alle unter Kontrolle hätten. Doch Sascha hatte recht, ich teilte nicht alle Ansichten von Valentin. Und um seine Pläne zu vereiteln, musste ich diesen Kiyo finden.

Stöhnend stand ich auf und lief in Richtung des Lokals, in dem wir gestern Abend gewesen waren. Ich würde meinen Wagen holen und allein zum Flugplatz fahren. Sascha hatte jetzt mit Sicherheit keinen Kopf dafür. Ich musste mich zusammenreißen und weiterarbeiten. Entweder suchte ich gründlich oder gar nicht. Solche Ausraster wie heute Nacht konnte ich mir nicht mehr erlauben, ansonsten würde Sascha noch die Geduld mit mir verlieren. Und meinen einzigen Freund und treuesten Weggefährten zu vergraulen stand nicht sehr weit oben auf meiner Prioritätenliste.

Eine junge Joggerin lief an mir vorbei und knallte beinahe gegen einen Baum, weil sie sich den Hals nach mir verrenkte. *Wenn du wüsstest …*, dachte ich amüsiert und tat so, als hätte ich nichts bemerkt. Ihre Oberflächlichkeit würde sie heute nicht das Leben kosten. Was hatte Sascha gesagt? Ach ja. Ein *Mordversuch reicht für heute!* Mal sehen, wie lange ich das beherzigen konnte.

***

Der kleine Flugplatz lag südwestlich von Dallas und es dauerte keine halbe Stunde, bis ich meinen Wagen auf den Parkplatz lenkte. Als ich ausstieg, startete gerade eine Piper, die ein doppelsitziges Segelflugzeug, eine ASK 21, schleppte. Ganz typisch für einen Samstag mit schönem Wetter war viel los, wodurch ich nicht besonders auffiel. Vermutlich herrschte Schulungsbetrieb. Interessiert schlenderte ich über den Platz und schaute ein wenig zu.

Für unsere Cessna 172SN hatten wir übergangsweise einen Hallenplatz angemietet. Gestartet waren wir mit ihr von Kanada aus, der einstigen Königsresidenz der Kiye, um die USA schneller zu durchqueren. Wir landeten auf jedem Flugplatz und erkundeten die Gegend mit dem Auto. Vor einigen Jahren war mir nämlich eine Theorie in den Sinn gekommen, dass unser gesuchter Nachfahre sich ebenfalls auf einem Flugplatz aufhalten könnte. Fliegen bedeutete für uns Vampyre eine unglaubliche Freiheit und war inzwischen fast eine Notwendigkeit, zumindest wenn man in den Schlössern in Kanada, Sibirien und Norwegen lebte und unabhängig sein wollte. Möglicherweise hatten die Leute, bei denen er aufgewachsen war, darauf geachtet, dass er dieses Hobby ausführte. Es könnte natürlich auch sein, dass er gerade deshalb an keinem Flugplatz zu finden wäre. Vielleicht war es einfach zu auffällig. Aber mir blieb nichts anderes übrig, als es zu versuchen. Immerhin hatten wir sonst keine Anhaltspunkte.

Während ich in den Himmel starrte und die kreisenden Flugzeuge beobachtete, wurde ich von einem blonden Kerl namens Steven, ich schätzte ihn auf Anfang zwanzig, in eine Unterhaltung verwickelt.

Ich kam immer schnell ins Gespräch mit anderen Piloten. Egal wo ich auf der Welt unterwegs war.

Als Sascha und ich Anfang der Woche hier gelandet waren, war nur eine Person da gewesen, die sich um die Unterbringung unseres Fliegers kümmerte. Groß umgesehen hatte ich mich zu dem Zeitpunkt nicht, weshalb ich mich nun bereitwillig von Steven herumführen ließ. Außerdem könnte ich ihn anschließend noch befragen. Er war neugierig, wo ich schon überall geflogen war. Ich erzählte von meinen Touren durch die halbe Welt und fügte hinzu, dass ich bis auf einen Teil von Texas bereits die gesamten USA aus der Luft erkundet hatte.

»Wahnsinn, du bist ja ganz schön viel herumgekommen für dein Alter. Wenn ich das Geld hätte, würde ich auch die Welt mit einem Flieger erkunden«, schwärmte er. Es war unverkennbar, dass er mich beneidete. *Auf mein*

Leben brauchst du nicht neidisch zu sein, dachte ich verbittert. Ich vermisste die Normalität in meinem Dasein. Menschen brauchten sich um nichts Sorgen zu machen, lebten egoistisch vor sich hin – etwas, wovon man als königlicher Vampyr nur träumen konnte.

Steven führte mich in die Halle und fing an, von sich zu erzählen. Von seinen bisherigen Flügen, seinem Studium und seiner ach so tollen Freundin. Amüsiert tat ich so, als lauschte ich seinen Geschichten und betrachtete beiläufig die verschiedenen Maschinen. Ein Segelflugzeug, das ganz in der Ecke stand, stach mir sofort ins Auge. Ein rot-weiß lackierter Doppelsitzer. Eine MDM-1 Fox. Interessiert lief ich hin, um mir den Flieger aus der Nähe anzusehen. »Wow, ihr besitzt eine Fox?«

Steven unterbrach seinen Redeschwall und folgte mir. »Geiles Teil, oder? Leider im Privatbesitz, aber ich durfte schon mitfliegen. Du auch?«

»Ich hatte in Europa die Möglichkeit, das Baby selbst zu steuern.«

»Wow, das Schätzchen hier darf leider nur von einer Person geflogen werden.«

Ich strich mit der Hand über die glatte Oberfläche und spürte ein Kribbeln im Bauch. Ich flog leidenschaftlich gerne, auch wenn es in letzter Zeit nur noch ein Mittel war, um von A nach B zu kommen. Dabei gab es für mich nichts Schöneres als den Kunstflug. Und dieses Flugzeug war zu nichts anderem gebaut worden.

»Kann man es nicht chartern?«, fragte ich.

Steven schaute mich mit großen Augen an und fing an zu lachen. »Machst du Witze? Mag ja sein, dass du sehr viel Flugerfahrung und noch mehr Kohle hast, aber selbst dich würde sie keins ihrer Flugzeuge fliegen lassen.«

»Sie? Das Teil gehört wirklich einer Frau?«, fragte ich überrascht. Es gab nicht viele Frauen, die das Fliegen für sich entdeckt hatten.

»Nun, mit einundzwanzig ist sie wohl eher noch eine junge Dame als eine richtige Frau. Ihr Dad ist Berufspilot und hat es ihr geschenkt. Genauso wie den Ventus cM und die Cessna.« Er deutete auf die zwei teuren Flugzeuge daneben. Der Neid stand ihm auch diesmal deutlich ins Gesicht geschrieben.

»Nettes Geschenk«, meinte ich schmunzelnd.

Steven verdrehte die Augen. »Allerdings. Trotzdem ist sie kein bisschen eingebildet. Glaub mir, jeder Kerl hier hätte sie gern als Freundin. Ich meine, eine Frau, die unser Hobby teilt? Besser geht es doch nicht. Ich würde sie auch ohne zu zögern heiraten, aber sie hat sich ausgerechnet einen Spinner geangelt, der nur Football im Kopf hat.«

Ich musste mir ein Lachen verkneifen und verdrehte nun selbst die Augen, was er durch die dunklen Gläser meiner Sonnenbrille nicht sehen konnte. Nur gut, dass seine Freundin es nicht gehört hatte.

Ich folgte Steven ins Clubheim, während er weiter auf mich einredete. Langsam wurde mir der Typ wirklich lästig. Aber ich wollte ihn ja noch etwas fragen, auch wenn es vermutlich ohnehin zwecklos war.

Wir setzten uns in eine Ecke und er spendierte mir eine Cola aus dem Automaten.

»Sag mal«, unterbrach ich ihn irgendwann. »Habt ihr im Verein viele Jugendliche im Alter von circa neunzehn oder zwanzig Jahren?«

Er überlegte kurz und antwortete dann. »Ich glaube fünf. Bin mir aber bei allen nicht sicher mit dem Alter. Wieso?«

»Mhh. Ich suche jemanden«, erwiderte ich nach einer kurzen Pause. »Den Sohn einer Freundin.«

»Aha, und wie heißt er? Vielleicht kenne ich ihn.«

»Ich weiß seinen Namen nicht«, gestand ich. »Aber ich habe ein Foto seiner Mutter. Eventuell sieht man eine Ähnlichkeit.« Ich zog meine Geldbörse aus der Hosentasche, nahm das kleine Foto von Anisya heraus und schob es Steven über den Tisch zu. Neugierig beugte er sich über das Foto und erstarrte plötzlich. »Krass.«

Ich glaubte, meinen Ohren nicht zu trauen. »Was ist krass?«

Steven nahm das Foto in die Hand und betrachtete es genauer. »Auf den ersten Blick dachte ich, das sei Lya. Sie sieht fast genauso aus. Könnten Zwillinge sein.«

»Lya?«, fragte ich tonlos.

»Ja, Lya. Lilya Braden. Das ist übrigens die junge Dame, von der ich vorhin gesprochen habe.«

Mir stockte der Atem. Lilya. Das konnte nicht wahr sein.

»Moment, hier irgendwo müsste sogar ein Foto von ihr sein.«

Steven stand auf und lief an der Wand entlang, die voll mit Bildern und Karten war. Verschiedene Landkarten von Texas, Fotos von Flugzeugen und Luftaufnahmen reihten sich aneinander. Bilder, die es vermutlich an jedem Flugplatz gab.

Dann schien er gefunden zu haben, wonach er suchte. Er winkte mich zu sich. »Schau, das ist sie. Sie sehen sich echt total ähnlich.« Schnell sprang ich auf und betrachtete das eingerahmte Foto. Es zeigte eine Gruppe Jugendlicher vor einer Piper. Eine scheinbar gewöhnliche Aufnahme, wenn nicht das dunkelhaarige Mädchen in ihrer Mitte gewesen wäre, auf das Steven deutete. Eine junge Frau mit schwarzen Haaren und hellblauen Augen. Mein Herz raste. Es bestand kein Zweifel. Ich wusste, wer dieses Mädchen war. Das Foto zeigte sie nicht aus nächster Nähe, aber es reichte, um die tatsächlich erschreckende Ähnlichkeit zu Anisya zu erkennen. Das war unmöglich.

»Das ist also Lilya Braden?«, fragte ich und versuchte, meine Stimme so ruhig wie möglich klingen zu lassen. Innerlich war ich zum Zerreißen gespannt. Steven schaute mich fragend an. »Ja, hab ich doch gerade gesagt. Sie ist sehr hübsch, nicht? Und die Ähnlichkeit ist wirklich auffallend.«

Das konnte wirklich nicht wahr sein.

Steven beäugte mich skeptisch. »Alles in Ordnung bei dir? Du siehst aus, als hättest du ein Gespenst gesehen.«

Ich schluckte schwer. Ich konnte es mir nicht erlauben, die Nerven verlieren.

»Du hast recht. Sie könnten Schwestern sein«, sagte ich so gelassen wie möglich.

»Nicht wahr? Woher kennst du die Frau von deinem Foto?«

»Sie ist eine langjährige Freundin, die früher hier in der Gegend gewohnt hat«, log ich.

»Und du suchst ihren Sohn, sagtest du? Wie alt ist sie denn bitte, wenn der schon neunzehn sein soll? Auf dem Foto sieht sie nicht älter als höchstens Mitte zwanzig aus.«

»Es ist schon älter, außerdem hat sie sich gut gehalten«, antwortete ich ausweichend.

Ich wollte jetzt nicht über Anisya reden.

»Kennst du sie gut?«, fragte ich und sah auf das Foto.

»Klar. Sie ist schon seit Jahren Mitglied hier. Praktisch am Flugplatz groß geworden. Wie bereits gesagt, die tollsten Flugzeuge in der Halle gehören ihr. Lyas Vater hat ihr das Fliegen beigebracht. Es überrascht mich, dass sie heute nicht hier ist. Über Spring Break ist sie eigentlich immer zu Hause ...«

Es fiel mir schwer, mich darauf zu konzentrieren, was Steven erzählte. Ich konnte den Blick nicht von dem Foto lösen. Es kostete mich meine gesamte Selbstbeherrschung, das Foto nicht von der Wand zu reißen und ihm zu befehlen, mich sofort zu ihr zu bringen.

»Ihrer Familie gehört die Valley View Ranch etwa hundert Meilen von hier. Vermutlich hat sie dort viel zu tun«, fügte er hinzu und ich wurde hellhörig. Das war der Hinweis, auf den ich gewartet hatte.

Zähneknirschend setzte ich mich wieder auf meinen Platz und nippte an der Cola. Steven blieb stehen und lehnte sich gegen den Tisch.

»Was ist nun mit dem Typen, den du gesucht hast? Ein paar der Jungs sind hier, ich könnte dich ihnen vorstellen, wenn du willst. Vielleicht kann dir einer von ihnen weiterhelfen. Oder was wollen wir sonst machen? Ich könnte dich auch in einem unserer Vereinsflieger mitnehmen und dir die Gegend zeigen ...«, sagte er ganz aufgeregt. Hilfe, hatte der Typ keine anderen Freunde?

»Danke für das Angebot, aber heute nicht. Ich muss mir zuerst eine Unterkunft suchen, wenn ich noch eine Weile hierbleiben möchte«, meinte ich und konzentrierte mich weiter auf eine gleichmäßig ruhige Atmung.

Steven zählte eine Reihe von günstigen Hotels in der Gegend auf, aber ich hörte ihm nicht länger zu. Meine Gedanken kreisten um das Mädchen vom Foto. Lilya. Die ganze Zeit des Suchens – und nun hatte ich sie fast gefunden. Jetzt, da ich ihr so nah war, konnte ich auf einmal kaum fassen, dass Anisya tatsächlich ein Kind bekommen hatte. Und nicht, wie die Gerüchte erzählten, einen Sohn, sondern offensichtlich eine Tochter! Möglicherweise wurde dieses Gerücht absichtlich in die Welt gesetzt. Der Plan war auf jeden Fall aufgegangen, denn ich Depp hatte ausschließlich nach einem Kerl gesucht – und dann auch noch im falschen Alter. Dass sie neben den ganzen Ungereimtheiten trotzdem so offen nach ihrer ersten Vorfahrin, Königin Lilyana, benannt wurde, fand ich dagegen taktisch sehr unklug.

Anisyas Beweggründen wollte ich jetzt aber nicht weiter nachgehen. Ich musste nur noch Steven loswerden und dann recherchieren, wo diese Ranch lag, von der er gesprochen hatte.

Ich stand auf und legte eine Hand auf seine Schulter.

»War nett dich kennengelernt zu haben. Ich komme bestimmt noch mal vorbei.«

Er stoppte seinen Redefluss, dem ich schon lange nicht mehr folgte, und starrte mich verdutzt an. »Oh, okay. Wir sehen uns.«

Ich spürte seinen Blick noch im Nacken, als ich das Clubheim verließ und zu meinem Wagen eilte. Meine Suche würde endlich ein Ende haben.

4. KAPITEL

Lilya

Ich stöhnte und klappte genervt mein Buch zu. Mir schwirrte der Kopf vor lauter politischen Fragen. Das Studieren machte mir Spaß, aber das andauernde Lernen nervte mich. Eigentlich sollte ich mich glücklich schätzen, dass es mir keine größeren Schwierigkeiten bereitete, sondern lediglich lästig war. Ich verbrachte nicht einmal halb so viel Zeit am Schreibtisch wie meine Freunde. Und die hatten bei weitem nicht so gute Noten wie ich. Aber trotzdem war es schwer für mich, bei schönem Wetter im Zimmer zu sitzen und für die Uni zu büffeln. Mein Blick wanderte zum Fenster. Es war einfach spannender, den Pferden zuzuschauen.

Unsere Angestellten John und Bill machten die Pferde gerade mit den Gästen für einen Ausritt fertig. Ich würde auch noch anpacken müssen. Immerhin war ich von heute Mittag bis morgen Abend allein hier. Die Gruppe hatte sich nämlich entschieden, beim Trip zum State Park Mineral Wells unterwegs zu campen.

Insgesamt hatten wir auf der Ranch Platz für vierzehn Personen – bis zu vier in einem unserer drei Bungalows, sowie zwei in unserer Ranch-Suite. Wenn ich richtig informiert war, bestand die aktuelle Gruppe aus drei Pärchen aus verschiedenen Städten der USA und drei Freundinnen aus England. Untereinander hatten sie sich wohl nicht gekannt, doch sich so gut angefreundet, dass sie spontan beschlossen hatten, heute eine gemeinsame Tour mit Übernachtung zu machen. Dafür würden sie die Pferde nehmen und von Bill und John begleitet werden.

Unterdessen durfte ich hier die Stellung halten.

Ja, lasst mich nur alle allein, dachte ich betrübt. Dass sowohl mein Vater als auch mein Onkel auf der Ranch fehlten, war äußerst ungewöhnlich. Doch unsere zwei Angestellten hatten selbst ohne ihre Hilfe alles unter Kontrolle. Sie waren ein eingespieltes Team und kümmerten sich bestens um die Gäste und die vielen Tiere. Nur ganz unbeaufsichtigt ließen wir die Ranch nie. Dafür war ja jetzt ich da.

Wenigstens würden meine tierischen Mitbewohner die Ranch nicht einfach verlassen. Mein Blick glitt zum Bett, auf dem sich unser schwarz-weißer Kater Scampino zusammengerollt hatte. Die kleine Raubkatze schlief endlich seelenruhig und lief nicht mehr über den Schreibtisch und verursachte Chaos.

Ich versuchte, mich wieder auf den Blätterhaufen vor mir zu konzentrieren, doch die Motivation weiterzulernen hatte ich definitiv verloren. Bei einem Blick aus dem Fenster sah ich schmunzelnd, wie zwei der Mädels mit Cowboystiefeln und Hut am Haus vorbeiliefen. *Come to Texas – Be a Cowboy.* Oder in diesem Fall eher Cowgirl. Das war der Spruch, mit dem wir auf unserer Homepage warben.

Offensichtlich lagen Ranch-Urlaube aktuell im Trend, wenn ich mir die vielen verschiedenen Menschen ansah, die kamen und gingen. Touristen aus aller Welt reisten nach Texas, um Urlaub auf einer berühmten Farm oder Ranch zu machen. Der klassische Cluburlaub war für viele inzwischen wohl zu langweilig. Ich konnte es gut nachvollziehen. Zwei Wochen lang nur faul am Strand zu liegen war nie mein Ding gewesen. Ich brauchte Action, um dann zur Abwechslung wieder ein gutes Buch zu lesen.

Bei uns kam fast jeder auf seine Kosten. Außer den Strandliebhabern. Immerhin – auf einen Pool musste niemand verzichten. Neben den vielen Angeboten für Reiter, egal ob Anfänger oder Fortgeschrittene, und den Quad- und Harley-Davidson-Touren boten wir auch Büchsenschießen, Fischen, Lassound Hufeisenwerfen an.

Es gab eigentlich keine Zeit mehr, in der wir ohne Gäste waren. Zwar verdienten wir damit Geld, doch ich wünschte mir manchmal, dass es etwas ruhiger zugehen würde. Vor allem, da ich nur noch so selten in meiner Heimat war. Genau genommen waren wir nicht unbedingt auf die vielen Gäste angewiesen, seitdem meine Eltern wieder anderweitig arbeiteten. Nachdem sie sehr jung geheiratet und einige Zeit mit uns in New York gelebt hatten, wollten sie sich hier niederlassen, da mein Vater gebürtiger Texaner war, und übernahmen die Ranch seiner Familie. Als ich jedoch sechzehn wurde und mein jüngerer Bruder dauerhaft das Internat in Europa besuchte, entschieden sie sich, ihre alten Berufe wieder aufzunehmen und meinem Onkel und meiner Tante sowie unseren Angestellten die Leitung der Ranch zu überlassen. Inzwischen lebte irgendwie jeder in dieser Familie sein eigenes Leben …

Das Klingeln meines Handys riss mich aus den Gedanken. Als ich den Namen auf dem Display erkannte, runzelte ich die Stirn, ging aber trotzdem – dankbar für ein wenig Ablenkung – ran.

»Hey, Ben.«

»Hallo, meine Süße. Was treibt die schönste Frau der Welt denn so?«, säuselte er. Ich verdrehte die Augen und bereute es bereits, den Anruf angenommen zu haben. Was wollte er denn jetzt schon wieder von mir?

»Ich bin nicht mehr deine Süße, Ben«, erinnerte ich ihn streng, bemühte mich dann aber um einen freundlicheren Tonfall. »Ich versuche zu lernen. Hier ist mal wieder die Hölle los. Und wie verbringst du deine Ferien?«

»Ach, vergiss das Lernen, Baby.« *Baby?* Ich presste die Lippen aufeinander und unterdrückte den Drang, das Handy quer durchs Zimmer zu werfen. »Wir haben Spring Break. Die Jungs und ich sind in Miami. Ein wenig die Sonne genießen.«

Eher die Mädels in Bikinis und den Alkohol, dachte ich genervt, verkniff mir jedoch einen Kommentar. Ben war ein richtiger Frauenheld. Er baggerte alles an, was Brüste hatte. Früher hatte ich seine Flirtereien locker gesehen, inzwischen war es nur noch nervig. Das war einer der Gründe, weshalb ich vor zwei Wochen mit ihm Schluss gemacht hatte. Trotzdem wollte ich ihn eigentlich nicht komplett aus meinem Leben streichen und bemühte mich um ein freundschaftliches Verhältnis. Solche Gespräche machten mir das aber nicht gerade leicht.

»Natürlich. Ich könnte ja Dad fragen, ob ich auch nach Miami fliegen darf«, meinte ich scherzhaft.

»Ähm ..., ich dachte, du hast so viel zu lernen«, stotterte er. »Wir sehen uns doch in New York wieder. Meine Kumpel wären sicher nicht so begeistert, wenn meine Freundin mich auf einem Männerurlaub besucht.«

»Bleib mal locker, das war ein Witz. Ich habe auch kein Interesse daran, mit meinem *Ex-Freund* Urlaub zu machen.« Das Wort »Ex-Freund« betonte ich dabei besonders.

Er ließ sich aber nicht aus der Ruhe bringen. »Komm schon, Baby. Fang nicht schon wieder damit an. Wir sehen uns ja bald. Bis dann.«

»Das *Baby* kannst du dir auch sparen!«, fauchte ich, doch er hatte bereits aufgelegt.

Finster starrte ich auf das Handy in meiner Hand. Warum hatte er mich überhaupt angerufen?

»Männer«, brummte ich genervt. Wieso war ich Idiotin auch so nett und redete überhaupt noch mit ihm? Den Kontakt aufrechtzuerhalten machte in meinen Augen definitiv keinen Sinn mehr, wenn er sich so benahm. Früher hätte er sich nie so bescheuert verhalten.

Ben und ich waren bereits in der Highschool zusammen gewesen. Damals war ich noch beeindruckt von diesem gutaussehenden Footballspieler, der scheinbar jedes Mädchen haben könnte, was ihm zu diesem Zeitpunkt allerdings selbst nicht bewusst gewesen war. Er war zu der Zeit in Bezug auf Frauen eher schüchtern und zudem sehr charmant. Seit wir auf die Uni gewechselt hatten, war er leider ziemlich arrogant und überheblich geworden. Er hatte andere Freunde gewonnen und war zum Frauenheld mutiert. Ich hatte das Gefühl gehabt, als führten wir beide mittlerweile ein komplett anderes Leben. Wir hatten uns einfach auseinandergelebt.

Weshalb er so hartnäckig verdrängte, dass wir eigentlich getrennt waren, wusste ich nicht. Vermutlich, weil ein ach so toller Kerl es nicht mit seinem Ego vereinbaren konnte, abserviert zu werden.

Für meine Nerven war es aber wohl besser, wenn ich mir darüber nicht weiter den Kopf zerbrach, sondern ihn auf die Blockierliste setzte. Es wurde Zeit, das Kapitel ganz zu beenden, dann konnte ich mich wieder voll auf das Studium und meinen anderen Kram konzentrieren. Von Männern hatte ich für die nächste Zeit genug.

Anstatt ihn jedoch zu blockieren, änderte ich Bens Namen in meinen Kontaktdaten vorerst nur zu Mr Superarsch, bevor ich mein Handy zurück auf den Schreibtisch legte, aufstand und mich neben Scampino aufs Bett fallen ließ. Er hob kurz den Kopf und warf mir einen grimmigen Blick zu, weil ich seinen Schlaf störte. Lächelnd streichelte ich über sein weiches Fell, woraufhin er versöhnlich schnurrte.

»Du bist zum Glück unkomplizierter als die Jungs, die ich sonst kenne«, murmelte ich und warf einen Blick auf den umgedrehten Bilderrahmen auf meinem Nachttisch. Ich schnappte ihn mir und rollte mich auf den Bauch. Er enthielt zwei Fotos von Ben und mir. Das eine Bild war auf unserem Abschlussball aufgenommen worden. Wir beide als Ballkönig und -königin. Das typische Ende eines kitschigen Highschool-Filmes ... Wie es in der Realität nach dem Abschluss aussieht, sah man dagegen selten.

Das andere Foto war ein paar Monate davor auf einer Party entstanden. Ich war sechszehn Jahre alt und erst seit ein paar Tagen mit Ben zusammen. Auf dem Bild hat Ben einen Arm um mich gelegt und strahlt stolz in die Kamera. Seine dunkelblonden Haare liegen wild durcheinander. Inzwischen trug er sie deutlich kürzer und immer streng zurückgegelt. Ich dagegen hatte mich kaum verändert. Meine langen schwarzen Haare hatte ich vor der Party geglättet, sodass sie mir bis zum Po reichten, und meine blauen Augen dunkel geschminkt. Heute machte ich das nur noch selten. Überhaupt achtete ich nicht mehr so stark auf mein Äußeres wie damals mit sechszehn. Auf der Ranch und am Flugplatz schminkte ich mich ohnehin nicht und Partys besuchte ich nur noch selten. Selbst in New York. Ich hatte einfach zu viel um die Ohren. Seufzend legte ich das Bild wieder falsch herum zurück auf den Nachttisch. Ich sollte unsere Fotos irgendwo in einer Kiste verschwinden lassen. Doch darauf, herumzuräumen, hatte ich jetzt keine Lust.

Stattdessen schnappte ich mir lieber meinen Skizzenblock und eine Decke und lief aus dem Haus. Nachdem ich bei der Arbeit geholfen hatte, würde ich beim Zeichnen ein wenig die Seele baumeln lassen.

5. KAPITEL

Dimitri

Unschlüssig saß ich in meinem Wagen und starrte auf das Holzschild, auf dem »Valley View Ranch« geschrieben stand.

Es war nicht besonders schwierig gewesen, den Standort der Ranch herauszufinden. Eine kurze Suche im Internet hatte genügt, um auf die Homepage zu gelangen und auf die Adresse zu stoßen. Nach einer fast zweistündigen Fahrt, auf der ich mich immer wieder ermahnen musste, mich an die Verkehrsregeln zu halten, war ich nun am Ziel angelangt und kämpfte mit … Panik.

Auf dem Weg hierher hatte ich ständig überlegt, ob ich mich nicht doch getäuscht hatte. Das Mädchen könnte Anisya einfach nur ähnlich sehen. Vielleicht waren ihre Augen gar nicht blau und ihre Haare nicht schwarz. Die Gesichtszüge konnten in echt komplett anders sein. Möglicherweise wollte ich das nur sehen, nachdem ich bereits so lange auf der Suche war. Der Lichteinfall könnte schlecht gewesen sein. Oder ihre Haare waren gefärbt. Das hatte ich in den letzten Jahren oft genug erlebt. Gefärbte oder getönte Haare und farbige Kontaktlinsen. Es war kaum noch möglich zu erkennen, wie die Leute natürlich aussahen. Als wäre das ganze Unterfangen nicht ohnehin schon aussichtslos genug gewesen!

Aber womöglich war ich heute tatsächlich da, wo ich hinwollte. Ich war mir schließlich so sicher gewesen, dass das Mädchen auf dem Foto eine Kiya war.

Doch ein ungutes Gefühl, dass ich mich getäuscht haben könnte, blieb. Bestimmt blamierte ich mich, indem ich jetzt auf der Ranch auftauchte und das Mädchen suchte. Nach all den Jahren wäre es doch ein zu großer Zufall, plötzlich auf sie zu stoßen. Was wäre, wenn ich mich nicht mit Steven unterhalten hätte ...?

Erst jetzt wurde mir bewusst, wie lächerlich meine Versuche waren, Anisyas Kind aufzuspüren. Wie oft hatte ich mir anhören müssen, dass ich Wichtigeres zu tun hätte? Es war wie die bekannte Suche nach der Nadel im Heuhaufen. Auf der ganzen Welt nach einer Person zu suchen, von der man absolut nichts wusste, nicht einmal, ob sie überhaupt existierte. Wie bescheuert ich doch gewesen war! Sascha hatte womöglich die ganze Zeit recht gehabt. Und dann hatten wir uns auch noch auf die Suche nach einem Jungen versteift, dabei war Anisyas Kind vielleicht ein Mädchen, und dazu noch im falschen Alter.

Erneut tauchte vor meinem inneren Auge das Foto auf, das ich im Clubheim gesehen hatte. Ich erinnerte mich an das Gefühl, das ich hatte, als ich es erblickte. Nein, ich konnte mich nicht geirrt haben.

Ich hätte das Foto mitnehmen sollen, dann würde ich jetzt nicht so an meinem Verstand zweifeln. Aber ich hatte kein Aufsehen erregen wollen. Umdrehen kam nicht infrage, also würde ich mich jetzt auf der Ranch umsehen, wenn ich schon einmal hier war. Das war die einzige konkrete Spur, die ich bisher hatte. Ich musste ihr nachgehen.

Mit klopfendem Herzen fuhr ich durch das geöffnete Tor auf das Gelände.

***

Die Ranch schien verlassen zu sein. Zumindest abgesehen von den Tieren, die sich hier frei bewegten. Ich hatte an dem Haupthaus und bei den Bungalows geklopft, in denen vermutlich die Feriengäste unterkamen. Seufzend trat ich herab von der Terrasse eines Bungalows im Blockhütten-Stil. Auch hier hatte niemand geantwortet und ein Blick durch die Fenster hatte bestätigt, dass diese Hütte ebenfalls leer war. Allerdings sah sie bewohnt aus. Also, wo konnten die Inhaber und Gäste der Ranch sein? Für eine Sekunde beschlich mich ein ungutes Gefühl und ich überlegte, ob es möglich war, dass Valentin das

Mädchen vor mir gefunden und nun alle Bewohner verschleppt hatte. Nein, unmöglich. Schnell verdrängte ich den Gedanken wieder. Vermutlich war einfach jeder unterwegs. Dabei hielt ich es für eher unwahrscheinlich, dass man die Ranch ganz unbeaufsichtigt ließ.

Wie auch immer, mir blieb nichts anderes übrig, als zu warten und mich weiter umzusehen. Vielleicht begegnete ich doch jemandem. Ich umrundete noch einmal das Haupthaus, an dessen Rückseite ein Pool in den Boden eingelassen war, an den eine gemütliche Feuerstelle angrenzte.

Ein paar Hundert Meter von der Vorderseite des Hauses entfernt, standen die Bungalows auf der Weide. Es gab einen Offenstall, doch ich entdeckte keine Pferde, sondern nur Kühe, Schweine und eine Katze. Das deutete darauf hin, dass man einen Ausritt unternommen hatte. Hoffentlich war es nur das. Ob jemand mit dem Auto unterwegs war, konnte ich nicht beurteilen. Insgesamt hatte ich fünf Wagen auf der Ranch gezählt. Zwei davon waren aber auf jeden Fall gemietet.

Mit dem Handy checkte ich noch einmal die Homepage, fand aber keine weiteren Hinweise auf das Mädchen, sondern nur Fotos der Ranch, von den Tieren und den verschiedenen Aktivitäten.

Abgesehen davon hatte ich erfahren, dass das Gelände angeblich fünfzehn Hektar groß war. Deshalb konnte ein Rundgang schon ein Weilchen dauern. Da ich nichts Besseres zu tun hatte, suchte ich also weiter alles ab.

***

Ich hatte mich bereits ein ganzes Stück von dem Haupthaus entfernt und streifte über die große Weide, als ich eine gescheckte Stute bemerkte, die gelassen graste. Offensichtlich spürte sie meine Anwesenheit, denn sie hob den Kopf, spitzte die Ohren und sah mich an. Ich betrachtete sie kurz, als plötzlich ein Hund anfing, laut zu bellen, und etwas Schwarzes auf mich zu rannte. Ruhig blieb ich stehen und ließ mich von dem großen Labrador beschnuppern. Er wirkte nicht aggressiv, auch wenn das ohnehin keine Rolle spielte. Anscheinend wollte er mich begrüßen, denn er sprang bellend um mich herum und schließlich an mir hoch.

»Na, du bist mir ja ein toller Wachhund.« Amüsiert tätschelte ich ihm das Fell.

»Was hast du denn, Rocco?«, rief in dem Moment eine Frauenstimme und mir blieb fast das Herz stehen, als ich aufblickte und das Mädchen vom Foto zwischen den Bäumen auftauchte.

Lilya. Sie war es wirklich.

»Oh, hallo.« Erst jetzt schien sie mich bemerkt zu haben und blieb überrascht stehen. Ich sah sie vermutlich noch schockierter an als sie mich. Sprachlos stand ich da und traute meinen Augen nicht. Vor mir stand wahrhaftig die jüngere Version von Anisya. Wie die Königin der Kiye war das Mädchen etwa eins fünfundsiebzig groß, hatte die typischen blauen Augen und tiefschwarzen Haare einer Kiya, die im Kontrast zu der hellen Haut standen, was einer Kiya häufig den Spitznamen »Schneewittchen« einbrachte. Ihr Gesicht glich dem eines Engels. Feine Gesichtszüge, eine gerade Nase, hohe Wangenknochen, volle Lippen und ihre Augen wurden eingerahmt von dunklen Wimpern, die das Blau ihrer Iris noch mehr leuchten ließen.

Ihre Ausstrahlung verschlug mir wortwörtlich die Sprache. Dabei schien es ihr andersherum ähnlich zu gehen. Sie sagte ebenfalls nichts, sondern musterte mich von oben bis unten. Noch nie hatte eine Kiya mich so betrachtet. Voller Bewunderung. *Idiot, sie weiß schließlich auch nicht, wer du bist,* erinnerte ich mich. Sie sah mich einfach so, wie es vermutlich alle menschlichen Frauen taten.

Kurz wanderte mein Blick von ihrem Gesicht an ihrem Körper hinunter. Sie hatte eine unglaublich gute Figur, das erkannte man sofort. Groß, schlank, trainiert und dennoch mit weiblichen Proportionen. Die langen Beine steckten in engen dunkelblauen Jeans. Dazu trug sie Stiefel, ein weißes Oberteil und eine braune Lederjacke.

Als die Stille langsam peinlich wurde, bereute ich es, mir keinen Plan zurechtgelegt zu haben, bevor ich hergekommen war. Doch nun hieß es, Augen zu und durch. Ich nahm meine Sonnenbrille ab und hängte sie mir in den Ausschnitt meines T-Shirts.

»Hey, tut mir leid, dass ich hier so plötzlich auftauche. Ich bin Dimitri Krylow.« Ich machte ein paar Schritte auf sie zu und hielt ihr die Hand hin. Etwas verwirrt ergriff sie sie.

»Kein Problem. Ich bin Lilya Braden. Meiner Familie gehört die Ranch.«

Mit klopfendem Herzen sah ich in ihre blauen Augen. Verdammt, ich hatte das Gefühl, als würde sie bis in meine Seele blicken können! Der Gedanke behagte mir ganz und gar nicht.

»Kann ich dir irgendwie helfen?«, fragte sie sichtlich nervös.

»Ähm.« Ich blickte kurz auf unsere Hände, die sich nach wie vor festhielten. Sie schien es bemerkt zu haben, denn sie ließ meine Hand augenblicklich los und errötete leicht. »Ich habe nach den Besitzern gesucht, weil ich fragen wollte, ob man hier noch übernachten kann. Ich bin aktuell auf einer Rundreise und würde gerne ein paar Tage auf einer Ranch verbringen«, meinte ich und war stolz, dass meine Stimme wie üblich fest und selbstsicher klang. Ich selbst fühlte mich nämlich gar nicht wie immer.

»Oh. Tut mir leid, aber aktuell sind alle Bungalows besetzt, die nächsten Gäste reisen erst übermorgen ab.«

Verdammt, was jetzt? Bildete ich mir das ein oder zeigte sich Enttäuschung auf ihrem schönen Gesicht? *Schönes Gesicht,* hatte ich das gerade wirklich gedacht?

Ich räusperte mich. »Verstehe, und da lässt sich wirklich nichts machen?«, fragte ich und setzte mein charmantestes Lächeln auf.

Sie errötete erneut und biss sich auf die Unterlippe. Auf ihrer Stirn bildeten sich Falten, als sie offensichtlich nach einer Lösung suchte. »Nun ja. Du könntest unsere Couch nehmen, bis was frei wird«, antwortete sie schließlich und ich triumphierte innerlich.

»Wirklich?«, fragte ich erstaunt und plötzlich schlug meine Stimmung von Triumph zu Entsetzen um. War sie etwa wahnsinnig?

»Na klar, so schnell findest du in den Ferien nichts anderes und ich kann dich ja nicht einfach wieder wegschicken«, meinte sie schulterzuckend und richtete den Blick gen Himmel. »Außerdem ist es schon spät und es sieht nach Gewitter aus.«

Tatsächlich war der Himmel bereits mit dunklen Wolken bedeckt.

»Ist das dein Ernst? Du lässt jemand Wildfremdes in dein Haus? Wer sagt dir, dass ich kein Serienkiller bin?« Was zum Teufel quatschte ich da? Ich wollte hierbleiben und ihr das nicht ausreden.

Meine Frage schien sie ein wenig zu verunsichern, doch dann verzogen sich ihre Lippen wieder zu einem Lächeln.

»Ich würde sagen, niemand. Aber ich vertraue einfach darauf, dass du mich im Schlaf nicht in Stückchen hacken wirst.«

Ich warf ihr einen skeptischen Blick zu. »Nun, ich weiß nicht, ob ich dich jetzt für besonders mutig oder dämlich halten soll.«

»Warum? Weil ich ein Mädchen bin? Zu deiner Information, das nennt man texanische Gastfreundschaft, kapiert?« Sichtlich beleidigt stemmte sie die Hände in die Hüften.

»Oder auch Dummheit«, murmelte ich kopfschüttelnd.

»Warum habe ich das Gefühl, dass du willst, dass ich dich für einen Serienkiller halte? Ich kann das Angebot auch zurücknehmen.« Ihre Bewunderung für mich schien wie weggeblasen. Wie konnte ich es nur so vermasseln?

»Schon gut. Das will ich nicht.« Ich hob beschwichtigend die Hände. »Ich möchte nur, dass du nicht jedem Typen so schnell vertraust und ihn in dein Haus lässt. Das könnte für dich gefährlich enden. Und ich möchte nicht, dass dir etwas passiert.«

Shit. Ich biss die Zähne fest aufeinander. Was war nur los mit mir? Ausgerechnet jetzt meldete sich mein Beschützerinstinkt. Ich redete mich hier um Kopf und Kragen.

»Ähm, tut mir leid, ich wollte nicht …«

Lilya sah mich überrascht an. Meine Aussage schien sie zu verwirren. *Damit wären wir dann schon zu zweit, Süße.* Sie lachte jedoch. »Ist schon gut. Ich hab's kapiert.«

Sie winkte ab, drehte sich um und lief zu der Stelle, an der sie vorhin aufgetaucht war. Ich folgte ihr ein paar Schritte und beobachte, wie sie eine Decke, einen Block und Stifte vom Boden aufsammelte und wieder auf mich zukam.

»Also dann komm mal mit.« Lächelnd lief sie an mir vorbei und winkte mich hinter sich her. Rocco bellte und rannte ihr augenblicklich nach. Kopfschüttelnd schloss ich mich ihnen an. Was zum Teufel war hier gerade passiert?

***

Lilya führte mich zurück zum Haupthaus, ließ mich auf der Terrasse Platz zu nehmen und fragte, was ich trinken wolle. Auch wenn ich mich jetzt am liebsten in Alkohol ertränken würde, bat ich nur um Wasser. Mein Wunsch nach Hochprozentigem am späten Nachmittag würde nur ein schlechtes Licht auf mich werfen.

Sie verschwand im Inneren des Hauses und ich zog schnell das Handy aus der Hosentasche, um Sascha meinen Standort und eine Nachricht zu schicken. Er sollte meine wichtigsten Sachen zusammenpacken, herkommen und die Tasche in den Wagen legen. Dabei sollte er darauf achten, von niemandem gesehen zu werden. Den Grund dafür schrieb ich nicht dazu. Er würde es selbst sehen, sobald er hier war.

Ich steckte das Handy wieder weg und überlegte fieberhaft, was ich jetzt tun sollte. Offensichtlich war Lilya im Moment allein auf der Ranch. Es wäre also kein Problem für mich, sie ohne Aufsehen zu erregen zu entführen. Doch wie sollte ich das anstellen, ohne dass sie mich am Ende für den Bösen hielt? Und überhaupt, wohin sollte ich sie bringen? Ins Schloss ihrer Familie nach Kanada?

Eventuell müsste ich nur diesen Schwachkopf Steven aus dem Weg räumen, er könnte sicher eins und eins zusammenzählen und mich später mit ihrem Verschwinden in Zusammenhang bringen.

Dass Lilya in irgendwelche Details über ihre Herkunft eingeweiht war, bezweifelte ich. Ansonsten hätte sie ganz anders auf mein Erscheinen reagiert. Aber wie führte man jemanden behutsam in die Geheimnisse seiner Welt ein? Ich hatte keinerlei Erfahrung mit so etwas. Ob Sascha so was besser konnte? Vermutlich. Fürs Erste war es wohl wichtig, einen kühlen Kopf zu bewahren.

Als Lilya mit zwei Gläsern Wasser wieder auf die Terrasse trat, fällte ich schließlich eine Entscheidung.

6. KAPITEL

Lilya

»Also, Dimitri, woher kommst du eigentlich?«, fragte ich und stellte zwei Gläser Wasser auf den Tisch. »Dein Name und der leichte Akzent lassen darauf schließen, dass du Russe bist.«

Irgendwo musste ich mit dem Small Talk ja anfangen. Ich setzte mich Dimitri gegenüber und musterte ihn. Man sah auf den ersten Blick, dass er wohl häufiger ins Fitnessstudio ging oder sich zumindest anderweitig sportlich betätigte. Er war groß und durchtrainiert, aber nicht zu übertrieben muskulös. Ich mochte keine extremen Muskelprotze, die mehr Muskeln als Hirn vorzuweisen hatten und sich dabei kaum noch richtig bewegen konnten.

»Stimmt. Genauer gesagt komme ich aus Sibirien. Ich mache aktuell eine Weltreise und bin nun hier gelandet.« Er nahm sein Glas, trank einen Schluck und beobachtete mich über den Rand hinweg. Dabei bemerkte ich, dass seine Augen fast denselben Braunton wie die Haare hatten. Die Farbe von dunkler Schokolade.

»Wow, klingt spannend. Wo warst du denn schon überall?«

Er stellte das Glas wieder ab und fing an, Rocco zu streicheln, der den Kopf auf seinen Schoß gelegt hatte. Die beiden waren offenbar auf Anhieb Freunde geworden.

»Eigentlich überall«, sagte er gedankenverloren. Während er zu unserem schwarzen Flohfänger hinabschaute, war ich nicht in der Lage, den Blick von diesem Fremden abzuwenden. Seine feinen Züge verliehen ihm etwas Jungenhaftes, dieser Eindruck wurde jedoch durch den dunklen Dreitagebart und den ernsten Zug um die Mundwinkel getrübt. Irgendwie strahlte er etwas Geheimnisvolles und Gefährliches aus. Als würde man gleich spüren, dass man sich mit ihm besser nicht anlegen und lieber den Rückwärtsgang einlegen sollte. Trotzdem machte ihn das in meinen Augen nicht weniger sympathisch und ich fühlte mich erstaunlich wohl in seiner Gegenwart. Dabei stand ich normalerweise nicht auf diese Art von Typen, die meistens nur Ärger machten und einem das Herz brachen.

»Und wie lange soll die Reise dauern?«, fragte ich, um die entstandene Stille zu brechen. Ich hasste es, jemandem Informationen aus der Nase zu ziehen. Doch ich wollte mehr über ihn erfahren und ein Gespräch mit einem gutaussehenden Fremden war durchaus eine willkommene Abwechslung vom ganzen Lernen. Auch wenn ich ein offener Mensch war und mich immer freute, neue Leute kennenzulernen, war ich in der Regel mit fremden Män nern nie gerne allein. Die heutige Situation war für mich also definitiv eine Premiere und ich war plötzlich doch froh darüber, dass alle Angestellten und Gäste die Ranch verlassen hatten. Hier mit ihm allein zu sein hatte etwas Aufregendes an sich.

Er schaute auf. »Bis ich gefunden habe, wonach ich gesucht habe.« Den Blick, den er mir zuwarf, konnte ich nicht deuten, doch er jagte mir eine Gänsehaut über den Rücken.

»Was suchst du denn? Den Sinn des Lebens?« Die Frage sollte als Scherz gemeint sein, doch Dimitris Gesicht verfinsterte sich.

»Ja, vielleicht«, antwortete er ausweichend.

»Hast du kein normales Leben, in das du zurückmusst?«, fragte ich verwundert. Die meisten Weltreisenden, die ich kennengelernt hatte, waren Studenten gewesen, die sich für ein Jahr eine Auszeit genommen hatten, bevor der Ernst des Lebens begann.

»Nein, ich habe kein normales Leben mehr.«

Ich runzelte die Stirn. »Wie meinst du das?«

Er seufzte und starrte mit leerem Blick auf sein Glas, das er fest umklammert hielt. »So wie ich es gesagt habe. Alle, die mir etwas bedeutet haben, sind tot.«

Die Bitterkeit seiner Worte schockierte mich. Mit so einer Aussage hatte ich nicht gerechnet. Betroffen senkte ich den Blick und bereute es, so neugierig gewesen zu sein.

»Das tut mir leid, ich wollte nicht aufdringlich sein.«

»Ist schon okay. Es ist lange her«, sagte er deutlich gelassener.

»Willst du drüber reden?«, fragte ich vorsichtig und sah wieder zu ihm hoch.

Er schüttelte den Kopf. »Ein andermal. Das Thema wäre jetzt zu deprimierend.«

Ich nickte verständnisvoll. Was sollte man dazu schon sagen?

»Warum bist du eigentlich allein hier?«, fragte er und nahm einen weiteren Schluck Wasser.

Dankbar für den Themenwechsel erzählte ich, dass unsere Angestellten mit den Gästen eine zweitägige Tour machten.

»Und deine Eltern?«

»Sind nur noch selten hier«, erklärte ich und trank auch einen Schluck. »Meine Eltern haben die Leitung der Ranch fast komplett an meinen Onkel übergeben und sind anderweitig arbeiten. Meine Mom als Leiterin eines Hotels in Deutschland, mein Vater als Pilot. Jetzt, da ich diese Woche hier bin, haben mein Onkel und meine Tante die Gunst der Stunde genutzt und besuchen ihren Sohn in Chicago. Mein jüngerer Bruder ist an einem Elite-Internat in der Schweiz.«

»Klingt so, als wäre deine Familie auf der ganzen Welt verteilt. Dann hast du sicher nicht viele Gelegenheiten, sie zu sehen, oder?«, bemerkte er.

»Ja, leider«, meinte ich schwermütig. »Aber es ist in Ordnung. Ich bin froh, dass sie glücklich sind, auch wenn ich mir manchmal normale Familienverhältnisse wünsche.«

»Hm. Im Vergleich zu anderen ist deine Familie doch trotzdem ziemlich normal.« Er wich meinem Blick aus und fixierte stattdessen einen Punkt im

Pool, in dem sich das schwache Licht der Nachmittagssonne spiegelte, das noch durch die Wolken drang.

Spielte er damit auf seine eigene Familie an? Nach der Offenbarung seines Schicksalsschlages wollte ich aber nicht noch einmal auf das Thema zu sprechen kommen.

»Ja, ich schätze schon. Ich kann mich auch nicht beschweren. Ich bin geliebt und wohlbehütet aufgewachsen. Das ist wahrscheinlich alles, was zählt.«

Dimitri musterte mich eindringlich, bevor sich seine Lippen wieder zu einem Lächeln verzogen. Es erreichte allerdings seine Augen nicht. »Freut mich, dass du eine schöne Kindheit hattest.«

Unruhig rutschte ich auf dem Stuhl hin und her. Ich wusste nicht, wieso, doch der Kerl machte mich wahnsinnig nervös. So langsam gingen mir die Gesprächsthemen aus, aber ich konnte ihn ja nicht einfach hier sitzen lassen.

»Ähm.« Ich räusperte mich. »Wie wär's, soll ich dir mal das Haus zeigen?« Auf der Terrasse war es ohnehin langsam zu kalt. Selbst in Texas wurde es im März gegen Abend noch etwas kühl und außerdem hatte der Wind aufgefrischt. Inzwischen war es ziemlich dunkel geworden, obwohl der Sonnenuntergang noch zwei Stunden entfernt war. Stirnrunzelnd betrachtete ich die schwarzen Wolken am Himmel.

Eine Nacht allein mit einem gutaussehenden Fremden und dazu ein Gewitter? Als würde mich der Himmel verspotten wollen. Allerdings lösten Unwetter unerklärlicherweise mehr Angst in mir aus, als es dieser Fremde vermochte, der nach eigener Aussage auch ein Serienmörder sein könnte.

Wir standen auf und ich führte ihn durch die Terrassentür ins Esszimmer und von dort aus ins Wohnzimmer.

Ich liebte die urige Einrichtung meines Elternhauses. Die Möbel waren größtenteils aus dunklem Holz gefertigt. Trotzdem wirkten die Räume nicht düster, sondern unheimlich gemütlich. Dimitri schien es auch ganz gut zu gefallen.

Ich deutete auf die braune Ledercouch und zwinkerte ihm zu. »Das ist dann wohl dein Schlafplatz.«

»Ja, damit kann ich leben«, meinte er grinsend.

Ich zeigte ihm noch die Küche und das Badezimmer, bevor wir schließlich in meinem Zimmer ankamen.

Ich setzte mich aufs Bett, während Dimitri mitten im Raum stand und sich vorsichtig umsah, offensichtlich darauf bedacht, nicht zu neugierig zu wirken.

»Ein hübsches Zimmer.«

»Danke.« Aus irgendeinem Grund fühlte ich mich nicht einmal unwohl, mit diesem Mann in meinem Zimmer, obwohl ich ihn erst seit einer Stunde kannte. Ob etwas mit mir nicht stimmte, dass ich ihm so wenig Misstrauen entgegenbrachte?

Ich folgte seinem Blick durch den kleinen Raum. Inzwischen war ich so selten zu Hause, dass mein Zimmer sich seit der Highschool kaum verändert hatte. Meine Rosa-Phase war da aber zum Glück schon vorbei gewesen. Das Zimmer war recht gewöhnlich eingerichtet. Ein mit Unterlagen übersäter Schreibtisch, ein Kleiderschrank, ein großes Bett und zwei Regale, die bis oben hin mit Büchern gefüllt waren.

Die Wände waren weiß gestrichen und nicht mehr mit Postern von Stars zugekleistert, die ich als Teenager geliebt hatte. Stattdessen hing nun eine große Leinwand mit einer Luftaufnahme über dem Bett, die unser Flugzeug während eines Rückenflugs zeigte. Ich hatte das Foto mit einer Actionkamera gemacht, die an der Fläche befestigt war. Daneben hatte ich eine selbst gezeichnete Skizze von meiner Stute aufgehängt.

»Ist es Absicht, dass das Bild falsch herum ist?«

Dimitri zeigte auf meinen Nachtisch. Er meinte die Fotos von Ben und mir.

»Ja, das ist gewollt. Ich hatte eigentlich schon vor sie zu entsorgen.« Ich nahm den Bilderrahmen und reichte ihn weiter.

Dimitri warf einen kurzen Blick drauf. »Dein Ex?«, schlussfolgerte er und ich nickte. »Du siehst toll auf den Fotos aus. Und ziemlich glücklich. Weshalb habt ihr euch getrennt?«, fragte er und gab mir den Rahmen zurück.

»Ben litt unter dem akuten Arschlochsyndrom«, erklärte ich schulterzuckend und ließ die Bilder in der Schublade verschwinden. Wie gerne würde ich meinen Ex ebenfalls dort hineinstopfen und einfach vergessen!

»Oh, verstehe. Dann ist er ein Idiot.«

»Jepp, die Einsicht kam leider etwas spät.«

»Hm«, machte er und verzog die Mundwinkel nach unten. »Der wahre Charakter gewisser Leute offenbart sich häufig erst nach einigen Jahren.«

Der bittere Unterton ließ mich vermuten, dass er auch mal schlechte Erfahrungen gemacht hatte, doch ich wollte nicht sofort nachhaken.

Ich versuchte mir ein anderes Gesprächsthema einfallen zu lassen, als ich plötzlich Dimitris angespanntes Gesicht bemerkte. Er hatte die Stirn in Falten gelegt und schien zu lauschen. Von draußen drangen das Tosen des Windes und Donnergrollen herein. Ob er auch keine Gewitter mochte? Ich wollte gerade fragen, was los sei, da fluchte er plötzlich und hetzte zum Fenster.

Verwirrt sprang ich auf und folgte ihm. Und dann sah ich es. Das rote Flackern in der Nähe. Feuer! Der Stall brannte.

»Nein!«, keuchte ich entsetzt und war bereits auf dem Weg hinaus. Dimitris Schritte ertönten hinter mir auf der Treppe.

»Lilya, warte!«, rief er mir nach, doch ich achtete nicht auf ihn und rannte aus dem Haus. Ich konnte nur an meine geliebten Tiere denken, die sich bei Gewitter immer im Stall verkrochen.

***

Sobald ich aus der Tür trat, hatte ich das Gefühl, die Welt würde untergehen. Blitze zuckten über den Himmel und gleichzeitig ertönte ein lautes Grollen. Das Gewitter musste direkt über uns sein. Eine starke Windböe erfasste mich und riss mich fast zu Boden, doch ich sprintete, so schnell ich konnte, zum Offenstall. Die Flammen auf dem Dach schlugen schon meterhoch und erhellten die Umgebung. Unter den Tieren, die bereits fluchtartig den Stall verlassen hatten, konnte ich auf den ersten Blick einige Rinder und unsere Schweine erkennen. Ob es alle Tiere waren, vermochte ich nicht zu sagen.

In dem Moment, in dem ich den Stall erreichte, fielen die ersten Tropfen vom Himmel. Doch auch wenn es jetzt wie aus Eimern anfing zu schütten, würde das nicht ausreichen, um das Feuer zu löschen. Ohne nachzudenken hastete ich zum Tor und versuchte zwischen dem dichten Rauch etwas zu erkennen. Auf den ersten Blick war der Stall leer, doch dann bemerkte ich eine Bewegung im Inneren.

»Coco, komm her!«, schrie ich atemlos, als ich meine Stute sah, die panisch in einer Ecke hin und her tänzelte.

Dimitris Rufe drangen von irgendwoher an mein Ohr, doch ich hatte keine Zeit, um zu antworten. Das Feuer brach bereits durch die Decke. Kurz entschlossen lief ich zu Coco und wollte beruhigend auf sie einreden, doch sobald ich es versuchte, füllten meine Lungen sich mit Rauch und ich hustete gequält.

Mir blieb nichts anderes übrig, als sie mit Gesten dazu zu bringen, den Stall zu verlassen. Durch den Rauch tränten meine Augen und ich sah kaum noch etwas. Doch irgendwie gelang es mir, dass sie endlich durch das Tor flüchtete.

Ich drehte mich noch einmal um, nur um ganz sicherzugehen, dass kein Tier in der Feuerhölle zurückblieb. Mittlerweile hatte auch das Heu Feuer gefangen. Ich musste zusehen, dass ich ebenfalls abhaute.

»Lilya, pass auf!« Dimitris angsterfüllte Stimme ließ mich herumfahren und ich bemerkte gerade noch, wie er auf mich zustürzte. Etwas Flackerndes fiel in dem Moment von der Decke, ich wurde zur Seite gestoßen – und dann war alles schwarz.

7. KAPITEL

Dimitri

In meinem ganzen verdammten Leben hatte ich noch nie so viel Angst verspürt wie in dem Moment, in dem der brennende Balken auf Lilya herabstürzte. In letzter Sekunde hatte ich sie zur Seite stoßen können, wodurch ich zwar selbst getroffen wurde, doch ich hatte mir nur leichte Verbrennungen an den Armen und der Schulter zugezogen, die schnell wieder heilen würden. Dass meine Augen und die Lunge noch immer brannten wie Hölle, belastete mich mehr. Ein verdammtes Feuer konnte mich fast an körperliche und mentale Grenzen bringen. Super! Dabei hatte ich geglaubt, das Schicksal wäre heute mal auf meiner Seite.

Ich hatte die bewusstlose Lilya sofort zu meinem Auto getragen und war nun mit ihr auf dem Weg ins Krankenhaus.

Sascha würde sich auf der Ranch um alles kümmern. Er war auch derjenige, der mich überhaupt auf das Feuer aufmerksam gemacht hatte, als ich mit Lilya in ihrem Zimmer gewesen war. Zum jetzigen Zeitpunkt war mein Gehör noch deutlich feiner als ihres, weshalb sie seine Rufe bei dem tosenden Unwetter mit Sicherheit nicht hatte hören können.

Ich wünschte aber, sie hätte von alldem nichts mitbekommen! Dann wäre sie nicht so kopflos in den Stall gerannt, wo sie beinahe gestorben wäre. Obwohl Kiye auch unerweckt sehr gute Läufer waren und wir Djiye gemeinhin als träge und langsam galten, hatte es mich dennoch überrascht, dass sie mir in der Situation so mühelos hatte davonlaufen können. Warum setzte sie ihr Leben nur so leichtsinnig aufs Spiel? Wenn sie wüsste, wie wertvoll es war …

Lilyas Husten riss mich aus den Gedanken. Sie kam langsam wieder zu sich.

»Hey, alles in Ordnung, du bist in Sicherheit«, flüsterte ich und fragte mich gleichzeitig, ob ich mit diesen Worten sie oder mich selbst beruhigen wollte.

»Dimitri?«, fragte sie mit rauer Stimme. »Was ist mit den Tieren?«

Natürlich. Ihre erste Sorge galt den anderen Lebewesen.

»Alle haben es hinaus geschafft. Auch dank dir, du Wahnsinnige. Ich fahre dich ins Krankenhaus.«

»Was?« Erst jetzt schien sie zu realisieren, dass sie in meinem Wagen saß. Sie sah hektisch aus dem Fenster, offenbar um festzustellen, wo wir waren. Inzwischen war es stockdunkel geworden. Es gewitterte noch immer und starker Regen prasselte auf die Windschutzscheibe.

»Ich muss nicht ins Krankenhaus. Mir geht es gut und so viel Rauch habe ich nicht eingeatmet«, protestierte sie und wurde prompt durch einen neuen Hustenanfall geschüttelt.

»Keine Widerrede. Du warst bewusstlos und mit einer Rauchvergiftung ist nicht zu spaßen«, meinte ich streng.

»Aber ich kann die Ranch nicht unbeaufsichtigt lassen. Es brennt!«, beharrte sie unwirsch.

»Mach dir keine Sorgen. Die Feuerwehr ist gerade gekommen, als wir abgefahren sind. Die kümmern sich drum.« Das stimmte nicht ganz, doch mittlerweile war die Feuerwehr mit Sicherheit da.

»Na schön.« Stöhnend ließ sie sich zurück in den Sitz fallen.

Nach einigen Minuten des Schweigens schien sie ihre Patzigkeit zu bereuen und räusperte sich verlegen.

»Ich habe mich noch gar nicht bei dir bedankt. Danke, dass du mich gerettet hast«, sagte sie zaghaft und schenkte mir ein scheues Lächeln, als ich den Kopf kurz zu ihr drehte. So schüchtern hatte ich sie gar nicht kennengelernt. Der Schock steckte ihr mit Sicherheit noch immer in den Gliedern.

Ich winkte ab. »Keine Ursache.« Sie zu retten war selbstverständlich gewesen. Gewissermaßen lag es sogar in meinen Genen, als Djiye die Mitglieder der höchsten Königsfamilie zu beschützen. Und nach dem, was ich vor einigen Jahrzehnten getan hatte, würde ich sie mit meinem Leben verteidigen. Das war ich ihrem Volk schuldig. »Hätte ich dich sterben lassen, hätte ich ja keinen Gastgeber mehr«, fügte ich scherzend hinzu, um die Stimmung aufzulockern.

Sie kicherte leise und bei dem Klang wurde mir ganz warm ums Herz. »Das stimmt wohl. Nun, durch deine Heldentat hast du dir deinen Schlafplatz redlich verdient.«

»Danke, dann hat sich das zumindest gelohnt. Die nächsten Nächte würde ich aber gerne bezahlen, auch wenn das weniger spektakulär ist.«

»Ich denke, ich hatte für die nächste Zeit genug Aufregung. Aber bezahlen musst du trotzdem nicht. Wenn mein Dad das erfährt, bist du auf ewig bei uns willkommen.«

Was für ein verlockendes Angebot! *Du hast nicht vor, ohne sie zu gehen und jemals wiederzukommen*, erinnerte ich mich. Wieso verlor ich durch sie ständig mein Ziel aus den Augen?

»Vielleicht solltest du dieses Detail, dass ich dich überhaupt aus dem Stall retten musste, lieber nicht erzählen. Väter machen sich doch sonst nur zu viele Sorgen«, erwiderte ich schließlich.

Da sie nicht direkt antwortete, löste ich den Blick kurz von der Straße und sah zu ihr. Auf ihrer Stirn bildeten sich tiefe Falten. »Damit hast du vermutlich recht.«

Was für ein Typ ihr Vater wohl war? Offensichtlich gehörte er zur besorgten Fraktion. Vielleicht weil er wusste, was seine Tochter war – und dass man sie suchen könnte? Irgendwie konnte ich mir nämlich nicht vorstellen, dass niemand aus ihrer Familie über sie Bescheid wusste.

»Dann bleibt der Zwischenfall im Stall eben unser kleines Geheimnis.«

Schmunzelnd schielte ich zum Beifahrersitz und kurz begegneten sich unsere Blicke, bevor sie lächelnd den Kopf wegdrehte. Lilyas Haare waren vom Wind völlig zerzaust und sie hatte sogar etwas Ruß im Gesicht, ansonsten fehlte ihr zumindest äußerlich nichts. Lediglich der starke Geruch nach Rauch haftete an unseren Sachen und erfüllte das Wageninnere.

Du hättest sie verlieren können, ertönte plötzlich eine mahnende Stimme in meinem Kopf.

Krampfhaft umklammerte ich das Lenkrad. Ich konnte und durfte sie nicht verlieren. Aber die Sorge um Lilya rührte nicht nur daher, dass es meine Pläne zerstören würde, wenn sie einfach gestorben wäre, nachdem ich so lange auf der Suche nach ihr gewesen war, sondern auch daher, dass sie unerklärlicherweise dabei war, mir ans Herz zu wachsen. Was war es, was mich von der ersten Sekunde so an ihr fesselte?

***

Nach einer halben Stunde erreichten wir schließlich das nächste Krankenhaus in Mineral Wells. Ich wartete draußen, nachdem ich Lilya bei den Schwestern abgeliefert hatte. Sie hatte mich gedrängt, mich ebenfalls untersuchen zu lassen, doch ich hatte abgelehnt. Ich brauchte keinen Sauerstoff oder Medikamente, die bei mir sowieso nicht wirkten. Was ich brauchte, war Blut. Deshalb hatte ich behauptet, dass mich Krankenhäuser nervös machten und ich im Auto warten würde, bis sie untersucht worden war.

Da uns Sarah nicht mehr zur Verfügung stand, um uns mit Blut zu versorgen, war mir zudem nichts anderes übriggeblieben, als in einer unbeobachteten Sekunde einen Blutbeutel aus dem Krankenhaus zu entwenden. Ich vermutete, dass es noch eine ganze Weile dauern würde, bis Lilya herauskäme, doch ich wollte nicht das Risiko eingehen, dass sie mich an einem Blutbeutel saugend im Wagen fand. Also hatte ich mich kurz auf einer Toilette eingeschlossen und anschließend den leeren Beutel draußen in einen Mülleimer geworfen.

Unruhig stand ich schließlich vor dem Eingang der Klinik. Lilya war nicht mehr im Wartezimmer gewesen, es konnte also nicht ewig dauern. Ich hoffte, dass man sie zur Beobachtung nicht hierbehalten wollte. Wobei sie mit Sicherheit ohnehin etwas dagegen hätte.

Das Gewitter war inzwischen vorbeigezogen und es regnete auch nicht mehr. Dank dem Blut waren die Überreste meiner Verletzungen sofort verheilt, nichts erinnerte mehr an die Ereignisse von vor einer Stunde. Nur der abgebrannte Stall wäre ein sichtbares Zeichen für diesen merkwürdigen Abend.

Um mir die Wartezeit zu verkürzen, wählte ich Saschas Handynummer. Ich war ihm wohl eine Erklärung schuldig, nachdem ich ihn einfach im Regen hatte stehen lassen – mit der Bitte, die Feuerwehr zu rufen und auf die Ranch aufzupassen.

»Was gibt's?«, meldete er sich nach dem ersten Klingeln.

Wir hielten uns nicht mit großen Begrüßungsfloskeln auf, sondern kamen lieber gleich zur Sache.

»Alles in Ordnung auf der Ranch?«

»Ja, das Feuer ist gelöscht und die Feuerwehr wieder abgezogen. Wo bist du?«

»Ich stehe vorm Krankenhaus«, sagte ich und ließ den Blick über die Umgebung schweifen. Es war keine Menschenseele zu sehen. Als hätte das Gewitter alle vertrieben.

»Wer war dieses Mädchen, deretwegen du so ein Theater gemacht hast?«

Ich schloss für einen Moment die Augen. Natürlich musste er diese Frage stellen. Er hatte sich mit Sicherheit bereits die ganze Zeit gewundert, warum ich auf dieser Ranch war und dann so um die Gesundheit eines vermeintlichen Menschenmädchens besorgt war. Da es keinen Sinn hatte, ihn anzulügen oder es noch zu verheimlichen, enthüllte ich ihre Identität.

»Ihr Name ist Lilya Braden. Sie ist Anisyas Tochter ...«

Stille am anderen Ende der Leitung.

»Bist du sicher?«, fragte Sascha nach einer Weile. Seine Stimme klang ruhig wie immer, dabei wusste ich, dass er innerlich genauso angespannt sein musste wie ich, als ich von ihr erfahren hatte.

Lilyas Gesicht erschien vor meinem geistigen Auge. *O ja – und wie sicher ich mir bin!* »Hundertprozentig. Es ist nicht zu übersehen.«

»Und jetzt?«

Eine Frage, auf die ich immer noch keine Antwort hatte. Zwar hatte ich mich entschieden, nichts zu überstürzen und erst einmal mehr über sie herauszufinden, doch das war definitiv nicht der durchdachteste Plan.

Ich warf einen Blick auf den Eingang und erkannte Lilya hinter den Glastüren auf mich zukommen.

»Ich muss Schluss machen. Wir reden heute Nacht«, sagte ich rasch und beendete das Gespräch.

Dann stand Lilya bereits vor mir.

»Alles in Ordnung?«, fragte ich, als sie die Arme vor der Brust verschränkte. Während ich sie ins Auto verfrachtet hatte, hatte ich nicht daran gedacht, ihr eine Jacke mitzunehmen. In dem dünnen Pulli fror sie sicher.

»Ja, ich darf nach Hause. Ich habe doch gesagt, so schlimm ist es nicht«, meinte sie schulterzuckend und lief in Richtung Parkplatz.

Kopfschüttelnd ging ich neben ihr her und zog die Jacke aus. »Trotzdem war es richtig, dich untersuchen zu lassen. Das hat mit Sicherheit auch der Arzt gesagt.«

»Jaja, Papi«, erwiderte sie und verdrehte die Augen.

»Sei nicht so frech, junge Dame«, tadelte ich sie und musste innerlich lachen. Dann hängte ich ihr meine Jacke über die Schultern. Automatisch griff sie danach; dabei streiften sich unsere Finger. Sofort durchlief mich ein wohliger Schauer. Sie blieb abrupt stehen und sah mit großen Augen zu mir auf. Ihre Wangen färbten sich leicht rötlich. Sie hatte eine wirklich eigenartige Wirkung auf mich und ihr schien es andersrum genauso zu gehen. Wie gerne würde ich sie weiter berühren! Und sei es nur beiläufig.

Ich räusperte mich leise und wendete mich schnell ab, um weiter zum Wagen zu laufen.

Am Auto fiel mir ein, dass sie bestimmt hungrig sein musste. »Wollen wir noch was essen gehen?«, fragte ich.

Entschieden schüttelte sie den Kopf. »Ich würde lieber direkt zur Ranch zurück. Jemand muss die Tiere beruhigen. Ich denke nicht, dass es der Job von Feuerwehrleuten ist.«

8. KAPITEL

Lilya

Dimitri fuhr auf den Highway und wir hingen schweigend unseren Gedanken nach, bis er wieder ein Gespräch anfing. Vermutlich wollte er mich von meinen Sorgen ablenken.

»Was machst du eigentlich sonst so, wenn du nicht versuchst, dich umzubringen?«, fragte er.

Ich verdrehte die Augen. »Das war eine Rettungsmission und kein Himmelfahrtskommando. Aber normalerweise studiere ich in New York an der Columbia-Universität. Ich möchte dort meinen Abschluss in Politikwissenschaft machen, anschließend aber noch nach Harvard und Rechtswissenschaften studieren.«

Dimitri warf mir einen beeindruckten Blick zu. »Wow, da hast du dir ja einiges vorgenommen. Ich dachte, es wäre irre schwer, an einer dieser Elite-Unis angenommen zu werden.«

Ich wurde rot. »Ja, das stimmt auch. Aber meine Noten sind ausgezeichnet und ich engagiere mich in verschiedenen Bereichen, was wichtig für so eine Bewerbung ist. Du brauchst mich also nicht für ein Dummchen zu halten.«

»Blödsinn, ich habe dich von der ersten Sekunde an für jemanden gehalten, der es im Leben sehr weit bringen wird«, sagte er lächelnd.

»Ach komm, hör auf zu schleimen.« Seine Komplimente waren mir unangenehm.

»Ich schleime nicht, das ist mein Ernst.« Er hob die Hände. »Ich schwöre.«

»Hände ans Lenkrad!«, rief ich panisch und er gehorchte lachend. Ich konnte mir das Lachen ebenfalls nicht verkneifen.

Zufrieden lehnte ich mich im Sitz zurück und breitete Dimitris Jacke wie eine Decke über mir aus.

»Und was steckt sonst noch in dir? Dass du deutlich mehr kannst, als toll auszusehen, weiß ich ja jetzt.« Dimitri zwinkerte mir zu und ich streckte ihm die Zunge raus.

»Ach, halt die Klappe«, sagte ich, dabei freute sich ein Teil von mir, dass er mich offensichtlich für hübsch hielt. »Hier in Texas bin ich hauptsächlich auf der Ranch beschäftigt und in New York vereinnahmen mich das Studium und mein Training. Ich bin Cheerleader-Kapitänin«, erklärte ich.

»Soso, eine Cheerleaderin? Dafür hätte ich dich nicht gehalten. Sind das nicht die beliebtesten und heißesten Mädels auf dem Campus? Ich dachte immer, die wären zickig und überheblich.«

Ich schmunzelte. »Da hast du wohl zu viele Filme gesehen. Eigentlich bin ich ja mehr als Weltverbesserin und Streberin bekannt.«

»Ach wirklich?« Dimitri hob überrascht die Augenbrauen. »Also bist du so etwas wie eine Öko-Cheerleaderin? Leute, die derartig viele verschiedene Klischees bedienen können, sind vermutlich selten.«

»Öko-Cheerleaderin?« Der Ausdruck brachte mich erneut zum Lachen. »Das trifft es vermutlich ziemlich genau. Ich habe nie in eine bestimmte Rolle gepasst«, überlegte ich laut. In welche Schublade würden andere Menschen mich wohl stecken? »Auch wenn ich auf den ersten Blick vielleicht für manche überheblich wirke, wollte ich zumindest niemals so sein. Ich hasse Leute, die auf andere herabsehen. In meinem ganzen Leben habe ich mich nie für etwas Besseres gehalten«, beteuerte ich.

Ben hatte mir das mal vorgeworfen, als ich seine Flirtereien kritisiert hatte. Er meinte, ich solle mich nicht für perfekt halten und auch nicht erwarten, dass andere es wären. Ich sah das eher als Ausrede dafür, dass er machen konnte, was er wollte. Für diese Aussage könnte ich ihm jetzt noch den Hals umdrehen.

»Ich engagiere mich seit Jahren im Tierschutz und in verschiedenen sozialen Bereichen. Ich bin der Meinung, dass wir alle eine gewisse Verantwortung tragen. Langfristig gesehen würde ich gerne in die Politik gehen. Dazu beitragen, die Welt zum Besseren zu verändern. Wir haben auf diesem Planeten mit so vielen Problemen zu kämpfen und ich wünschte, ich könnte helfen, die Welt ein wenig schöner zu machen. Als einzelner Mensch ist das natürlich so gut wie unmöglich, aber ...«

»... aber du bist kein einfacher Mensch, Lilya«, unterbrach Dimitri mich ernst und warf mir einen eindringlichen Seitenblick zu. »Ich bin sicher, dass du viel verändern wirst.«

Mein Herz klopfte wie verrückt und für einen Moment war es mir sogar egal, dass Dimitri den Blick viel zu lang von der Straße abwandte.

Verwirrt drehte ich den Kopf zum Fenster und dachte über seine Bemerkung nach. Bei jedem anderen Kerl würde ich diesen Satz als ein übertriebenes Kompliment auffassen. Eine einfache Floskel, wie ›Du bist etwas Besonderes‹.

Eigentlich müssten seine Worte mich zum Lachen bringen oder ich sollte mich geschmeichelt fühlen. Aber mir war nicht mehr zum Lachen zumute. Ich hatte das seltsame Gefühl, dass viel mehr hinter diesen Worten steckte, als mir bewusst war.

***

Wir mussten gleich zurück auf der Ranch sein, als mir einfiel, dass ich noch meine Nachrichten checken wollte. Meine Eltern hatte ich aus dem Krankenhaus versucht anzurufen, allerdings nicht erreicht. Und John hatte ich geschrieben, um zu erfahren, wie sie das Gewitter überstanden hatten.

»Wem schreibst du?«, fragte Dimitri neugierig.

»Unserem Angestellten – John. Ich wollte wissen, ob es ihnen allen gut geht«, erklärte ich, ohne aufzusehen.

»Und?«, hakte er nach.

»Sie sind mit den Pferden auf einer Farm untergekommen. Er fragt, ob sie einen Tag länger wegbleiben können. Die Gäste würden die Campingnacht morgen gerne nachholen.«

Er warf mir einen überraschten Blick zu. »Hast du ihm nichts von dem Brand erzählt?«

»Nein, sonst würde er direkt zurückreiten wollen. Es geht allen gut und er könnte jetzt eh nichts machen«, sagte ich und steckte das Handy wieder weg.

»Hast du deinen Eltern denn was erzählt?«

»Noch nicht. Sie sind nicht ans Telefon gegangen.«

»Verstehe. Dann sind wir also noch eine Nacht allein auf der Ranch?« Dimitri löste den Blick erneut von der Straße, um mich eindringlich anzusehen. Um seine Mundwinkel zuckte es.

»Sieht so aus«, murmelte ich und wich seinem Blick aus. Er sollte nicht sehen, wie ich rot wurde und wohl ziemlich dümmlich vor mich hin grinsen musste.

Meine gute Laune wurde jedoch getrübt, als wir auf das Gelände der Ranch fuhren und die Scheinwerfer die verkohlten Reste des Stalles erleuchteten. Traurig sah ich zu den Tieren, die auf der Weide standen. Sie waren es gewohnt, draußen zu sein, dennoch waren sie durch den Brand in Panik geraten und ich war nicht da gewesen, um mich um sie zu kümmern. Das musste ich direkt nachholen, auch wenn mein Magen bereits die halbe Fahrt über geknurrt hatte.

Dimitri parkte den Wagen vor dem Haus und Rocco kam augenblicklich angerannt, um mich zu begrüßen, als ich ausstieg.

Dimitri holte eine kleine Tasche vom Rücksitz und lief zur Haustür. Dort warf er mir einen fragenden Blick zu.

»Ich muss mich noch selbst überzeugen, dass es allen gut geht«, erklärte ich und er verschwand im Haus, während ich seine Jacke anzog und mit Rocco auf die Weide lief.

***

Ich blieb länger als nötig draußen bei den Tieren. Ihre Anwesenheit beruhigte mich und ließ mich wieder klar denken.

Was für ein Tag …! Ich musste erst einmal alles sacken lassen. War ich heute Morgen noch niedergeschlagen, dass niemand aus der Familie hier war, hatte ich jetzt ganz andere Sachen im Kopf. Wer hätte auch damit gerechnet, dass es brannte, während alle ausgeflogen waren.

Ich lehnte den Kopf an den Hals meiner Stute und strich über ihr warmes Fell. »Für dich würde ich jederzeit wieder durchs Feuer gehen, meine Schöne«, murmelte ich.

Ich wollte mir nicht ausmalen, was passiert wäre, wenn Dimitri nicht hier gewesen wäre.

Ich hatte ihn noch nie gesehen, doch je länger ich darüber nachdachte, desto sicherer war ich mir, dass er mir seltsam vertraut vorkam, als hätte ich ihn schon gekannt. Ich wusste nur nicht, woher. Doch neben der Vertrautheit beschlich mich ein ungutes Gefühl, wenn ich an ihn dachte. Irgendwie spürte ich, dass ihn ein Geheimnis umgab. Vor ein paar Stunden wirkte er gerade wegen seiner mysteriösen Ausstrahlung so faszinierend und aufregend auf mich – doch nun hatte ich genug Aufregung erlebt. Ich brauchte keinen Nervenkitzel durch irgendein gefährliches Geheimnis. Womöglich war er ein gesuchter Verbrecher, der Unterschlupf suchte?

Warum ich ihn hier übernachten ließ, wusste ich gerade auch nicht mehr. Der Grund war zumindest nicht texanische Gastfreundschaft. Doch ich bereute die Entscheidung nicht wirklich. Immerhin hatte er mir das Leben gerettet und eigentlich nichts getan, weshalb ich ihm misstrauen sollte. Ganz im Gegenteil. Warum sollte ich dann seine Gesellschaft nicht einfach genießen?

Damit er sich nicht wunderte, wo ich blieb, sagte ich den Tieren gute Nacht und lief mit Rocco zum Haus zurück.

Meine kurz aufgeflackerten Zweifel ließ ich draußen zurück.

***

»Alles okay bei den Tieren?« Dimitri stand vor dem Kamin, als ich mit Rocco das Wohnzimmer betrat.

»Ja, alles gut. Schaust du dir unsere Familienfotos an?«, fragte ich und legte seine Jacke auf der Couch ab.

Auf dem Kaminsims stand eine Reihe von Bildern. Von meinem Bruder und mir, als wir noch klein waren, und ein Gruppenfoto vom letzten Weihnachtsfest.

»Ja, es sind tolle Schnappschüsse. Ihr seht aus wie eine glückliche Familie.« Ich meinte, einen Hauch von Neid in seinen Worten zu erkennen, was ich durchaus verstehen konnte.

»Das sind wir vermutlich auch irgendwie. Trotz aller Probleme.« Ich konnte mich glücklich schätzen, dass ich meine Familie noch hatte, auch wenn ich sie nicht so häufig sah. »Das sind meine Eltern, Diego und Claudia, und mein kleiner Bruder Malyk«, erklärte ich und deutete auf das Bild.

Meine Mutter stach mit ihren blonden Haaren deutlich hervor. Von ihr hatte ich die blauen Augen geerbt, die dunklen Haare hatte ich dagegen von meinem Vater. Malyk wirkte wie die jüngere Version von ihm. Sie teilten das schwarze Haar, die braunen Augen und hatten ähnliche Gesichtszüge.

»Wie alt ist eigentlich dein Bruder?« Er nahm das Familienfoto in die Hand und betrachtete es genauer.

»Achtzehn«

»Wann wird er denn neunzehn?«

Warum wollte er das wissen? »Am achtzehnten Juni. Wieso?«

Dimitri zuckte mit den Achseln und stellte das Bild zurück. »Nur so. Er sieht älter aus auf den Bildern.«

»Das ist wohl normal bei Jungs«, sagte ich stirnrunzelnd und wechselte das Thema, als mein Magen sich meldete. »Ähm, ich gehe kurz nach oben, um mich umzuziehen, und dann würde ich was zu essen machen«, verkündete ich und drehte mich um. »Du kannst dir ja auch was anderes anziehen und später in die Küche kommen.«

***

»Was würdest du denn gerne essen?«, fragte ich, als ich in sauberen, nicht verrauchten Sachen die Küche betrat.

»Mir egal. Ich nehme das, was du isst.« Dimitri lehnte sich lässig gegen die Anrichte. Auch er trug neue Sachen. Schmunzelnd registrierte ich, dass sein Gepäck nur aus schwarzen Hosen und T-Shirts zu bestehen schien.

»Magst du asiatisch?«

»Klar.«

Ich suchte in der Küche alle Zutaten zusammen, die ich normalerweise für gebratene Nudeln brauchte. Das würde zumindest schnell gehen. Ich schaltete den Wasserkocher an und gab die Nudeln in einen Topf, um sie anschließend in dem heißen Wasser ziehen zu lassen.

»Soll ich dir bei irgendwas helfen?«, fragte er, während er mich von der Seite beobachtete.

»Wenn du mit einem Messer umgehen kannst, darfst du Gemüse schnippeln.« Ich legte ein Schneidbrett, Karotten, Spitzkohl und Lauchzwiebeln vor ihm auf die Arbeitsplatte. »Fleisch müsstest du dir übrigens extra machen. Ich glaube, wir haben noch Hähnchen im Kühlschrank.«

»Ich mag kein Fleisch«, sagte er.

»Echt?« Überrascht drehte ich mich zu ihm um. Abgesehen von meinem Bruder kannte ich keine Kerle, die sich vegetarisch ernährten. Und bei Dimitri hätte ich definitiv nicht damit gerechnet.

»Was ist daran so ungewöhnlich?«, fragte er grinsend und nahm sich ein Messer aus dem Messerblock.

Ich zuckte mit den Schultern. »Keine Ahnung, ich habe da wohl das Männerklischee im Kopf, dass ihr ohne Fleisch angeblich keine richtigen Kerle seid.«

Er legte den Kopf schief und sein Grinsen wurde noch breiter.

»Über meine Männlichkeit mache ich mir keine Sorgen. Die ist auch ohne Fleisch sichergestellt. Aber im Gegensatz zu dir bin ich kein Weltverbesserer, sondern ein Jäger.« Seine Augen funkelten und mein Herz klopfte wie wild. Was wollte er mir damit sagen?

»Was jagst du denn? Kartoffeln oder Frauen?« Ich wollte kurz auflachen, doch mein Atem ging zu flach. Schützend verschränkte ich die Arme vor der Brust.

Anstatt auf die Frage einzugehen, schüttelte er amüsiert den Kopf und begann, die Karotten in Streifen zu schneiden.

9. KAPITEL

Dimitri

Mit Lilya zu kochen machte erstaunlich viel Spaß. Und es war so herrlich normal. Als wäre ich kein völlig Fremder, sondern ein langer Freund. Als wäre ich kein königlicher Vampyr, sondern ein Normalsterblicher ohne Verpflichtungen. Zudem konnte ich mich nicht daran erinnern, wann ich zuletzt etwas gekocht hatte.

Auch Lilya schien bei bester Laune. Offenbar hatte sie das Erlebte halbwegs verdaut oder verdrängt.

Ob es wirklich reine Gastfreundschaft war, dass sie mich hier übernachten ließ, oder steckte etwas anderes dahinter? Besondere Sympathie oder eine spontane … Verliebtheit?

Ich war mir meiner Wirkung auf Frauen durchaus bewusst, aber möglicherweise war ich auch gar nicht ihr Typ. Ihr Ex-Freund war immerhin blond – dunkelblond – und ein typischer Sonnyboy. Der Gedanke gefiel mir ganz und gar nicht. Dabei hätte es mir doch egal sein können. Sie war Anisyas Tochter, also absolut tabu für mich. Doch vielleicht weckte gerade diese Tatsache meinen Jagdinstinkt. Die eigentliche Absicht, mit der ich hierhergekommen war, rückte immer weiter in den Hintergrund.

Ihre Reaktion darauf, dass ich kein Fleisch aß, war für mich ziemlich amüsant. Sie hatte ja keine Ahnung, was für eine Art Raubtier ich war.

»Warum isst du eigentlich kein Fleisch?«, fragte ich interessehalber, während Lilya das Gemüse in Öl anbriet und schließlich die Nudeln mit Sojasoße und anderen Gewürzen dazugab.

»Es hat hauptsächlich ethische Gründe. Aber laut meinen Eltern habe ich es als kleines Kind schon nicht gemocht. Seitdem ich in New York lebe, versuche ich auch, mich komplett vegan zu ernähren. Wegen der Tiere und unserer Umwelt und weil ich eine Eiweiß-Unverträglichkeit habe. Kleine Mengen vertrage ich zwar, doch ich bin nach und nach fast ganz umgestiegen. Und du?«

»Mir schmeckt es nicht«, sagte ich schlicht. Das stimmte nicht. Mir würde Fleisch vermutlich schon schmecken, allerdings hatte ich noch nie das Bedürfnis, mich davon zu ernähren. Zumindest nicht von dem Fleisch von Tieren. Das lag nicht in der Natur eines Vampyrs. Unsere Beute waren Menschen. Zudem vertrugen wir tierische Produkte nicht so gut wie Menschen. Doch Lilya würde es vermutlich seltsam finden, wenn ich zufällig dieselben Unverträglichkeiten wie sie hatte.

»So, fertig.« Sie mischte noch ein paar Sojasprossen unter und verteilte die gebratenen Nudeln anschließend auf zwei Teller, welche sie mir in die Hand drückte. »Du kannst schon mal ins Esszimmer gehen.«

Ich gehorchte und setzte mich an den großen Esstisch.

»Einfach nur essen wäre zu langweilig. Ich möchte was zu lachen haben«, sagte sie und verwirrt sah ich auf.

Lilya kam mit Essstäbchen aus der Küche und setzte sich grinsend mir gegenüber. Ich schmunzelte und nahm ihr ein Paar ab. Den Spaß musste ich ihr leider verderben. Während meiner Suche hatte ich auch viele Jahre in Asien verbracht und dort wurde mir sofort beigebracht, mit Stäbchen zu essen.

Das bemerkte Lilya schnell, als ich ohne Probleme anfing zu essen. Ich erwiderte ihren enttäuschten Blick und versuchte mir ein Grinsen zu verkneifen.

»Sorry, du hast vergessen, dass ich auf Weltreise bin, oder?«

»Ich gebe zu, für einen kurzen Moment, schon. Aber es hätte ja auch sein können, dass du entweder Asien bisher ausgelassen hast oder einfach zu talentfrei für das Stäbchenessen bist«, meinte sie schmollend.

»Keine Angst, vielleicht findest du irgendwann etwas, worin ich talentfrei bin.«

Ihre Augen blitzten herausfordernd. »Mit Sicherheit. Ich habe dafür morgen bereits etwas ins Auge gefasst.«

Sie hatte also tatsächlich vor, auch den morgigen Tag mit mir zu verbringen? Also war ich für sie anscheinend doch mehr als ein einfacher spontaner Gast. Obwohl – oder gerade weil – ich eigentlich Wichtigeres zu tun hatte, gefiel mir der Gedanke, länger auf dieser Ranch zu bleiben.

»Na, dann bin ich mal gespannt«, antwortete ich. Auf Anhieb fiel mir nichts ein, womit sie mich bloßstellen könnte. Aber wer weiß, auf welche Ideen sie käme?

Nachdenklich sah ich ihr beim Essen zu und musste bei ihrem Anblick plötzlich an Anisya denken. Ihre Bewegungen ähnelten sich so sehr. Ich überlegte, welche Gemeinsamkeiten sie abgesehen vom Aussehen noch mit ihrer Mutter hatte.

Anisya war immer ernst gewesen. Ich konnte mich kaum an Momente erinnern, in denen sie mal gelächelt hatte. Lilya dagegen hatte stets ein Lächeln auf den Lippen. Ihre Züge waren bei näherem Betrachten auch viel weicher als die ihrer Mutter. Anisya selbst war für mich nie attraktiv gewesen.

Ich wusste, dass die Kiye schön waren, doch Lilyas Ausstrahlung war gewaltig. Das lag nicht nur an ihrem Aussehen. Ihr Charakter wies die typischen Merkmale wie Führungsqualität, Verantwortungsbewusstsein, leichten Perfektionismus und einen ausgeprägten Gerechtigkeitssinn auf, doch entgegen all ihren Familienmitgliedern, die ich noch hatte kennenlernen dürfen, war sie kein bisschen abgehoben. Das war wohl der Vorteil, wenn man als ganz normales Mädchen aufwuchs. Die Unnahbarkeit und Distanziertheit fehlten ihr. Obwohl ihr vermutlich alles ohne große Anstrengung zuflog, merkte man, dass sie sich wirklich für nichts Besseres hielt. Es fiel mir unheimlich leicht, mich mit ihr zu unterhalten. Nicht nur oberflächlich, wie ich es meistens tat. Das wiederum lag vielleicht ebenfalls an der Erziehung.

Sascha hätte sicher auch seine Freude an ihr.

Apropos Sascha … Ob er Lilya bei unserer Rückkehr gesehen hatte? Ich würde warten, bis sie schlief, und mich dann aus dem Haus schleichen, um ihn zu treffen.

»Wie alt bist du eigentlich?«, fragte Lilya nach einer Weile und riss mich aus den Gedanken.

»Fünfundzwanzig.« Das stand zumindest aktuell in meinem gefälschten Ausweis. »Und du?«

»Ich bin vorletzten Monat einundzwanzig geworden.«

Ich legte die Stirn in Falten. Das hieß, ihre Erweckung war kein Jahr mehr entfernt. Nicht besonders viel Zeit in Anbetracht der Situation. Mir wurde plötzlich wieder bewusst, wie ernst die Lage war. Es herrschte Krieg und ich aß hier seelenruhig mit unserer größten Hoffnung zu Abend.

»Passt etwas mit meinem Alter nicht?«, fragte sie.

»Wie kommst du darauf?«

»Du hast gerade ein Gesicht gemacht, als hätte ich verkündet, dass ich entweder fünf oder fünfzig bin.«

»Nein, alles gut. Ich war nur in Gedanken.« Ich musste aufpassen, dass mir die Gesichtszüge nicht häufiger entglitten. Nachdenklich schob ich die Nudeln mit den Stäbchen hin und her. »Ich finde es übrigens sehr bemerkenswert.«

»Was genau jetzt?«, fragte sie verwundert.

»Wie du über die Welt denkst. Es gibt unheimlich viele Leute, die behaupten, sie wollen die Welt verändern, und in Wahrheit tun sie überhaupt nichts und reden nur. Doch bei dir merkt man, dass du es tatsächlich so meinst.« Als sie nichts erwiderte, sah ich auf.

Sie musterte mich mit zusammengekniffenen Augen. »Irgendwie habe ich das Gefühl, dass du eine Macke hast.«

»Was? Warum?«

»Weil du so komische Sachen sagst.« *Wie bitte?* »Nicht, dass es mir nicht gefallen würde, aber dein Verhalten ist wirklich merkwürdig«, fügte sie leise hinzu und widmete sich wieder ihrem Essen.

Was hatte ich denn Schlimmes gesagt? Interagierte ich so selten mit Leuten, dass ich nicht einmal mehr in der Lage war, ein normales Gespräch zu führen?

»Sagt diejenige, die fremde Typen mit nach Hause nimmt«, schnaubte ich und bereute diesen Satz beinahe sofort wieder, als ihr kalter Blick mich traf.

»Pass bloß auf, Freundchen, sonst jage ich dich mit einem Gewehr vom Hof.«

Allein die Vorstellung brachte mich zum Lachen. Oh, wie gerne ich das sehen würde! »Und wer rettet dir dann beim nächsten Mal das Leben?«

Auch wenn sie sich sichtlich bemühte, es sich zu verkneifen, ein kleines Lächeln konnte sie nicht unterdrücken.

»Du treibst einen wirklich in den Wahnsinn«, jammerte sie.

»Danke für das Kompliment.«

Wir aßen schweigend weiter, mussten aber immer wieder grinsen, sobald unsere Blicke sich trafen. War ich anfangs noch darum bemüht, ein freundliches Lächeln aufzusetzen, um nicht unhöflich zu wirken, so merkte ich, dass es mir nun immer leichter fiel.

Diese Frau hatte einen seltsam gruseligen Einfluss auf mich!

Als wir fertig waren, räumten wir schnell die Küche auf, bevor wir ins Wohnzimmer gingen und es uns auf der Couch gemütlich machten.

»Hast du Lust noch einen Film zu sehen?«, fragte sie und griff bereits nach der Fernbedienung.

Statt einer Antwort legte ich den Kopf schief und fragte schelmisch: »Sag mal, unterhältst du eigentlich alle Feriengäste so? Oder ist das ein Privileg für deinen Lebensretter?«

Sie wurde rot und öffnete den Mund, sichtlich bemüht, eine schlagfertige Antwort zu finden. Als ihr das nicht gelang, drehte sie den Kopf in die andere Richtung und ich hörte nur ein gegrummeltes »Idiot« von ihr.

Ich unterdrückte ein Lachen und schlug einen versöhnlichen Ton an. »Aber um auf deine Frage zurückzukommen – klar, warum nicht! Such du was aus.« Was Filme anging, war ich nicht unbedingt auf dem neuesten Stand. Ich war zwar häufiger mal im Kino, doch wirklich Ahnung hatte ich nicht, was aktuell beliebt war.

Sie nuschelte noch etwas Unverständliches, schaltete dann aber den Fernseher ein und klickte sich durch ihre Mediathek. »Was magst du denn so? Komödie, Action, Horror, Drama?«

Ich zuckte mit den Achseln und Lilya schürzte die Lippen.

»Du musst doch eine Meinung haben.«

Sie blieb bei einem Film hängen und warf mir einen kurzen Blick zu. Angesichts des Titels runzelte ich die Stirn. »*Die Schöne und das Biest* ... ist das dein Ernst? Sehe ich so schlimm aus?«

Sie kicherte leise. »Ich kann nicht klagen, aber vielleicht versteckt sich in dir auch noch ein Märchenprinz.«

Oh. Wie konnte man mit einer Aussage so ins Schwarze treffen und doch meilenweit danebenliegen? Ich war ein Prinz, aber definitiv nicht der aus einem Märchen.

»Darauf würde ich nicht hoffen. Ich habe nicht mehr zu bieten als das, was du siehst.«

Kurz wanderte ihr Blick über meinen Körper und ein Lächeln umspielte ihre Lippen. Offensichtlich schien ihr zu gefallen, was sie sah. Als sie bemerkte, dass ich sie durchschaut hatte, errötete sie und wandte den Blick schnell wieder zum Fernseher. »Ähm, was wollen wir jetzt schauen?«

Ich zuckte die Schultern.

»Wenn du unbedingt willst, dein Märchen.«

»So war das nicht gemeint. Du musst keine Mädchenfilme mit mir ansehen.«

»Nein, schon okay. Mach ihn an«, sagte ich und lehnte mich zurück. Immerhin war es eine Realverfilmung und kein Zeichentrick.

Lilya grinste vergnügt und schaltete den Film an.

Auch wenn er für meinen Geschmack etwas zu kitschig war und zu viel gesungen wurde, war er nicht so schlimm wie erwartet.

Als die bösen Wölfe auftauchten, musste ich mich allerdings zusammenreißen, nicht belustigt mit dem Kopf zu schütteln. Soley, die Prinzessin der Siye, drehte immer durch, wenn sie die falsche Darstellung ihrer Lieblinge in Filmen sah.

Erst jetzt fiel mir wieder ein, dass Sascha vor zwei Wochen erzählt hatte, dass Soley wohl verschwunden war. Ob Valentin sie wieder geschnappt hatte? Jetzt hatte ich doch ein schlechtes Gewissen, das Thema nicht ernster genommen und sie nicht gesucht zu haben. Andererseits wäre ich dann Lilya nicht begegnet. Sie hatte jetzt oberste Priorität, danach könnte ich mich um Soley kümmern.

Als das Biest der schönen Belle die große Bibliothek zeigte, leuchteten Lilyas Augen.

»Bücherwurm?«, fragte ich amüsiert und sie bejahte grinsend. Es überraschte mich nicht, dass sie eine Leseratte war. Das waren viele Kiye und Siye. Die große Büchersammlung im Schloss ihrer Familie würde sie wohl überwältigen. Wie gerne würde ich sie ihr jetzt zeigen. Doch bis es dazu kommen konnte, würde wohl noch ein langer Weg vor uns liegen.

10. KAPITEL

Lilya

Ich hatte den Film bereits ein paar Male gesehen und ertappte mich nach kurzer Zeit, wie ich mehr zu Dimitri als zum Fernseher schaute.

Mit Sicherheit entging ihm das nicht, doch er ließ sich nichts anmerken und sah stur geradeaus. Ich vermisste es bereits, einen Spruch von ihm zu hören.

Nervös kaute ich auf der Unterlippe und versuchte, dem Film zu folgen. Meine Gedanken waren aber ganz woanders.

Ob ich mich an Dimitri anlehnen sollte? Ich war zwar eine Romantikerin und grundsätzlich der Meinung, dass Männer den ersten Schritt machen sollten, hatte aber auch kein Problem damit, mir das zu nehmen, was ich haben wollte.

Verstohlen schielte ich noch einmal zu Dimitri und betrachtete sein schönes Profil. O ja, ich wusste, was ich wollte.

Ich schloss kurz die Augen und versuchte meinen Herzschlag zu beruhigen. Es blieb jedoch bei dem Versuch und ich öffnete sie wieder. Scheinbar beiläufig zog ich die Beine an und lehnte mich vorsichtig an ihn.

Ich sah die Reaktion auf seinem Gesicht nicht, doch er legte direkt den Arm um mich und drückte mich leicht an sich. Glücklich schloss ich die Augen und kuschelte mich enger an ihn. Nach all der Aufregung durch den Gewittersturm hatte ich diesen Moment der Ruhe und Entspannung definitiv verdient. Die letzten Stunden hatte ich durchgehend unter Strom gestanden. Obwohl Dimitri eigentlich ein völlig Fremder war, fühlte ich mich in seinem Arm sicher und geborgen. Ich lauschte seinem Herzschlag – er ging schnell, so wie meiner. Ob auch ihn die Situation nicht kaltließ? Ich genoss das Gefühl seiner Nähe, doch irgendwann wanderten die Geräusche des Films in den Hintergrund – und auch die innere Leere, die ich bei Vaters Abreise verspürt hatte, begann zu schwinden.

***

Eine leichte Erschütterung riss mich aus meinem Nickerchen. Müde blinzelte ich und erkannte Dimitris Gesicht.

»Ist der Film schon vorbei?«, fragte ich gähnend und er grinste. Erst jetzt fiel mir auf, dass er mich trug. Die Bewegung hatte mich geweckt.

Er schaffte es irgendwie, meine Zimmertür zu öffnen und im Dunkeln mein Bett zu finden, auf dem er mich vorsichtig ablegte.

»Schlaf ruhig weiter«, flüsterte er und strich mir sanft durchs Haar. Dann verließ er das Zimmer und schloss die Tür hinter sich.

Hatte er mich gerade wirklich ins Bett getragen? Ich tastete nach dem Schalter der Nachttischlampe und kniff die Augen zusammen, als das Licht mich blendete.

Auch wenn ich mich im Halbschlaf befand, wollte ich mir noch die Zähne putzen. An Haaren und Haut haftete der Geruch nach Rauch, doch das Duschen würde ich auf morgen verschieben. Leise öffnete ich die Tür und lauschte kurz. Ich hörte Dimitris Schritte aus dem Wohnzimmer. Schnell huschte ich ins Bad und putzte mir die Zähne. Als ich wieder in meinem Zimmer war, schloss ich die Tür hinter mir ab und zog meine Sachen aus. Dann schlüpfte ich in ein bequemes Nachthemd und kuschelte mich ins Bett.

***

»Diego, warum bist du zurückgekommen?«, frage ich mit einer Stimme, die nicht mir gehört.

Mein Vater läuft unruhig durch den Raum. Schließlich bleibt er stehen und wirft mir einen traurigen Blick zu.

»Ich vermisse dich. Und Lilya braucht dich. Ich halte es für einen Fehler, mich mit ihr allein zu lassen.«

»Du weißt, dass es die einzige Möglichkeit ist. Siehst du nicht, was hier los ist? Es ist zu gefährlich, ich kann keinen von euch beiden beschützen.«

Er kommt auf mich zu und nimmt meine Hände in seine. »Ich weiß, dass du das glaubst, aber wir kriegen das hin, Anisya.«

»Wo ist sie jetzt?«

»Bei einer sehr guten Freundin.«

»Okay. Es tut mir wirklich leid, aber ich muss dich bitten, wieder zu gehen. Sosehr ich es mir auch wünsche, wir können nicht zusammen sein.«

Niedergeschlagen sieht er mich an. »Gib mir wenigstens ein paar Tage. Bitte.«

»So einfach, wie du dir das vorstellst, ist es nicht.« Der Anblick seiner braunen Augen lässt mich schließlich schwach werden. Ich will es mir nicht eingestehen, aber ich habe ihn ebenso vermisst.

»Na schön, ein paar Tage.«

***

Die Szenerie verändert sich. Ich renne durch den dichten Wald, auf der Suche nach der Quelle der immer lauter werdenden Kampfgeräusche. Ich hasse es, Streitschlichter zu spielen, und das kommt in letzter Zeit leider viel zu häufig vor. Ein junger Djiyo hat mich gerufen, weil Dimitri mal wieder ausgetickt ist. Eine Prügelei unter den Mitgliedern dieser Rasse ist etwas, dem man lieber aus dem Weg gehen sollte. Für mich ist es aber nicht gefährlich, sondern lediglich lästig.

Als ich an eine Lichtung komme, sehe ich allerdings etwas, was mich sofort in Alarmbereitschaft versetzt. Diego! Er kämpft mit Dimitri. Genau genommen rangeln sie nur kurz miteinander. Einem Vampyr, und vor allem einem Djiyo, ist er natürlich nicht gewachsen. Um sie herum liegen die toten Körper anderer Djiye, die nicht mehr haben fliehen können.

Dimitri stößt Diego zu Boden und versenkt die Fangzähne in seinem Hals. Er wird ihn umbringen! Nein, das kann ich nicht zulassen.

»Lass ihn in Ruhe!«, schreie ich panisch und stürme auf sie zu. Wenn Diego stirbt, ist alles aus.

Eine Stimme rief nach mir, als ich erwachte. Jemand hämmerte gegen die Zimmertür. Ich riss die Augen auf und die Bilder des Traums lösten sich auf, eine Sekunde später konnte ich mich nicht einmal mehr an sie erinnern.

In meinem Zimmer war es stockdunkel. Es musste noch mitten in der Nacht sein. Lange hatte ich bestimmt nicht geschlafen. Ich schaltete die Nachttischlampe an und blinzelte müde gegen das Licht an.

»Lilya, alles in Ordnung?«

Im ersten Moment wusste ich nicht, wem die Stimme gehörte, die durch die Zimmertür drang. Dann fiel es mir wieder ein und ich kämpfte mich aus dem Bett, um die Tür zu öffnen.

Dimitri stand noch völlig bekleidet im Flur und musterte mich mit großen Augen. Obwohl ich nur ein knappes Nachthemd trug, fühlte ich mich unter seinem Blick nicht unwohl. Er schien mein Outfit aber ohnehin nicht zu beachten. Schweiß stand ihm auf der Stirn, so als hätte er einen Albtraum gehabt und nicht ich.

»Gott sei Dank, dir geht es gut.«

Bevor ich reagieren konnte, hatte er mich bereits in die Arme gezogen. Er strahlte eine unbändige Hitze aus und ich beruhigte mich auf der Stelle.

»Tut mir leid, falls ich dich geweckt habe. Ich habe in letzter Zeit ständig Albträume und wecke alle mit meinem Geschrei«, murmelte ich an seine Brust gepresst.

»Du kannst mich ruhig jede Nacht so wecken, solange ich mich vergewissern kann, dass es dir gut geht. Ich war kurz davor, die Tür einzuschlagen.«

»Oh« war alles, was mir dazu einfiel. *Jede Nacht* – das klang irgendwie nach so viel mehr als für die kurze Dauer seines Aufenthalts hier. Wann wollte er noch mal abreisen? In dem Moment, in dem mein Gesicht an seiner Brust vergraben lag, wünschte ich mir, er würde nie gehen.

Wir blieben noch eine Weile so stehen, dann löste er sich langsam von mir und nahm mein Gesicht in beide Hände. Unter dem intensiven Blick fühlte ich mich völlig nackt.

»Ich könnte es nicht ertragen, wenn dir etwas zustößt«, flüsterte er.

Seine ehrlichen Worte verschlugen mir den Atem.

»Dimitri …« Ich wusste nicht, was ich antworten sollte. *»Du kennst mich doch gar nicht«*, wollte ich sagen, doch die Worte kamen mir nicht über die Lippen. Mein Herz schlug schneller und die Knie wurden weich. Die Albträume waren für den Moment vergessen.

Leider verging dieser Augenblick viel zu schnell, als Dimitri die Hände von meinem Gesicht nahm, mir einen Kuss auf die Stirn hauchte und mit einem »Gute Nacht« die Treppe hinuntereilte.

Perplex blieb ich im Türrahmen stehen. Die Wangen glühten, wo er mich berührt hatte. Ich war doch nicht etwa dabei, mich in einen völlig Fremden zu verlieben?

11. KAPITEL

Dimitri

Ich war so ein Idiot. Lilyas Schrei hatte mich die Kontrolle verlieren lassen. Es hatte mich meine ganze Selbstbeherrschung gekostet, ihre Zimmertür nicht einzutreten. Ich hatte geahnt, dass sie schlecht träumen musste, doch es hatte mich wahnsinnig gemacht, ihr nicht helfen zu können. Hätte ich ihre Tür kurz und klein geschlagen, hätte sie sich aber vermutlich noch mehr über mein Verhalten gewundert als ohnehin schon. Wir kannten uns erst seit wenigen Stunden und ich hatte in ihren Augen gesehen, dass auch sie bereits dabei war, Gefühle zu entwickeln. Das war falsch. Deswegen war ich nicht hergekommen.

Ich stürmte aus dem Haus und versuchte, mich an der frischen Luft zu beruhigen.

»Schlecht geschlafen?« Sascha trat aus dem Schatten auf mich zu. *Ach, richtig, er hat ja auf mich gewartet.* Nachdem ich Lilya ins Bett gebracht hatte, hatte ich mich noch ein wenig im Haus umgesehen, bevor ich zu Sascha gehen wollte, doch dann hatte ihr Schrei mich dieses Vorhaben für den Moment vergessen lassen.

»Nicht ich.«

»Dimitri, ich muss mich bei dir entschuldigen. Ich konnte das Mädchen vorhin mit eigenen Augen sehen. Es tut mir leid, dass ich an dir gezweifelt habe. Du hast deine Suche nie aufgegeben, so aussichtslos sie auch war.« Ich nickte nur. Ich hatte ja selbst an keinen Erfolg geglaubt. Nach einer kurzen Pause fuhr Sascha fort. »Ich kann natürlich verstehen, dass es für dich seltsam ist, sie nach all den Jahren gefunden zu haben, aber hältst du es nicht ebenfalls für notwendig, jetzt schnell zu handeln? Was ist, wenn Valentins Männer durch uns doch noch ihre Spur aufnehmen? Hier ist sie nicht in Sicherheit.«

»Das weiß ich. Aber was schlägst du vor? Soll ich sie entführen? Sie muss lernen, uns zu vertrauen.«

»Uns oder dir?« Saschas Frage traf mich wie ein Schlag ins Gesicht. »Ich weiß nicht, was heute zwischen euch vorgefallen ist, aber je länger du wartest, desto verratener wird sie sich fühlen, wenn sie irgendwann die Wahrheit erfährt.«

Ich biss die Zähne fest aufeinander und versuchte mir nicht anmerken zu lassen, dass er genau ins Schwarze getroffen hatte. »Das weiß ich. Aber was soll ich denn tun? Ich habe nicht die leiseste Ahnung, wie ich es ihr schonend beibringen kann.«

»Du wirst schon einen Weg finden. Sonst bist du doch auch so direkt. Es wäre falsch zu behaupten, dass ich mich nicht freue, dass du auf einmal Gefühle zu entwickeln scheinst, aber das ist der denkbar ungünstigste Moment.«

»Ich entwickle keine Gefühle!«, fauchte ich.

Doch Sascha hob nur wissend die Augenbrauen. »Was auch immer das zwischen euch ist, es sorgt dafür, dass du Angst hast, ihr wehzutun. Aber das Thema lässt sich nicht ewig aufschieben. Du bringst sie so nur in Gefahr. Und wenn du sie wirklich magst, sollte ihre Sicherheit für dich an erster Stelle stehen.«

Ich sah zum Haus hinüber. Im Obergeschoss war alles dunkel.

»Das tut sie auch. Ich werde alles tun, um sie zu beschützen. Koste es, was es wolle. Aber ich habe mich entschieden, erst einmal abzuwarten und sie besser kennenzulernen. Heute Nacht bleibe ich wach, aber ab morgen möchte ich, dass du die Ranch überwachst.«

Sascha legte die Stirn in Falten. »Wie du wünschst, aber vielleicht solltest du in Erwägung ziehen, ein paar Wächter zu informieren. Verstärkung kann nicht schaden und falls Valentins Männer Wind von ihr bekommen, können wir sie zu zweit nicht aufhalten.«

»Nein«, sagte ich rasch. »Die Gefahr ist zu groß, dass sie entdeckt wird, wenn wir jetzt die Männer herholen. Du weißt, ich vertraue nicht allen. Wir könnten Valentin damit erst recht auf ihre Spur führen. Am besten ist es, wenn wir so tun, als wäre alles ganz normal.«

Sascha betrachtete mich skeptisch. »Falls Valentin dich überwachen lässt, werden sie es sehr schnell rausfinden.«

»Ich passe schon auf«, brummte ich und Sascha stöhnte genervt.

»Wäre sie ein Junge, wie angenommen, hättest du nicht so lange gefackelt und ihn direkt nach Kanada geschleift, ohne es ›langsam anzugehen‹«, erwiderte er und malte Gänsefüßchen in die Luft. Ich unterdrückte ein Schmunzeln und setzte eine ernste Miene auf. Natürlich hatte er recht. Es lag allein an Lilya, dass ich sie so behandelte. Bei jedem anderen wäre ich nicht so nett gewesen, da brauchte ich mir nichts vorzumachen.

Doch insgeheim dankte ich dem Schicksal, dass Anisya eine Tochter und keinen Sohn bekommen hatte.

»Also ich werde noch versuchen herauszufinden, ob jemand aus ihrem Umfeld eingeweiht ist. Die nächsten Tage werde ich weiter meine Rolle spielen und mir einen Plan überlegen. Ich werde schon merken, wann der richtige Zeitpunkt für die Wahrheit ist. Und du bleibst auf deinem Posten und wartest auf Anweisungen«, stellte ich klar. Das Gespräch war beendet.

Sascha seufzte. »Deine Entscheidung.« Er verbeugte sich und verschwand wieder in der Dunkelheit.

***

Nach der durchgemachten Nacht entschied ich mich, Lilya mit einem Frühstück zu überraschen. Das Gespräch mit Sascha hatte ich bereits erfolgreich verdrängt. Auch wenn es falsch und egoistisch war, ich wollte jetzt fürs Erste die Zeit mit Lilya genießen. Sie würde noch früh genug erfahren, wer sie wirklich war, und dann würde eine Hetzjagd beginnen. Mir grauste es davor. Denn natürlich hatte Sascha recht. Ich hatte Angst, ihr wehzutun. Mir blieb aber nichts anderes übrig, als zu hoffen, dass sie mir meine Vorgehensweise verzeihen würde. Das war sowohl für Sascha als auch für mich die wohl überraschendste Erkenntnis. Offenbar hatte ich doch noch ein Herz.

Ich kam mir vor wie eine ganz andere Person, als ich den Esstisch mit allen Sachen deckte, die Lilya mögen könnte. Das war das erste Mal in meinem Leben, dass ich jemandem so den Morgen versüßen wollte. Aber Lilya war für mich auch nicht irgendjemand. Ich mochte sie wirklich, zudem war sie mir überstellt, was ich nicht vergessen hatte.

Die Kiye waren seit jeher die obersten Herrscher der Vampyre. Ich war ein Kronprinz, genauso wie Soley Kronprinzessin war, doch wir beide würden nach unserer Krönung hauptsächlich über unsere eigenen Rassen herrschen. Die Kiye dagegen regierten nicht nur über ihre Art, sondern die gesamte Spezies der Vampyre. Sie standen über uns allen. Sie waren das Bindeglied zwischen den drei Rassen. All das hatte ich nicht vergessen. Den Respekt vor ihrer Familie hatte ich nur einmal verloren und das bereute ich inzwischen. Da konnte ich Lilya auch wie die Prinzessin behandeln, die sie war.

Um acht Uhr hörte ich schließlich den Wecker in ihrem Zimmer klingeln. Nach wenigen Sekunden verstummte er, doch oben blieb alles ruhig, weshalb ich schätzte, dass sie ihn auf Schlummermodus gestellt hatte. Dies bestätigte sich, als es zehn Minuten später erneut klingelte. Das Spiel wiederholte sich noch zweimal, dann rumpelte es und schließlich registrierte ich amüsiert, wie Lilya offenbar ins Bad marschierte.

Ich unterdrückte den Drang, selbst noch mal ins Bad zu gehen und mein Aussehen zu prüfen. Wegen einer Frau verrücktspielen, das war so gar nicht mein Stil. Selbst für eine Frau wie Lilya wollte ich mich nicht komplett zum Affen machen. Es war schon peinlich genug, dass Sascha direkt bemerkt hatte, wie verändert meine »Gefühlswelt« war.

***

Es dauerte noch fast eine halbe Stunde, bis ich Lilya die Treppe hinunterkommen hörte.

»Guten Morgen, Schlafmütze«, rief ich ihr aus dem Esszimmer zu. Ihre

Schritte näherten sich langsam, dann tauchte sie im Türrahmen auf und blieb mit offenem Mund stehen.

»Morgen. Seit wann bist du denn wach?«, fragte sie ungläubig. Sie trug eine ähnliche Jeans wie die von gestern und einen grauen Pulli. Ihre noch feuchten Haare hatte sie zu einem Zopf geflochten, der über ihre Schulter fiel. Sie zu sehen hob meine Laune noch einmal beträchtlich und ich verdrängte den Gedanken, dass ich mich ihretwegen zum Gespött meines ganzen Volkes machen würde, wenn mich jemand so sehen könnte.

»Seit einer Weile. Komm, nimm Platz. Ich hoffe, du hast Hunger.«

»Mhh.« Sie setzte sich zu mir und starrte mit großen Augen auf den Tisch. »Hattest du nur Langeweile oder habe ich meinen Geburtstag verpasst?«

»Ich würde sagen, weder noch. Das war eigentlich ein spontanes Dankeschön, dass du mich aufgenommen hast. Natürlich zahle ich euch trotzdem was für die Übernachtung.«

»Ach Quatsch.« Sie winkte ab. »Ich meinte es gestern ernst, dass du jederzeit willkommen bist. Außerdem lass ich Freunde auch hier schlafen, wenn Platz ist.«

»Wir sind jetzt also Freunde?« Ich zog die Augenbrauen hoch und schmunzelte.

»Vielleicht«, murmelte sie und schenkte sich Orangensaft ein.

Ich schnappte mir einen Bagel und bestrich ihn mit Erdnussbutter, während sie sich ein Müsli mit frischem Obst machte.

»Wie alt warst du eigentlich, als deine Eltern starben?«

Die Frage traf mich völlig unvorbereitet. Ich starrte sie einen Moment stumm an, bevor ich irgendeine Zahl sagte.

»Achtzehn.«

»Du reist also seit sieben Jahren durch die Welt und weißt nicht, wohin?«

»So ungefähr.« Warum kam sie plötzlich auf das Thema zu sprechen?

»Weißt du wirklich nicht, was du danach mit deinem Leben machen willst? Ich meine, hast du nicht irgendwelche Träume? Dass deine ganze Familie tot ist, ist wirklich unglaublich traurig und tragisch, aber du lebst. Sie würden nicht wollen, dass ihr Tod dich so fertigmacht. Du kannst doch nichts dafür.«

»Du verstehst das nicht.« Ich mied ihren Blick und sah auf meinen Teller. Ich war schuld an ihrem Tod … doch das konnte ich ihr nicht sagen.

»Dann erklär es mir doch.« Sie strich sanft über meinen Arm. Überrascht blickte ich auf ihre Hand hinunter. »Du kannst mir alles sagen. Ich will, dass du das weißt.«

Ich schaute wieder auf und blickte in ihre strahlend blauen Augen, die mich mitfühlend ansahen. Das war ein ziemlich unangenehmes Gefühl. Ich brauchte ihr Mitleid nicht.

»Danke. Ich rede einfach ungern über den Tod meiner Eltern. Ihr Erbe reicht aus, dass ich wohl auch für den Rest meines Lebens nur reisen könnte. Ich müsste nicht studieren oder mir einen Job suchen … Aber ich will etwas erreichen in meinem Leben, deshalb kann das nicht für immer so weitergehen.« Ich biss von meinem Bagel ab. Nachdem ich tatsächlich Anisyas Kind gefunden hatte, würde ich nun darum kämpfen, meinen rechtmäßigen Platz einzunehmen, und musste nicht mehr durch die Welt reisen.

»Das klingt gar nicht so, als wärst du nur ein verwöhntes reiches Kind«, bemerkte sie lächelnd.

Ihre Worte brachten mich zum Lachen. »Nein, das bin ich auch nicht. Genauso wenig wie du das bist, was man auf den ersten Blick vermuten würde.«

»Das ist wohl wahr«, sagte sie und widmete sich wieder ihrem Müsli.

»Ich habe übrigens ein Ziel. Ich weiß, was ich nach dieser Reise machen will.« Keine Ahnung, was mich dazu bewegte, diesen Punkt anzusprechen. Sie brachte mich dazu, für meine Verhältnisse viel zu viel zu reden.

»Und das wäre?« Neugierig schaute sie mich an.

»Ich will in die Fußstapfen meines Vaters treten und sein Erbe annehmen.« Das schien sie zu überraschen.

»Du willst das Unternehmen deines Vaters leiten?«

»So ähnlich.« Wie sollte ich ihr erklären, dass es sich weniger um ein Unternehmen als um die Regierung eines Volkes handelte?

»Um was für ein Unternehmen geht es denn? Und wer leitet es bisher?«, bohrte sie nach.

Mein Blick verfinsterte sich. »Mein Bruder«, sagte ich, ohne auf ihre erste Frage einzugehen.

Lilyas Augen weiteten sich. Einen Bruder, und vor allem einen lebenden, hatte ich bisher nicht erwähnt.

»Bevor du fragst, wir sind zerstritten und haben keinen Kontakt«, ergänzte ich deshalb.

Sie schwieg und sah mich einfach nur an, in Erwartung, dass ich selber weiterredete. Sie wollte mich nicht drängen. Seufzend ergab ich mich meinem Schicksal und erzählte die Geschichte, ohne zu viel zu verraten. Früher oder später würde ich ohnehin beginnen müssen, sie in die Vampyrgeschichte einzuführen.

»Weißt du, mein Bruder und ich waren bereits vor dem Tod unserer Eltern zerstritten. Früher hatten wir mal ein unglaublich gutes Verhältnis zueinander, bis ein Thema zum Streit führte.«

»Worum ging es in dem Streit?«, hakte sie nach, als meine Antwort auf sich warten ließ.

»Den Posten meines Vaters.«

Sie runzelte die Stirn. »Ihr habt darum gestritten, wer die Firma eures Vaters übernimmt?«

»Ja, kann man so sagen«, meinte ich ausweichend.

»Haben das nicht eure Eltern entschieden?«

»Nun, eigentlich geht das Amt meines Vaters rein rechtlich an den erstgeborenen Sohn. Und das ist mein Bruder.« Wie sich wohl alles entwickelt hätte, wenn das so geblieben wäre? Ob der Rest meiner Familie noch leben würde? Diese Frage beschäftigte mich immer wieder.

»Aber?«

»Meine Eltern haben irgendwann gemerkt, dass mein Bruder auf die schiefe Bahn gerät. Sie haben öffentlich erklärt, dass nicht er, sondern ich der Erstgeborene bin und es eine Verwechslung gab. Wir sind Zwillinge, deshalb war das überhaupt möglich.«

Lilya warf mir einen entsetzten Blick zu. »Und so haben deine Eltern dafür gesorgt, dass du deinem Bruder praktisch das Erbe wegnimmst?«

»Ja«, sagte ich und seufzte. »Und wie du dir sicher vorstellen kannst, war er nicht begeistert. Er wusste natürlich, dass das nur ein Trick unserer Eltern war. Aber er konnte es nicht beweisen. Nach dem Tod der beiden bin ich gewissermaßen vor der Verantwortung geflohen und habe meinem Bruder das Feld überlassen. Ich war total zerstört durch meinen Kummer. Mir war es egal, dass er sich auf diese Weise alles unter den Nagel reißen konnte. Da unsere Eltern ihn so hintergangen hatten, konnte ich auch seine Sicht verstehen, aber inzwischen weiß ich, dass ich was ändern muss. Unsere Eltern wünschten sich mich als ihren Nachfolger, also werde ich dafür sorgen, dass ich das auch werde.«

Lilya schüttelte verständnislos den Kopf. »Wieso machst du dir deswegen so einen Kopf? Dimitri, du hast doch nur noch ihn. Meinst du nicht, es wäre besser, mit dieser Sache abzuschließen und dich mit ihm zu vertragen? Überlass ihm das Unternehmen und mach was anderes aus deinem Leben.«

Wäre das Thema nicht so ernst, würden ihre Worte mich vermutlich zum Lachen bringen. Sie hatte ja keine Ahnung, wie gerne ich das täte. Vor allem jetzt, wo ich sie kennengelernt hatte, wünschte ich mir, mit dem Kapitel abzuschließen. Aber ich konnte nicht.

»Glaub mir, das habe ich auch bereits überlegt. Aber du kennst ihn nicht. Er wird alles zerstören. Mein Bruder interessiert sich für kein anderes Lebewesen außer sich selbst.« Meine Stimme war voller Verbitterung.

»Was meinst du damit? Ist er ein schlechter Arbeitgeber? Wird er die Firma in den Bankrott treiben? Dimitri, das kann dir doch egal sein. Bau dir ein eigenes Leben auf. Schließe mit der Vergangenheit ab. Warum willst du unbedingt darum kämpfen? Du bist frei. Genieß es.«

Ich stöhnte und raufte mir die Haare.

»Das würdest du nicht sagen, wenn du wüsstest, wie viel Verantwortung dieser Job bedeutet. Mein Bruder ist ein Monster und ich lasse ihn nicht alles machen, was er will.«

Sie sah mich irritiert an.

»Ein Monster? Findest du das nicht ein bisschen hart? Was hat er denn so Schlimmes getan?«

»Er hat sie getötet!«, platzte es aus mir heraus.

Lilya erstarrte und sah mich entgeistert an. Ich ballte die Hände zu Fäusten und drehte mich, um Fassung bemüht, von ihr weg.

»Es war kein Unfall. Meine Familie und meine Verlobte Natascha ... Mein eigener Zwillingsbruder hat sie umgebracht«, fügte ich ruhiger hinzu. Ich hatte ihr das eigentlich nicht erzählen wollen, aber nun war es raus. Jetzt wusste sie nicht nur, dass mein Bruder ein Mörder war, sondern auch, dass ich verlobt gewesen war. Ich hatte Natascha ihr gegenüber nie erwähnt, obwohl sie mir auch von Ben erzählt hatte. Aber wenn ich auf meine tote Verlobte zu sprechen gekommen wäre, hätte ich noch mehr über mich offenbaren müssen. »Verstehst du jetzt, wieso ich endlich etwas gegen ihn unternehmen muss? Er ist ein Mörder.«

Mein Atem ging schwer und ich hatte Mühe, mich wieder zu beruhigen. Stumm starrten wir beide einige Augenblicke auf den Frühstückstisch.

»Ist er denn nie verurteilt worden?«, fragte sie zaghaft, nachdem sie irgendwann ihre Stimme wiedergefunden hatte.

Ich seufzte leise und versuchte, meine hochkommenden Gefühle wieder hinter einer Maske zu verstecken. Lilya sollte nicht sehen, wie sehr mich das Thema mitnahm.

»Nein. Es weiß niemand. Es gibt keine Beweise. Und ich bin damals einfach abgehauen.«

»Du lebst seit sieben Jahren ganz allein mit dem Wissen, dass dein Bruder deine ganze Familie auf dem Gewissen hat und niemals dafür bestraft wurde? O Gott, ich weiß nicht, was ich dazu sagen soll.« Sie war ganz blass im Gesicht und dabei kannte sie noch nicht einmal das ganze Ausmaß der Geschichte.

»Da gibt es auch nichts, was man sagen könnte.« Ich vergrub das Gesicht in den Händen und hörte, wie sie ihren Stuhl zurückrückte, aufstand und sich neben mich setzte. Zärtlich strich sie mir über den Rücken. Sie sagte nichts mehr, sondern lehnte sich gegen mich und war einfach nur für mich da.

Den Tod meiner Familie hatte ich mittlerweile ganz gut verkraftet. Tatsächlich lag das immerhin bereits über zwanzig Jahre zurück. Stattdessen nagten Schuldgefühle an mir. Ich konnte Lilya einfach nicht die Wahrheit sagen. Die Wahrheit über ihre Herkunft, die Wahrheit über ihre Familie. Irgendwann würde sie es zwangsläufig erfahren, aber ich hatte unheimliche Angst vor diesem Tag. Ich wollte nicht, dass sie an dem Schmerz zerbrach, wenn sie erfuhr, dass ihr gesamtes Leben auf einer Lüge aufgebaut war und ihre richtige Familie tot war.

12. KAPITEL

Lilya

Dimitris Offenbarung über den Tod seiner Familie hatte mich völlig aus der Bahn geworfen. Was sollte man sagen, wenn der Zwillingsbruder der Mörder seiner Eltern war? Wenn ich es richtig verstanden hatte, wurde seine Verlobte ebenfalls ermordet. Das war eine neue Information, die mich zusätzlich schockierte. Auch wenn es mich irritierte, dass Dimitri bereits so jung verlobt gewesen war, fragte ich nicht weiter nach. Nun wusste ich auch, wieso er gesagt hatte, dass jeder, der ihm etwas bedeutet hatte, tot war. Auf einen Schlag die Eltern, den Partner und irgendwie auch den Bruder zu verlieren, das war wohl das Schlimmste, was einem passieren konnte.

Dachte ich an mein achtzehnjähriges Ich zurück und stellte mir vor, dass mein Bruder unsere Eltern und Ben ermordet hätte ... Ich wüsste nicht, was ich hätte tun sollen. Der Gedanke war zu entsetzlich, um sich länger damit zu befassen. Es war mir ein Rätsel, wie Dimitri damit leben konnte, ohne daran zu zerbrechen.

Wir frühstückten schweigend zu Ende, bevor er schließlich die Stille durchbrach.

»Genug betrübende Gespräche für heute«, sagte er und stand auf. Einen Moment schaute ich ihm stumm hinterher, als er ein paar Sachen vom Tisch schnappte und in die Küche trug.

Ich sollte mich von der Geschichte nicht runterziehen lassen. Es war sein

Schicksalsschlag und er war nicht der Typ, der sich bemitleidete. Er wollte nach vorn sehen; dann konnte ich nur versuchen, ihn dabei zu unterstützen.

***

Wir verließen gerade das Haus und überlegten, was wir heute machen wollten, als ich Hufgetrappel hörte und kurz darauf drei Pferde auf uns zukommen sah. Bills dunkle Haare und sonnengebräunte Haut erkannte ich auf Anhieb. Er war in Begleitung eines Pärchens, das hier seit ein paar Tagen wohnte.

»Hey Bill, ihr seid ja schon zurück«, rief ich, als die Reiter vor uns hielten und abstiegen. Ich lief zu ihm und umarmte ihn zur Begrüßung.

»Ja, William und Isabella«, sagte Bill und nickte in Richtung des Paares, »müssen früher abreisen, deshalb bin ich mit ihnen schon mal zurückgeritten.«

»Sollen wir euch noch beim Absatteln helfen?«, fragte William, aber Bill winkte ab.

»Nein, nein. Haut ruhig ab.«

Das Pärchen entschuldigte sich und lief direkt zu ihrem Bungalow. Sie schienen es wirklich eilig zu haben.

»Aber was viel wichtiger ist, was ist denn mit dem Stall passiert?«, fragte Bill, als sie weg waren, und sah leicht schockiert zu den verkohlten Überresten.

Ich folgte seinem Blick und seufzte leise. »Bei dem Gewitter gestern Abend hat ein Blitz wohl ein Feuer ausgelöst. Wir konnten nichts mehr tun. Ich wollte euch den Ausflug nicht verderben und habe es deshalb nicht erwähnt.«

»Wir?« Bill schien erst jetzt wirklich Notiz von Dimitri zu nehmen. Wie man ihn übersehen konnte, war mir wahrlich ein Rätsel! Für mich war er so präsent wie eine leuchtende Fackel bei Nacht. Mit gerunzelter Stirn musterte Bill ihn.

»Das ist Dimitri«, stellte ich ihn schnell vor. »Er war glücklicherweise auf der Suche nach einer Unterkunft und ist so bei uns gelandet. Er hat mich aus dem Stall gerettet, als ich Coco holen wollte, und mich anschließend ins

Krankenhaus gebracht«, erklärte ich. Zu spät fiel mir ein, dass wir die Rettungsaktion eigentlich für uns behalten wollten.

»Hallo Dimitri, ich bin Bill«, sagte er freundlich und reichte ihm die Hand. »Dann müssen wir uns wohl bei dir bedanken. Materielle Schäden können wir verkraften, aber wäre Lilya etwas passiert, hätte ihr Vater uns einen Kopf kürzer gemacht.«

»Habe ich gern gemacht«, erwiderte Dimitri lächelnd.

»Hast du deine Eltern bereits angerufen?«, wandte sich Bill wieder an mich.

Ich schüttelte den Kopf. »Nein. Gestern habe ich sie nicht erreicht und heute habe ich es noch nicht probiert.«

»Okay, dann kläre ich es mit deinem Onkel. Jetzt, wo alle noch unterwegs sind, macht es nicht viel Sinn, aber nächste Woche müssen wir wohl den Neubau des Stalls organisieren. Könnt ihr euch derweil um die Pferde ...?«

»Klar.« Bill nickte uns zu und lief dann ins Haus, vermutlich um ein paar Telefonate zu führen.

***

Nachdem wir die Pferde versorgt hatten, halfen wir Bill, die Schäden am Stall zu sichten. Während der Offenstall an sich nicht mehr zu retten war, hatten die angrenzende Sattelkammer und die kleine Werkstatt nicht ganz so viel abbekommen, sodass deren Inhalt fast vollständig erhalten geblieben war. Als Dimitri in der Werkstatt unsere Quads entdeckte, äußerte er den Wunsch, eine Runde mit ihnen zu drehen, was ich ihm nicht abschlagen konnte.

»Wollen wir morgen mit den Pferden einen Ausflug machen, wenn die anderen zurück sind?«, fragte ich Dimitri vergnügt, als wir die Quads nach einer Tour übers Ranch-Gelände wieder eingeräumt hatten.

»Mit den Pferden? Sollen wir nicht lieber wieder die Quads nehmen?« Dimitri klang von meinem Vorschlag wenig begeistert.

»O nein, du wolltest Urlaub auf einer Texas-Ranch machen, dann musst du auch das Cowboy-Feeling erleben«, sagte ich beharrlich und holte direkt Cocos Sattel, um Dimitris Reitkünste zu testen. Er folgte mir und blieb mitten in der kleinen Sattelkammer stehen.

»Müsste ich dann nicht eher Bullenreiten ausprobieren?«

Ich verzog das Gesicht und drückte Dimitri den schweren Sattel in die Hände. »Von der Tradition halte ich nichts. Man kann sich auch anders wie ein Cowboy fühlen. Aber ich kenne eine Rodeo-Anlage, wo man auf diesen künstlichen Bullen reitet. Du kannst es ja mal damit probieren, da passiert dir zumindest nichts.«

Er verdrehte lachend die Augen. »Süß, dass du dir solche Sorgen um mich machst, aber das ist nicht nötig.«

»Idiot«, murmelte ich, schnappte mir noch Zaumzeug und stampfte aus dem Raum.

Coco kam direkt angelaufen, als ich nach ihr rief und ließ sich bereitwillig das Zaumzeug anlegen, bevor ich zu Dimitri ging und ihm den Sattel wieder abnahm.

Ich sattelte Coco und führte meine Stute anschließend über die Weide. Dimitri hatte mich die ganze Zeit mit einer Mischung aus Neugier und Unbehagen beobachtet und lehnte nun, die Arme vor der Brust verschränkt, am Zaun.

»So, Dimitri, dann wollen wir doch mal sehen, ob du reiten kannst«, meinte ich lachend und drehte mich zu ihm um. »Rauf mit dir.«

Amüsiert trat er näher. »Du suchst ganz schön krampfhaft nach meinen Schwächen, was?«

Ich zuckte mit den Schultern und setzte einen unschuldigen Blick auf. »Quatsch, ich muss nur überprüfen, ob du sattelfest genug für einen Ausflug bist. Reine Sicherheitsmaßnahme, auch wenn du denkst, dass du dich sogar auf einem Bullen halten könntest.«

»Natürlich.« Er zwinkerte mir zu und schwang sich dann deutlich eleganter, als ich ihm zugetraut hätte, in den Sattel. Einen Moment genoss ich Dimitris Anblick auf einem Pferd, ehe er Coco antrieb und über die Weide galoppierte. War ja klar, dass er gleich übertreiben musste. Ich hatte bereits damit gerechnet, dass er reiten konnte und ich musste zugeben, es gefiel mir.

Nachdem ich den beiden eine Weile zugesehen hatte, stieß ich einen lauten Pfiff aus und augenblicklich kam Coco zurückgetrabt.

Dimitri ließ die Zügel los und verschränkte die Arme vor der Brust. »Netter Trick«, meinte er, als Coco vor mir zum Stehen kam.

Ich lachte und strich der Stute über die Stirn. »Sie hört nur auf mich. Wäre ich nicht dabei gewesen, hätte sie dich gar nicht auf ihr reiten lassen. Abgesehen von meiner Familie wirft sie jeden Fremden ab.«

»Wie nett, dass du mir das erst hinterher sagst, aber ich denke, ich habe trotzdem einen ganz guten Draht zu ihr.« Er schwang sich aus dem Sattel.

»Du hast dich wirklich nicht schlecht angestellt. Man sieht dir an, dass du ein Tierfreund bist.«

Lächelnd kraulte er Coco über den Hals. »Stimmt wohl. Aber mit Maschinen komme ich noch besser klar. Sicher, dass du mir morgen ein Pferd anvertrauen willst?«

»Den Test hast du zumindest bestanden. Solange dir nach ein paar Stunden nicht direkt der Arsch wehtut und du mir die Ohren volljammerst, ist alles okay. Ich werde auch keine allzu schwierige Strecke raussuchen.«

***

Nachdem wir Coco wieder abgesattelt hatten, war es bereits Zeit für das Abendessen. Heute hatte sich Bill darum gekümmert. Meistens schliefen er und John in ihren eigenen Wohnungen, doch sie hatten auch ein kleines Zimmer in unserem Haus für den Fall, dass die Ranch unterbesetzt war. Bis mein Vater oder Onkel zurück waren, wollten sie nachts hierbleiben.

Das Pärchen war bereits abgereist, wodurch nun ein Bungalow frei war, den Dimitri beziehen konnte. Ein wenig schade fand ich es ja, dass er nicht mehr im selben Haus wie ich schlief. Für den nächsten Tag hatte ich mir die Tour überlegt, die auch Bill und John mit den Gästen unternommen hatten. Der Ritt zum Mineral State Park – mitsamt einer Campingnacht. Wie Dimitri wohl auf den Vorschlag reagieren würde? Der Gedanke, mir mit Dimitri ein Zelt zu teilen, beschäftigte mich irgendwie am meisten.

»Worüber grübelst du denn?« Dimitris Stimme riss mich aus den Gedanken. Wir saßen auf der Veranda, während in der Ferne die Sonne unterging.

»Ach, nicht so wichtig.«

Er zog die Augenbrauen hoch. »Soso. Wenn ihr Frauen das sagt, ist meistens was im Busch.«

Ich fühlte mich ertappt. »Da ist was dran«, meinte ich schmunzelnd. »Du bist jetzt also auch ein Frauenversteher?«

»Vielleicht«, erwiderte er zwinkernd. »Also verrätst du mir nun, was in deinem hübschen Kopf vorgeht?«

Ich zuckte mit den Schultern und lehnte mich zurück. »Das wirst du wohl selbst herausfinden müssen.«

Seine Augen funkelten und um die Mundwinkel zuckte es.

»Oh, ich liebe Herausforderungen.«

***

Eine Stunde später holte Dimitri seine Tasche und ich zeigte ihm sein neues Domizil.

»Gib einfach Bescheid, wenn du noch etwas brauchst, okay?«, meinte ich und er nickte. Unschlüssig, ob ich einfach gehen sollte, stand ich an der Tür und spielte an meinem Zopf herum. Ein paar Strähnen hatten sich bereits gelöst. Später würde ich daher wieder besonders starke Locken haben.

Dimitri sah mit nachdenklichem Gesichtsausdruck zu mir. »Sag mal, hast du eigentlich nie darüber nachgedacht zu modeln?«

»Wie kommst du jetzt darauf?«, fragte ich verwirrt.

Er versenkte die Hände in den Hosentaschen. »Nun ja, du siehst nun mal atemberaubend aus, das wurde dir mit Sicherheit schon oft genug gesagt. Aber es ist ja auch äußerst ungewöhnlich, so blaue Augen und dazu tiefschwarze Haare zu haben. Da würde es mich nicht überraschen, wenn du in New York ständig angesprochen wirst.«

Ich runzelte die Stirn und blickte auf eine meiner dunklen Haarsträhnen.

»Ja, stimmt schon. Ich habe häufiger Angebote bekommen, doch bin nie drauf eingegangen. Im Gegensatz zu anderen Mädchen hatte ich nie den Traum, Model, Schauspielerin oder Sängerin zu werden. Seitdem ich nicht mehr viel Zeit in Texas verbringe und nicht so gebräunt bin, fallen meine dunklen Haare heftiger auf. Ich habe schon darüber nachgedacht, sie zu blondieren, dann haben die Leute nichts mehr zu glotzen.«

»Das würde ich nicht tun!«, sagte Dimitri bestimmt.

Überrascht von seinem Tonfall schaute ich auf. Er starrte mich eindringlich an und ich hatte das Gefühl, er würde mir direkt in die Seele schauen.

»Man sollte niemals etwas von seiner Einzigartigkeit aufgeben«, flüsterte er. In seinem Blick lag eine Sehnsucht, die ich nicht zuordnen konnte.

Mein Herz schlug schneller und ich merkte, wie ich rot wurde. Beschämt senkte ich den Blick. Was hatte dieser Kerl nur an sich? Eigenartigerweise fühlte es sich so an, als würde er mich besser kennen als sonst jemand auf dieser Welt. Aber das war unmöglich. Wir kannten uns doch erst seit zwei Tagen.

Er kam langsam auf mich zu und hob eine Hand, um mir eine Haarsträhne aus dem Gesicht zu schieben. Ich fühlte mich an die vergangene Nacht erinnert, in der er mich ebenfalls so intensiv angeschaut hatte. *Küss mich,* dachte ich und sah eindringlich – fast flehentlich? – zu ihm hoch.

13. KAPITEL

Dimitri

Ihr Blick sagte mir, dass ich sie küssen sollte, und es gab nichts, was ich lieber täte, doch ich konnte mich zusammenreißen. Ich musste endlich aufhören, mit ihr zu flirten. Denn das tat ich ... Sie reagierte viel zu sehr darauf und das konnte nur in einer Katastrophe enden.

»Du siehst müde aus, wir sollten jetzt schlafen gehen«, sagte ich deshalb und trat einen Schritt zurück.

Sie blinzelte mehrmals und ich erkannte die Enttäuschung in ihren Augen. Wie gern ich jetzt mit ihr zusammen ins Bett gehen würde! Ihren Körper neben meinem spüren, die Hände über ihre weiche Haut gleiten lassen ... Ich scherte mich nicht oft um Regeln, doch was mit ihr anzufangen, war einfach nicht möglich. Sie war nicht irgendein Mädchen, sie war die Kronprinzessin der Kiye, verdammt noch mal!

Würde ihre Mutter noch leben und mich jetzt sehen, könnte ich mich von meinem Dasein verabschieden.

»Ja, du hast recht«, erwiderte sie schnell. »Gute Nacht.« Ohne mich noch einmal anzusehen, drehte sie sich um und lief aus dem Bungalow.

***

»Du wirkst heute nicht besonders gut gelaunt.« Sascha hatte es sich auf einem Sessel bequem gemacht und musterte mich mit leicht zusammengekniffenen Augen.

»Das täuscht«, sagte ich und setzte mich aufs Bett.

»Na klar. Ärger im Paradies?«

»Ach, halt die Klappe.« Nachdem Lilya aus der Tür gestürmt war, war meine Laune auf den Tiefpunkt gesunken. Da war es auch nicht hilfreich, dass kurz darauf Sascha hereingestürmt kam, um mich vermutlich wieder an meine Pflichten erinnern zu wollen.

»Wenn du eh schon so mies drauf bist, ist ja der perfekte Moment, um dich an deinen Plan zu erinnern. Hast du schon etwas über ihre falsche Familie erfahren?«

Ach ja, ich hatte gesagt, dass ich herausfinden wollte, ob jemand aus ihrer Familie eingeweiht war. Dieser Angestellte konnte es zumindest nicht sein, ansonsten hätte er mich mit Sicherheit erkannt. Doch ihre Eltern würde ich wohl nicht so bald treffen, was vielleicht auch besser war. Falls sie tatsächlich eingeweiht waren, hielt sich deren Begeisterung, mich zu sehen, sicher in Grenzen.

»Nicht wirklich«, gab ich zu und meine Laune sank weiter. Eigentlich hatte ich vor, nach irgendwelchen verdächtigen Unterlagen oder Dokumenten auf dem Computer zu suchen, doch dazu hatte ich keine Gelegenheit mehr bekommen. Ich schlief jetzt nicht mehr im Haupthaus und konnte es nicht riskieren, von Lilya oder Bill beim Schnüffeln erwischt zu werden.

Sascha verschränkte die Hände hinter dem Kopf und starrte an die Decke. »Dann macht es auch keinen Sinn, weiter hier herumzusitzen. Dass du Informationen beschaffen willst, ist doch nur ein Vorwand, um sie nicht direkt nach Kanada schleppen zu müssen.«

»Fang jetzt nicht schon wieder mit diesem Gefühlsthema an«, ermahnte ich ihn und er sah wieder zu mir.

»Warum denn nicht? Denkst du, ich bin blind? Ich habe euch den ganzen Tag beobachtet und dein Verhalten gibt mir wirklich Anlass zur Sorge.«

»Was passt dir denn nicht?«, fragte ich genervt.

»Du weißt genau, was ich meine. Hör auf, dem Mädchen den Hof zu machen.«

Verflucht. War es wirklich so offensichtlich? Statt einer Antwort stand ich auf, ging ins Bad und verschloss die Tür hinter mir. Jetzt flüchtete ich bereits vor einem Gespräch mit Sascha. Mir war echt nicht mehr zu helfen.

***

Nach einer langen kalten Dusche blieb mir schließlich nichts anderes übrig, als das Bad wieder zu verlassen. Ich hatte die letzten zwei Tage nicht geschlafen und musste mich dringend etwas ausruhen.

Sascha saß noch immer an derselben Stelle wie vor einer halben Stunde und spielte an seinem Handy. Er sah kurz auf, als ich nur mit Boxershorts bekleidet zum Bett ging.

»Was sitzt du denn noch hier rum? Raus mit dir. Du sollst die Ranch bewachen«, fuhr ich ihn lautstark an und er ließ vor Schreck das Handy fallen. Er hatte vermutlich gedacht, dass sich meine Laune inzwischen gebessert hatte.

»Dimitri …«, sagte er leise, vermutlich in dem Versuch, mich zu besänftigen.

»Ich sagte, raus!«

Seufzend hob Sascha sein Handy vom Boden und stand auf. An der Tür drehte er sich noch mal kurz um und warf mir einen enttäuschten Blick zu. Ich hielt ihm stand, bis er sich abwandte und ging.

Sobald ich allein war, löschte ich das Licht und legte mich aufs Bett. Ich war wirklich ein miserabler Freund. Kein Wunder, dass ich nicht besonders beliebt war. Dabei war das auch nie mein Wunsch gewesen. Als Prinz wollte ich Respekt und hatte Untertanen – und keinen großen Fanclub wie ein Rockstar.

Kurz überlegte ich, Sascha eine Nachricht zu schicken und mich zu entschuldigen, verwarf den Gedanken aber wieder. Dafür war mein Stolz nun doch zu groß und Sascha erwartete das mit Sicherheit auch nicht.

Ich verdrängte das Gespräch aus meinen Gedanken und dachte an den morgigen Tag. Lilya wollte also einen Ausflug mit mir machen. Das hatte ich Sascha gegenüber nicht erwähnt. Noch etwas, worüber er nicht sehr erfreut wäre. Er würde garantiert darauf bestehen, uns zu folgen. Keine besonders gute Idee. Wer wusste schon, wohin Lilya mit mir wollte, am Ende würde sie unseren Verfolger noch bemerken.

Wie lange ich das ganze Spiel wohl durchhalten konnte? Es wäre lächerlich zu glauben, dass ich mit Lilya ein normales Leben führen könnte. In nicht einmal einem Jahr würde sie die Wahrheit so oder so erfahren. Theoretisch könnte ich mit ihr weglaufen. Weglaufen, so wie es viele Vampyre getan hatten, die nicht in den Krieg hineingezogen werden wollten. Sich als Kronprinz und Kronprinzessin aus allem raushalten ... Nun, das wäre wohl das Egoistischste, was man tun könnte. Da ich mir geschworen hatte, meine Fehler wiedergutzumachen, war dies leider keine Option.

Noch eine ganze Weile grübelte ich über die Zukunft nach, versuchte eine Lösung für die Situation zu finden. Vergeblich – und schließlich fielen mir die Augen zu.

***

Am nächsten Morgen holte mich Lilya zum gemeinsamen Frühstück ab. Trotz meiner gestrigen Abfuhr schien sie gute Laune zu haben. Solange Bill mit uns am Tisch saß, wollte ich mich mit dem Reden eigentlich zurückhalten, aber Lilya löcherte mich mit Fragen über meine Weltreise, also blieb mir nichts anderes übrig, als einige Geschichten zu erzählen. Während meiner Suche hatte ich sehr viel gesehen und erlebt und das meiste konnte ich preisgeben, ohne Verdacht zu erregen. Nur Sascha verschwieg ich oder gab ihm andere Namen, als wäre er mehr als eine Person, die ich an den verschiedenen Orten getroffen hatte.

Lilya war richtig begeistert von meinen Erlebnissen, da sie wohl noch nie die Staaten verlassen hatte. Für sie wäre das Herumreisen auch viel zu gefährlich, wie ich fand. Es war mir immer noch ein Rätsel, wie man dafür gesorgt hatte, dass sie verborgen blieb. Einen normalen Menschen konnte man wohl gut verstecken, aber Lilya war nicht normal und ein Mensch war sie auch nicht. Auch wenn es niemand wusste, hatte ich schnell bemerkt, wie die Leute auf sie reagierten. Sie war eine strahlende Persönlichkeit, die jeden Raum erfüllte. Jemanden wie sie konnte man nicht einsperren und von den

Leuten fernhalten. Sie wollte etwas erleben, wollte etwas in ihrem Leben erreichen. Und natürlich – da war noch ihr Aussehen. Sie hatte selbst zugegeben, dass sie in New York regelmäßig angesprochen wurde, ob sie nicht Lust hätte, zu modeln. Was wäre gewesen, wenn sie doch der Typ für so was wäre? Es war wirklich ein Wunder, dass sie einundzwanzig Jahre lang verborgen geblieben war.

***

Der Vormittag verging sehr zügig mit kleineren Arbeiten auf der Ranch und später hatte Lilya noch einen Einfall, um meine Talente zu testen. Ich lehnte an einem Baum, während ich amüsiert beobachtete, wie sie ein paar Dosen auf einem Brett stapelte, das auf einem Baumstumpf lag.

»Wird es das, was ich denke?«

Statt einer Antwort zwinkerte sie mir nur verschwörerisch zu und ließ mich stehen. Kurz darauf kam sie grinsend mit einem Gewehr zurück. Sie wollte also das gesamte Unterhaltungsprogramm durchziehen.

»Du vertraust mir jetzt schon so gut, dass du mir eine Waffe in die Hand drücken willst?«, fragte ich mit hochgezogenen Augenbrauen.

»Vielleicht bist du selbst mit Waffe nicht so furchterregend, wie du glaubst«, antwortete sie gelassen.

Autsch, das war ein Tiefschlag für mein Ego!

Ich konnte sehr schnell dafür sorgen, dass sie mich doch furchterregend fand. Aber in Wahrheit wollte ich gar nicht, dass sie Angst vor mir bekam. Ich schüchterte die Leute gerne mit Gewalt, Drohungen oder einfach meiner bloßen Anwesenheit ein, doch Liliya sollte mich nicht fürchten, sondern ...

Ich schüttelte den Kopf und konnte diese Überlegung nicht zu Ende denken, weil das ein Eingeständnis meiner Gefühle wäre.

»Schade, und ich dachte, ich wäre besonders angsteinflößend. Ihr Frauen steht doch auf böse Jungs«, scherzte ich, doch Lilyas Mund verzog sich zu einer schmalen Linie.

»Ich nicht«, meinte sie schlicht und lud das Gewehr. *Verdammt.* Ich verzog keine Miene, doch ihre Worte trafen mich härter als gedacht. Ich gehörte definitiv nicht zu der Sorte »netter Typ von nebenan«. Was würde passieren, wenn sie mein wahres Ich kennenlernte? Prinzipiell wäre es gut, wenn sie ein wenig auf Abstand ginge, doch das war nicht das, was ich in meinem Inneren wollte. Und ich war verdammt noch mal ein Riesenegoist.

Lilya legte das Gewehr an und riss mich wieder aus den Gedanken. »Also dann pass mal auf«, sagte sie und drückte ab.

Der Schuss ertönte und fast gleichzeitig fiel eine Dose vom Brett. Okay, mit dieser Frau sollte ich mich nicht anlegen, sie konnte schießen.

»Jetzt du.« Lächelnd übergab sie mir das Gewehr. »Weißt du, wie man damit umgeht?«

Ich wich ihrem Blick aus, nickte aber und lud selbstständig nach. *Du bist nicht der Richtige für sie*, ermahnte ich mich. Der Gedanke war frustrierend.

Ich legte das Gewehr an, zielte auf eine der restlichen Dosen und schoss.

***

»Sei mal ehrlich, was kannst du eigentlich nicht?« Lilya sammelte die Dosen ein, die ich alle mühelos getroffen hatte. Auch wenn ich fast nie Schusswaffen benutzte und sie nicht besonders mochte, hatte ich dennoch gelernt, damit umzugehen. Mein Ding waren eher Schwerter. Sie waren bei einem Kampf, in dem ich zur Abwechslung nicht nur die Fäuste benutzte, deutlich würdevoller als eine Pistole oder ein Gewehr.

»Dasselbe könnte ich dich fragen. Alles, was wir bisher gemacht haben, kannst du doch genauso gut. Vielleicht sollte ich auch mal nach etwas suchen, wobei du scheitern könntest.«

Sie hielt inne und legte die Stirn in Falten. »Oh, du hast recht. Also irgendwelche Vorschläge?« Sie zwinkerte mir zu und ich schüttelte lachend den Kopf.

»Nein, das lassen wir lieber. Ich könnte sonst vorschlagen, dass wir mal boxen, aber ich will dich nicht k. o. schlagen.«

Sie verdrehte die Augen. »Ihr Männer denkt auch nur mit euren Fäusten.«

»Nicht mit dem Schwanz?«, warf ich ein.

»Doch, das auch«, meinte sie lachend. »Auch wenn ich das bei dir noch nicht bemerkt habe«, fügte sie hinzu und streckte mir die Zunge raus.

»Zweifelst du etwa schon wieder an meiner Männlichkeit?«

»Würde ich nie machen.« Sie warf mir einen möglichst unschuldigen Blick zu, der mich zum Schmunzeln brachte.

***

Kurze Zeit später kam die Gruppe Reiter auf der Ranch an. Lilya und ich halfen Bill und John, die Pferde zu versorgen, während die meisten Gäste sich müde in ihre Bungalows zurückzogen.

»Ich kümmere mich um die Verpflegung und das Zelt, pack du ein, was du noch für die Übernachtung brauchst«, sagte Lilya nach einem gemeinsamen Mittagessen zu mir.

»Übernachtung?«, fragte ich verwundert.

Lilya wurde rot. »Ähm, ja. Ich dachte, wir reiten ebenfalls zum Mineral Wells State Park und campen dort.«

Camping! Der Gedanke, mit Lilya die Nacht in der Natur zu verbringen, war wirklich verlockend.

»Das verrätst du mir aber früh.«

Sie zuckte entschuldigend mit den Schultern. »Ich habe mich eben erst auf eine Strecke festgelegt.«

Ich glaubte ihr kein Wort. Das hatte sie doch mit Sicherheit geplant, seitdem sie von dem Ausflug gesprochen hatte. Aber mir sollte es recht sein.

»Und eure Angestellten haben nichts dagegen?«

»Nein. Sie meinen, wir haben uns den kleinen Trip redlich verdient.«

Wir packten unser Zeug zusammen und sattelten anschließend die Pferde. Lilya nahm natürlich Coco und ich bekam Shawnee, eine braune Stute mit weißer Blesse.

Ich hatte Sascha eine Nachricht geschrieben, die er recht nüchtern damit beantwortete, uns weiterhin im Auge zu behalten. Mir war das inzwischen nicht mehr ganz so recht. Lieber wäre ich mit Lilya allein, doch das würde ich Sascha nicht unter die Nase reiben.

»Wie lange werden wir eigentlich bis zu unserem Ziel brauchen?«, fragte ich Lilya interessehalber, kurz nachdem wir aufgebrochen waren.

»Circa drei Stunden. Wieso, hast du jetzt etwa schon keine Lust mehr?« Sie ritt etwas versetzt neben mir und drehte sich grinsend zu mir um.

»Quatsch, meinetwegen könnten wir auch viel länger unterwegs sein«, erwiderte ich gutgelaunt. Ich freute mich tatsächlich über den Ausflug.

***

Der Ausritt war eine gute Möglichkeit, um Lilyas Heimat zu erkunden und die Landschaft Texas zu bewundern. Begeistert erzählte sie mir Geschichten von Erlebnissen aus ihrer Kindheit. Ich war schon lange nicht mehr so entspannt wie bei diesem Ausflug. Hin und wieder kam mir dennoch Sascha in den Sinn und dann schaute ich mich suchend um, doch von ihm war keine Spur zu sehen. Er war sehr gut darin, nicht entdeckt zu werden.

»Du glaubst, dass du nicht zu der netten Sorte Jungs gehörst, hab ich recht?«, fragte Lilya irgendwann und augenblicklich verflog meine Ruhe.

»Was meinst du?« Verwirrt sah ich zu ihr und begegnete ihrem nachdenklichen Blick.

»Als ich meinte, dass ich nicht auf böse Jungs stehe ... Ich habe es in deinen Augen gesehen. Wieso denkst du, dass du kein netter Kerl bist?«

»Ich denke es nicht, ich weiß es«, gestand ich.

»Das verstehe ich nicht. Ich habe dich als unglaublich netten und hilfsbereiten Kerl kennengelernt, der das Herz am rechten Fleck haben muss. Was veranlasst dich, vom Gegenteil überzeugt zu sein?«

»Du kennst mich eben nicht so gut, wie du denkst.«

»Das bezweifle ich, außer du hast mir die letzten Tage nur etwas vorgespielt. Nach der Geschichte mit deinem Bruder ... Ich meine, wie kannst du da noch glauben, keiner von den Guten zu sein?«

Da war er wieder. Der Vergleich mit *ihm*. Jeder hielt mich für den lieben Bruder, nachdem man Valentin kennengelernt oder nur von ihm gehört hatte. Doch dass auch ich kein Heiliger war, vergaß man dabei schnell. Früher war mir das egal gewesen, doch mit der Zeit hatte ich meine Fehler eingesehen. Und seitdem ich Lilya kannte, bereute ich jene Taten mehr denn je. Kein Vampyr, vor allem kein Djiye, würde mich für meine dunkle Vergangenheit verurteilen, eher im Gegenteil. Verhasst war ich bei den Djiye für meine guten Seiten, da ich mich nicht wie Valentin für eine Versklavung der Menschen einsetzte. Aber Lilya glaubte, dass sie ein Mensch war, und so wie ich sie einschätzte, würden ihre Moralvorstellungen mit Sicherheit zu diesem Glauben passen.

»Ich werde nicht gerne mit ihm verglichen«, meinte ich schließlich gereizter als beabsichtigt.

Lilya biss sich auf die Unterlippe und senkte beschämt den Blick. »Tut mir leid. Ich wollte nicht wieder alte Wunden aufreißen.«

»Ist schon okay«, sagte ich eine Spur weicher und sie lächelte scheu. »Lass uns einfach grundsätzlich nicht mehr über ihn reden.«

Sie nickte und ehe wir in unangenehmes Schweigen fallen konnten, zwinkerte ich ihr zu und trieb Shawnee an. »Schauen wir mal, wer schneller ist«, rief ich, ehe ich davongaloppierte und sie lachend die Verfolgung aufnahm.

***

Trotz einiger kurzer Pausen erreichten wir den Zeltplatz vor Sonnenuntergang. Es waren ein paar Camper vor Ort und Lilya überließ mir an einer etwas abgelegenen Stelle den Zeltaufbau. Vermutlich ein Test meiner Fähigkeiten. Ich fragte mich inzwischen, ob sie wohl eine Liste mit allen Punkten führte, die ein Mann können musste. So gut wie sie drauf war, musste ich bisher zumindest alle Prüfungen bestanden haben. Es war lächerlich, doch ich freute mich riesig über jede Kleinigkeit, die ich problemlos erledigen konnte.

Nachdem Lilya sich um die Pferde gekümmert hatte, erkundeten wir die Umgebung. Der Park war wirklich sehr schön und um diese Jahreszeit glücklicherweise nicht überlaufen. Wir liefen zum See, auf dem ein paar Touristen mit Kajaks und Stand-Up-Paddles unterwegs waren.

»Wollen wir uns morgen früh auch so ein Teil mieten?«, fragte Lilya begeistert. Ich warf einen eher skeptischen Blick auf das schmale Brett, auf dem ein junges Mädchen verzweifelt versuchte, das Gleichgewicht zu halten. Auch die Gesichter ihrer Begleiterinnen strahlten alles andere als Entspannung und Freude aus.

»Das können wir ja morgen entscheiden.« Ich war nicht scharf darauf, mich auf so einem Teil zum Deppen zu machen.

Dinge, bei denen es nur um den Gleichgewichtssinn ging, überließ ich lieber anderen. Vor allem wenn sie auf dem Wasser stattfanden. Ich war keine große Wasserratte. Das könnte also etwas werden, wobei ich nicht so gut abschneiden würde wie bisher.

Nach unserer kleinen Erkundungstour kehrten wir zu unserem Lager zurück. Ich entzündete ein kleines Feuer, an das wir uns setzten und wo wir uns über unseren Proviant hermachten.

Als wir fertig waren, liefen wir erneut zum See und setzten uns auf eine Bank, um den Sonnenuntergang zu beobachten. Dort waren wir seltsamerweise ganz allein. Alle anderen Touristen waren entweder nur für einen Tag hierhergekommen oder saßen nun bei ihren Zelten. Ich war dankbar für den ruhigen Moment.

Die letzten Sonnenstrahlen färbten den Himmel rosa und verkündeten das Ende dieses Tages. Normalerweise endete mein Tag nicht mit dem Sonnenuntergang, sondern begann mit ihm. Doch seitdem Sascha und ich auf der Reise waren, hatten wir uns wohl oder übel wieder an den Rhythmus der Menschen angepasst. Die Sonne schadete uns nicht so sehr, wie man sich in Geschichten erzählte, wir waren von Natur aus einfach nachtaktiv. Unsere Augen waren perfekt an die Dunkelheit angepasst und mochten nur das helle, direkte Sonnenlicht nicht besonders, außerdem waren wir anfälliger für Sonnenbrand und die Sonne ließ unsere Haut schneller altern.

»Wunderschön, nicht?« Lilya schaute verträumt in den Himmel, der immer dunkler wurde. Ich musterte sie von der Seite. Egal wie viele Sterne nun nach und nach am Himmel aufgingen, die wahre Schönheit saß hier neben mir.

»Mhhh«, machte ich.

Sie löste den Blick vom Sternenhimmel und sah mich an. »Du schaust nicht mal hin«, tadelte sie mich lächelnd.

»Doch«, entgegnete ich und schaute in ihre Augen, die genauso strahlten wie jeder Stern am Nachthimmel.

Sie konnte meinem intensiven Blick nicht standhalten und starrte stattdessen in die Ferne. Nach einem Moment des Schweigens lehnte sie sich vorsichtig an mich. Genauso wie am ersten Abend legte ich den Arm um sie. Doch heute war etwas anders. Ich genoss das Gefühl ihres Körpers an meinem und ich drückte sie an mich.

Ich konnte hören, wie sie schwerer atmete und ihr Puls sich – genauso wie meiner – beschleunigte. Vergessen war die Tatsache, dass sie Anisyas Tochter und eine Kiya war und Sascha uns mit Sicherheit im Visier hatte. Ich besaß keine Kraft mehr, mich gegen ihre Anziehung zu wehren. Ich war es leid, immer gegen meine Natur anzukämpfen und zu versuchen, nicht egoistisch zu sein. Es lag mir im Blut, mich nicht an Regeln zu halten und mir das zu nehmen, was ich wollte, ungeachtet der Konsequenzen.

Als ich nun mit Lilya unter freiem Himmel dasaß und ihre Wärme an meiner Seite spürte, gewann das Verlangen in mir die Oberhand. Ich strich über ihr glänzendes Haar und lehnte mich etwas zur Seite, sodass sie zu mir aufschaute.

Ihre Augen weiteten sich und ihr Mund öffnete sich leicht, als sie den Ausdruck auf meinem Gesicht sah. Ich legte die Hand an ihre Wange und beugte mich langsam zu ihr hinunter. Dass sie von mir geküsst werden wollte, hatte sie mir gestern Abend bereits gezeigt, und so machte sie keinen Rückzieher, als sich mein Mund wie magnetisch ihren Lippen annäherte. So sanft wie ich nur konnte, legte ich die Lippen auf ihre, da ich Angst hatte, Lilya zu verschrecken.

Sie seufzte leise und erwiderte den Kuss. Ihre Lippen pressten sich drängend an meine. Ohne den Kuss zu unterbrechen, legte ich die Hände an ihre Taille und zog sie noch näher an mich, während sie die Arme um meinen Hals schlang. Mit jeder Sekunde gewannen unsere Bewegungen an Leidenschaft. Ihre Lippen teilten sich, damit ich mit der Zunge ihren Mund erkunden konnte. Sie erzitterte in meinen Armen und unsere Atmung ging nur noch stoßweise. Ich vergaß alles um mich herum und genoss das Feuer, das sie in mir entfachte. Am liebsten wollte ich hier und jetzt über sie hergefallen …

»Oh, Entschuldigung, ich wollte nicht stören«, unterbrach uns plötzlich eine vertraute Stimme und wir fuhren erschrocken auseinander. Ich unterdrückte ein Knurren und wandte mich wütend dem Störenfried zu.

14. KAPITEL

Lilya

»Verschwinde!«

Dimitris Stimme klang kalt und bedrohlich und völlig fremd in meinen Ohren. Augenblicklich war die knisternde Spannung zwischen uns gebrochen. Mit finsterer Miene starrte er den jungen Mann an, der den Blick ruhig zwischen mir und Dimitri hin- und herschweifen ließ. Der Fremde sah nicht so aus wie jemand, der Ärger machen wollte. Haare und Augen waren braun – seine Statur ähnlich kräftig wie Dimitris. Doch im Gegensatz zu Dimitri strahlte er keine Gefahr aus. Ein kleines Lächeln umspielte die Lippen, nur die Augen verrieten, dass er auf der Hut war. Beschwichtigend hob er die Hände.

»Ganz ruhig, bin schon weg.« Mit diesen Worten drehte der Fremde sich um und ging. Dimitri blickte ihm noch eine Weile hinterher.

»Was ist denn los mit dir?«, fragte ich irritiert. »Der Typ hat doch nichts gemacht, also kein Grund so wütend zu werden.«

Dimitri seufzte und fuhr sich nervös durchs Haar. Seine Züge entspannten sich augenblicklich, sobald er zu mir herabsah.

»Tut mir leid. Ich habe etwas überreagiert.«

Das war zwar die Untertreibung des Jahres, doch ich äußerte mich besser nicht dazu.

»Komm«, sagte er, ehe er mir noch einen keuschen Kuss auf den Mund hauchte, aufstand und mir die Hand entgegenstreckte. »Lass uns zum Zelt gehen. Es wird langsam frisch.« Ich ergriff seine Hand und ließ sie auf dem ganzen Weg bis zum Campingplatz nicht mehr los.

***

Ich schnappte mir meinen Kulturbeutel und machte mich vom Zelt aus auf den Weg zu den sanitären Anlagen. Dimitri begleitete mich und ich wurde das Gefühl nicht los, dass er es tat, um mich zu beschützen – und nicht, weil er auch ins Bad wollte.

Eine Gruppe angesäuselter Jugendlicher lungerte vor dem Waschraum herum und unterhielt sich lautstark. Hätte mich auch gewundert, wenn wir zu Spring Break hier keine betrunkenen Teenies vorgefunden hätten.

Ohne sie zu beachten verschwanden wir im Gebäude – ich hinter der Tür, die auf dem Schild die Silhouette einer Frau zeigte. Ich putzte mir die Zähne, als eine Kabinentür aufging und eine junge Frau an das Waschbecken neben mir trat. Sie trug trotz der noch frühlingshaften Temperaturen einen Minirock und ihr Oberteil zeigte mehr, als es verbarg. Ihre Kurzhaarfrisur stand im Kontrast zu ihrem Outfit und ließ sie eher cool und deutlich älter wirken, als sie vermutlich war.

»Hey«, sagte ich, da sie mich länger anstarrte als nötig. Sie runzelte die Stirn und wischte die nassen Hände an ihrem Rock ab.

»Bye«, antwortete sie mit einem abschätzigen Blick und stöckelte nach draußen. High Heels in einem Naturpark!

Die Jugend von heute wird immer verrückter, dachte ich kopfschüttelnd, wohl wissend, dass ich ebenfalls irgendwie dazuzählte.

Als ich wieder aus der Tür trat, waren die Jugendlichen verschwunden. Dimitri stand ungerührt im schwachen Licht der Laternen und wartete auf mich. Ich spürte ein nervöses Kribbeln im Magen. Auf dem Weg zum Zelt sprachen wir nicht miteinander. Ich wusste auch nicht, was ich hätte sagen sollen.

Wir hatten uns tatsächlich geküsst!

Nachdem ich den letzten Abend auf der Ranch schon als Abfuhr abgestempelt hatte, war Dimitri nun doch weiter gegangen. Am liebsten wäre ich vor Freude wie ein kleines Kind um den See gehüpft, doch etwas trübte meine gute Laune: die Ungewissheit, was das zwischen uns war. Ich hatte panische Angst davor, dass ich für ihn nur ein kleiner Zeitvertreib auf seiner langen Reise war. Die Schlange von Mädchen, die er in den letzten Jahren rumgekriegt hatte, war vermutlich endlos. Vielleicht sammelte er auf einer Weltreise Frauen wie andere Menschen Postkarten.

Er war ein Mann und zwar ein sehr ansehnliches Exemplar, das sich seines guten Aussehens definitiv bewusst war. Einen kleinen Funken Hoffnung hatte ich noch, dass ich keine Eintagsfliege wäre ... Allerdings hielt er sich mit Annäherungsversuchen zurück. Warum tat er das? Aus Rücksicht auf meine Gefühle? Weil er Angst hatte, mir das Herz zu brechen? Oder war sein eigenes gebrochen? Ich wünschte, ich hätte den Mut, ihn darauf anzusprechen. Denn selbst wenn er mich wirklich mochte, gab es ein Problem: Er würde nicht für immer auf unserer Ranch bleiben und ich musste in ein paar Tagen ebenfalls abreisen und zurück nach New York. Dann wäre er nur noch eine Erinnerung und jemand, von dem ich meiner besten Freundin erzählen könnte.

Bei dem Gedanken, ihn dann nie wiederzusehen, wurde mir übel. Obwohl ich ihn überhaupt nicht kannte und nicht so viel für ihn empfinden dürfte, würden mehr als ein paar Tränen fließen, wenn er gehen sollte. Zwischen uns war eine starke Verbindung, die ich mir selbst nicht erklären konnte.

»Nicht so viel nachdenken.« Dimitris warme Stimme holte mich zurück in die Realität.

Wir standen vor dem Zelt und ich war unschlüssig, was ich nun tun sollte. Vorsichtig hob er mit einer Hand mein Kinn an, sodass ich ihn ansehen musste. In seinen dunklen Augen erkannte ich keine Sorge, keine Zweifel. Dort war nur blanke Leidenschaft.

»Ich laufe so schnell nicht weg«, flüsterte er so leise, dass ich einen Moment glaubte, mir die Worte eingebildet zu haben. Ich wollte etwas erwidern, doch mein Kopf war wie leergefegt. Dimitri beugte sich zu mir herunter und küsste mich. Meine Bedenken verschwanden augenblicklich, sobald unsere Lippen sich mit derselben Intensität berührten wie zuvor. Ein Gefühl, als würden wir miteinander verschmelzen. Seine starken Arme umschlossen mich und ich wünschte mir, er würde mich nie wieder loslassen. Ich legte alle aufgestauten Emotionen in den Kuss und klammerte mich verzweifelt an ihn, als wäre er die Luft, die ich zum Atmen brauchte. Seine Hände fuhren unter meinen Pullover und strichen meinen Rücken entlang. Meine Haut glühte, wo er mich berührte.

Atemlos lösten wir uns schließlich wieder voneinander. So gerne ich jetzt auch direkt über ihn hergefallen wäre, auf dem Campingplatz war für meinen Geschmack zu viel los für eine heiße Nacht. Um ins Zelt zu kriechen und nur zu schlafen, war es aber auch noch viel zu früh.

Doch ich hatte eine andere Idee, wie ich meinen erhitzten Körper beruhigen konnte.

»Was tust du?«, fragte Dimitri, als ich einen Schritt zurücktrat und den Pullover auszog und nur noch im Top dastand. Irritiert schaute er sich um und fragte sich vermutlich, ob ich jetzt einen Striptease in der Öffentlichkeit hinlegen wollte. So mutig war ich dann aber doch nicht.

»Wir gehen schwimmen«, erklärte ich lachend und griff nach Dimitris Hand. Ohne auf einen Kommentar von ihm zu warten, zog ich ihn zurück zum See.

***

Aus der Ferne drang Gelächter durch die Nacht, doch direkt am Wasser war wieder niemand zu sehen.

Ich warf den Pullover auf die Bank, auf der wir uns vorhin geküsst hatten, und wollte aus den anderen Sachen schlüpfen, als ich Dimitris unsicheren Blick bemerkte.

»Sag bloß nicht, du willst dich drücken.«

»Ähm«, er räusperte sich verlegen »nein, natürlich nicht. Das klingt nach Spaß.«

»Gut. Dann raus aus den Sachen«, meinte ich zwinkernd, ehe ich ihm einen Kuss auf die Lippen hauchte und am Saum seines T-Shirts zog.

15. KAPITEL

Dimitri

»Wenn du willst, dass ich mich ausziehe, brauchst du es nur zu sagen. Dafür müssen wir nicht ins Wasser.«

Lilya verdrehte die Augen und ließ mein T-Shirt los. »Jetzt sei kein Spielverderber.«

Ich wollte mir nicht anmerken lassen, was ich von der Idee hielt. Natürlich fand ich es toll, dass sie so spontan und abenteuerlustig war, dass sie nachts mit mir in einen kalten See springen wollte, doch ich mochte nun mal kein Wasser. Ja, *ich*, ein unglaublich mächtiger Vampyr, hatte ein wenig Panik bei dem Gedanken, in das dunkle Wasser zu tauchen. Trotzdem ergab ich mich meinem Schicksal und zog Jacke und T-Shirt aus. Ich konnte schlecht vor Lilya den Angsthasen raushängen lassen.

Sie wollte sich gerade ihr Top über den Kopf ziehen, als sie kurz innehielt und meinen trainierten Oberkörper bewunderte.

Ihr zufriedener Blick hob meine Laune beträchtlich und plötzlich fand ich die Idee nicht mehr ganz so schlecht.

»Gefällt dir, was du siehst?«

»Du bist ganz schön eingebildet«, kommentierte sie und drehte sich weg.

Gut gelaunt schlüpfte ich aus den Jeans, sodass ich nur noch in Boxershorts dastand.

»Wir hätten auch Badesachen mitnehmen können«, überlegte ich laut, als ich auf die ruhige Oberfläche des Sees schaute, auf der sich der Mond spiegelte.

»Ob Bikini oder Unterwäsche ist doch egal, man sieht auch nicht mehr.« Sie stellte sich – nun ebenfalls nur noch in Unterwäsche – neben mich.

»Stimmt, wir könnten aber auch nackt schwimmen gehen.«

»Könnten wir.« Lilya sah zu mir auf und streckte mir die Zunge raus.

Ich versuchte, meinen Blick auf ihrem Gesicht haften zu lassen, doch ich konnte nicht verhindern, dass er kurz über ihren Körper wanderte. Ihre gute Figur war mir auch vorher aufgefallen, doch sie so zu sehen ... Ihre wohlgeformten Brüste steckten in einem schwarzen Spitzen-BH und sie trug einen passenden Slip. Sie hatte definitiv unrecht. Es war etwas völlig anderes, ob man eine Frau im Bikini oder in Unterwäsche sah.

Ich betete, dass Sascha vernünftig genug war, uns nicht noch einmal zu stören. Eifersucht kroch in mir hoch bei dem Gedanken, dass er Lilya nun ebenfalls aus der Ferne bewundern könnte.

Mein Blick huschte über ihre schmale Taille, den flachen, durchtrainierten Bauch und die langen Beine ... Ehe ich mich wieder abwenden konnte, erregte etwas Glitzerndes in ihrer Körpermitte meine Aufmerksamkeit.

Sie hatte ein Bauchnabelpiercing! Das überraschte mich so sehr, dass ich noch länger ungläubig dahin starrte. Für Menschen war das keine Besonderheit, doch Vampyre hatten keine Piercings oder Tattoos. Es war ein Trend bei den Menschen, der in unserer Rasse verpönt war. Wir tätowierten nur den Sklaven unser Wappen als Zeichen ihrer Unterwerfung.

In der Hinsicht waren wir, wie die Menschen wohl sagen würden, spießig und altmodisch. Doch ich musste mir eingestehen, dass der funkelnde Stein auf ihrem durchtrainierten Bauch nicht unansehnlich war. Tatsächlich gefiel mir dieses deutliche Zeichen – und damit, wie sehr sie sich von uns anderen Vampyren unterschied.

Trotzdem schwenkte mein Blick erneut unruhig über ihren Körper, auf der Suche nach einem möglichen weiteren Körperschmuck. Ich war ein Stück weit erleichtert, denn ich wurde nicht fündig.

»Genug gestarrt?« Grinsend verschränkte Lilya die Arme vor der Brust und lenkte meinen Blick wieder auf ihr Gesicht.

»Nein, ich könnte dich noch stundenlang anstarren«, murmelte ich und schlang die Arme um ihren Körper. Auf ihrer Haut hatte sich eine leichte Gänsehaut gebildet.

»Das Kompliment kann ich nur zurückgeben.«

Lilyas Blick huschte zu der Kette an meinem Hals, die bisher unter der Kleidung verborgen gewesen war.

»Ist das ein Ring?«, fragte sie neugierig.

Ich ließ sie los und automatisch fuhr meine Hand zu der Kette und umschloss das kühle Metall. »Ja, er hat meiner Mutter gehört.«

»Oh.« Lilyas Blick wurde weich. Vorsichtig berührte sie meine nackte Brust und sah mir tief in die Augen. »Sie ist immer bei dir«, flüsterte sie und ich nickte. Ich ließ den Ring los, damit sie ihn genauer betrachten konnte. Ein kleiner Rubin war darin eingearbeitet, wie in allen Schmuckstücken der Djiye. Sie drehte den goldenen Ring und bemerkte die Schriftzeichen, die darin eingraviert waren. »Was steht da? Ist das Russisch?«

Ich nickte. »Wir tragen die Verantwortung zusammen«, übersetzte ich.

Sie legte die Stirn in Falten, fragte aber nicht nach, obwohl sie die Bedeutung bestimmt nicht verstand. Dass in Wahrheit noch »Wir herrschen gemeinsam« dort stand, konnte ich ihr schlecht sagen.

»Also du wolltest schwimmen gehen«, erinnerte ich sie, bevor die Stimmung einbrechen könnte. »Dann sollten wir das auch tun.«

Ich beugte mich zu ihr hinunter und ehe sie protestieren konnte, hob ich sie hoch, warf sie über die Schulter und marschierte mit ihr zum See. Sie schrie und trommelte mit den Fäusten auf meinem Rücken herum.

»Dimitri, ich warne dich! Lass mich runter!«

Sie kreischte, als ich weit genug in den See gewatet war, dass sie ebenfalls nass wurde.

»Ich soll dich runterlassen? Wie du wünschst.«

»*Haaalt!*«, schrie sie, doch ich ignorierte ihren Einwand und warf sie ins kalte Wasser.

Einen Moment verschwand sie unter der dunklen Oberfläche, ehe sie wieder auftauchte und nach Atem rang. Das Wasser war noch flach genug, sodass sie ohne Probleme stehen konnte.

Sie strich sich die nassen Haare aus dem Gesicht und ihre blauen Augen funkelten wütend. »Das wirst du bereuen.«

Anstatt zu fliehen und weiter mit ihr herumzualbern, stellte ich mich dicht vor sie. »So?«, fragte ich und setzte ein betont breites Grinsen auf. Einen Moment schien sie vergessen zu haben, was sie als Nächstes tun wollte. Mit offenem Mund starrte sie mich an. »Du darfst dich an mir rächen.« Ich hob die Hände in die Luft und schaute möglichst unschuldig.

Sie blinzelte und erwachte aus ihrer Starre. Mit einem Aufschrei sprang sie mich an und versuchte verzweifelt, mich unter Wasser zu drücken, doch ich stand fest im See, wie ein Fels in der Brandung.

Frustriert bespritzte sie mich nur noch mit Wasser.

»Gnade«, rief ich irgendwann, als ich klatschnass war. Ich bekam ihre Hände zu fassen und zog sie zu mir. »Ist dir nicht kalt?«, fragte ich besorgt. Sie schlang die Arme um meinen Hals und küsste mich stürmisch.

»Nein«, beantwortete sie die Frage und schmiegte sich an mich. »In deiner Nähe ist mir immer heiß.«

Ich verstand ihre Worte nur zu gut, denn Lilya entfachte ein Feuer in mir, das ich nicht kontrollieren konnte.

Ich hätte noch ewig mit ihr in den Armen so dastehen können. Unsere halb nackten erhitzten Körper aneinandergepresst in dem kühlen Wasser und über uns erstrahlte der Nachthimmel. Ich legte den Kopf in den Nacken, sah in den Sternenhimmel und genoss den Moment.

Sie folgte meinem Blick.

»Wunderschön, nicht?«

»Mhh«, machte ich. »Wir sollten trotzdem langsam wieder rausgehen.«

Sie nickte. »Aber dieses Mal werde ich selber laufen.«

Am Ufer erwartete uns der kühle Nachtwind, der über unsere nassen Körper strich. Ich konnte sehen, wie Lilya fröstelte.

»Du solltest heiß duschen und dann ab ins Bett.«

»Jaja, Papi«, erwiderte sie grinsend.

Wir sammelten unsere Sachen auf und in dem Moment nahm ich eine Bewegung zwischen den Bäumen wahr. Für menschliche Augen wäre die Person, die dort herumlungerte, mit Sicherheit verborgen geblieben, doch ich erkannte sie klar und deutlich. Außerdem bemerkte ich, was sie in der Hand hielt. Ein Handy.

Mein Verstand setzte aus. Ich rannte los und sprang in die Büsche, um mich auf den Fremden zu stürzen.

»Dimitri?« Ich hörte, wie Lilya nach mir rief, doch ich ignorierte sie.

Ich packte den Kerl und entriss ihm das Handy. »Hey, du Spanner, was fällt dir ein, meine Freundin zu fotografieren?«

»Ey, lass mich los!« Er fluchte und versuchte sich gegen mich zu wehren, zwecklos. Er war zwar ein Djiyo – sein Äußeres sprach Bände –, doch viel zu jung, um seine vollen Kräfte bereits entwickelt zu haben.

»Was ist denn hier los?« Sascha kam zwischen den Bäumen auf uns zu. Im Schlepptau hatte er eine unerweckte Djiya mit kurzen braunen Haaren und einem sehr freizügigen Outfit, die ebenfalls versuchte, sich von ihm loszureißen.

Sascha ging zu dem Jungen und legte ihm eine Hand auf die Schulter. Dann wandte er sich an Lilya und mich.

»Ganz ruhig. Die Jugendlichen stehen unter meiner Aufsicht. Tut mir sehr leid, falls sie Ärger gemacht haben. Ich sorge dafür, dass ihr nicht mehr belästigt werdet.« Dankbar nickte ich Sascha zu und signalisierte ihm, dass wir das später regeln würden. Das Handy behielt ich vorerst.

Sascha schleppte die beiden Jugendlichen davon und Lilya und ich blieben am See zurück.

»Was war das denn?«, fragte sie nach einem Moment der Stille.

Ich zuckte mit den Achseln. »Ich habe keine Ahnung, aber ich glaube, aus dieser Gruppe haben alle ein ziemliches Problem.«

Lilya hob die Augenbrauen. »Bist du sicher, dass nur die drei ein Problem haben?«

»Was soll das denn heißen?«, fragte ich gereizt.

»Kann es sein, dass du ein Eifersuchtsproblem hast?«

Irritiert starrte ich sie an. »Wie bitte? Ich kann es nur nicht leiden, wenn man schönen Frauen hinterherspioniert. Also sei froh, dass es Kerle gibt, die das nicht einfach hinnehmen.«

Lilya verdrehte die Augen und schlüpfte in ihre Sachen. »Keiner von denen hat uns doch wirklich belästigt. An öffentlichen Plätzen trifft man nun mal auch auf andere Menschen, das ist kein Grund auszurasten.«

Wie recht sie damit hatte! Doch in Anbetracht der Tatsache, dass alle drei keine Menschen waren und uns theoretisch sehr gefährlich werden konnten, hatte ich jeden Grund auszurasten.

»Tut mir leid. Ich habe überreagiert – schon wieder.«

Lilyas Gesichtsausdruck blieb unergründlich. Ich hatte wohl einiges wiedergutzumachen.

***

Lilya und ich liefen schweigend zurück zum Campingplatz und nach einer kurzen Dusche gingen wir ins Zelt. Die ausgelassene Stimmung zwischen uns war verpufft und ich unternahm nichts, um das zu ändern. Mit den Gedanken war ich ganz woanders.

Wir verkrochen uns in die Schlafsäcke, doch obwohl Lilya noch sauer auf mich zu sein schien, konnte ich es nicht lassen, an sie zu rücken und meinen Arm um sie zu legen. Sie schmiegte sich an mich und ich wartete darauf, dass sie einschlief. Es dauerte schier eine Ewigkeit, bis die Müdigkeit sie endlich übermannte und ich mich rausschleichen konnte.

Ich fand Sascha ein ganzes Stück abseits vom Campingplatz. Den Jungen und das Mädchen hatte er an einen Baum gefesselt und geknebelt.

»Du hast ja ganze Arbeit geleistet«, meinte ich anerkennend.

Sascha sah mir mit finsterem Blick entgegen. »Da bist du ja endlich. Das habe ich nicht gern getan, glaub mir. Wären wir nach Kanada zurückgekehrt, müsste ich mich jetzt nicht um solche Probleme kümmern.«

Ich stöhnte genervt. »Spar dir bitte deine Maßregelung.« Bevor ich mich um die jungen Djiye kümmern konnte, hatte ich aber noch etwas mit Sascha zu klären. »Was sollte das eigentlich vorhin? Wieso hast du uns gestört? Du sollst dich doch nicht in mein Leben einmischen.«

Er wusste natürlich, worauf ich hinauswollte. »Ich fand, dass du noch mal darüber nachdenken solltest, was du getan hast.«

»Deshalb lässt du deine Tarnung auffliegen? Lilya würde dich jetzt sicher wiedererkennen, wie willst du uns weiterhin unerkannt folgen? Außerdem, was soll sie denken, wenn sie später eingeweiht wird? Als würde nicht schon reichen, dass meine tatsächliche Identität ein Schock für sie wäre.«

Er zuckte mit den Schultern. »Und wennschon. Ich bin dein Freund und ich kann nicht mit ansehen, wie du dein Leben noch mehr ruinierst. Das mit euch beiden hat keine Zukunft, wieso intensivierst du es ständig?«

»Als mein Freund solltest du daran interessiert sein, dass ich glücklich bin. Lilya macht mich glücklich! Akzeptiere es!«

»Deine bloßen Gefühle werden aber nicht ändern können, dass es nicht funktioniert! Willst du für sie all unsere Regeln außer Kraft setzen? Auch wenn ihr Thronerben seid, könnt ihr nicht tun und lassen, was ihr möchtet.«

»Wer sollte mich daran hindern?«

»Ich bin sicher, dass sich jemand finden ließe, der den Job, den du vor fast dreißig Jahren erledigt hast, übernehmen würde.«

Das ging zu weit. Ich sah Sascha an, dass er seine Worte bereits bereute, doch er konnte sie nicht mehr zurücknehmen.

»Das kann dieser Jemand gerne versuchen ...«, erwiderte ich leise und beendete damit die Diskussion. Ich ging auf die jungen Djiye zu und nahm ihnen die Knebel ab.

»Na, hast du Lust, mir zu verraten, wer ihr seid?«, fragte ich die Djiya als Erstes.

»Du elender Mistkerl. Warum haltet ihr uns fest? Wir haben euch nichts getan«, keifte sie, ohne meine Frage zu beantworten. Dass sie es wagte, mich so respektlos anzusprechen, zeigte mir, dass sie keine gute Erziehung genossen haben konnte.

»Nun, das sehe ich anders. Dein Freund hier hat uns fotografiert; daraus schließe ich, dass ihr uns erkannt habt.« Die Fotos, auf denen man uns tatsächlich nur undeutlich erkennen konnte, hatte ich direkt wieder gelöscht.

»Denis ist mein Bruder und nicht mein Freund«, stellte sie klar. »Ach, und hat unser Prinz etwas gegen Paparazzi?«, spottete sie.

»An deiner Stelle würde ich mir die Witze sparen. Also, was hattet ihr mit den Bildern vor?«

Sie zuckte mit den Schultern. »Vielleicht meistbietend verkaufen, wer weiß?«

Langsam verlor ich die Geduld. »Wenn ihr diese Nacht überleben wollt, solltet ihr etwas kooperativer sein.«

Das Mädchen starrte mich weiterhin nur hasserfüllt an, während ihr Bruder ganz blass wurde.

»Was soll das heißen? Du kannst uns nicht töten, wir sind Djiye!«

Ich wandte mich an den Jungen, der vermutlich erst sechzehn war.

»Ach, kann ich nicht? Ihr wolltet euren Prinzen hintergehen, das ist doch ein guter Grund.«

»Wir haben dich nicht hintergangen, wir waren doch bloß neugierig«, versuchte er ihr Handeln zu rechtfertigen. »Seit Jahren erfährt man nichts Neues aus den Königshäusern. Nachdem Irina mir von der Kiya erzählte, die sie gesehen hatte, wollten wir herausfinden, was es mit ihr auf sich hat. Immerhin sind die Kiye doch ausgestorben. Dass sie uns aber nicht erkannt hat und du bei ihr warst, hat uns verunsichert. Vor allem ...« Er machte eine kurze Pause. »... die Art und Weise, wie du mit ihr umgegangen bist.«

»Ist so eine Verbindung nicht verboten?«, meldete sich die Djiya wieder zu Wort.

»Irina, halt endlich die Klappe«, zischte Denis in dem kläglichen Versuch, seine Schwester zur Vernunft zu bringen.

»Noch ein Wort – und du hast euer Todesurteil unterschrieben«, fauchte ich.

»Na los, töte uns.« Herausfordernd schaute sie mir direkt in die Augen. »Du hast dein Volk verraten, du bist nicht mehr unser Prinz.«

Wütend fletschte ich die Zähne und wollte mich auf sie stürzen, doch

Sascha packte mich am Arm. »Dimitri, hör bitte auf. Es sind doch nur Kinder. Ich weiß, dass du deine Schuldgefühle bekämpfen willst, aber möchtest du Lilya wirklich deinem eigenen Volk vorziehen?«

Ich entriss ihm meinen Arm. »Ja!«, zischte ich und Sascha starrte mich entsetzt an. »Ja, verdammt, das will ich.« Ich atmete langsam ein und aus und versuchte mich zu beruhigen. »Ich habe mich in sie verliebt«, fügte ich leise hinzu. Nie hätte ich gedacht, dass diese Worte jemals meinen Mund verlassen würden. Sie laut auszusprechen ließ mich erst die ganze Tragweite meiner Gefühle erfassen.

Es hatte keinen Zweck mehr, das, was ich empfand, länger zu leugnen. Als wäre dies die Erklärung für alles, nickte Sascha mitfühlend. »Ich verstehe.« Er hatte es mit Sicherheit schon gewusst. Vielleicht sogar bevor ich es überhaupt selbst bemerkt hatte.

Er wusste auch, was das bedeutete. Ich würde Lilya immer an die erste Stelle setzen. Meine Welt drehte sich ab sofort nur noch um sie.

Im Gegensatz zu den Menschen verliebten wir Vampyre uns nicht häufig. Tatsächlich waren tiefe Gefühle eher die Ausnahme. Als Prinz war ich ohnehin davon ausgegangen, niemals meine große Liebe zu finden, da uns normalerweise ein Partner zugeteilt wurde. Das war jedoch völlig in Ordnung. Unser Pflichtgefühl war größer als der Wunsch nach der wahren Liebe. Und egal wie groß oder klein die Zuneigung zum Partner war, wir waren absolut treue Seelen und Trennungen gab es nicht. Wenn wir unser Einverständnis zu einer Verbindung gaben, dann galt diese für die Ewigkeit.

Doch wenn wir uns verliebten, bestand die Gefahr, dass wir unser oberstes Gebot vergaßen: Unsere Familie kam in allem zuerst.

Da Lilya eine Kiya war, brachten mich die Gefühle für sie in große Schwierigkeiten. Indem ich sie über mein eigenes Volk, meine Familie, stellte, brach ich sämtliche Regeln, was definitiv Konsequenzen nach sich ziehen würde.

»Was für eine Ironie des Schicksals, dass ausgerechnet du die wahre Liebe nicht in einer Djiya findest.« Sascha meinte das weder scherzhaft noch anklagend, es war einfach eine Feststellung – und erneut nagte das schlechte Gewissen an mir.

»Du brauchst es nicht immer wieder anzusprechen, ich werde es ohnehin niemals vergessen«, knurrte ich.

»Lass die Vergangenheit endlich hinter dir. Wir haben aktuell genug andere Sorgen.«

Mein Blick glitt wieder zu den beiden Jugendlichen. Sie hatten unser Gespräch mit großer Neugier verfolgt.

»Also, was passiert jetzt mit uns?«, fragte das Mädchen ruhig. Als wäre es nicht die Entscheidung, ob sie leben oder sterben würden. Es überraschte mich, dass sie so gelassen war, während ihr Bruder sich fast in die Hosen zu machen schien. Ihre toughe Art erinnerte mich an Saschas Frau. Für eine Djiya war es eher ungewöhnlich, einem Mann so die Stirn zu bieten. Vermutlich lag das auch an der Entwicklung bei den Menschen. Frauen hatten bei ihnen inzwischen deutlich mehr zu sagen als früher, das färbte auch auf uns ab.

»Ich habe es noch nicht entschieden«, sagte ich mit einem Seitenblick zu Sascha.

»Es sind noch Kinder«, wiederholte er unnötigerweise.

»Wenn es noch Kinder sind, darfst du den Aufpasser für sie spielen«, entschied ich schließlich.

»Wie stellst du dir das vor? Soll ich sie an die Leine nehmen?«, fragte er ungläubig.

Ich zuckte mit den Schultern. »Lass dir was einfallen. Ansonsten werde ich es mir vielleicht anders überlegen und die beiden im Wald vergraben.«

»Ich weiß, du willst es nicht hören, aber es gäbe wirklich eine einfachere Lösung. Die zwei werden mit Sicherheit vermisst werden. Ich dachte, wir wollen kein Aufsehen erregen«, meinte er in einem erneuten Versuch, an meine Vernunft zu appellieren.

»Das werden wir auch nicht. Aber wir können sie nicht laufen lassen. Vertraust du ihnen, dass sie die Klappe halten und mit niemandem über Lilya und mich reden?«

»Wir werden nichts sagen«, warf der Junge schnell ein.

»Dir glaube ich das sogar, aber deiner Schwester definitiv nicht.« Ich wandte mich wieder an Sascha. »Hab einfach ein Auge auf die beiden. Wir können uns später noch überlegen, was wir mit ihnen machen.«

Mit einem Seufzen gab sich Sascha geschlagen. »Meinetwegen. Ich werde meine Kontakte spielen lassen. Vielleicht kann ich sie irgendwo unterbringen, bis das Geheimnis um Lilya gelüftet ist.«

»Gut.« Nachdem das geklärt war, drehte ich mich um und lief zurück zum Zeltplatz.

***

Am nächsten Morgen erwachte ich trotz meines nächtlichen Ausflugs so ausgeruht wie schon lange nicht mehr. Neben Lilya hatte ich sehr gut geschlafen – und deutlich länger, als ich gewohnt war.

Ich beugte mich über sie und vergrub das Gesicht in ihren Haaren. Glücklich atmete ich ihren Duft ein. Erst jetzt fiel mir ein Detail auf, das mich zum Schmunzeln brachte. Sie roch nach Lilien und Vanille. Eine überaus blumige und süße Duftnote, die ihre Weiblichkeit unterstrich. Ob die Liebe zu Lilien in ihrer Rasse wohl angeboren war? Dass ihr Familienwappen eine Lilie war, konnte sie nicht wissen, aber die Verbindung zu ihrem Namen war wohl auch ihr aufgefallen.

Trotz der Dusche nach unserem nächtlichen Bad haftete auch noch ein leichter Geruch des Sees an ihr.

Bei dem Gedanken an die letzte Nacht spürte ich, wie sich ein Lächeln auf meine Lippen stahl. Ich hatte vor Sascha zugegeben, dass ich mich in sie verliebt hatte, jetzt gab es kein Zurück mehr. Was ich damit ins Rollen gebracht hatte, würde sich noch zeigen.

Lilya schlief nach wie vor tief und fest, als ich ihr einen Kuss aufs Haar drückte und mich aus dem Zelt schlich, um nach Sascha zu sehen.

16. KAPITEL

Lilya

»Es tut mir leid, Hoheit, aber sie sind tot.«

Einen Moment schließe ich die Augen und versuche ruhig ein- und auszuatmen. Doch ich sehe direkt ihre Gesichter vor mir und reiße die Augen wieder auf.

»Wer war es?«, frage ich tonlos.

»Dimitri, der Kronprinz der Djiye, Hoheit.« Natürlich. Kaum hat er den Titel erhalten, darf er anstelle seines Bruders die Drecksarbeit leisten.

»Verstehe. Es war nur eine Frage der Zeit, bis es passiert ...«

»Ihr wisst, was das bedeutet. Die Ältesten werden bald hier sein für die Zeremonie.«

»Natürlich. Bereitet alles für ihre Ankunft vor.«

Der Wächter verschwindet durch die Tür, in der daraufhin Yaris erscheint. Mit besorgter Miene kommt er auf mich zu.

»Ist alles in Ordnung mit dir?«

Ich nicke. »Ja, es war notwendig.«

»Ich weiß. Aber du hast sie geliebt, du darfst um sie trauern.«

»Eine Königin trauert nicht um Verräter.«

Als ich am nächsten Morgen durch die Wärme und Helligkeit des Tages erwachte, lag Dimitri nicht mehr im Zelt. Nachdenklich betrachtete ich den leeren Platz neben mir. Es war mir, als hätte ich in der Nacht von ihm geträumt, doch wenn es so gewesen wäre, hätte ich doch keinen Albtraum gehabt, oder? Auch wenn ich nicht komplett nassgeschwitzt und außer Atem war wie sonst, wusste ich aber, dass ich wieder schlecht geträumt hatte.

Ich fühlte mich seltsam und spürte einen Stich im Herzen, als hätte ich jemanden verloren. Eine tiefe Trauer erfasste mich, die ich mir nicht erklären konnte. Hatte ich geträumt, dass Dimitri was zugestoßen war?

Letzte Nacht war ich in seinen Armen eingeschlafen. Das Gefühl von Geborgenheit war unbeschreiblich gewesen. Abgesehen von dem Kuss am See war jedoch nichts weiter zwischen uns passiert. Dimitri hatte nach der Begegnung mit den Jugendlichen nachdenklich und distanziert gewirkt, was mich ziemlich frustrierte. Kurz erfasste mich ein Anflug von Panik, dass er abgehauen sein könnte, doch ich schob den Gedanken schnell beiseite. Er dürfte einfach vor mir wach geworden sein und sich die Beine vertreten haben.

Schnell zog ich mir etwas an und krabbelte aus dem Zelt. Von Dimitri war nichts zu sehen. Aus der Ferne drang Gelächter und Kindergeschrei an meine Ohren. Die Pferde waren noch da – und zu Fuß wäre Dimitri doch sicher nicht fortgegangen?

Ihn jetzt panisch zu suchen kam mir jedoch dumm vor, immerhin war er ein erwachsener Mann und ich nicht seine Mutter; deshalb marschierte ich erst mal wieder in Richtung sanitärer Anlagen.

Als ich wieder herauskam, sah ich Dimitri zwischen den Bäumen in meine Richtung laufen und atmete erleichtert aus. Er hatte mich auch erblickt und während ein Lächeln auf seinem Gesicht erschien, entspannte ich mich sofort.

»Guten Morgen«, begrüßte er mich gutgelaunt.

»Guten Morgen«, murmelte ich etwas verlegen.

Er schloss mich in die Arme und strich mit einer Hand durch mein Haar.

»Ich habe doch gesagt, dass du nicht so viel nachdenken sollst.«

»Mhh«, machte ich, dicht an seine Brust gepresst. »Du gibst mir einfach zu viele Gründe zum Nachdenken.«

»Bin ich so eigenartig?«

Ich schaute auf. »Ehrlich gesagt, ja.«

Um seine Mundwinkel zuckte es. »Sorry, ich versuche mich in Zukunft normal zu benehmen.«

»Normal ist langweilig, aber wäre schon schön, wenn du dich etwas weniger seltsam verhalten könntest.«

»Ich gebe mir Mühe.«

***

Nach dem Frühstück hatten wir noch Zeit gehabt, mit den Pferden den Park zu erkunden, bevor wir unsere Sachen zusammenpackten. Auf weitere Aktionen im See hatte ich verzichtet, worüber Dimitri sich bestimmt freute, da er keine große Wasserratte zu sein schien. Dabei hatte ich unser nächtliches Bad in sehr guter Erinnerung behalten und den Eindruck, dass es ihm genauso gefallen hatte.

Am Nachmittag bereits hatten wir wieder die Ranch erreicht und nachdem wir die Pferde versorgt hatten, aßen wir mit Bill, John und den Gästen zu Abend.

Als schließlich alle zu Bett gegangen waren, schlich ich mich aus dem Haus, um die Nacht bei Dimitri im Bungalow verbringen zu können. Ich wollte nicht darauf verzichten, erneut in seinen Armen einzuschlafen. Hoffentlich ging es ihm genauso. Nichts wäre peinlicher, als jetzt von ihm weggeschickt zu werden.

Zaghaft klopfte ich an die Tür seines Bungalows, die prompt geöffnet wurde. Offenbar schien Dimitri noch nicht im Bett gewesen zu sein. Sein Outfit sagte allerdings etwas anderes. Er war nur in schwarze Boxershorts gekleidet.

Ein breites Lächeln erschien auf seinem Gesicht, als er mich erkannte. Ohne etwas zu sagen trat er zur Seite und ließ mich hinein. Mein Herz schlug schneller.

»Habe ich dich geweckt?«, fragte ich mit einem Blick auf sein zerwühltes Bett.

Er schüttelte den Kopf, doch seine dunklen Haare, die wild durcheinanderlagen, sagten etwas anderes.

»Was verschafft mir die Ehre deines Besuchs?«, fragte er und setzte sich auf das Bett.

»Ähm.« Etwas verlegen stand ich mitten im Raum, woraufhin Dimitri mich wissend ansah und seine Lippen sich zu einem breiten Lächeln verzogen.

»Hör auf, mich so dämlich anzugrinsen«, schimpfte ich und spürte, wie mir das Blut in die Wangen schoss.

Er lachte leise und klopfte neben sich auf die Matratze. »Komm einfach her, Lya.«

Ich gehorchte und setzte mich – mit einem kleinen Abstand – neben ihn. Die Luft zwischen uns schien elektrisch geladen zu sein. Den ganzen Tag über war unsere Stimmung ausgelassen gewesen, auch wenn wir etwas auf Distanz gegangen waren, nachdem wir zurück auf der Ranch waren. Doch nun fühlte ich mich neben ihm ziemlich unsicher. Als wäre ich noch nie mit einem Mann allein gewesen.

»Dass ich nicht beiße, solltest du doch langsam wissen«, kommentierte er schmunzelnd mein schüchternes Auftreten.

»So sicher bin ich mir da noch nicht.«

Er legte den Kopf schief und grinste breit. Dabei blitzte eine Reihe weißer Zähne auf.

»Ich verspreche dir, ich bin gut erzogen. Also ...« Er legte die Hand auf meine und lehnte sich zu mir herüber. »Weshalb hast du dich zu mir geschlichen?«, flüsterte er mir ins Ohr. Sein Atem strich über meinen Nacken und löste eine Gänsehaut bei mir aus.

»Ich ...« Weiter kam ich nicht, denn ich sog zischend die Luft ein, als Dimitri anfing, Küsse auf meiner Schulter zu verteilen. Genüsslich schloss ich die Augen.

»Du?« Ich spürte sein Lächeln an meiner Haut.

»Halt die Klappe.« Ich hob seinen Kopf an und presste die Lippen auf seine.

Ohne den Kuss zu unterbrechen schlang Dimitri einen Arm um mich und ließ sich rücklings mit mir aufs Bett fallen.

»Du hast noch viel zu viel an«, raunte er mir zwischen zwei Küssen zu. Er fuhr mit der Hand unter mein Oberteil und schob es nach oben. Bereitwillig hob ich die Arme, damit er mir den Pulli ausziehen konnte. Anschließend nahm er meine Lippen sofort wieder in Besitz, während seine Hand dieses Mal nach unten wanderte. Er öffnete den Knopf meiner Hose und zog die Jeans – ohne zu zögern – nach unten. Sprachlos starrte ich auf ihn hinunter, doch als mein Protest ausblieb, rollte Dimitri mich auf die Seite, um meine Beine vollständig von dem Stoff zu befreien.

Nachdem er meine Hose achtlos auf den Boden geworfen hatte, blickte er auf mich herab. In seinen Augen flackerte Begierde.

»Du bist so wunderschön«, flüsterte er und ich schmiegte mich an ihn. Seine Hände strichen zärtlich über meine Haut und hinterließen ein sanftes Kribbeln. Unsere Lippen verschmolzen zu einem weiteren leidenschaftlichen Kuss. Er stöhnte leise und das Geräusch jagte einen Schauer über meinen Körper.

Sosehr ich mich nach seiner Nähe sehnte, irgendetwas ließ mich den Kuss unterbrechen. Wir kannten uns schließlich erst seit ein paar Tagen und in meinem Hinterkopf saß nach wie vor die Panik, dass es als einfacher Urlaubsflirt endete.

»Vielleicht sollten wir es langsam angehen«, murmelte ich und vertrieb damit die knisternde Stimmung. Mein Herz klopfte wie verrückt. Voller Leidenschaft und aus Angst, dass er meine Worte als Abfuhr ansah.

Er lehnte sich ein wenig zurück und musterte mein Gesicht. »Okay«, sagte er schließlich.

Ich schaute ihm überrascht in die dunklen Augen. Seine Lippen verzogen sich zu einem Lächeln.

»Dachtest du, ich wäre dir böse?« Er drückte mich an sich und hauchte einen Kuss auf meine Stirn. »Wir haben alle Zeit der Welt, Lya.«

Ich nickte und die Anspannung in mir löste sich auf. Das Gefühl der Geborgenheit in seinen Armen war unbeschreiblich. Glücklich schloss ich die Augen. »Lass mich einfach nicht mehr los.«

»Nie mehr.«

***

Als ich am nächsten Morgen erwachte, schlief Dimitri noch tief und fest neben mir. Mein Kopf ruhte auf seiner Brust, die Arme hatte er nach wie vor fest um mich geschlungen, als befürchtete er, dass ich in der Nacht abhauen könnte.

Ich versuchte vorsichtig aus der Umklammerung zu entkommen, ohne ihn zu wecken, was mir aber nicht gelang.

Er schlug die Augen auf und sein Blick traf meinen. Sofort stahl sich ein Lächeln auf sein Gesicht und mein Herz machte einen Hüpfer. Ich könnte mich definitiv daran gewöhnen, neben ihm aufzuwachen ...

»Guten Morgen, meine Schöne.«

»Guten Morgen.« Ich wand mich in seinen Armen. »Du erdrückst mich.«

Sein Lächeln wurde breiter und er fing an zu grinsen. »Oh, das tut mir leid.« Er löste den Griff und ich rollte mich auf die Seite.

»Verdammt, es ist bestimmt schon spät. Ich sollte doch heute Frühstück machen.« Automatisch griff ich nach dem Handy auf dem Nachttisch, um nach der Uhrzeit zu schauen.

Erst als ich die Anzeige auf dem Display sah, erkannte ich, dass es nicht mein Telefon war.

»Ein Sascha versucht dich wohl dringend zu erreichen«, kommentierte ich die acht Anrufe in Abwesenheit und reichte Dimitri sein Handy.

Stirnrunzelnd betrachtete er das Telefon. »Das hat Zeit.«

»Ruf ruhig zurück«, meinte ich und stand auf, um meine Sachen zusammenzusuchen. »Ich geh schon mal vor.«

Dimitri machte keine Anstalten zu telefonieren, sondern stützte sich auf die Ellenbogen und schaute mir beim Anziehen zu.

»Ich genieße erst noch die Aussicht«, meinte er gutgelaunt.

»Perversling«, rief ich entrüstet und warf ein Sofakissen nach ihm. Lachend fing er es auf und drehte sich auf den Rücken. »Wir sehen uns beim Frühstück«, sagte ich noch, ehe ich aus dem Bungalow trat.

***

Um das Frühstück brauchte ich mich schließlich doch nicht mehr zu kümmern. Bill hatte bereits alles vorbereitet, da ich zu lange geschlafen hatte. Ich sah ihm und John an, dass sie meinen nächtlichen Ausflug zu Dimitri bemerkt hatten, doch sie ließen es unkommentiert. Zumindest so lange, bis ihnen die eindeutigen Blicke, die Dimitri und ich uns während des Essens zuwarfen, zu viel wurden.

»So wie du strahlst, Lya, nehme ich an, dass man in den Bungalows sehr gut schlafen kann«, sagte Bill so trocken, dass ich beinahe meinen Orangensaft wieder ausgespuckt hätte.

»Ich bin mir nicht sicher, ob sie wirklich geschlafen hat«, setzte John noch einen drauf.

Mit hochrotem Kopf rang ich nach Atem, während Dimitri sich das Lachen nicht mehr verkneifen konnte. Gott sei Dank hatten sie sich mit den Kommentaren Zeit gelassen, bis nur noch wir vier am Tisch saßen.

»Darf ich dem neidischen Tonfall entnehmen, dass ihr beide zurzeit keine Partnerin habt?«, fragte Dimitri gelassen.

John und Bill blickten sich einen Moment sprachlos an, was sicher dazu führte, dass Dimitri seine Theorie als bestätigt ansah.

Schließlich hob Bill seine Tasse und prostete Dimitri zu. »Touché.«

***

Wieder allein blieben Dimitri und ich noch einen Moment auf der Veranda sitzen. Während er überlegte, was wir heute unternehmen konnten, grübelte ich darüber, was er zuvor zu Bill und John gesagt hatte. *Partnerin.* Wollte er damit nur ausdrücken, dass die beiden aktuell keinen Spaß hatten oder sah er mich etwa schon als seine Partnerin an?

Am liebsten hätte ich ihn darauf angesprochen, doch das kam mir albern vor. Vermutlich hatte er es gesagt, ohne sich Gedanken darüber zu machen. Männer interpretierten in Gesagtes schließlich nicht so viel rein wie wir Frauen. Aus Angst, eine enttäuschende Antwort zu bekommen, sprach ich das Thema also lieber nicht an.

»Haben Sie einen Vorschlag, was wir heute machen könnten, Frau Reiseführerin?«, fragte Dimitri und riss mich aus den Gedanken. Sein Lächeln sorgte dafür, dass ich die Frage zum Thema »Beziehung« endgültig verwarf. Ich wollte nicht die Stimmung verderben. Vielleicht bot sich ein andermal eine passende Gelegenheit für dieses Gespräch.

Tatsächlich brauchte ich nicht lange zu überlegen, was wir heute noch unternehmen konnten. Ich hatte mir bereits etwas ausgedacht und unterbreitete Dimitri grinsend meinen Vorschlag, zum Flugplatz zu fahren und einen Rundflug zu machen.

»Du willst mich in ein kleines Flugzeug stecken?«, fragte er ungläubig. »Ich habe langsam das Gefühl, dass ich getestet werde. Ich muss sattelfest sein, schießen und Zelte aufbauen können. Und jetzt auch noch fliegen?«

Ich verdrehte lachend die Augen. »Ach Quatsch, du musst gar nichts. Aber glaub mir, das Gefühl ist einfach unbeschreiblich.« Ben hatte es gehasst, mit mir zu fliegen. Er hatte sowohl Höhen- als auch Platzangst und meinen Flugkünsten vertraute er schon mal gar nicht. »Wenn du Angst hast, musst du nicht einsteigen, aber du kannst es dir ja erst mal anschauen«, schlug ich vor.

»Pah, ich und Angst!« Dimitri stand auf und reichte mir die Hand. »Meinetwegen können wir los.«

***

Keine halbe Stunde später saßen wir im Jeep auf dem Weg zum Flugplatz. Dimitri hatte seinen Ford Mustang nehmen wollen, doch ich hatte abgelehnt. Nur weil Männer einen Schwanz hatten, qualifizierte es sie nicht automatisch zum alleinigen Fahrzeugführer. Ich fuhr gut und gerne Auto und nutzte jede Gelegenheit dafür, da ich in New York keinen Wagen brauchte.

Vermutlich um des Friedens willen hatte Dimitri es akzeptiert. Ich rechnete ihm das hoch an, da ich ihm angesehen hatte, dass es ihm nicht recht war. Typisch Mann eben. Zumindest entpuppte er sich als besserer Beifahrer als erwartet. Er kritisierte mit keinem Wort meinen Fahrstil und ich hatte auch nicht das Gefühl, dass er sich neben mir besonders unsicher fühlte.

»Und dein Vater ist also Pilot? Bei einer Airline?«, fragte er nach einer Weile.

»Ja, unter anderem. Als wir noch in New York gelebt haben, war er Kapitän und ist in die ganze Welt geflogen. Heute gibt er zusätzlich noch Unterricht. Bevor ich geboren wurde, war er Kampfjetpilot.«

Dimitri hob überrascht die Augenbrauen. »Dein Vater scheint sich in dem Bereich wirklich gut auszukennen.«

Ich schmunzelte. »Allerdings. Er hat mich selbst das Fliegen gelehrt und manchmal hatte ich das Gefühl, als würde er mich für ein Himmelfahrtskommando vorbereiten.«

»Tatsächlich? Wieso denn das?«

»Na ja, er ist ein absoluter Sicherheitsfanatiker. Ich habe mit dem Segelfliegen angefangen, damit ich mich ganz allein auf das Fliegen konzentrieren kann. Ich sollte wissen, wie ein Flugzeug sich verhält. In einer Notsituation sollte ich blitzschnell richtig entscheiden können. Später sind auch die Motorflugzeuge dazu gekommen. Ich lernte ziemlich waghalsige Manöver – als Vorbereitung für brenzlige Situationen. Die Außenlandung gehört standardgemäß zur Ausbildung, doch mein Vater übertrieb ein wenig. Scherzhaft wurde deshalb erzählt, ich wäre wohl beim Militär gelandet und würde auf eine Geheimoperation vorbereitet.«

Die Erinnerung an die Zeit mit meinem Vater im Cockpit ließ ein Lächeln in mir hochsteigen. Ich hatte es geliebt, dass er mein Lehrer gewesen war. Einen besseren hätte ich wahrlich nicht haben können.

»Wow, das klingt cool. Also bist du inzwischen sicher eine Spitzenpilotin.«

»Na, das hoffe ich doch«, sagte ich lachend. »Mein Vater wäre sonst ziemlich enttäuscht.«

***

»So, ich bin raus. Versuch einfach weiter zu kreisen«, ermutigte ich Dimitri und gab die Ruder frei.

Zaghaft bewegte er den Knüppel und die Pedale. Er schaffte es tatsächlich, Geschwindigkeit und Schräglage zu halten, und kreiste ruhig in der Thermik.

Ich hatte ihn nicht mal überreden müssen, in meine MDM-1 Fox einzusteigen. Entgegen seiner Reaktion heute Morgen war er sofort Feuer und Flamme gewesen, als er vor dem Doppelsitzer gestanden hatte. Da Segelfliegen in der Praxis ein Kinderspiel war, hatte ich ihm in der Luft auch direkt mal das Ruder überlassen.

»Sehr gut machst du das«, meinte ich anerkennend. »Willst du noch weiterfliegen?«

»Gerne. Vertraust du mir?«, fragte er mit einem seltsamen Unterton, der mich die Stirn runzeln ließ.

»Prinzipiell schon, aber was meinst du?« Ruckartig drückte er den Knüppel nach vorn. Überrascht fing ich an zu kreischen und versuchte einzugreifen, doch er ließ die Ruder nicht los. Schließlich begann er zu ziehen und wir flogen einen Looping.

»Du kannst fliegen!«, schrie ich sprachlos.

Dimitri lachte. Das wertete ich als Ja.

Er ließ mir keine Gelegenheit, noch weiter über diese Tatsache nachzudenken, denn er flog eine Rolle und ich wurde in den Sitz gedrückt.

Als er das Flugzeug wieder in die normale Position gebracht hatte, übernahm ich das Steuer wieder.

»Wieso hast du das denn nicht erzählt?«, fragte ich atemlos.

»Ich fand es schön, wie du mir alles erklärt hast«, antwortete er und drehte sich so weit wie möglich zu mir um. Dabei zwinkerte er mir zu.

»Du Idiot, mach das nie wieder! So passieren Unfälle«, schimpfte ich, doch er grinste nur, bevor er sich wieder nach vorn drehte.

»Doch nicht mit zwei Spitzenpiloten an Bord«, scherzte er und ich verdrehte die Augen. Ich wollte nicht zugeben, wie cool ich es fand, dass wir offensichtlich dasselbe Hobby teilten. Auch wenn mir dieser weitere Zufall etwas Angst einjagte.

»Wir müssen langsam landen, wir sind inzwischen zu niedrig«, erklärte ich ihm überflüssigerweise und funkte dem Flugleiter unsere Position und Landeabsicht.

***

Wir hatten wieder sicheren Boden unter den Füßen und putzten gemeinsam noch das Flugzeug, bevor wir es in die Halle räumen konnten.

»Also, Mr. Geheimnisvoll, willst du mir erzählen, wann du mit dem Fliegen angefangen hast?«, fragte ich und warf einen Lappen nach ihm.

Geschickt fing er ihn auf und streckte mir die Zunge raus. So jungenhaft hatte ich ihn noch nie erlebt.

»Na, wenn du schon so charmant fragst. Ich habe mit sechszehn angefangen. Und du?«

»Mit vierzehn. Und vorher bin ich immer bei meinem Dad mitgeflogen.« Ich holte einen weiteren Lappen aus dem Eimer und putzte das Höhenruder, während Dimitri über die Flächen wischte.

»Fliegt dein Bruder auch?«, hörte ich ihn fragen.

»Jein. Er hat wohl in Europa mal damit angefangen, aber soweit ich weiß wieder aufgehört. Seine Interessen liegen woanders.«

»Verstehe. Hey, Achtung!«, rief Dimitri. Ahnungslos drehte ich mich zu ihm um und wurde prompt von seinem nassen Lappen im Gesicht getroffen.

»Iiih«, kreischte ich, machte überrascht einen Schritt rückwärts, stolperte über den Wassereimer und fand mich kurzerhand in einer Pfütze am Boden sitzend vor.

»Oh, entschuldige.« Dimitri versuchte, sich sichtlich das Lachen zu verkneifen, als er mit betroffenem Gesichtsausdruck auf mich zukam.

Ich gab mein Bestes, ihn böse anzufunkeln, doch die Situation war einfach zu komisch, sodass ich in schallendes Gelächter ausbrach und er direkt einstimmte.

»Na warte, das gibt Rache.« Sein Lachen verstummte augenblicklich, als ich mich aufrappelte und auf ihn zustürzte. Blitzschnell drehte er sich um und rannte davon – ich ihm dicht auf den Fersen.

»Fang mich doch!«

Die umherstehenden Leute beobachteten uns irritiert und sprangen schnell zur Seite, wenn wir auf sie zurannten. Ich war eine sehr gute Läuferin und jagte Dimitri über den halben Flugplatz und als er kurz abbremsen musste, um einer Gruppe Menschen auszuweichen, holte ich auf. Plötzlich blieb er jedoch stehen und ich rannte voll in ihn rein. Lachend ließen wir uns ins Gras fallen.

»Hab ich dich«, meinte ich und setzte mich triumphierend auf ihn.

»Weil ich dich habe gewinnen lassen. Sonst hättest du mich niemals gekriegt.« Er packte mich und drehte uns, sodass er nun über mir war. Grinsend drückte er mich ins Gras. »Möchtest du trotzdem eine Belohnung?«

Ich reckte das Kinn und blickte zu ihm auf.

»Ich nehme, was ich kriegen kann.«

Ohne sich lange bitten zu lassen, beugte er sich zu mir herunter und presste die Lippen sanft auf meine. Ein leises Stöhnen entwich meinem Mund, als ich den Kuss erwiderte. Vergessen war die Tatsache, dass wir uns mitten auf dem Flugplatz befanden und uns vermutlich jeder anstarrte. Begierig verstärkte ich den Kuss und versenkte die Hände in Dimitris Haaren. Wie gerne ich jetzt mit ihm allein wäre!

»Du bist unglaublich«, stieß er zwischen zwei Küssen hervor.

»Das Kompliment kann ich nur zurückgeben«, murmelte ich und gab ihm noch einen flüchtigen Kuss. »So ungern ich das auch sage, aber wir sollten wieder aufstehen, ich schätze, wir sind jetzt bereits Gesprächsthema Nummer eins hier.«

Er schnaubte belustigt und schaute sich kurz nach einer Gruppe Piloten um. »Du hast wohl recht.« Widerwillig stand er auf, reichte mir die Hand und zog mich auf die Beine. »Dass das eigene Leben der Leute auch immer so langweilig ist«, bemerkte er kopfschüttelnd, gab mir noch einen Kuss auf die Schläfe und zog mich dann zurück zur Halle.

***

Am späten Nachmittag waren Dimitri und ich zurück zur Ranch gefahren. John und Bill hatten bereits mit den Gästen zu Abend gegessen, als wir eintrafen, weshalb ich uns nur schnell etwas warm machte und mich dann mit Dimitri auf die Terrasse zum Essen setzte. Ich fühlte mich wie berauscht vor Glück nach einem weiteren so schönen Tag mit ihm, doch wurde ich zurück in die Realität geholt, als er ein mir unangenehmes, aber unausweichliches Thema ansprach.

»Du fliegst in zwei Tagen wieder nach New York, oder?«

Zähneknirschend hob ich den Blick von meinem leeren Teller und sah ihn an. Weder Tonfall noch Mimik gaben einen Hinweis darauf, wie er meine bevorstehende Abreise fand.

»Ja, ich konnte nur die eine Woche Spring Break hier verbringen.«

Im Gegensatz zu ihm war ich nicht gut darin, meine Gefühle zu verstecken, und die Niedergeschlagenheit stand mir sicher deutlich ins Gesicht geschrieben.

»Was hast du als Nächstes vor? Schon eine Idee, wohin es dich verschlagen wird?«, fragte ich und wünschte mir nichts sehnlicher, als dass er mich nicht verlassen würde. Dabei war ja eigentlich ich diejenige, die abreisen musste.

»Nicht wirklich. Meistens weiß ich nicht, wo ich abends lande, wenn ich frühmorgens aufbreche.«

Enttäuscht senkte ich den Blick.

»In New York war ich aber noch nie ...«, fügte er leise hinzu und mein Herz schlug schneller. War das nicht ein eindeutiges Zeichen? *Na los, frag ihn,* ermutigte ich mich selbst.

»Möchtest du vielleicht mitkommen?« Ich sah ihn nicht an, um mir nicht anmerken zu lassen, wie viel hinter dieser einfachen Frage steckte. Nervös knetete ich unter dem Tisch meine Finger, während ich seinen Blick auf mir spürte.

»Gerne«, antwortete er nach schier einer Ewigkeit und alle Anspannungen lösten sich in mir. Erleichtert atmete ich aus. Ich hatte doch tatsächlich die Luft angehalten. Das Coolbleiben musste ich wirklich noch lernen.

»Super. Wir können ja gleich nach einem Flug schauen«, sagte ich und war bereits aufgesprungen. Zügig lief ich ins Haus und verkniff mir einen Freudenschrei. *Hör auf, dich wie ein verknallter Teenie zu benehmen,* maßregelte ich mich selbst.

Das Problem war nur, ich hatte das Gefühl, genau das zu sein. Das verrieten mir zumindest die Schmetterlinge im Bauch. So viel zu dem Thema »Männer sind jetzt erst mal Geschichte«.

Ich wusste, dass es verrückt und unvernünftig war, sich so kurz nach der Trennung auf jemand Neues einzulassen. Aber irgendwie hatte ich das

Gefühl, dass ich keine neue Chance bekommen würde, wenn ich jetzt nichts unternahm. Ich wollte nicht als jemand enden, der später vermutlich bereute, etwas nicht gewagt zu haben. Außerdem, was hatte ich schon zu verlieren? Falls es schiefging, würde ich ihn nie wiedersehen. Im Gegensatz zu Ben würde ich Dimitri nämlich mit großer Wahrscheinlichkeit nie mehr über den Weg laufen.

Aber was, wenn es gut ausging?

17. KAPITEL

Dimitri

Lilyas Begeisterung war ansteckend. Ich hatte mir ein Lachen verkneifen müssen, als sie wie eine Verrückte ins Haus gerannt war. Normalerweise fand ich verliebte Weiber unheimlich anstrengend und konnte nicht schnell genug das Weite suchen, doch bei Lya war es anders. Dass sie mir so deutlich zeigte, was sie für mich empfand, bedeutete mir wirklich viel. Ich kam mir dann nicht so dumm vor, weil ich mich genauso fühlte, wie sie sich benahm. Doch noch konnte ich mich zusammenreißen und zumindest nach außen hin locker wirken. Bei Lya fand ich es ziemlich süß, bei mir wäre so ein Verhalten dagegen nur peinlich und sie würde mich sicher für verrückt halten. Das tat sie immerhin auch so schon.

Ich hatte gehofft, dass sie mir anbieten würde, sie nach New York zu begleiten, doch sicher war ich mir nicht. Umso erfreulicher war es, dass wir jetzt tatsächlich mein Ticket gebucht hatten. Samstagvormittag würden wir also zusammen nach New York fliegen. Natürlich kannte ich die Stadt bereits, ich war sehr häufig dort gewesen, zuletzt mit Sascha während der Suche nach Anisyas Kind. Das war jedoch vor zwei Jahren gewesen und damals hatten wir uns noch auf die Schulen konzentriert. Wenn ich jetzt überlegte, dass ich Lilya sicher gefunden hätte, wenn wir auch an die Universitäten gegangen wären ... Oder sie hätte mir zufällig in der Stadt über den Weg laufen können.

Wie unser Zusammentreffen dann wohl verlaufen wäre? Hätte ich sie anders behandelt als jetzt? Vermutlich nicht. Ihr Anblick hätte mich auch damals umgehauen.

Was für ein Glück ich doch hatte, dass ich sie nun hier gefunden hatte! Ich wusste, dass es sehr riskant war, einfach auf heile Welt zu machen und jetzt sogar mit ihr nach New York zu reisen, doch ich konnte nicht anders.

Bei der Entscheidung wollte ich Sascha dennoch nicht komplett übergehen, immerhin würde er uns begleiten müssen, um wenigstens ein wenig mehr Sicherheit gewährleisten zu können.

»Wir werden morgen abreisen«, erklärte ich ihm deshalb, während wir über die Ranch schlenderten. Es war Neumond und das Gelände lag in völliger Dunkelheit. Ich hatte das Gefühl, hier am Ende der Welt zu sein. Abgeschieden von jeglicher Zivilisation und all meinen Problemen. Kein Lärm unterbrach die Ruhe der Nacht. Man hörte nur das Rascheln der Blätter, wenn der Wind sie erfasste, und leise Geräusche der Tiere in der Umgebung.

»Ich bin immer noch der Meinung, dass das keine so gute Idee ist«, meinte Sascha nachdenklich. Er war nach wie vor überzeugt, dass ich die Angelegenheit völlig falsch anging, doch so direkt würde er mir das niemals sagen.

Bevor ich antworten konnte, ertönte eine weibliche Stimme in der Dunkelheit. »Was ist keine gute Idee?«

Erschrocken fuhren wir herum und starrten in die Gesichter einer jungen Frau und eines jungen Manns. Die beiden Djiye waren komplett in Schwarz gekleidet und hatten wie wir braune Haare und braune Augen. Ich war so in Gedanken versunken, dass ich sie nicht bemerkt hatte. Verflucht, ich war wirklich ein miserabler Aufpasser!

»Anastasija? Boris? Was zum Teufel tut ihr hier?«, fragte ich schockiert über mich selbst.

»Das sieht echt lustig aus, wenn du so überrascht bist, Dima«, neckte sie mich, bevor sie sich in Saschas Arme warf, der sich offensichtlich freute, sie zu sehen. »Ich hab dich so vermisst, Sasch.«

Ihre Lippen trafen aufeinander und ich hatte das Gefühl, dass sie den Kuss nie enden lassen wollten. Leicht genervt räusperte ich mich.

»Ich störe ja nur ungern, aber kann mir mal einer verraten, was das hier wird?«

Widerwillig lösten sie sich voneinander und Ana warf mir einen bösen Blick zu, während Sascha sich nun offenbar für die Situation schämte.

»Du bist ein elender Spielverderber. Ich werde ja wohl noch meinen Mann angemessen begrüßen dürfen, immerhin bist du schuld, dass ich ihn seit zwei Jahren nicht mehr gesehen habe. Nicht dass er noch irgendwann denkt, mit dir verheiratet zu sein.«

»Lass gut sein, Ana«, mischte sich Sascha ein. Das Temperament seiner Frau konnte er aber nicht zügeln. Sie stemmte die Hände in die Hüften und funkelte mich wütend an.

»Nichts ist gut. Wir sind seit fast vierundzwanzig Jahren verheiratet und die meiste Zeit musste unsere Ehe für unseren verrückten Prinzen zurückstehen. Ich habe so die Nase voll von eurer Mission.«

»Wie gut, dass diese Mission jetzt vorbei ist. Du hast deinen Sasch also bald wieder«, meinte ich achselzuckend.

»Wie bitte?« Ana starrte mich sichtlich verwirrt an.

»Ihr wisst es also noch nicht? Ich dachte, Sascha hätte euch deshalb hierher zitiert.«

Sie runzelte die Stirn. »Nein. Sascha hat uns am Freitag angerufen, dass ihr einen neuen Sklaven braucht. Seitdem hat keiner was von euch gehört. Ich habe ziemlich viel Überzeugungsarbeit leisten müssen, damit ich Boris bei der Überführung begleiten durfte.« Sie nickte in Richtung ihres Bruders, der schweigsam ein paar Schritte entfernt stand.

»Oh, verstehe.« Ich hatte bereits wieder vergessen, was mit Sarah passiert war. Oder vielmehr, was ich mit ihr gemacht hatte. Sich um solche Dinge zu kümmern war Saschas Aufgabe. Es wunderte mich nicht, dass er direkt Bescheid gegeben hatte.

»Den Sklaven hätte Boris doch auch allein herbringen können. Solltest du nicht besser in Kanada die Stellung halten?«

Sie schnaubte. »Wie du eben gesehen hast, habe ich meinen Mann vermisst. Abgesehen davon leite ich die Sondereinsatztruppe zum Schutz der

Krone. Wenn ich mich recht erinnere, bist du der rechtmäßige Thronfolger und fällst damit in meinen Zuständigkeitsbereich. Ich war nie begeistert, dass du nur mit Sascha durch die Welt reist.«

»Wieso? Weil mein Bruder auf die Idee kommen könnte, auch mich zu töten?« Ich vergrub die Hände in den Hosentaschen und legte den Kopf schief. »Keine Angst, das wird er schön bleiben lassen. Er ist genau wie ich zu stolz, mich durch einen Hinterhalt zu töten, und in einem Kampf Mann gegen Mann hat er keine Chance gegen mich.« Ich fand das Thema mit der königlichen Garde schon immer sinnlos. Sie sollten auf die Thronerben der Siye und Kiye aufpassen, aber nicht auf mich. Ich konnte schon immer auf mich selbst aufpassen.

»Trotzdem ist dein Bruder nicht die einzige Gefahr auf dieser Welt«, beharrte Ana.

»Ich wusste gar nicht, dass du dir solche Sorgen um mich machst, liebste Ana.«

Ihr Gesicht verfinsterte sich. »Pass schön auf, was du sagst. Ich kann dich nicht töten, doch gegen eine ordentliche Tracht Prügel, damit dein Prinzenhirn wieder rundläuft, hätte ich nichts einzuwenden.«

Ich schmunzelte. Es war mir immer wieder eine Freude, mit Saschas Frau herumzualbern. Erst jetzt schien ihr meine vorherige Andeutung aufzufallen.

»Halt, was hast du eigentlich damit gemeint, dass die Mission vorbei ist? Gibst du etwa auf?«, fragte Ana hoffnungsvoll.

»Nein. Ich war erfolgreich.«

***

Es dauerte eine Weile, bis wir Anastasija und Boris auf den neuesten Stand gebracht hatten. Während Boris die Nachricht offenbar nicht weiter interessierte, war seine Schwester völlig aus dem Häuschen. Das überraschte mich nicht. Die Geschwister waren sehr verschieden. Boris interessierte sich nur für seine eigene Rasse. Alle anderen waren ihm egal. Seine uneingeschränkte Loyalität galt aber mir – und damit auch meinen Plänen mit Lilya.

Wie ich jetzt mit ihr weiter vorgehen wollte, fand Ana aber alles andere als gut. »Du willst was?! Dimitri, das kann nicht dein Ernst sein!«

»Warum denn nicht? Sie muss zurück zur Uni, alles andere wäre zu auffällig. Und ich bin noch nicht bereit, sie aus ihrem Leben zu reißen.« Der eigentliche Grund war allerdings die Tatsache, dass ich Angst vor Lilyas Reaktion hatte.

»O nein ...« Ana stöhnte und legte den Kopf in den Nacken. »Du bist verliebt in sie. Wenn Anisya das sähe, wärst du einen Kopf kürzer.«

»Kann sie aber nicht, weil sie tot ist. Und im Gegensatz zu euch nehme ich nur Rücksicht auf ihre Gefühle. Ich will sie nicht einfach entführen, das wäre eher Valentins Stil.« Langsam verlor ich die Geduld. Ich hatte keine Lust, mich dauernd für meine Entscheidung rechtfertigen zu müssen. Leicht genervt verschränkte ich die Arme vor der Brust.

»Aber mit ihr nach New York zu fliegen hältst du für besser? Dass sie hier in der Pampa niemand erkennt, wundert mich nicht so sehr, aber New York? Du weißt, wie viele Siye ebenfalls Eliteunis besuchen. Das ist viel zu gefährlich.«

»Bisher wurde sie doch nicht erkannt, oder? Wieso sollte das ausgerechnet jetzt anders sein?«

»Mhh, lass mich mal überlegen. Vielleicht, weil du bei ihr bist und Valentin dich beschatten lässt?«

»Ich bin mir der Gefahr durchaus bewusst, aber die Entscheidung ist gefallen,« stellte ich klar. Mein Tonfall ließ keinen Widerspruch zu.

»Wie du meinst.« Seufzend gab sie sich geschlagen und wechselte das Thema. »Wie alt ist unsere Herzensbrecherin eigentlich?«

»Einundzwanzig. Ihr Geburtstag war vor zwei Monaten«, sagte ich und war mir bewusst, dass das ein nächster Streitpunkt war.

»Großartig, das heißt also, uns bleibt nicht mal ein Jahr, um sie auf alles vorzubereiten und vor Valentin zu schützen. Wenn er sie in die Finger kriegen sollte, würde er mit Sicherheit dafür sorgen, dass sie ihren nächsten Geburtstag nicht mehr erlebt. Sie könnte nach ihrer Erweckung zu einer riesigen Gefahr für ihn werden.« Damit erzählte sie mir nichts Neues. Es war das Erste gewesen, woran ich gedacht hatte, als ich bemerkte, dass meine gesuchte Person älter als angenommen war.

»Deshalb werde ich dafür sorgen, dass es nicht passieren wird. Sie ist nirgendwo so sicher wie bei mir.«

»Natürlich ...« Anastasija verdrehte theatralisch die Augen und wollte bestimmt noch einen bissigen Kommentar abgeben, als Sascha sie unterbrach. »Wir wissen, dass du der Beste bist, wenn es darum geht, sie zu beschützen, aber zur Sicherheit sind wir ja auch noch da und unterstützen dich.«

»Danke, Sascha.« Ich war dankbar, dass ich mich immer auf ihn verlassen konnte. Ana warf ihrem Mann einen Blick zu, der mich vermuten ließ, dass sie ihn für einen elenden Schleimer hielt. Das ließ mich innerlich schmunzeln und kurz dachte ich daran, dass ich so eine Verbindung irgendwann auch mit Lya haben könnte. Bei dem Gedanken wurde mir ganz warm ums Herz.

Ana konnte eine Riesennervensäge sein, aber ihre Art, mir immer widersprechen zu wollen, fand ich äußerst erfrischend. Ich musste mir wohl eingestehen, dass auch ich sie ein wenig vermisst hatte.

»Das heißt also, wir fliegen morgen nach New York?« Dieses Mal klang Ana überraschend vergnügt.

»Ja, vorausgesetzt, ich erlaube euch, uns zu begleiten.« Ich ließ mich von ihrer Art anstecken und konnte es mir nicht verkneifen, die Zunge rauszustrecken.

»Vergiss es, so schnell wirst du uns jetzt nicht mehr los.« Sie zwinkerte mir zu und lehnte sich an Sascha, der einen Arm um ihre Taille legte.

»Stimmt leider. Du bist nun mal schlimmer als Herpes.«

»Und Eure Witze waren schon mal besser, Hoheit«, konterte sie. Sascha unterdrückte sichtlich ein Lächeln. Die beiden waren wirklich das beste Beispiel für den Spruch: Gegensätze ziehen sich an.

»Zügle deine spitze Zunge, Süße, sonst kann dein Mann dich in Einzelteilen im Koffer mit nach New York nehmen.« Wie üblich wurde Sascha durch die Drohung blass im Gesicht, wohingegen die kokette Brünette herzhaft lachen musste, was mich ebenfalls direkt ansteckte. Das lockerte auch

Saschas Anspannung. Nur Boris stand weiterhin stumm abseits und beobachtete die Umgebung. Als Wächter war er deutlich besser geeignet als ich. Doch nicht nur Boris war auf der Hut. Ana hatte trotz der Albereien immer den Blick umherschweifen lassen und ich wusste, dass sie jederzeit für einen Angriff vorbereitet war. Jetzt, wo sie hier war, spürte ich Saschas erhöhte Anspannung. Auch wenn ich sein Prinz und bester Freund war und er jederzeit sein Leben für mich geben würde, war Ana nun mal die Frau, die er über alles liebte.

Obwohl Ana die beste Kriegerin war, die ich kannte, und mein vollstes Vertrauen genoss, hatte Sascha doch dauernd Angst um sie. Nachdem er die Spezialtruppe verlassen hatte und zu meinem persönlichen »Beschützer« geworden war, hatte Ana die Leitung der Gruppe übernommen, was für großes Aufsehen gesorgt hatte. Während bei den Siye und den Kiye die Krone sowie die wichtigsten Posten immer an Frauen gingen, glich die Mentalität von uns Djiye der vieler Menschen aus den Fünfzigern. Wenn es nach Sascha ginge, würde Ana vermutlich nur Hausfrau spielen und sich nicht ständig für andere in Gefahr bringen.

Ich schmunzelte bei dem Gedanken an die Zukunft der beiden. Ich wusste, dass sie Kinder wollten, doch wer von ihnen würde dann zu Hause bleiben? Den größeren Dickkopf hatte definitiv die schöne Djiya, doch Sascha würde niemals aufhören, meinen Aufpasser zu spielen. Wie gut, dass das Thema noch in weiter Ferne lag. Wer weiß, vielleicht war der Krieg bis dahin vorbei, Lilya und ich Königin und König, und wir lebten mit unseren Kindern in Kanada! Dann konnten Sascha und Ana ihren Nachwuchs gemeinsam großziehen …

»Hör auf zu träumen, Dimitri!« Ana musterte mich mit hochgezogenen Augenbrauen.

Verdammt. Ich versuchte meine offenbar entglittenen Gesichtszüge wieder zu glätten, doch es war zu spät. Alle drei – selbst Boris – warfen mir verschwörerische Blicke zu und Sascha grinste. Er wusste, was mit mir los war, und wie ich Ana kannte, würde sie heute Nacht noch einige Infos aus ihm herausquetschen.

»Ich träume nicht«, fauchte ich und verdrängte alle ausschweifenden Gedanken. Oder versuchte es zumindest. Ständig tauchte das Bild von Lilya und unseren Kindern vor mir auf. Wieso dachte ich an so was? Ich musste zugeben, sie beherrschte zurzeit meine Gedanken, doch solche Zukunftsfantasien würden niemandem weiterhelfen. In der Zukunft war kein Platz für ein *uns*. Es konnte kein Happy End für uns geben, sosehr ich mir das nun auch wünschte. Ernsthafte Beziehungen zwischen den verschiedenen Rassen waren genauso verboten wie zwischen Mensch und Vampyr – ich konnte die Gesetze nicht einfach ändern. Zumal es eine Zeit gegeben hatte, in der ich dieses Gesetz selber vollstreckt hatte. Wie Lilya reagieren würde, wenn sie einmal die ganze Wahrheit erfuhr, konnte ich ebenfalls nicht vorhersehen. Mir blieb demnach nur der Moment und den würde ich genießen.

Sascha räusperte sich verlegen.

»Welchen Menschen habt ihr eigentlich mitgebracht?«, fragte er neugierig und ich betete, dass es nicht Liam war. Mir war nicht nach einer neuen Konfrontation zumute.

»Er heißt Lucas. Wir hatten nicht viel Zeit und deshalb irgendjemanden genommen«, antwortete Ana. Mir fiel ein Stein vom Herzen.

»Und wo ist er jetzt?«, fragte ich.

»Wartet bereits im Hotel«, antwortete sie.

»Verstehe. Sascha, du solltest mit Ana hingehen.«

Sascha warf mir einen überraschten Blick zu. »Was? Aber ...«

»Nichts aber. Boris soll hierbleiben und aufpassen. Du hast die letzten Tage nicht geschlafen und dir mal eine ruhige Nacht verdient. Außerdem ...« Ich warf Ana einen vielsagenden Blick zu. »... habt ihr bestimmt einiges nachzuholen.«

Sie grinste verschwörerisch und ich hätte die Hand dafür ins Feuer legen können, dass Sascha bei meinen Worten leicht errötete.

***

Am Samstag war es so weit. Lilya und ich standen mit gepackten Koffern am Flughafen in Dallas. Wir waren mit dem Mustang hergefahren, den ich am

Mietwagenverleih zurückgegeben hatte. Die Verabschiedung auf der Ranch war recht kurz ausgefallen. Lilyas Vater war noch nicht zurück, wodurch mir vermutlich eine unschöne Begegnung erspart geblieben war.

»Ich bin so gespannt, wie dir New York gefallen wird«, meinte Lilya, als wir das Flughafengebäude betraten.

»Wenn du dort ebenfalls so eine gute Reiseführerin abgibst, wirst du mir die Stadt schon schmackhaft machen«, antwortete ich gut gelaunt. Tatsächlich freute ich mich sehr auf die Zeit in der Großstadt. Auch wenn ich schon einmal da gewesen war, würde es mit Lilya sicherlich mehr Spaß machen.

»Darauf kannst du wetten.«

Da wir noch Zeit hatten, bis wir einchecken mussten, setzten wir uns zunächst in ein Café, wo Lilya Tee und ich Kaffee bestellte.

Nachdem unsere Getränke gekommen waren, tunkte Lilya den Teebeutel mit nachdenklicher Miene ins heiße Wasser. Ihre gute Laune schien plötzlich wie weggeblasen.

»Bedrückt dich was?«, fragte ich vorsichtig.

»Nein, es ist nur … Normalerweise bringt mein Dad mich zum Flughafen. Ich konnte ihn diese Woche nur so kurz sehen. Ich hatte gehofft, dass er vielleicht doch noch bis zu meinem Abflug zurückkommt.« Deprimiert starrte sie auf ihre Tasse.

Ich konnte verstehen, dass sie traurig war, auch wenn ich erleichtert war, dass ihr Vater noch unterwegs war.

»Tut mir leid. Aber du wirst deine Familie ja bald wiedersehen. Ehe du dich's versiehst, bist du wieder zu Hause.« Die Lüge kam mir viel zu leicht über die Lippen. Das schlechte Gewissen nagte an mir, als ich meine Tasse anhob und an dem Kaffee nippte. Es war sehr wahrscheinlich, dass sie weder ihr Zuhause noch ihre Familie wiedersehen würde. Doch das konnte ich ihr schlecht sagen.

Nachdem ich bezahlt hatte, verschwand Lilya noch schnell zur Toilette, während ich auf die Koffer aufpasste.

Sascha müsste inzwischen auch am Flughafen sein. Er, Ana und Lucas würden denselben Flieger wie wir nach New York nehmen, hatten sich aber in der Businessclass eingebucht, da Lilya mit Sicherheit Sascha erkennen würde. Boris dagegen würde erst später nachkommen. Sascha hatte ihn samt den jungen Djiye, Irina und Denis, mit unserem Flugzeug nach Kanada geschickt. Vermutlich ließ er die Geschwister im Schloss erst mal einsperren, bis das Geheimnis um Lilya gelüftet wurde. Mit den Eltern der beiden hatte Sascha gesprochen und ihnen irgendeine Geschichte aufgetischt, damit es kein Aufsehen um ihr Verschwinden gab.

Während ich die vorbeiströmenden Menschen beobachtete, konnte ich in der Ferne tatsächlich meine Begleiter erspähen, die eben das Terminal betraten. Sascha und Ana hielten Händchen, während Lucas, der menschliche Sklave, brav nebenhertrottete und den Kofferwagen schob. Mit seiner schmächtigen Figur, den verwaschenen Jeans, dem grauen Pulli sowie den blonden Haaren und einem genervten Gesichtsausdruck wirkte es so, als wäre er der Laufbursche eines reichen Promipaares.

Sascha war wieder einmal ganz in Schwarz gekleidet und optisch mit Sicherheit ein netter Anblick für die Frauenwelt, doch neben Ana ging selbst er unter.

Die hübsche Djiya zog alle Blicke der umherstehenden Männer auf sich und die Frauen musterten sie mit neidischen oder hasserfüllten Gesichtern. Ich konnte darüber nur den Kopf schütteln. Sie hätte sich durchaus unauffälliger kleiden können, aber sie genoss eben die Aufmerksamkeit. So stolzierte sie nun in monsterhohen High Heels und einem engen, kurz geschnittenen schwarzen Kleid durch die Halle. Ihre Figur machte einem Fitnessmodel Konkurrenz und ihre Kurven würden jeden Mann schwach werden lassen. Ihr Charakter und ihr Aussehen, die gebräunte Haut, die vollen Lippen, die dunklen Haare und Augen verliehen ihr einen rassigen Touch. Sie war eben ein Prachtexemplar einer Djiya und eine absolute Sexgöttin. Früher hatte ich es oft bedauert, dass ich nicht mit ihr verlobt worden war, doch ich hatte schnell begriffen, dass wir als Paar nicht funktionieren würden. Wir hätten uns irgendwann gegenseitig die Köpfe eingeschlagen.

Als sie meinen Blick über die Menschenmenge hinweg bemerkte, zwinkerte sie mir zu und warf ihre langen Haare über die Schulter. Ich verdrehte die

Augen und wandte mich ab. In dem Moment kam Lilya zurück. Sie strahlte mich an und für mich ging die Sonne auf.

»Na, schon aufgeregt?«, fragte sie grinsend und schnappte sich ihren Koffer.

»Ein wenig«, gestand ich auf dem Weg zum Check-in-Schalter. Tatsächlich war ich ziemlich nervös. Ich wusste nicht, was mich in New York erwartete. Lilya musste zur Uni, doch was würde ich tun? Ihr den ganzen Tag hinterherschleichen, damit ihr nichts passierte und mich nebenbei mit Sascha streiten und mit Ana herumalbern? Das klang für mich nicht sehr reizvoll. Zumal Sascha natürlich recht hatte. Ich konnte diese Rolle nicht ewig weiterspielen. Irgendwann würde Lilya alles erfahren – und dann würde es erst richtig spannend werden.

Den Check-in und die Ausweiskontrolle passierten wir problemlos. Mein Ausweis war so perfekt gefälscht, dass ich noch nie Probleme damit gehabt hatte. Meine einzige Sorge war, dass Valentin mich tatsächlich beschatten ließ. Anzeichen dafür hatte ich bisher nicht gesehen, doch ich ging lieber vom Schlimmsten aus. Auch er hatte fähige Männer, die sich in jedes System hacken konnten. Und auf dem Ausweis meinen richtigen Namen stehen zu haben war nicht die sicherste Variante. So wurde ich im System des Flughafens durchleuchtet und das könnte ihn auf meine Spur führen. Meine einzige Hoffnung war, dass er bei meinen ständigen Reisen die Lust verloren hatte, mir weiter hinterherzuschnüffeln.

Als wir die Sicherheitskontrolle passierten, konnte ich mir ein Schmunzeln nicht verkneifen. Natürlich hatte ich keine Waffen an mir, ich war immerhin selbst die gefährlichste Waffe. Kurz musste ich daran denken, was die Menschen wohl machen würden, wenn wir Vampyre unsere Identität offenlegten. Valentin wünschte sich nichts mehr als die totale Kontrolle über die Menschheit, doch ich sah auch die Vorteile der Anonymität. Die Menschen hatten genug Waffen, die uns sehr gefährlich werden konnten, und die Gefahr wäre groß, dass sie diese gegen uns einsetzen würden, ehe wir sie ihnen wegnehmen könnten.

Nachdem wir alle Formalitäten hinter uns gebracht hatten, wurde es Zeit, das Flugzeug zu betreten. Lilya war wieder bester Laune und steckte mich damit an. Sie machte es mir leicht, die Sorgen zu vergessen. Solange sie bei mir war, konnte mir alles andere egal sein. Lächelnd ergriff sie meine Hand und zusammen liefen wir zu unserem Gate. Ich atmete noch einmal tief durch und wappnete mich innerlich für den Flug ins Ungewisse.

Stadt, die niemals schläft – wir kommen!

II

NEW YORK

18. KAPITEL

Lilya

»Brrr... was für ein Scheißwetter!«, jammerte ich und kuschelte mich enger an Dimitri.

Wir saßen im Taxi auf dem Weg zu meiner Wohnung, während dichter Regen auf die Windschutzscheibe schlug.

Dimitri lachte nur. Ihm schien das nasskalte Wetter nichts auszumachen.

»Wie es aussieht werde ich dich nie mit nach Sibirien nehmen können, wenn es dir jetzt schon zu kalt ist.«

»Ist es wirklich so eisig kalt, wie man immer hört?«

»Nein, noch kälter«, meinte er grinsend.

Mich fröstelte es allein bei dem Gedanken daran. Ich hatte direkt meine Winterjacke angezogen, doch Dimitri hatte anscheinend keine dabei. Vermutlich hatte er sich bei seiner Weltreise mehr auf die wärmeren Gegenden beschränken wollen. Wintersachen nahmen ja auch viel zu viel Platz weg.

»Es ist nicht so schlimm. Man gewöhnt sich dran. Mir ist die Kälte aber ohnehin lieber als die Hitze.«

Das hatte ich mir schon gedacht, nachdem er das Flughafengelände wie selbstverständlich im T-Shirt verlassen hatte.

»Ihr Männer seid ja auch nicht normal.«

***

»Wow. Das ist deine Wohnung?« Dimitri zog überrascht die Augenbrauen hoch.

Ich nickte. »Mein Dad hat sie gekauft, als er meine Mom nach New York geholt hat. Nach unserem Umzug nach Texas hat er beruflich noch häufiger längere Aufenthalte hier in der Stadt gehabt, weshalb er die Wohnung behalten hat. Und jetzt nutze ich sie eben.«

Dimitri ließ seine Koffer im Wohnzimmer stehen und inspizierte die einzelnen Zimmer. Es gab eine offene Wohnküche, die an das großzügige Wohnzimmer anschloss, zwei Schlafzimmer, von denen ich mir eins als Kleinkind mit meinem Bruder geteilt hatte, ein großes Badezimmer sowie eine separate Toilette. Sichtlich beeindruckt kam Dimitri von seinem kurzen Rundgang zurück ins Wohnzimmer.

»Wahnsinn. Ich hab gehört, dass schon Wohnungen von der Größe einer Besenkammer in New York nicht bezahlbar sind. Dein Vater muss gut verdient haben.«

Ich ließ den Blick durch den Raum schweifen und zuckte mit den Schultern. »Offensichtlich.«

Wir hatten nie Geldsorgen gehabt und mein Dad hatte mir und Malyk sehr viel ermöglicht, doch ich hatte mir oft gewünscht, dass er einfach nur häufiger zu Hause wäre. Wenn es nach mir ginge, hätte ich wie meine Freunde auch im Wohnheim schlafen können.

»Und was machen wir jetzt?«, fragte Dimitri und ließ sich auf die große Couch fallen.

Ich warf einen Blick auf die Uhr an der Wand. Durch die Stunde Zeitverschiebung hatten wir inzwischen sechzehn Uhr.

»Ich würde vorschlagen, dass wir zunächst etwas einkaufen gehen. Für heute Abend habe ich auch schon was geplant«, verkündete ich und ging auf ihn zu. Ich biss mir auf die Unterlippe und setzte mich ein wenig zaghaft auf seinen Schoß. Sofort legte er die Hände um mich und zog mich zu sich heran.

»Also kein entspannter Abend zu zweit?«, fragte er und machte eine Schnute. Lachend schüttelte ich den Kopf.

»Es hatte einen Grund, wieso ich heute schon zurückgeflogen bin. Meine beste Freundin feiert am Abend ihren einundzwanzigsten Geburtstag.«

Er runzelte die Stirn. »Und mich nimmst du als Geschenk mit?«

Irritiert sah ich ihn an. »Ähm, nein? Dich behalte ich ganz für mich allein.« Bei den Worten stieg mir Wärme ins Gesicht und ich hoffte, er sah es mir nicht an.

»Du gönnst deiner Freundin auch nichts«, tadelte er mich zwinkernd. »Aber allein mein Anblick reicht ja schon als Geschenk«, fügte er grinsend hinzu.

»Du bist ganz schön selbstverliebt.« Ich verdrehte die Augen.

»Etwa zu Unrecht?« Er legte den Kopf schief und fixierte mich aus dunklen Augen. Er war mir so nah, dass unsere Nasenspitzen sich fast berührten.

»Pff, darauf antworte ich sicher nicht«, brummte ich, während mein Herzschlag sich beschleunigte. Obwohl mein Körper die Nähe zu ihm nur ungern aufgeben wollte, musste ich ihn für seine Arroganz büßen lassen. Ich funkelte ihn gespielt beleidigt an und rutschte von seinem Schoß.

***

»So willst du das Haus verlassen?«

Dimitri starrte mich mit offenem Mund an, als ich zurück ins Wohnzimmer kam. Sein Anblick ließ mich jedoch auch nicht kalt. Er trug eine halb zerrissene graue Jeans, ein weißes Hemd und weiße Sneakers. Er besaß tatsächlich etwas anderes als schwarze Sachen.

»Ähm, es ist eine Party?«, erinnerte ich ihn und warf zur Sicherheit noch einmal einen prüfenden Blick in den Spiegel.

Ich trug ein hautenges, kurzes schwarzes Kleid, das den Rücken frei ließ, und dazu passende High Heels. Das Kleid hatte spitzenbesetzte Ärmel, die bis über die Ellenbogen reichten. Dafür war es vorn genauso wie am Rücken tief ausgeschnitten und hatte einen Schlitz zwischen meinen Brüsten.

Die dunklen Locken hatte ich an der Seite locker zusammengebunden, sodass sie mir über die Schulter fielen.

»Heißt es nicht immer, man solle nur eine Stelle betonen? Du lenkst jetzt alle Blicke auf deine Beine, den Rücken und die Brüste!«

»Und was ist mit meinem Gesicht?«, fragte ich und schlang die Arme um seinen Hals. Ich hatte für diesen Abend meinen üblichen natürlichen Look aufgegeben. Die Lippen hatte ich knallrot geschminkt und Smokey Eyes brachten meine blauen Augen zum Leuchten, was ich noch einmal im Spiegel überprüft hatte.

»Das ist für mich nach wie vor das Schönste an dir. Ohne die ganze Schminke sogar noch mehr.« Er lehnte die Stirn an meine und seufzte leise. »Aber so kann ich ja mit dir nirgendwohin gehen, da rennt uns die ganze Männerwelt hinterher.«

»Entspann dich, Dimitri. Wir sind in New York, da gibt es kein ›too much‹. Außerdem bin ich sicher, dass sich mir kein Typ nähert, solange du bei mir bist. Und was ist eigentlich mit dir? Du klangst vorhin noch so, als würden alle Frauen bei deinem Anblick in Ohnmacht fallen«, meinte ich und sah an ihm hinunter. Das weiße Hemd ließ seine Muskeln mehr als nur erahnen und mir wurde plötzlich ganz warm. Als ich wieder in sein Gesicht sah, zuckte es um seine Mundwinkel.

»Dann lass uns doch mal sehen, wer heute mehr Verehrer anzieht.«

***

Wir gingen auf das weiße Einfamilienhaus zu, aus dem laute Musik drang. Im Garten standen grüppchenweise Studenten beieinander, rauchten und unterhielten sich, wofür es drinnen vermutlich zu laut war.

Dimitri nahm meine Hand und führte mich auf die Veranda. Als wir uns der Haustür näherten, öffnete sich diese gerade und ein Pärchen drängte sich wild knutschend nach draußen. Ich sah ihnen hinterher, als sie sich kurz voneinander lösten und in die Büsche rannten.

»Schlafzimmer sind wohl alle belegt«, bemerkte ich kopfschüttelnd, woraufhin Dimitri schmunzelte.

»Dann sollten wir besser gleich zurück nach Hause gehen.«

Er warf mir einen vielsagenden Blick zu, der mir die Röte ins Gesicht trieb. Statt einer Antwort presste ich die Lippen fest aufeinander und zog ihn hinter mir her ins Haus.

Drinnen war wirklich die Hölle los. Rachel hatte offensichtlich jeden eingeladen, den sie irgendwie einmal kennengelernt hatte. Oder die Gäste hatten noch all ihre Freunde mitgebracht, was wahrscheinlich war, da ich kaum jemanden kannte.

Wir bahnten uns einen Weg durch die feiernde Meute ins Wohnzimmer und ich hielt Ausschau nach meiner Freundin.

»Und wo steckt nun das Geburtstagskind?«, fragte Dimitri, nachdem er meinen suchenden Blick bemerkt hatte.

»Wenn ich das wüsste, müsste ich sie nicht suchen.«

Ich wollte mich gerade zur offenen Terrassentür durchkämpfen, als ich meinen Namen hörte.

»Lya, du bist ja auch hier!«

Meine Freundin und Cheerleader-Kollegin Olivia quetschte sich zwischen den Feiernden hindurch, um mich anschließend stürmisch zu umarmen.

»Natürlich bin ich hier. Ich würde Rachels Geburtstag doch nicht verpassen.«

Sie warf mir einen überraschten Blick zu. »Dann hast du also kein Problem damit?«

»Womit?«, fragte ich verwirrt.

Sie schien zu überlegen, was sie sagen sollte, als sie plötzlich meine Hand sah, die noch immer Dimitris festhielt. Ihr Blick glitt den Arm entlang zu seinem Gesicht und ihr blieb der Mund offen stehen.

»Oh, verstehe. Bei den Umständen würde Ben mich auch nicht mehr kümmern.«

»Liv, könntest du bitte aufhören, ihn anzustarren, und mir jetzt mal sagen, was eigentlich los ist?« Ich verzichtete für den Moment darauf, die beiden miteinander bekannt zu machen.

Sie löste den Blick von Dimitri und sah wieder mich an.

»Wusstest du nicht, dass Rachel und Ben zusammen in Miami waren?«

Ich runzelte die Stirn. »Was? Warum?«

»Na ja, sie haben was miteinander. Ich dachte, das wüsstest du und hast deshalb Schluss gemacht.« Nervös wickelte sie sich eine blonde Haarsträhne um den Finger.

Sprachlos starrte ich sie an. Ben und Rachel? Das konnte ich mir nicht vorstellen. Theoretisch war es mir egal, mit wem er was hatte. Dass er ein Frauenheld war, wusste ich schon länger, deshalb hatte ich schließlich mit ihm Schluss gemacht. Doch hatte der Mistkerl mich letzte Woche nicht noch aus Miami angerufen und so getan, als wären wir zusammen? Dabei lag er nach dem Telefonat sicher wieder mit meiner besten Freundin am Strand.

»Seit wann weißt du von den beiden?«

»Ich habe sie auch erst heute zusammen gesehen. Rachel hat mir dann ganz begeistert von ihrem Urlaub erzählt und es kam raus, dass sie bereits seit drei Monaten was am Laufen haben. Angeblich hast du davon gewusst und die Beziehung deshalb offiziell beendet, wobei es schon länger aus gewesen sein soll.«

»Wie bitte?«, fragte ich wohl eine Spur zu laut, denn ein paar Umstehende drehten sich neugierig um. Ich ignorierte sie.

»Das heißt wohl, du wusstest nichts davon.« In Olivias blauen Augen blitzte Mitleid auf. »Ich habe mir gleich gedacht, dass da etwas nicht stimmen kann. Die anderen und ich wollten dich am Montag in der Uni darauf ansprechen.«

»Das erübrigt sich jetzt wohl.« Wut kochte in mir hoch. »Wo ist sie?«

***

Ich lief die Treppe hoch zu Rachels Zimmer, Dimitri folgte mir ohne ein Wort. Natürlich war abgeschlossen. Wütend rüttelte ich an der Klinke.

»Besetzt, Leute!«, hörte ich Rachels Stimme von drinnen.

Ich trat einen Schritt zurück und sah zu Dimitri, der unschlüssig auf der Treppe stand.

»Kannst du sie eintreten?«

»Was?« Irritiert sah er zu mir hoch.

»Kannst du sie eintreten?«, wiederholte ich genervt.

»Lya, bist du dir sicher, dass …?« Mein Gesichtsausdruck brachte ihn zum Verstummen.

Er seufzte leise und kam die restlichen Stufen hoch.

»Geh zur Seite.«

Mit nur einem Tritt gab das Schloss nach und die Tür sprang auf. Dimitri machte einen Schritt zur Seite und ließ mich hinein.

»Ey, seid ihr bescheuert?«, schrie Rachel, deren Augen sich entsetzt weiteten, als sie mich im Türrahmen sah. »Lya?«

Sie lag mit Ben im Bett und hatte sich die Decke bis zum Kinn gezogen, da sie vermutlich nackt war. Ihr platinblondes Haar lag wild durcheinander. Ben starrte mich ebenso geschockt an. Das passte gar nicht zu seinem sonst so coolen Auftreten.

»Was soll das werden?«

Ich trat ans Bett. »Ach, ich wollte nur meiner *besten* Freundin zum Geburtstag gratulieren, aber auf ihrer Party konnte ich sie leider nicht finden.«

»Hast du den Verstand verloren? Was fällt dir ein, meine Tür einzutreten und uns hier so eine Szene zu machen?«, keifte sie.

»Ja, vielleicht habe ich meinen Verstand tatsächlich verloren. Zusammen mit zwei Menschen, die mir mal was bedeutet haben. Ihr habt einander verdient«, meinte ich trocken. Ohne auf eine Reaktion zu warten, nahm ich Dimitris Hand und ging.

***

Zurück im Erdgeschoss hielt ich Ausschau nach Olivia. Ich wollte mich zumindest von ihr verabschieden, bevor ich mich verdrücken und dieses Haus mit Sicherheit nie wieder betreten würde.

»Warte kurz auf mich«, bat ich Dimitri und suchte die Menge nach meiner blonden Freundin ab.

Ich fand sie auf der Terrasse, zusammen mit anderen Mädchen unseres Cheerleader-Teams. Sie begrüßten mich mit betretenen Gesichtern. Offenbar wussten alle Bescheid.

»Und?«, fragte Olivia neugierig.

Ich zuckte mit den Schultern. »Die beiden sind für mich gestorben.«

Sie verzog das Gesicht. »Tut mir leid. Wir stehen natürlich hinter dir. Geht ihr jetzt wieder? Du und dein … Freund?« Sie zwinkerte mir zu. »Vielleicht sorgt er dafür, dass du die zwei Idioten ganz schnell vergisst …«

Tatsächlich war Dimitri der Grund, warum ich jetzt nicht das Bedürfnis hatte, mich in einer Ecke zu verkriechen und zu weinen. Ich verabschiedete mich von der Gruppe und ging wieder nach drinnen, wo ich plötzlich Rachel gegenüberstand. Das Schäferstündchen zwischen ihr und Ben hatte ich wohl ruiniert.

Ich registrierte fasziniert, wie schnell sie es geschafft hatte, sich wieder in Schale zu werfen. Sie trug ihr kurzes rotes Lieblingskleid und hatte Haare und Make-up in Ordnung gebracht.

»Na, auf dem Weg nach Hause?« Ihre Stimme hatte alles an Wärme und Freundlichkeit verloren, was ich bisher gekannt hatte.

»Rachel, willst *du* jetzt etwa *mir* eine Szene machen?«, fragte ich ungläubig.

»Ich passe nur auf, dass du mein Haus endlich verlässt. Nicht, dass du und dein Macker noch mehr kaputt machen«, meinte sie gehässig. Ihre Stimme wurde lauter und die Umherstehenden spitzten schon neugierig die Ohren.

»Mach dir keine Sorgen, die Tür ersetze ich dir natürlich«, erwiderte ich übertrieben freundlich. »Nicht, dass zukünftig noch mal jemand dich und deinen Lover beim Sex stört.«

»Das wird schon nicht passieren. Er hat nur eine durchgeknallte Ex-Freundin.«

»Ben ist ein Arsch. Du hättest was Besseres verdient. Aber wenn man die beste Freundin so hintergeht, passt man wohl zu einem treulosen Idioten«, erwiderte ich trocken.

Sie lachte kurz auf und warf ihr blondes Haar über die Schulter. »Was Besseres? Ben ist ein toller Kerl, nur weil er ein paar Fehler hat, macht ihn das noch lange nicht zum Arsch. Selbst wenn du vermeintlich perfekt bist, brauchst du nicht zu denken, dass wir anderen das auch sein müssen.«

»Nenn mich nicht perfekt«, zischte ich wütend.

Rachel zuckte mit den Schultern. »Du bist doch selbst schuld, dass Ben dich betrogen hat. Du hattest einfach zu hohe Erwartungen an ihn. Er kam zu *mir*, um sich auszuheulen.«

Entgeistert starrte ich sie an. »Ist das dein Ernst? Ich bin deine beste

Freundin und du gehst mit meinem Freund ins Bett und willst ernsthaft mir die Schuld dafür geben?« Ich zweifelte wirklich an ihrem Verstand.

»Ist doch egal. Ben gehört jetzt mir, du wolltest ihn ja ohnehin nicht mehr. Hast ihn einfach fallen lassen, nachdem du jemand Neues gefunden hast, bei dem du die Beine breit machen kannst!«

Das ging zu weit. Mein Körper reagierte, ehe mein Verstand ihre Worte überhaupt aufgenommen hatte …

19. KAPITEL

Dimitri

Ich konnte Lilyas Reaktion auf Rachels Worte nicht sehen, da ich mich gerade an den umstehenden Leuten vorbeidrängte, doch ich konnte sie hören. Das klatschende Geräusch und die anschließende Stille ließen darauf schließen, dass Rachel gerade eine Ohrfeige kassiert hatte. Selbst die Musik hatte jemand ausgemacht.

Als ich bei ihnen ankam, konnte ich auch das Ergebnis sehen. Rachels linke Wange leuchtete rot. Entsetzt starrte sie Lilya an. Lyas Gesicht war wutverzerrt und sie funkelte ihre »Freundin« eiskalt an. So hatte ich sie noch nie gesehen, doch ich war stolz auf sie.

»Du verdammtes Miststück!«, schrie Rachel, nachdem sie den Schock überwunden hatte, drehte sich zur Seite und wollte davonstürmen, rannte dabei aber genau in mich rein. Sie taumelte und fluchte. »Verpiss ...« Wütend sah sie auf und begegnete dabei meinem tödlichen Blick.

»Ja, verpiss dich«, knurrte ich. Ihre Augen weiteten sich und sie verkniff sich jedes weitere Wort. Eingeschüchtert flüchtete sie in die andere Richtung und verschwand in der Menge. Die umherstehenden Leute blieben noch einige Zeit reglos stehen, bevor sie sich schließlich tuschelnd abwendeten. Auch die Musik setzte wieder ein.

»Lya, alles in Ordnung?«, fragte ich sie besorgt.

Sie seufzte schwer. »Ja ... Irgendwann zeigt wohl jeder sein wahres Gesicht. Lass uns gehen«, meinte sie und gemeinsam verließen wir die Party.

***

Nachdem Lilya die ganze Taxifahrt über geschwiegen und aus dem Fenster gestarrt hatte, machte sie, sobald wir wieder in der Wohnung waren, ihrem Ärger Luft. Fluchend schmiss sie die Schuhe in die nächste Ecke und stapfte ins Wohnzimmer.

»Ich fasse es nicht. Mein Freund und meine beste Freundin. Das ist doch *das* Klischee.«

»Reg dich nicht mehr darüber auf. Ich habe zwar nicht alles von eurer Unterhaltung mitbekommen, doch ich würde sagen, dass sie ziemlichen Schwachsinn von sich gegeben hat«, versuchte ich sie zu beruhigen, aber sie hörte mich offenbar gar nicht, sondern tigerte genervt auf und ab.

»Wie kommt sie dazu, *mich* als die Doofe hinzustellen? Ich bin schließlich nicht mit ihrem Freund ins Bett gehüpft.«

»Für mich klingt das so, als hätten die beiden einander verdient«, bemerkte ich schulterzuckend.

»Rachel muss sich total in ihn verknallt haben, dass sie nicht mehr mitkriegt, was für ein Kerl er ist. Der wird sie irgendwann auch belügen und betrügen. Mal sehen, ob sie von seiner nächsten Affäre dann als die Schuldige hingestellt wird.«

»Lya!« Ich packte sie an den Schultern. »Beruhige dich. Sie sind es nicht wert.«

Wütend schlug sie meine Hände weg.

»Du hast gut reden. Dich betrifft es ja auch nicht. Du bist nur ›mein neuer Macker‹, für den ich angeblich Ben verlassen habe.«

»Lass sie doch in dem Glauben. Andere werden ihr den Quatsch nicht abkaufen.«

»Du hast recht. Die anderen fanden ihr Benehmen auch unmöglich.« Sie seufzte resigniert. »Gott sei Dank! Ansonsten müsste ich das ganze Team ersetzen …«, murmelte sie.

»Du redest jetzt vom Cheerleading?«, kommentierte ich schmunzelnd ihre Gedankengänge.

»Natürlich. Ich bin die Kapitänin, ich brauche keine Intrigen hinter meinem Rücken, die sich schlecht auf den Gruppenzusammenhalt auswirken.«

»Das klingt so … « Ich überlegte kurz. »… ambitioniert. Bist du immer so gründlich?«

»Ach, hör auf. Ich mache einfach gerne alles richtig.« Sie sah mich bestürzt an. »Klingt ziemlich überheblich, oder?«

»Ein bisschen«, meinte ich leise lachend. »Aber so bist du nun mal. Das kann niemand ändern«, ergänzte ich schulterzuckend.

»Wie meinst du das?«

»Ach, es ist nur so, dass durch unsere Gene bestimmte Eigenschaften vorgegeben sind, die niemand völlig ablegen kann.«

»Und was soll das bei mir sein? Überheblichkeit?«, fragte sie skeptisch.

»Nein. Verantwortungsbewusstsein.«

Auf ihrer Stirn bildeten sich Falten. »Mhh. Ist es nicht eher egoistisch, dass ich sofort daran denke, sie aus meinem Team zu schmeißen?«

Ich schüttelte den Kopf. »Nein. Als Anführer muss man die Gruppe zusammenhalten und auch schwere Entscheidungen treffen. Das hast du eben getan«, erklärte ich.

Sie dachte eine Weile über meine Worte nach und lächelte schließlich. »Danke, jetzt fühle ich mich viel besser.«

***

»Ich will nicht gehen.«

Lilya machte einen Schmollmund und versuchte besonders mitleiderregend auszuschauen.

Ich blieb hart. »Versuch es gar nicht erst. Es wird nicht geschwänzt.« Auch wenn ich selbst nicht wollte, dass sie ging, war heute ausnahmsweise mal ich der Vernünftige.

Trotzig stapfte sie auf den Boden auf und ich musste mir ein Lachen verkneifen. Einige Studenten musterten uns kurz beim Vorbeilaufen. Vor der Uni tummelten sich zahlreiche Jugendliche, die sich in Grüppchen angeregt unterhielten. Sie hatten es offenbar auch nicht eilig, in ihre Kurse zu kommen.

Die Tatsache, dass die Sonne heute fast frühlingshafte Temperaturen verbreitete, trug vermutlich auch dazu bei. Lilya hatte trotzdem wieder ihren Wintermantel angezogen, wohingegen ich im T-Shirt herumgelaufen wäre. Doch das hätte nur für noch mehr ungläubige Blicke gesorgt.

»Ich würde ja mitgehen, aber ohne Studentenausweis komme ich nicht rein.« Entschuldigend hob ich die Schultern.

Sie warf einen Blick auf das alte Gebäude hinter sich und stöhnte. »Ich habe den ganzen Tag Kurse mit Rachel. Und heute Abend noch Training. Ich hoffe für sie, dass sie sich dort nicht mehr blicken lässt.«

»Wird sie schon nicht. Sie hat bestimmt keine Lust, noch eine Ohrfeige zu kassieren. Und jetzt sieh zu, dass du deinen Hintern in die Uni bewegst.«

»Na schön.« Sie gab sich geschlagen und schlang die Arme um meinen Hals. »Aber du holst mich heute Abend vom Training ab.«

»Natürlich, ich werde da sein«, versprach ich und gab ihr einen Abschiedskuss. Nur widerwillig löste sie sich von mir und lief die Stufen zum Eingang hoch. Oben angekommen drehte sie sich noch einmal kurz um und winkte mir zu. Ich hob die Hand zum Abschied und wartete, bis sie im Gebäude verschwunden war.

***

Es war das erste Mal seit Tagen, dass ich Lilya aus den Augen lassen musste, und es gefiel mir gar nicht. In den Universitätsgebäuden war sie wohl in Sicherheit, doch ich war trotzdem angespannt.

Nachdem ich mich von ihr verabschiedet hatte, schrieb ich Sascha, dass er herkommen sollte. Er und Ana hatten uns bereits gestern den ganzen Tag verfolgt, während Lilya den freien Sonntag genutzt hatte, um mir einen Teil von New York zu zeigen. Das Drama wegen Ben und Rachel hatte sie zumindest vorläufig verdrängt.

»Sag nicht, dass wir heute auf eine Busrundfahrt verzichten müssen«, hörte ich Sascha sagen und drehte mich zu ihm und Ana um, die händchenhaltend auf mich zu schlenderten.

»Wir hatten uns schon so sehr darauf gefreut«, fügte Ana grinsend hinzu.

Ich verdrehte die Augen. Tatsächlich hatte Lilya es sich gestern nicht nehmen lassen, mich in einen dieser Touristenbusse zu setzen und durch ganz Manhattan zu fahren. Anschließend waren wir durch den Central Park geschlendert und abends hatte ich sie in ein kleines Restaurant eingeladen, von dem aus man eine wundervolle Sicht auf die Skyline von New York hatte.

»Habt ihr alles besorgt?«, fragte ich ungeduldig, nachdem wir uns etwas von den noch immer herumstehenden Studenten entfernt hatten.

Ana nickte und reichte mir drei Ausweise. Es waren Studentenausweise für jeden von uns.

»Sehr gut.« Es beeindruckte mich immer wieder, über welche Mittel und Wege meine Begleiter verfügten. Ich reichte Sascha und Ana ihre Ausweise und steckte meinen eigenen ein. »Also, Sascha, wir werden uns nur verdeckt in der Uni bewegen können. Ich habe einen Peilsender in Lyas Tasche versteckt, weshalb wir immer wissen, wo sie steckt. Wir dürfen ihr auf keinen Fall aus Versehen über den Weg laufen. Und mich wird nach der Party vielleicht auch jemand als Lilyas Freund erkennen. Ana dagegen …« Ich schenkte ihr ein strahlendes Lächeln, was sie mit einem misstrauischen Blick registrierte.

»Ich ahne Schlimmes.«

Ich ignorierte ihren Kommentar und fuhr fort. »Keiner kennt dich. Du bist im Moment die Einzige, die sich in Lilyas Nähe aufhalten kann.«

»Ich spiele jetzt also den persönlichen Babysitter für deine Freundin?«

Ich unterdrückte den Drang zu leugnen, dass Lilya meine Freundin war, denn genau das war sie ganz offensichtlich. Es wäre lächerlich, weiterhin etwas anderes zu behaupten. »Es ist dein Job, die Königsfamilien zu schützen«, erinnerte ich Ana.

»Schon gut, schon gut.« Sie hob entwaffnet die Arme. »Ich passe auf unsere kleine Prinzessin auf.«

»Da ist noch etwas. Damit du immer in ihrer Nähe bleiben kannst, wäre es sinnvoll, wenn ihr Freundinnen würdet«, verkündete ich und Ana klappte der Mund auf.

»Ist das dein Ernst? Ich bin eine Kriegerin, keine Schauspielerin«, beschwerte sie sich.

»Wer sagt, dass du dafür groß schauspielern musst? Ihr zwei werdet euch sicher großartig verstehen.«

»Mit Sicherheit.« Sie verdrehte die Augen. »Nach dem, was mit ihrer letzten Freundin passiert ist, wird sie bestimmt ausgerechnet mich an sich heranlassen.«

»Da muss ich ihr recht geben«, meldete sich Sascha zu Wort. »Wäre ich an ihrer Stelle, würde ich keine neue beste Freundin haben wollen, die schon direkt so aussieht, als würde sie mir den Freund ausspannen.«

Empört wandte sich Ana an ihren Mann. »Sasch, soll das heißen, ich sehe aus wie eine Schlampe?«

»Schatz, du siehst einfach aus wie die vollkommene Verkörperung männlicher Träume. Du weißt, wie Frauen darauf reagieren«, meinte er beschwichtigend und zog sie in die Arme.

»Solange Ana sich mit ihren Outfits zurückhält, sollte das funktionieren. Heute sieht sie doch aus wie eine normale Studentin.« Zugegeben, wie eine sehr heiße Studentin, denn hübsch blieb sie, auch wenn sie mal normale Jeans und flache Schuhe trug und außerdem nicht geschminkt war.

»Schön, ich versuche ein unscheinbares Mauerblümchen zu spielen«, sagte Ana und brachte damit ihren Mann und mich zum Schmunzeln.

»Da ist noch etwas ... Da du Lilya auf dem Campus überallhin folgen sollst, wirst du versuchen, in ihr Cheerleader-Team zu kommen«, erklärte ich vorsichtig.

Sascha brach in lautes Gelächter aus, während Ana mich entgeistert anstarrte. »Das ist ein Scherz?«

»Wieso? Du kannst dich doch bewegen, da wird es ein Klacks sein, dass sie dich nehmen.«

»Ach, meinst du?« Genervt verschränkte sie die Arme vor der Brust. »Wovor hast du eigentlich Angst? Dass ihre Ex-beste-Freundin in die Umkleide stürmt und sie absticht? Ich bitte dich ...«

»Keine Widerrede. Es ist beschlossen.« Ich liebte es, Befehle zu erteilen.

»Womit habe ich das verdient?«, jammerte sie und vergrub das Gesicht in den Händen. »Wieso muss es ausgerechnet Cheerleading sein?«

»Stell dich nicht so an. Du bist stark genug, um Mädchen durch die Luft zu werfen. Aber bitte, übertreib es nicht. Es soll niemand durch die Decke gehen.«

20. KAPITEL

Lilya

Der erste Tag an der Uni nach Spring Break verlief nicht so, wie ich mir das vor dem Wochenende noch vorgestellt hatte. Anstatt mit Rachel zusammenzusitzen und über die Ferien zu sprechen, saß ich heute überwiegend allein. Ich wollte meine Ruhe haben. Kurz unterhielt ich mich mit Olivia, die mir berichtete, dass Rachel wohl auf dem ganzen Campus schlecht über mich redete. Sie stellte es so hin, als hätte ich Ben schon lange mit Dimitri betrogen. Dass ich ihn noch gar nicht gekannt hatte, als ich mit Ben Schluss gemacht hatte, interessierte dabei wohl niemanden. Wäre ich am Samstag nicht mit Dimitri auf der Party aufgetaucht, hätte Rachel sich vermutlich einen Typen ausgedacht, mit dem ich angeblich etwas hatte. Mir war es egal, was sie herumerzählte. Ich hatte mich noch nie für den Klatsch und Tratsch an der Uni interessiert, auch nicht, wenn er mich betraf. Heute interessierte es mich aber noch weniger, da ich in Gedanken bereits wieder zu Hause bei Dimitri war.

Nachdem ich die Stunden in der Uni schließlich hinter mich gebracht hatte, ging ich mit Olivia und den anderen Mädchen zur Sporthalle, um zu trainieren. Meine Freundinnen wollten in erster Linie alles über Dimitri erfahren. Auf Rachels Geburtstagsparty war er zwar dabei gewesen, aber ich hatte ihn ja niemandem vorgestellt. Es waren alle einfach davon ausgegangen, dass er mein neuer Freund war. Ob er das tatsächlich war, wusste ich dabei selbst nicht so richtig. Für mich fühlte es sich zumindest wie eine Beziehung an.

»Hast du dir schon überlegt, wie wir Rachels Position besetzen?«, fragte Nina auf dem Weg zur Umkleide.

Ich schüttelte den Kopf. »Das müssen wir gleich mit den anderen besprechen.«

»Hey, wartet!«, hallte plötzlich eine Stimme durch den Flur. Überrascht drehten wir uns um. Eine brünette junge Frau rannte auf uns zu.

»Willst du zu uns?«, fragte ich.

»Ja, du bist Lilya Braden, die Cheerleader-Kapitänin, oder?«

»Stimmt. Was gibt es?«

»Ich hoffe, ich überrumple euch jetzt nicht, aber ich würde gerne bei euch mitmachen«, verkündete sie mit einem strahlenden Lächeln.

»Wir nehmen neue Mitglieder nur im Herbst auf«, erklärte ich und wollte mich schon wieder abwenden, doch Olivia stieß mir in die Seite. »Wir brauchen doch jemand Neues«, warf sie ein.

»Können wir das erst mal mit dem ganzen Team besprechen?«, flüsterte ich.

»Ich weiß, dass das etwas plötzlich kommt, aber da ihr jetzt eine weniger seid …« Die Fremde hob entschuldigend die Hände.

In dem Moment kam mir ein Gedanke. »Hat Rachel dich geschickt?«

Sie blinzelte überrascht. »Nein, ich kenne sie überhaupt nicht persönlich. Mein Freund war am Samstag auf ihrer Party und da er weiß, dass ich gerne mit dem Cheerleading anfangen würde, meinte er, ich sollte heute mal bei euch vorbeigehen. Vielleicht habt ihr sie ja aus dem Team geworfen und jetzt noch einen Platz frei.« Nervös spielte sie an ihren langen Haaren und musterte mich aus braunen Rehaugen. Ihr Verhalten passte überhaupt nicht zu ihrer Ausstrahlung. Sie war unglaublich hübsch und machte auf mich eigentlich einen selbstbewussten Eindruck, was im Gegensatz zu ihren fast unsicheren Gesten stand. Konnte sie wirklich so nervös sein?

»Wir haben sie rausgeworfen, aber ob und wie wir ihren Platz besetzen, haben wir noch nicht entschieden.«

Traurig verzog sie das Gesicht. »Oh, verstehe. Aber besteht dann vielleicht die Möglichkeit, dass ich mal beim Training mitmachen darf? Eventuell eigne ich mich ja als Ersatz und dann müsst ihr nicht mehr lange suchen.«

»Rachel war Flyer. Für die Position bist du zu groß«, erwiderte ich genervt. Irgendwas störte mich an dem Mädchen, auch wenn ich nicht genau sagen konnte, was es war. Außerdem wirkte sie auf mich nicht unbedingt wie eine Cheerleaderin und ich hatte keine Lust, jemand Neues anzulernen.

»Sie würde sich doch gut als Backspot eignen«, meldete sich Nina zu Wort. »Liv, du könntest dafür Rachels Position einnehmen. Du hast doch Erfahrung als Flyer.«

Ich warf meinen Teamkollegen einen bösen Blick zu. Wieso fielen sie mir jetzt in den Rücken?

Ich seufzte resigniert.

»Hast du deine Sportsachen dabei?«, fragte ich mit einem Nicken in Richtung Sporttasche, die das neue Mädchen umhängen hatte.

»Ja. Heißt das, ich darf beim Training mitmachen?«, fragte sie hoffnungsvoll.

»Ja, meinetwegen. Kann ja nicht schaden zu schauen, was du draufhast.«

***

Tatsächlich machte das Mädchen, das sich als Ana vorstellte, eine überaus gute Figur bei allen Übungen. Salto, Flickflack, Spagat ... alles war kein Problem für sie, was mich tatsächlich nervte, während die anderen Mädels begeistert applaudierten. Darüber hinaus hatte sie eine unfassbar durchtrainierte Figur, die sie auch offen präsentierte, denn ihre »Sportsachen« stellten sich als Sport-BH, der ihre üppige Oberweite zu zähmen versuchte, und Hotpants heraus. Sie sah aus, als sollte sie ihre Freizeit lieber mit Modelaufträgen als nur mit Cheerleading füllen.

Was mich aber richtig fuchsig machte, war die Tatsache, dass sie selbst zu sehr von sich überzeugt zu sein schien. Ihr unsicheres Auftreten zu Beginn war mir gleich unecht vorgekommen. Ansonsten würde sie jetzt nicht so übertriebene Vorschläge machen.

»Soll ich mal allein Base für einen eurer Flyer machen?«, fragte sie nach einer Weile.

Ungläubig starrte ich sie an. »Bist du verrückt? Ich lass dich doch nicht eines meiner Mädchen heben, wenn du keinerlei Erfahrung hast. Als Unterstützung okay, aber definitiv nicht allein«, stellte ich klar.

»Hast du Angst, dass ich dich fallen lasse?« Provozierend verschränkte sie die Arme vor der Brust.

»Ich habe Angst, dass du deine Muskeln überschätzt und ich mir den Hals breche. Allein heben wir niemanden, das überlassen wir männlichen Cheerleadern.« Ich ahmte ihre Pose nach und stellte mich ebenfalls mit verschränkten Armen direkt vor sie. Die anderen Mädels hatten mit ihren Übungen aufgehört und verfolgten gespannt unsere Unterhaltung.

»Du glaubst, Frauen können also nicht so stark sein wie Männer?«

»Das hat nichts mit Glauben, sondern mit Erfahrung zu tun.«

»Trau dich.« Herausfordernd sah sie mich an und ich konnte nicht anders, als tatsächlich darauf einzugehen.

»Schön.«

Der Rest des Teams machte große Augen, als ich mich mit dem Rücken zu Ana stellte. Sie bildeten einen Kreis um uns, damit sie mich zur Not auffangen konnten, falls ich doch fallen gelassen wurde, wovon ich fest ausging. Hoffentlich würde ich in ihrem Gesicht landen und ihr die hübsche Nase brechen.

Erschrocken von meinen fiesen Gedanken biss ich mir auf die Unterlippe. Das Mädchen hatte mir eigentlich nichts getan, es gab also keinen Grund, so sauer zu sein. Vielleicht hatte die Geschichte mit Rachel und Ben mich doch mehr mitgenommen, als ich zugeben wollte.

Geplant war ein Cupie. Eine Figur, bei der ich mit geschlossenen Beinen auf den Händen der Base stand. Mit Männern hatte ich schon häufiger die Figur zu zweit gemeistert. Viele Kerle schafften es auch, mich mit nur einer Hand zu halten. Doch für Frauen war es ungewöhnlich. Ich hatte erst ein paar Bilder gesehen, in der eine Frau allein Base war. Doch das waren mit Sicherheit Cheerleaderinnen, die jahrelange Erfahrung hatten und zusätzlich Kraftsport betrieben.

Ana legte die Hände an meine Hüften.

»Hab keine Angst«, flüsterte sie mir unglaublich sanft ins Ohr und brachte mich damit völlig aus dem Konzept.

Ich atmete tief durch und Olivia fing an zu zählen. »Five, six, seven, eight ...«

Anas Griff wurde fester. »One ...«

Ich federte ab und sprang. Anas Hände fanden sofort meine Füße und katapultierten mich über ihren Kopf. Sie hatte dabei so viel Schwung, dass ich einen Moment länger als üblich brauchte, um das Gleichgewicht wiederzufinden. Sie selbst stand unter mir so ruhig, wie ich es noch nie erlebt hatte. Sie schwankte kein bisschen.

Das Team pfiff beeindruckt und ich wagte einen Blick nach unten, von wo aus Ana mich angrinste. Nach wenigen Augenblicken federte sie ab und ich flog wieder nach unten. Ihre Hände fanden sicher meinen Körper und ließen mich wieder sanft vor ihr auf dem Boden landen.

»Und?«, fragte sie immer noch grinsend.

Ich wich ein paar Schritte zurück und starrte sie nur ungläubig an. »Du hast uns angelogen.«

»Was meinst du?«

»Erzähl mir nicht, dass du noch nie Cheerleading gemacht hast.«

Sie zuckte mit den Achseln. »Okay, ich habe ein bisschen mehr Erfahrung, als ich zugegeben habe.«

»Ein bisschen?« Ich zog die Augenbrauen nach oben.

»Das war unglaublich«, meinte Olivia. »Lya, du könntest mit Ana Single-Base-Stunts machen. Das wäre doch megacool. Ohne Männer im Team müssen wir immer darauf verzichten.«

»Stellt euch vor, was für Augen die Zuschauer machen, wenn ihr zu zweit arbeitet«, meldete sich auch Nina zu Wort.

Es stellte sich also schnell heraus, dass alle anderen Ana sofort ins Team aufnehmen wollten, weshalb ich auch keine Einwände mehr erhob.

***

Nach dem Training beeilte ich mich mit dem Umziehen und flüchtete regelrecht aus der Umkleide. Ich wollte nur noch zu Dimitri. Auch wenn das Training am Ende gut und meine schlechte Laune unbegründet war, wollte ich dennoch weg. Meine anfängliche offene Feindseligkeit gegenüber Ana war mir nun etwas unangenehm und ich hatte vor, den Gesprächen mit den anderen Mädels erst mal aus dem Weg zu gehen.

»Lya?«

Erschrocken fuhr ich herum. Ben stand, ein paar Schritte entfernt, an die Wand gelehnt im Flur.

»Was machst du hier?«, fragte ich ungläubig. Ben studierte nicht an der Columbia, er hatte auf dem Campus überhaupt nichts verloren. »Falls du Rachel suchst, die ist nicht zum Training erschienen und auch nicht länger ein Teil des Teams.«

»Ich wollte nicht zu ihr, sondern zu dir.« Er stieß sich von der Wand ab und kam auf mich zu. Automatisch wich ich zurück.

»Komm mir nicht zu nahe«, warnte ich ihn. »Ich will dich nie mehr wiedersehen!«

»Ach Baby ... Das mit Rachel war eine einmalige Sache. Wir waren doch sowieso getrennt in der Zeit. Du hast dich ja offenbar auch anderweitig amüsiert.«

»In welcher Welt lebst du eigentlich? Ich habe vor Spring Break mit dir Schluss gemacht! Es ist mir also völlig egal, dass du mit Rachel in Miami deinen Spaß hattest. Nicht egal ist mir aber, dass da bereits wochenlang etwas gelaufen ist und du letzte Woche noch ignoriert hast, dass ich mich überhaupt getrennt habe!« Warum diskutierte ich noch mit ihm? Der Typ wendete eh alles so, dass es für ihn passte.

Er verdrehte die Augen. »Gott, bist du nachtragend! Das passiert in den besten Beziehungen.«

»Wenn du das sagst.« Ich wollte das Gespräch einfach nur so schnell wie möglich beenden. »In deinen zukünftigen Beziehungen kannst du es handhaben, wie du willst, ich brauche so einen verlogenen Partner allerdings nicht.« Ich drehte mich um. »Lebewohl, Ben.«

»Du servierst mich jetzt nicht schon wieder ab!«, zischte er wütend und packte mich am Arm.

Sein fester Griff ließ mir das Herz fast aus dem Halse springen.

»Lass mich sofort los!«, fauchte ich und versuchte ihm den Arm zu entreißen.

»Was ist denn hier los?«, unterbrach uns plötzlich eine Stimme. Ana trat hinter Ben auf den Flur.

»Nichts. Ich führe nur eine Unterhaltung mit meiner Freundin«, sagte Ben, ohne sich zu Ana umzudrehen.

»Ex-Freundin!«, erinnerte ich ihn und zerrte an meinem Arm.

»Lass sie los!«

Als Ben nicht reagierte, machte Ana einen Schritt auf ihn zu, griff in seine blonde Mähne und zerrte ihn zurück.

Fluchend ließ er mich los und taumelte nach hinten. »Spinnst du?«

Als er Ana richtig ansah, weiteten sich seine Augen vor Überraschung. Sie entsprach deutlich mehr seinem Beuteschema als Rachel. Er liebte dunkelhaarige Frauen und ein ordentliches Maß an Oberweite.

»Oh, wer bist du denn?«, fragte er und seine Stimme wurde auf einmal wieder weich. Ich verzog angewidert den Mund.

Ana ignorierte seine Frage und deutete zum Ausgang. »Los, verzieh dich!«

Ben hob die Hände und gab sich geschlagen. »Schon gut, ich bin dann mal weg.« Sein Blick glitt noch einmal über unsere Körper, eher er sich umdrehte und verschwand.

»Danke, Ana«, sagte ich.

»Keine Ursache. Ist das der Typ, mit dem diese Rachel ein Verhältnis hat? Weshalb sie aus dem Team geflogen ist?«

»Genau der. Und offenbar ist er noch dümmer, als ich nach dem Wochenende vermutet hatte«, meinte ich grimmig und starrte den Gang entlang, wo Ben verschwunden war.

»Gut, dass du beide los bist.« Ana klopfte mir aufmunternd auf die Schulter. Bei der Geste fiel mir ein, dass noch eine Entschuldigung angebracht wäre.

»Übrigens ... es tut mir leid. Ich weiß nicht, ob du es bemerkt hast, aber ...«

»Ist schon okay«, unterbrach sie mich lächelnd. »Und ja, ich habe bemerkt, dass du mich nicht leiden kannst.«

Ich nickte beschämt. »Ich habe vorschnell geurteilt. Ich kenn dich ja gar nicht.«

»Dann gib mir jetzt einfach eine Chance und lern mich kennen.« Ihr Blick wurde weich. Ich konnte die stille Bitte in ihren braunen Augen lesen. Sie meinte es ehrlich. Sie wollte wirklich von jedem im Team akzeptiert werden.

»Natürlich.« Ich versuchte mich an einem Lächeln. »Jemanden wie dich können wir wohl tatsächlich gebrauchen.«

»Das freut mich.« Glücklich fiel sie mir um den Hals und mich beschlich das Gefühl, dass wir beide uns vielleicht doch noch gut verstehen würden.

***

Wie er versprochen hatte, wartete Dimitri bereits vor der Halle auf mich, als ich mit Ana durch die Tür ins Freie trat. Ich warf mich in seine Arme und küsste ihn stürmisch. Die Schmetterlinge im Bauch erwachten und verdrängten für einen Moment all meine Gedanken.

»Da hat mich aber jemand vermisst«, stellte er grinsend fest, nachdem ich ihn wieder losgelassen hatte.

»Ein bisschen«, gestand ich und ein Lächeln stieg in mir hoch. Schnell wandte ich mich an Ana, die sich gerade an uns vorbeischlich. »Bis Mittwoch!«, rief ich ihr zu. Sie strahlte und winkte mir zum Abschied.

»War das eine Teamkollegin von dir?«, erkundigte sich Dimitri und sah ihr hinterher. Seinen Blick konnte ich nicht deuten, aber mich durchfuhr ein kurzes Gefühl der Eifersucht.

»Ähm, ja. Sie übernimmt vermutlich Rachels Platz.«

»Wow, dann habt ihr ja schnell Ersatz gefunden. Ist doch super.« Er konnte mir meine Zweifel wohl im Gesicht ablesen. »Oder etwa nicht?«

»Doch, doch«, antwortete ich schnell. Ich hatte immerhin versprochen, ihr eine Chance zu geben. Außerdem schien sie wirklich nett zu sein. Wir machten uns auf den Heimweg und ich versuchte das Thema zu wechseln. »Wie war eigentlich dein erster Tag allein in New York?«

»Ganz gut, wenn auch nicht sehr aufregend. Die meiste Zeit bin ich ziellos durch die Stadt gelaufen. Da hat mir definitiv meine kleine Reiseführerin gefehlt«, meinte er zwinkernd. »Und bei dir?«

Ich verzog das Gesicht. »Rachel bin ich den ganzen Tag über aus dem Weg gegangen, aber Ben hat mir nach dem Training aufgelauert.«

»Was?« Dimitri blieb stehen. »Jetzt eben?« Er sah aus, als würde er am liebsten zurücklaufen und sich auf die Suche nach Ben machen.

Ich nickte. »Er hat vor der Umkleide gewartet. Hast du nicht gesehen, wie er ins Gebäude gegangen oder wieder rausgekommen ist?«

Dimitri schüttelte den Kopf. »Nein, ansonsten hätte ich ihn sicher nicht reingelassen.«

»Mhh, dann hat er wohl einen anderen Eingang genommen«, schlussfolgerte ich. Man kam über mehrere Gebäude und Zugänge zur Sporthalle.

»Was wollte er von dir?«

Ich zuckte die Schultern. »Keine Ahnung. Mich zurück? Der Typ hat nicht mehr alle Tassen im Schrank.«

Dimitris Gesicht verfinsterte sich. »Hoffentlich belästigt er dich nicht weiter.«

»Vielleicht versucht er es jetzt bei Ana«, überlegte ich laut.

»Ana?«

»Das Mädchen von eben. Sie hat mich gerade vor Ben gerettet. Ihm sind fast die Augen aus dem Kopf gefallen, als er sie gesehen hat.« Ich musste schmunzeln bei dem Gedanken, dass Ben jetzt Ana nachstellen könnte. An einer Frau wie ihr würde er sich mit Sicherheit die Zähne ausbeißen. So wie sie mich vorhin in die Luft gestemmt hatte, als wäre ich leicht wie eine Feder, war ich der festen Überzeugung, dass *Mann* sich mit ihr besser nicht anlegen sollte.

»Kann ich verstehen. Sie ist sehr hübsch«, erwiderte Dimitri gutgelaunt und legte den Arm um meine Taille.

»Pff«, machte ich und wollte mich wegdrehen.

»Wage es ja nicht, jetzt beleidigt zu sein«, warnte Dimitri und zog mich an sich. »Du bist genauso hübsch und das weißt du auch.« Er hob mein Kinn an, damit ich ihn ansehen musste. »Außerdem weißt du, dass ich nur dich will«, fügte er leise hinzu. Der Blick, mit dem er zu mir herabsah, war so intensiv und voller Leidenschaft, dass mir die Luft wegblieb.

Einige Augenblicke vergingen, während ich ihn einfach stumm anstarrte. Der ganze Frust des Tages verpuffte sofort, wenn er mich so anschaute. Nur der Gedanke, dass er jemals ein anderes Mädchen so ansehen könnte, schmerzte.

»Wollen wir nach Hause gehen?«, fragte er schließlich und ich nickte, immer noch unfähig etwas zu sagen.

21. KAPITEL

Dimitri

Lilya lief auf dem Nachhauseweg schweigend neben mir her. Ich konnte förmlich hören, wie es in ihrem Kopf ratterte. Mir erging es ähnlich, auch wenn mich andere Gedanken plagten. Während sie vermutlich überlegte, ob Ana eine Konkurrenz für sie darstellte oder wie sie die letzten Jahre mit so einem Idioten hatte zusammen sein können, machte ich mir Sorgen um die Zukunft.

Ana und Lya zusammen zu sehen hatte mich wachgerüttelt. Es hatte mir deutlich gezeigt, dass unsere Zweisamkeit zeitlich begrenzt war. Lya und ich würden nicht für immer diese Art der Beziehung führen können. Sie hatte keine Ahnung, wer Ana wirklich war. Geschweige denn, wer ich war! Das ganze Konstrukt aus Lügen war eine tickende Zeitbombe.

Die Entscheidung, Ana als eine Freundin einzuschleusen, hatte ich aus Sicherheitsgründen getroffen. Was für Konsequenzen das für die nächsten Wochen oder auch langfristig haben würde, wusste ich nicht. Wenn Lilya nun die ganze Wahrheit erführe, wäre sie mit Sicherheit nicht nur sauer auf mich, sondern auch auf Ana. Wir hatten uns in ihr Leben und ihr Vertrauen geschlichen – würden wir das verlieren, wenn Lilya alles wusste?

Meine Panik vor dem Tag X wuchs stetig und ich konnte nichts tun, um ein Drama zu verhindern. Mir war nach wie vor kein Plan eingefallen, wann und wie ich es ihr schonend beibringen könnte. Wenn das so weiterging, würde es am Ende sicher in einer Katastrophe enden.

***

»Wie lange willst du die Rolle des netten Kerls eigentlich noch spielen? Das bist nicht du und wirst es auch nie sein, egal wie sehr du denkst, dass ihre Liebe dich verändern wird. Du musst sie endlich aufklären.« Sascha. Ich konnte seine Moralpredigt langsam nicht mehr hören.

»Ich warte auf den richtigen Moment«, erwiderte ich wie immer. Zehn Tage waren mittlerweile vergangen, seitdem Lilya Ana kennengelernt hatte. Zehn Tage, in denen ich immer noch nichts unternommen hatte. Während ich tagsüber all meine Sorgen vergaß, wenn ich etwas mit Lilya unternahm, plagte mich nachts das schlechte Gewissen.

»Du weißt, dass es niemals den richtigen Zeitpunkt geben wird. Egal worum es geht«, beharrte er.

»Ich muss Sascha recht geben. Das Ganze nimmt langsam gewaltige Ausmaße an.« Natürlich musste sich seine Frau auch einmischen.

Ich stöhnte genervt. Schade, dass Boris damit beschäftigt war, die Umgebung zu bewachen. Er war der Einzige, der nicht versuchte, mir ins Gewissen zu reden. Anas Bruder war Anfang der Woche aus Kanada zurückgekommen. An Tagen wie heute war er mir der sympathischste meiner Begleiter. Schweigsam und gehorsam.

Mein Blick glitt zu dem dunklen Fenster, hinter dem Lilya schlief. Wir hatten uns heute Nacht auf das Dach des gegenüberliegenden Gebäudes zurückgezogen, um mal wieder zu beratschlagen, was wir tun sollten. Wie immer versuchten Sascha und Ana mich zu überreden, Lilya nach Kanada zu schleppen, während ich Ausreden suchte, das nicht tun zu müssen.

Gedankenverloren drehte ich die dunkle Glasflasche mit Blut, die Sascha mir gegeben hatte, in den Händen. Ein Sklave reichte nicht aus, um jeden von uns vieren wöchentlich – mehr war nicht nötig – mit genügend Blut zu versorgen, weshalb meine Freunde unsere Vorräte anderweitig aufgefüllt hatten.

»Wir haben doch jetzt alle Möglichkeiten tausendmal durchgekaut. Es bleibt immer dabei. Du musst ihr die Wahrheit sagen.« Ana setzte sich neben mich und ließ die Beine vom Dach baumeln. In den vergangenen zwei Wochen war

Lya ihr richtig ans Herz gewachsen. Sie hatten bereits fünfmal gemeinsam trainiert und auch so viel Zeit in der Uni zusammen verbracht. Letztes Wochenende hatte mich Lilya sogar zu einem gemeinsamen Essen mit den Cheerleaderinnen geschleppt, bei dem auch Ana anwesend gewesen war. Es war mir unheimlich schwergefallen, so zu tun, als würde ich sie gar nicht kennen.

»Ich weiß. Gebt mir nur noch etwas Zeit«, bat ich.

Sascha lachte trocken. »Wie lange denn? Bis zu eurer Hochzeit vielleicht? Dann kannst du ihr ja in der Hochzeitsnacht beichten, dass sie einen Vampyr geheiratet hat, das aber nicht so schlimm ist, da sie ja selbst einer ist.«

»Wirklich lustig, Sascha.« Ich trank den Rest des kalten Blutes aus der Flasche und stellte sie neben mir auf dem Boden ab.

»Wenn du es nicht sagst, werden wir das irgendwann übernehmen! Du hast dein Volk im Stich gelassen und deine Freunde verraten. Und wofür? Für sie? Ein Leben mit ihr? Eine Beziehung aus Lügen?«

»Lass es!«, warnte ich Sascha leise, doch er war noch nicht fertig.

»Wir wissen doch ganz genau, weshalb du ihr nicht die Wahrheit sagst. Weil sie dich danach hassen wird! Egal ob sie ebenfalls ein Vampyr ist oder nicht, im Herzen bleibt sie vermutlich immer ein Mensch. Und dieses Herz wird dir deine Taten niemals verzeihen! Wir brauchen jetzt unseren Prinzen zurück, keinen verliebten Trottel, der nicht mehr rational denken kann!«

»Sascha!«, rief Ana mit erstickter Stimme, da sie meine Reaktion vermutlich kommen sah.

Wütend sprang ich auf, drehte mich um und stürzte mich auf meinen Freund. Kopflos schlug ich auf ihn ein. Er wehrte sich kaum, was mich umso rasender machte.

»Dimitri, hör auf!« Ich spürte Anas Hände auf meinem Oberarm und stieß sie grob von mir. Anschließend vergrub ich die Fangzähne in Saschas Schulter und trank gierig sein Blut. Die warme Flüssigkeit rann meine Kehle hinab und ich spürte, wie ich stärker wurde. Warmes Blut schmeckte nicht nur besser, das von einem Vampyr gab uns auch mehr Kraft als das von Menschen. Vampyre teilten oft aus Liebe ihr Blut, aber auch gewaltsam als Demütigung im Kampf.

Ich ließ von ihm ab und entfernte mich ein paar Schritte. Ana eilte zu Sascha und half ihm sich aufzurichten. Blut floss aus seiner Nase und der Wunde an der Schulter. Sein Arm war blutverschmiert.

»Vergiss nie wieder, wen du hier vor dir hast!«, knurrte ich, wandte mich ab und sprang vom Dach.

***

Ich schaffte es, mich zurück in Lilyas Wohnung zu schleichen und wieder zu ihr ins Bett zu legen, ohne sie aufzuwecken. Gedankenverloren beobachtete ich sie beim Schlafen. Wehmütig dachte ich an die vergangenen drei Wochen, die ich mit ihr verbringen durfte. Es waren die schönsten Tage meines bisherigen Lebens gewesen. Wenn sie in der Nähe war, fiel es mir schwer, an etwas anderes zu denken als den Moment, den ich genießen wollte. Ich fühlte mich frei und unbeschwert in ihrer Gesellschaft. Sie hatte mir den Spaß am Leben zurückgegeben, den ich bereits vor Jahrzehnten verloren hatte.

Doch je näher ich ihr kam, desto weiter entfernte ich mich von meinen Freunden. Das schlechte Gewissen, meinen besten Freund verprügelt zu haben, plagte mich, doch ich war stinksauer auf ihn. Gerade er sollte meine Gefühle verstehen. Die Ehe mit Ana war im Gegensatz zu den meisten anderen unter Vampyren eine Verbindung aus aufrichtiger Liebe und keinem reinen Pflichtgefühl. Ginge es um sie, wäre Sascha der Erste, der Himmel und Hölle in Bewegung setzen würde, um ihre Gefühle nicht zu verletzen und alles Leid von ihr fernzuhalten. Im Gegensatz zu Lilya war Ana aber eine eiskalte Kriegerin, die sich mit Freude in jeden Kampf stürzte.

Zärtlich strich ich über Lilyas schönes Gesicht. Sie sah so zerbrechlich aus, wenn sie schlief. Ich wünschte, ich müsste sie nicht in den Krieg hineinziehen und könnte den Rest meines Lebens mit ihr hierbleiben. Hier in unserer kleinen Blase voller Glück. Ich hatte nicht geahnt, welche Ausmaße meine Gefühle für sie annehmen würden. Mir war bewusst, dass ich gegen die Regeln verstieß, indem ich mir gestattete, sie zu lieben. Aber es war zu spät. Es würde kein Zurück mehr geben. Bereits nach der kurzen Zeit mit ihr war ich mir sicher, dass ich niemanden sonst jemals so sehr lieben könnte. Sie weckte ungeahnte Gefühle in mir und ich würde alles in meiner Macht Stehende unternehmen, damit ihr nicht das gleiche Schicksal wie ihrer Familie widerfahren würde.

»Ich werde dich für immer beschützen«, flüsterte ich und küsste sie auf die Stirn.

Sie seufzte leise und schmiegte sich an mich.

***

»Endlich wieder Freitag«, murmelte Lilya am nächsten Morgen verschlafen und kuschelte sich an mich.

»Was denn, hast du keinen strikten Tagesablauf für heute?«, fragte ich leise lachend.

Sie gähnte herzhaft und schüttelte den Kopf. »Nein, ich könnte das ganze Wochenende einfach im Bett bleiben. Die Freiheitsstatue läuft uns schon nicht weg.«

»Vermutlich nicht. Zur Uni musst du aber trotzdem. Und wolltest du heute Abend nicht wieder zu einer Party?«, erinnerte ich sie.

Ihre Augenbrauen zogen sich nachdenklich zusammen. »Ach ja, richtig. Nina feiert ihren Geburtstag nach. Nach dem Drama bei der letzten Party bin ich irgendwie nicht so richtig in Feierstimmung«, grummelte sie.

»Kann ich verstehen, aber keine Angst, ich habe nicht mit Nina geschlafen«, beteuerte ich schmunzelnd.

Sie warf mir einen finsteren Blick zu. »Das will ich auch für dich hoffen.«

***

Pünktlich zum Wochenende war das Wetter wieder schlechter geworden war und wir hatten den Nachmittag im Naturkundemuseum verbracht, nachdem ich Lilya von der Uni abgeholt hatte. Am Abend dann waren wir mit dem Taxi zu dem Club gefahren, in dem Nina feierte.

»Wir hätten wirklich die Metro nehmen können«, meinte Lilya beim Aussteigen.

»Und riskieren, dass du dir in den Schuhen die Beine brichst und jeder Typ in der U-Bahn dich angafft? Nein danke. Da würde ich noch eher eine Limousine bezahlen.«

Statt einer Antwort verdrehte sie nur die Augen.

»Hey Lya, hallo Dimitri.« Lilyas Freundin Olivia stand in der Schlange vor dem Club und winkte uns zu. Mit der kleinen Blondine war ich inzwischen richtig bekannt gemacht worden.

»Hey Liv.« Die beiden Frauen begrüßten sich mit einer innigen Umarmung, während ich nur höflich nickte.

»Kommt Ana eigentlich auch?«, fragte Olivia neugierig.

Lilya schüttelte den Kopf. »Nina hat sie eingeladen, aber soweit ich weiß, kann sie heute nicht.«

Natürlich konnte Ana heute nicht, immerhin hatte ich ihr verboten, mitzukommen. Ich brauchte sie in erster Linie, um Lya in der Uni zu beschützen, und wollte nicht, dass sie nun überall dabei war. Zumal sie bestimmt sauer war, weil ich letzte Nacht ihren Mann angegriffen hatte. Deshalb hatte ich ihr und Sascha den Abend freigegeben und Boris blieb auf Abruf.

»Schade. Mit ihr macht Feiern bestimmt viel Spaß«, meinte Olivia und ich musste mir ein Grinsen verkneifen. Sie hatte ja keine Ahnung, wie recht sie damit hatte.

Nachdem wir durch die Ausweiskontrolle gekommen waren, machten wir uns auf die Suche nach Nina und den anderen. Das Geburtstagskind hatte ein paar Tische abseits der Tanzfläche reserviert. Fast das gesamte Cheerleaderinnen-Team hatte sich dort schon eingefunden. Ich stellte überrascht fest, dass ich bisher der einzige Mann in der Runde war. Entweder hatten die anderen Mädels keinen Freund oder sie zogen es vor, ihre Männer zu Hause zu lassen. Wobei ich mir auch gut vorstellen konnte, dass die Kerle gerne darauf verzichteten, mit dieser Mädelsrunde zu feiern. Kurz kam mir der Gedanke, dass ich vielleicht doch lieber Ana mitgeschickt und selbst daheim geblieben wäre, aber Lilya hätte sicher darauf bestanden, dass ich mitkomme. Immerhin verbrachte ich schon genug Zeit allein in ihrer Wohnung.

Nach einer ausführlichen Begrüßung schälte Lilya sich aus ihrem grauen

Mantel und ließ sich auf einen freien Platz fallen. Ich zog ebenfalls die Jacke aus und setzte mich neben sie. Olivia nahm auf einem Stuhl uns gegenüber Platz.

»Was wollt ihr trinken?«, fragte eine hübsche Kellnerin, die mich definitiv zu offensichtlich anstarrte, sodass ich schon Angst bekam, Lilya würde eifersüchtig reagieren, doch sie blieb völlig cool. »Sex on the beach, bitte.«

»Für mich Whiskey on the rocks.«

Die junge Frau nahm noch die Bestellung der anderen entgegen und verschwand wieder. Kurz darauf kamen zwei andere Damen mit unseren Getränken und wir stießen gemeinsam an.

Die Mädchen waren bei bester Laune und unterhielten sich über den Lärm hinweg miteinander. Nach mehreren Getränkerunden wurde die Stimmung immer ausgelassener und ich begann mich zu fragen, wie viel Alkohol Lilya wohl vertrug. Nach einer weiteren Schnapsrunde zerrte sie mich schließlich auf die Tanzfläche.

»Ich kann nicht so gut tanzen wie du«, warf ich ein, als wir inmitten der Menge standen.

»Quatsch, du musst nur etwas lockerer werden«, rief sie und begann, sich im Takt der Musik zu bewegen. Ich hatte mich definitiv nicht unter- und sie überschätzt. Wie Lilya die Hüften kreisen ließ, war preisverdächtig.

Lachend griff sie nach meinen Händen und riss mich mit sich. Eigentlich war ich nicht der Typ, der auf einer Tanzfläche zu finden war, doch schlussendlich konnte ich nicht anders, als mich von ihrer Stimmung mitreißen zu lassen.

Wir tanzten ausgelassen, bis Olivia zu Lilya trat und ihr etwas ins Ohr sagte. Lyas Gesicht verfinsterte sich und sie warf einen Blick durch die Menge. Sie sah aus, als wäre sie auf einen Schlag wieder nüchtern.

»Was ist?«, rief ich ihr zu.

»Ben und Rachel.«

Ich suchte die Feiernden ab – und tatsächlich: Eine Ebene über der Tanzfläche standen die beiden am Geländer. Sie schienen zu streiten.

»Ignorier sie doch einfach«, schlug ich vor, doch in dem Moment blickte

Ben in unsere Richtung, ließ Rachel einfach stehen und kam die Treppe herunter.

Ich griff nach Lilyas Hand und zog sie in die andere Richtung, doch als wir die dichte Menschenmenge hinter uns gelassen hatten, standen wir trotzdem Ben gegenüber.

»Was willst du schon wieder von mir?«, fragte Lilya. Ihre Stimme bebte vor unterdrückter Wut.

»Ich habe mit Rachel Schluss gemacht.«

Nun, das erklärte, warum sie eben so wütend ausgesehen hatte.

»Und warum erzählst du mir das? Ich hab dir schon einmal gesagt, dass du für mich gestorben bist«, meinte sie unnachgiebig.

»Können wir das bitte draußen in Ruhe besprechen?«, bat er.

»Du hast doch gehört, du sollst sie in Ruhe lassen«, mischte ich mich ein. Beschützend legte ich einen Arm um Lya.

»Was ist dein Problem?«, fauchte Lilyas Ex-Freund. »Wenn du Anspruch auf sie erheben willst, können wir das gleich draußen regeln.«

»Meinetwegen gerne.« Ich würde dem Kerl nur zu gerne eine Lektion erteilen.

»Nein! Hört sofort auf.«

»Ich sage es gerne noch mal. Lasst uns draußen weitermachen. Wir wollen doch kein Aufsehen erregen«, meinte Ben mit einem Blick in die Menge.

»Ist schon gut, Lya. Warte du hier, ich kläre das mit ihm, danach lässt er uns in Ruhe«, versprach ich, doch sie schüttelte den Kopf.

»Ich werde nicht warten. Es geht hier um mich, also komme ich auch mit.«

***

Ben führte uns über einen Hinterausgang in einen kleinen Innenhof, der spärlich erleuchtet wurde. Übervolle Mülltonnen verströmten einen widerlichen Gestank.

»Also?« Ich verschränkte die Arme vor der Brust. »Du wolltest was klären.« Ich hatte vor, das Thema schnell zu beenden, und nicht, dass Lilya hier lange in der Kälte herumstehen musste.

»Wer hat dich eigentlich zu Lilyas Beschützer ernannt?«

»Es reicht, Ben! Dimitri und ich sind zusammen.« Bei ihren Worten wurde mich ganz warm ums Herz. *Zusammen.* In ihren Augen führten wir bereits eine Beziehung, wie ganz normale Menschen.

Ben musterte sie ungläubig. »Ist das dein Ernst? Du nimmst ihn, obwohl du mich haben könntest? Schieß ihn in den Wind, dann nehme ich dich auch zurück.«

Lilya stieß ein ersticktes Lachen aus. »Ich fass es nicht. *Ich* habe *dich* abserviert. Wärst du nicht zu einem Riesenarschloch mutiert, hätte ich nie einen Grund gehabt, dich zu verlassen. Vergnüg dich weiter mit deinen ganzen Weibern und lass mein Leben in Zukunft in Ruhe. Hast du verstanden?« Sie ging ein paar Schritte auf ihn zu und baute sich bedrohlich vor ihm auf. Nun ja, so bedrohlich, wie eine so zierliche Frau eben wirken konnte.

Um Bens Mundwinkel zuckte es. Er schien ziemlich nah an einem Wutausbruch zu stehen. Das wollte ich nur ungern miterleben.

»Du verdammte Schlampe gehörst mir!«, brüllte Ben und plötzlich ging die Tür auf und sieben Typen traten auf den Innenhof. Drei weitere, die sich hinter Mülltonnen versteckt hatten und die ich wegen des Geruchs nicht hatte wittern können, stellten sich neben Ben. Sie kreisten uns ein. Verdammt. Der Mistkerl hatte uns in eine Falle gelockt.

Lilya drehte sich zu mir um und starrte verunsichert auf die Neuankömmlinge.

Die Kerle, die neben Ben gestanden hatten, sprangen auf einmal nach vorn und packten sie. Überrascht schrie sie auf und versuchte, die beiden wegzustoßen.

Zwei von ihnen stellten sich schnell in die Lücke zwischen uns, damit ich ihr nicht helfen konnte. Es wäre kein Problem für mich, an ihnen vorbeizukommen, aber ich durfte nicht verraten, dass ich kein Mensch war.

»Was soll das werden? Lasst sie gefälligst in Ruhe!«, knurrte ich. Ben beachtete mich nicht und wandte sich an seine Freunde. »Josh, Sam, bringt sie von hier weg. Sie soll nicht mit ansehen müssen, wie das schöne Gesicht ihres neuen Liebhabers entstellt wird.« Er grinste kalt und die beiden zerrten Lilya weg, die wild um sich schlug.

»Ben, ich warne dich! Wenn ihr ihm irgendetwas tut, wirst du das bitter bereuen«, schrie sie noch, bevor sie zurück in den Club gezogen wurde.

»Schon klar, Kleine. Du wirst mir irgendwann dafür danken«, sagte er, obwohl sie ihn nicht mehr hören konnte. »Also, wo waren wir stehengeblieben?«

Sein Blick traf mich und ich erkannte Vorfreude. Neun gegen einen, das war kein sehr fairer Kampf. Zumindest nicht, wenn ich ein Mensch gewesen wäre.

Er zog ein Messer, das er offenbar an den Türstehern vorbeigeschmuggelt hatte.

»Willst du mich etwa umbringen?«, fragte ich ruhig.

»Aber nicht doch. Wir werden dir nur eine kleine Lektion erteilen, damit du lernst, dass du dich von Lilya fernhalten sollst. Wenn wir mit dir fertig sind, wird sie dich eh nicht mehr haben wollen.«

Eigentlich würde ich gerne so tun, als ob ich Angst hätte, stattdessen musste ich herzhaft anfangen zu lachen.

»Soso. Du bist ein abscheulicher Bastard, Ben. Ich weiß nicht, wie Lya es so lange mit dir aushalten konnte. Aber du bist ihr ja anscheinend lange hinterhergelaufen wie ein einsamer Köter. Das ist wirklich erbärmlich. Zu gern würde ich dich für dein Verhalten büßen lassen, aber ich möchte nicht Lyas Ex auf dem Gewissen haben. Du bist es nicht wert, dass ich mir an dir die Hände schmutzig mache.« Lässig verschränkte ich die Arme und spürte, wie sich ein überlegenes Grinsen auf meinem Gesicht ausbreitete.

Ben hatte es scheinbar die Sprache verschlagen. Perplex starrte er mich an, während seine Kumpel ihm unsichere Blicke zuwarfen.

»Wenn du ein richtiger Mann wärst, würdest du allein gegen mich kämpfen. Mann gegen Mann. Aber du bist ein Feigling und versteckst dich hinter deinen Freunden«, ergänzte ich.

»Das würde ich an deiner Stelle auch sagen, angesichts der aussichtslosen Situation.« Er hob die Hand und die anderen Typen sahen das wohl als Zeichen zum Angriff.

»Los geht's«, murmelte ich, als der erste Kerl mich erreichte und zum Schlag ausholte.

Schnell duckte ich mich unter seinem Arm weg und ging in den Gegenangriff. Mit einem präzise ausgeführten Schlag in den Nacken ging er bewusstlos zu Boden.

Im Nu wich ich auch den Angriffen der anderen Typen aus und schlug sie alle nacheinander k. o. Ich brauchte für den Kampf nicht einmal übermenschliche Kraft einzusetzen. Ein paar Manöver aus der Kampfsportausbildung reichten völlig. Die Typen griffen alle ohne jede Taktik an, da war es unglaublich leicht, sie außer Gefecht zu setzen. Nachdem sie bewusstlos oder vor Schmerzen stöhnend auf dem Asphalt lagen, blieb nur noch Ben übrig.

Seine Überheblichkeit war Entsetzen gewichen. Er umklammerte krampfhaft das Messer und rannte kopflos auf mich zu. Ich wich aus, packte seinen Arm, trat gegen das Bein und stieß ihn zu Boden. Ich entriss ihm das Messer, beugte mich über ihn und hielt es ihm an die Kehle.

»So, was mache ich jetzt mit dir? Ich könnte dir ein paar schöne Muster ins Gesicht ritzen, so wie du es mit mir vorhattest. Oder hättest du lieber das Wort ›Arschloch‹ auf deiner Brust?«, fragte ich.

In seinem Gesicht stand nur noch blanke Panik.

»Nein, bitte, das war doch nur ein Spaß. Mach bitte nichts Falsches, Mann. Es ... es tut mir leid«, stotterte er.

»Ach, tut es das? Ich hatte recht, du bist ein Feigling. Ertrag es wie ein Mann, dass du verloren hast, und hör auf zu winseln«, meinte ich abfällig.

»Bitte, bitte nicht. Ich mach alles, was du willst. Aber tu mir nichts.« Er schien kurz davor, loszuheulen oder sich vor Angst in die Hosen zu machen. Vermutlich schrie er im Geiste bereits nach seiner Mutter. Diese Typen waren wirklich alle gleich. Große Klappe, nichts dahinter.

»Du wirst jetzt nach Hause gehen, deine Sachen packen und sofort aus der Stadt verschwinden. Ich will nicht, dass Lilya dich jemals wiedersehen muss. Solltest du mir noch einmal begegnen, bist du tot. Heute verschone ich dein Leben, ihretwegen. Doch das nächste Mal hast du nicht so viel Glück. Hast du kapiert?«, knurrte ich und beugte mich tief über sein Gesicht, sodass er das für uns Vampyre typische tödliche Flackern in meinen Augen sehen konnte.

Er starrte mich panisch an. Dann schluckte er und nickte zaghaft angesichts des Messers an seiner Kehle. »Ist gut. Ich hab verstanden.«

»Okay.« Ich nahm das Messer weg und zerrte ihn auf die Füße. Zitternd stand er auf bebenden Beinen da und verschränkte die Finger ineinander.

»Kann ich jetzt gehen?«, fragte er zaghaft. Es war immer wieder faszinierend, wie aus vermeintlich harten Kerlen ängstliche Kinder wurden. Andere Leute quälen, aber nie selbst etwas einstecken müssen. Ich könnte mein ganzes Leben damit verbringen, solchen Idioten eine Lektion zu erteilen. Aber das wäre eine nie endende Aufgabe.

»Nein«, antwortete ich schlicht. Seine Augen weiteten sich vor Angst und ich holte aus, schlug ihm fest ins Gesicht, sodass er nach hinten geschleudert wurde, an der Wand abprallte und schließlich bewusstlos zusammensackte.

»Das war dafür, dass du Lilya eine Schlampe genannt hast«, sagte ich und lief dann zurück in den Club, um Lya zu suchen.

22. KAPITEL

Lilya

Ich hätte eigentlich vermutet, dass diese Typen mich nach draußen bringen würden, doch sie führten mich einen dunklen Gang entlang, immer weiter weg von der Party.

»Wo wollt ihr denn mit mir hin?«, fragte ich einen der beiden. Ich war heilfroh, dass ich zwar viel, bisher aber auch nicht so viel getrunken hatte, dass ich nicht mehr klar denken könnte.

»Wir haben gesagt, dass du still sein sollst«, zischte der eine und fuchtelte mit dem Messer rum. Fieberhaft überlegte ich, wie ich ihnen entkommen und Hilfe holen konnte. Ich durfte nicht zulassen, dass Dimitri jetzt irgendetwas passierte, nur weil er mit mir zusammen war.

Links und rechts des Ganges befanden sich viele Türen und irgendwie beschlich mich das Gefühl, dass dieser Club mal ein Puff gewesen war.

Die Vermutung erhärtete sich, als sie schließlich bei einer Tür ankamen und mich in den Raum stießen, in dem nur ein großes Bett stand.

Einer meiner »Entführer« blieb an der Tür stehen, während der andere mich aufs Bett schubste.

»Wie kommt ihr eigentlich auf die Idee, Ben bei so einem Scheiß zu unterstützen?«, fauchte ich.

»Freunde helfen sich nun mal gegenseitig«, antwortete der dunkelhaarige Typ an der Tür.

»Tolle Freunde, die seid ihr hoffentlich noch, wenn ihr alle zusammen im Knast sitzt!«

»Wer soll uns denn verraten? Du oder ...« Weiter kam er nicht, denn in dem Moment krachte es und ehe er sich umdrehen konnte, flog die Tür aus den Angeln, traf ihn im Rücken und riss ihn zu Boden.

Im Türrahmen stand Dimitri. Er sah wütend aus. Sehr wütend. Mordlust funkelte in seinen Augen und ängstigte sogar mich.

Der zweite Typ war inzwischen wie erstarrt. »Was? Wie ...?«, stammelte er, verstummte aber augenblicklich, als Dimitri auf ihn zumarschierte. In dem Moment kehrte wieder Leben in den blonden Jungen, denn er flüchtete schnell hinters Bett und presste sich zitternd an die Wand. »T...t...tut mir leid. Das war eine blöde Aktion von uns. Du kannst sie haben«, meinte er mit einem Kopfnicken in meine Richtung.

Ich musste gestehen, ich hatte sogar etwas Mitleid mit ihm, so wie er dastand und sich fast in die Hose machte. Deshalb erhob ich mich auch vom Bett und packte Dimitri am Arm. »Lass uns gehen.«

Er fixierte immer noch den jungen Mann und schien zu überlegen, wie er ihn am besten zerlegen sollte, weshalb ich mich vor Dimitri stellte und mit der flachen Hand gegen seine Brust drückte.

»Lass uns gehen«, wiederholte ich eindringlich. »Bitte.« Dieses Mal sah er mich an und sein Blick wurde weich. Er zog mich in die Arme und presste mich fest an sich, sodass mir die Luft beinahe wegblieb.

»Ich hatte solche Angst um dich«, murmelte er.

»Ich auch um dich.« Ich wand mich in seinen Armen. »Aber dann zerquetsch mich jetzt bitte nicht«, bat ich und er ließ mich augenblicklich los. Er warf dem Typen, der sich keinen Millimeter bewegt hatte, einen hasserfüllten Blick zu und führte mich dann nach draußen.

***

An der frischen Luft entspannte ich mich allmählich. Ich hatte unsere Jacken geholt und Nina kurz Bescheid gegeben, dass ich mich nicht gut fühlte und nach Hause wollte.

Dimitri und ich hatten allerdings darauf verzichtet, direkt ein Taxi zu rufen, das uns nach Hause bringen würde, sondern liefen noch ein wenig schweigend durch die Nacht.

»Haben sie dich angefasst?«, fragte Dimitri irgendwann.

»Nein«, antwortete ich schlicht.

Ich war immer noch zu schockiert, wie weit Ben aus verletztem Stolz heraus gegangen war. Wie konnte man sich in einem Menschen nur so sehr täuschen?

»Wie hast du es geschafft, der Gruppe zu entkommen?«

Dimitri schnaubte. »Im Gegensatz zu anderen Typen habe ich Muskeln nicht nur zur Deko.«

Ich musterte ihn. Es war mir bereits bei unserem ersten Treffen aufgefallen, wie muskulös er war, doch offenbar hatte er auch einiges an Kampfsporterfahrung.

»Du hast aber niemanden ...«

»... getötet?«, vollendete Dimitri meinen Satz und blieb stehen.

Nervös sah ich zu ihm auf. Schaute in die Augen, die ich so liebte und in denen ich den Hass von eben nicht mehr erkennen konnte.

»Nein, keine Angst. Bis auf Kopfschmerzen wird den Mistkerlen wohl nichts fehlen. Ben habe ich vielleicht die Nase gebrochen, das ist alles«, meinte er schulterzuckend. »Außerdem ... bin ich nicht mein Bruder«, ergänzte er leise und ich hielt den Atem an. Sein Bruder war kein Thema mehr gewesen, seitdem er mir von dem Mord an seiner Familie erzählt hatte.

»Sag mal ... Ich habe mich bisher nicht getraut, das zu fragen, weil ich nicht wieder mit dem Thema anfangen wollte, aber ...« Ich schluckte. »Machst du dir keine Sorgen, dass dein Bruder es auch noch auf dich abgesehen hat? Immerhin weißt du, dass er eure Familie ermordet hat.«

Dimitri schwieg eine Weile. »Nein«, meinte er schließlich. Sein teils ernster, teils genervter Tonfall zeigte, dass ich das Thema besser fallen lassen sollte.

Ich nickte und schlang fröstelnd die Arme um den Körper. In dem Moment fing es an zu regnen, doch das kümmerte mich nicht. Die Kälte unterdrückte den Schmerz im Inneren, den ich bei dem Gedanken an meinen gestörten Ex und meine ehemals beste Freundin verspürte.

»Wollen wir nicht in die Wohnung fahren?«, fragte Dimitri besorgt und schaute gen Himmel.

»Ich will da jetzt nicht hin.« Nicht in die Wohnung, in der ich so oft mit Ben übernachtet hatte. Und auch wenn Dimitri sie jetzt mit Sicherheit eingeschüchtert hatte, sperrte sich alles in mir, nach Hause zu fahren.

Mitfühlend nickte er, dann schaute er sich einen Moment suchend um. »Komm mit.«

Wir überquerten die Straße und ich bemerkte, welches Ziel er ansteuerte. Ein Hotel. Und was für eins!

»Vielleicht sollten wir doch lieber nach Hause«, ruderte ich zurück, doch da lief er bereits die Stufen zum Eingang hoch.

Obwohl es bereits weit nach Mitternacht war, stand ein Page am Eingang, grüßte uns freundlich und hielt uns die Tür auf.

Als wir die Lobby betraten, blieb mir der Mund offen stehen. Es sah hier nicht nur teuer, sondern extrem teuer aus. Die Empfangshalle war in Braun- und Beigetönen gehalten und die Möbel wirkten schlicht und elegant. Bestimmt war jedes Stück extra für das Hotel entworfen worden. Beeindruckende Treppen mit einem Geländer aus goldenen Ranken führten links und rechts von der Rezeption in die obere Etage.

Dimitri steuerte unbeeindruckt den Empfangstresen an, hinter dem uns ein junger Mann mit einem Lächeln empfing, das ich ihm nicht abkaufte. Die Skepsis in seinem Blick war nicht zu übersehen.

Dimitri zog seine Geldbörse aus der Hosentasche und legte eine Kreditkarte auf den Tresen.

»Ich hätte gerne Ihr teuerstes Zimmer für heute Nacht«, hörte ich ihn sagen und fing schon an, an seinem Verstand zu zweifeln.

Der Rezeptionist machte große Augen und tippte dann etwas in den Computer ein.

»Sehr wohl, Sir. Sie haben Glück, unsere Deluxe-Suite ist nicht belegt.«

»Was kostet die?«, konnte ich mir nicht zu fragen verkneifen.

»Viertausenddreihundertneunundsechzig Dollar die Nacht, Miss.«

Ich traute meinen Ohren nicht. Bevor ich aber etwas erwidern oder einfach nur aus dem Hotel rennen konnte, ergriff Dimitri wieder das Wort.

»Sehr gut, wir nehmen sie.«

***

»Hast du völlig den Verstand verloren?«, fragte ich, sobald wir die Suite betreten hatten. Ich wagte es gar nicht, mich umzusehen. Dimitri legte die Stirn in Falten.

»Was denn? Du wolltest doch nicht zu Hause übernachten.«

»Ja, und ich find es sehr süß von dir, dass du deshalb mit mir in ein Hotel gehen wolltest, aber mir hätte es gereicht, wenn du ein Zimmer bezahlst und keine ganze Wohnung.« Hundert Quadratmeter hatte die Suite laut einer Informationsbroschüre, die uns der Mann an der Rezeption in die Hand gedrückt hatte.

»Viertausenddreihundertneunundsechzig Dollar, Dimitri! Wie viele Menschen verdienen das überhaupt in einem Monat?«

»Regst du dich gerade darüber auf, dass ich dir eine Nacht in einer Fünfsternesuite bezahle?«, fragte er ungläubig und fuhr sich mit einer Hand durch das dunkle Haar. Meine Reaktion schien ihn zu irritieren.

Ich stemmte die Hände in die Hüften. »Ja, tue ich. Du sollst für mich nicht unnötig Geld aus dem Fenster werfen.«

Er verdrehte die Augen. »Lya, ich kann mein Geld ausgeben für was auch immer ich möchte. Ich habe schon in Hotelzimmern geschlafen, die fünfzehnmal so viel gekostet haben.«

»Fünfzehnmal?«, hauchte ich entsetzt und starrte ihn an, als wäre er ein Außerirdischer. Im Geiste rechnete ich nach, von wie viel Geld er sprach. Das Ergebnis ließ mir beinahe Hören und Sehen vergehen.

Dimitri zuckte nur die Schultern. »Ich habe doch gesagt, dass ich wohlhabend bin.«

Ich lachte tonlos auf. »Wohlhabend definiert wohl alles von überdurchschnittlich vermögend bis hin zum Ölscheich.«

Er legte den Kopf schief und grinste. »Du hast nicht gesagt, dass du eine genaue Zahl haben möchtest.«

»Ähm … was wäre denn die genaue Zahl, wenn ich sie wissen wollte?« Meine Neugier konnte ich nicht unterdrücken.

Dimitri schüttelte lachend den Kopf. »Wenn du darauf bestehst, lass ich dich mal einen Blick auf meinen Kontostand werfen. Ich habe dir erzählt, dass ich für den Rest meines Lebens gut leben kann, ohne zu arbeiten. Ich hatte nicht vor, nur dreißig zu werden.«

»Das will ich auch hoffen. Ich würde liebend gerne noch die nächsten sechzig Jahre mit dir erleben.«

Obwohl mein Kommentar halb im Scherz gemeint war, zog Dimitri mich zu sich heran und hauchte einen Kuss auf meinen Scheitel. »Ich will noch viel mehr Zeit mit dir verbringen«, flüsterte er und mir stockte der Atem.

War das nicht quasi eine Liebeserklärung? Oder erwiderte er nur die Ironie meiner eigenen Aussage? Bevor ich genauer über seine Worte nachdenken konnte, lehnte er sich zurück und sah mich hoffnungsvoll an. »Also freust du dich jetzt über das Zimmer?«

»Ja«, sagte ich und küsste ihn. »Wäre ich steinreich, würde ich dich wohl nur noch in solche Hotels einladen.«

»Ich komme darauf zurück, wenn du mal reicher als ich sein solltest«, meinte er schmunzelnd.

»Och, gib mir nur ein paar Tage deine Kreditkarte, dann bin ich schnell reicher als du.«

Er legte die Stirn in Falten. »Ich glaube, die wichtigste Regel war immer: Überlasse einer Frau niemals deine Kreditkarte, wenn diese kein Limit hat.«

Ich lachte leise. »Da ist durchaus was dran. Auch wenn ich mit dem Geld vermutlich sinnvollere Sachen anstellen würde, als eine Million Schuhe zu kaufen.«

»Was anderes würde ich von dir auch nicht erwarten.« Er ließ mich los. »So, nachdem wir das Thema ›Geld‹ geklärt hätten … wollen wir unsere Suite mal begutachten.«

***

Dimitri und ich inspizierten die hundert Quadratmeter, die für heute Nacht uns gehörten.

Die Suite war sehr elegant, doch trotzdem modern eingerichtet. Sie verfügte über ein großes Wohnzimmer mit separatem Essbereich, ein schönes Schlafzimmer und ein beeindruckendes Bad mit ebenerdiger Dusche und einer riesigen Badewanne. Am schönsten fand ich aber die große Terrasse, von der man jetzt bei Nacht die funkelnden Lichter der Stadt bewundern konnte. Staunend stand ich am Geländer, während Dimitri wieder nach drinnen verschwand. Es dauerte eine ganze Weile, bis er mit zwei Sektgläsern zurückkam. »Wollen wir anstoßen?«

»Worauf?«

»Darauf, dass der Abend schöner endet, als er zwischendurch war.« Er reichte mir ein Glas und ich betrachtete die prickelnde Flüssigkeit darin.

»Champagner?«, vermutete ich.

»Ja. Ein Dom Perignon von 1966. Einer der besten Jahrgänge überhaupt«, verkündete er stolz. Sein seltsamer Unterton verunsicherte mich.

»Der Champagner ist wirklich zweiundfünfzig Jahre alt?«, fragte ich ungläubig. Wo hatte er den denn jetzt so plötzlich aufgetrieben? In der Minibar hatte er sie bestimmt nicht gefunden. »Will ich wissen, was so eine Flasche kostet?«

»Tausend Dollar«, antwortete er trocken.

»Ach, ein Schnäppchen.« Ich stieß gegen sein Glas. »Prost«, sagte ich und kippte den Inhalt meines Glases in einem Zug hinunter, was Dimitri lachend beobachtete.

»Keinen Sinn für Genuss«, schimpfte er und nippte an seinem Getränk.

Ich schürzte die Lippen und betrachtete gierig sein Glas. »Es gibt bestimmt auch die Regel, dass man durstigen Frauen keinen Tausend-Dollar-Champagner in die Hand drückt.«

»Falls nicht, ist das hiermit notiert.«

Wir setzten uns auf die Terrasse und begannen den Rest des teuren Champagners zu vernichten. Währenddessen grübelte ich darüber nach, ob Geld allein glücklich machte. Nun, man konnte sich auf jeden Fall das Leben schöntrinken, aber das ging wohl auch mit Alkohol für zehn Dollar. Ob man ein Edel-Alkoholiker war, wenn man seine Sucht auf teuren Champagner beschränkte?

Diese Frage stellte ich Dimitri, doch er beantwortete sie nicht, sondern schüttelte nur grinsend den Kopf.

»Ich denke, wir sollten dich jetzt ins Bett bringen. Sonst bist du morgen nicht nur todmüde, sondern hast auch einen Luxuskater.« Er stand auf und führte mich zurück in die Suite. Ein Blick auf die Uhr sagte mir, dass es bereits vier Uhr morgens war. Schlafen war keine schlechte Idee, doch vorher wollte ich eigentlich noch etwas anderes erledigen.

»Ich möchte duschen«, verkündete ich auf dem Weg ins Schlafzimmer.

»Jetzt?«

»Ich würde mir gerne den ›Dreck‹ des Abends von der Haut schrubben«, erklärte ich und Dimitri nickte mitfühlend. Es war leicht gewesen zu vergessen, was im Club passiert war, wenn man in einer schicken Suite saß und den Nachthimmel beobachtete, während man sündhaft teuren Alkohol in sich reinkippte. Und das alles in Dimitris Gesellschaft.

»Meinetwegen. Solange du nicht in der Dusche einschläfst und ertrinkst.«

»Du kannst ja mitkommen und auf mich aufpassen«, meinte ich und legte die Hände auf seine Brust. Ich wusste nicht, ob der Alkohol aus mir sprach, aber ich fand es langsam seltsam, dass ich jede Nacht in Dimitris Armen einschlief und wir abgesehen von Küssen nicht weiter gingen. Das lag mit Sicherheit an meiner Zurückweisung während der Nacht im Bungalow, weshalb es wohl an mir war, nun den ersten Schritt zu machen.

Dimitri legte den Kopf schief. In seinen Augen flackerte Begierde, doch er wollte offenbar den Beschützer spielen, denn er sagte: »Du bist betrunken.«

»Und?« Ich ergriff seine Hände und zog ihn ins Bad. Dort drehte ich mich um und strich meine Haare nach vorn, sodass sie über die Schulter fielen. »Kannst du mir mit dem Reißverschluss helfen?«

Er legte eine Hand auf meiner Schulter ab, während er das Kleid öffnete. Ich ließ es zu Boden gleiten und stieg heraus. Solange ich noch auf den High

Heels stehen konnte, war ich definitiv nicht zu betrunken für *solche* Entscheidungen.

Ich drehte mich zu Dimitri um, griff nach dem Saum seines dunklen T-Shirts und schob es ein wenig nach oben, sodass ich seine Bauchmuskeln sehen konnte. Bei dem Anblick wurde mir ganz warm. »Mein Beschützer muss mit in die Dusche«, stellte ich klar.

Ein schiefes Lächeln erschien auf seinem Gesicht und er ließ sich bereitwillig von seinem Oberteil befreien. Anschließend folgten Hose und Schuhe.

Nur noch mit Boxershorts bekleidet, ging er vor mir in die Knie, um mir die High Heels auszuziehen. Ich stützte mich auf seinen Schultern ab.

»Zieht der Prinz Cinderella den Schuh nicht aus, sondern an?«, fragte ich kichernd. Okay, ich war vielleicht etwas betrunkener, als ich zugeben wollte.

Dimitri sah mit hochgezogenen Augenbrauen zu mir auf.

»Dafür müsste Cinderella aber erst mal weglaufen und ihren Schuh verlieren. Das lässt du heute mal lieber bleiben.«

Er stand wieder auf uns zog mich in die Arme. Seine Hand lag auf meinem Rücken. Direkt über dem BH-Verschluss.

Ich blickte in seine braunen Augen und erkannte die unausgesprochene Frage darin. Entschlossen nickte ich. Die Angst, dass er mich einfach verlassen könnte, war verschwunden. Das zwischen uns war ernster als ein einfacher Urlaubsflirt. Viel ernster.

Ich drängte mich an ihn und küsste ihn. In dem Moment öffnete er gekonnt mit einer Hand den Verschluss – und ohne den Kuss zu unterbrechen, streifte er mir die BH-Träger von den Schultern.

Kurz löste er sich von mir, um mich voller Leidenschaft anzusehen, ehe er meine Lippen wieder in Besitz nahm und schließlich mit seinen Küssen über meinen Hals bis zur Schulter wanderte.

Genussvoll schloss ich die Augen und ließ den Kopf in den Nacken fallen. Seine Hände glitten meinen Rücken hinab und hinterließen eine Gänsehaut. Die Finger griffen nach dem Saum meines Höschens und zogen es langsam nach unten, bis auch das letzte Stückchen Stoff zu Boden fiel.

Mein Herz pochte so laut in der Brust, dass er es bestimmt hören konnte.

Sanft strichen Dimitris Finger über meinen entblößten Körper, während unsere Münder sich für einen weiteren Kuss fanden. Mein Atem ging nur noch stoßweise und Dimitri entfuhr ein leises Stöhnen, was mir einen Schauer über den Körper jagte. Meine Lippen teilten sich wie von selbst und gewährten seiner Zunge Einlass. Langsam wurden die Küsse härter, drängender.

Ich klammerte mich an ihn, um nicht wegen des Alkohols und der Gefühle, die mich förmlich überwältigten, das Gleichgewicht zu verlieren.

Zaghaft ließ ich eine Hand zum Bund der Boxershorts gleiten. Plötzlich lag seine Hand auf meiner und ermutigte mich, weiterzugehen. Gemeinsam befreiten wir schließlich auch ihn von der Unterwäsche.

Nachdem wir beide komplett nackt waren, drängte er mich mit dem Körper in Richtung Dusche. Irgendwann spürte ich kalte Fliesen am Rücken. Ich vergrub die Hände in Dimitris Haaren, während er mich an die Wand presste und weiter küsste.

Eingeklemmt zwischen den kalten Fliesen im Rücken und Dimitris erhitztem Körper vor mir, registrierte ich aus den Augenwinkeln, wie er das Wasser einschaltete, das daraufhin erst kalt und dann warm auf uns herabprasselte.

Nachdem wir eine halbe Ewigkeit unter der Dusche verbracht hatten, schaltete Dimitri das Wasser aus und griff nach einem weißen Handtuch, in das er mich wickelte. Ohne sich selbst abzutrocknen hob er mich auf die Arme und trug mich ins Schlafzimmer, wo er mich auf dem Kingsize-Bett absetzte.

Ich ließ mich zurück in die Kissen fallen und betrachtete Dimitri eingehend.

»Gefällt dir, was du siehst?«, fragte er grinsend und kletterte aufs Bett. Er stützte die Hände links und rechts von meinem Kopf ab und blickte auf mich herunter.

Ich biss mir auf die Unterlippe und schaute mit klopfendem Herzen in seine Augen. Er brauchte keine Antwort von mir.

Lächelnd senkte er den Kopf und presste zunächst sanft und schließlich immer drängender die Lippen auf meine. Atemlos zog ich ihn an mich. Sein leidenschaftlicher Kuss raubte mir beinahe die Sinne und entfachte ein Feuer im Inneren, dessen Hitze sich in meinem Unterleib sammelte. Ich wusste nur noch eins: Ich wollte ihn. Und zwar jetzt sofort.

»Ich will dich«, knurrte Dimitri leise zwischen zwei Küssen, als hätte er meine Gedanken erraten.

»Dann nimm mich«, antworte ich ohne jegliches Schamgefühl und löste das Handtuch.

Dimitris Augen funkelten, während er mich einen Moment begierig ansah. Dann senkte er sich auf mich herunter und begrub mich unter der Schwere seines Körpers. Ich erbebte, als er die Lippen auf meinen Hals legte und schließlich weiterwanderte, um meinen Körper mit Küssen zu übersäen. Stöhnend ließ ich den Kopf in die Kissen sinken und schloss die Augen.

23. KAPITEL

Dimitri

Alle Tage und Nächte, die ich bisher mit Lilya verbracht hatte, waren wunderschön gewesen, doch die letzte Nacht war absolut unvergleichbar.

Ich fühlte mich so berauscht, dass ich in den vergangenen Stunden kein Auge zugemacht hatte. Stattdessen hatte ich Lilya die ganze Zeit im Arm gehalten und ihrem gleichmäßigen Atem gelauscht, während am Horizont die Sonne aufgegangen war. War das ein normales Verhalten für Verliebte? Ich wusste es nicht, aber ein wenig verrückt kam es mir schon vor.

Gutgelaunt betrat ich unsere Suite und ging geradewegs ins Schlafzimmer. Doch das Bett war leer. Lilya musste zwischenzeitlich aufgewacht sein.

Ich hörte Schritte hinter mir und drehte mich um. Lilya stand im Türrahmen und starrte mich mit großen Augen an. Sie sah völlig fertig aus. Sie trug wieder ihr Kleid, die Haare lagen noch wild durcheinander, als hätte sie eben hektisch das Bett verlassen.

»Lya? Ist alles in Ordnung mit dir?«, fragte ich besorgt.

»Dimitri.« Mein Name verließ ihren Mund nur noch als Flüstern, ehe Tränen ihre Wangen hinunterrollten und mein Herzschlag für eine Sekunde aussetzte.

Mit zwei großen Schritten war ich bei ihr und zog sie in die Arme. »Nicht weinen. Was ist passiert?«

»Du warst weg«, schluchzte sie an meine Brust gepresst. »Ich hatte wieder einen Albtraum und als ich wach geworden bin, warst du nicht da. Ich dachte ...«, fing sie an und ich verstand.

»Was hast du gedacht, ich schlafe mit dir und verschwinde einfach?« Ich lehnte mich zurück, um ihr in die Augen zu sehen, doch sie wich meinem Blick aus, was Antwort genug für mich war. Ich war ehrlich schockiert, dass sie mir so etwas zutraute. »Okay, beruhige dich erst mal. Ich war unten an der Rezeption. Wir hätten bereits auschecken müssen, aber ich wollte dich nicht wecken, deshalb habe ich eine weitere Nacht gebucht«, erklärte ich und sie blickte mich schuldbewusst an.

»Tut mir leid. Ich hatte nur plötzlich so eine Panik ...«, murmelte sie und wischte sich die Tränen weg. »Aber du hättest mich wirklich wecken können, anstatt noch eine Nacht zu bezahlen.«

Ich legte einen Finger an ihre Lippen. »Das ist nicht der einzige Grund. Ich bin außerdem noch nicht bereit, dieses Zimmer gleich wieder zu verlassen«, flüsterte ich und strich ihr sanft über die tränennasse Wange, die sich bei meinen Worten rötlich färbte.

»Du willst noch eine Nacht hierbleiben? Aber wir haben doch überhaupt nichts dabei. Keine Wechselklamotten oder ...« Sie verstummte, als ich den Kopf auf ihre Schulter legte.

»Wenn wir unsere Sachen wieder ausziehen, werden sie nicht schmutzig«, hauchte ich ihr ins Ohr und konnte sehen, wie sich eine Gänsehaut auf ihren Armen bildete. »Wenn du möchtest, können wir nach dem Essen wieder nach Hause fahren. Aber jetzt, wo das Zimmer schon mal bezahlt ist, sollten wir es auch nutzen«, fügte ich leise lachend hinzu.

***

Es war schwierig, sich wieder voneinander loszureißen. Wenn es nach mir ginge, würde ich die Suite am liebsten kaufen und nie wieder verlassen. Der Zimmerservice hatte uns etwas zu essen gebracht und kaum hatte Lilya fertig gegessen, war ich erneut über sie hergefallen.

Sie war wie eine süße Verführung, eine Droge, die mich abhängig machte. Jegliches Fünkchen Vernunft und Selbstbeherrschung, das nach den vergangenen drei Wochen noch übriggeblieben war, hatte sich in diesem Hotel in Luft aufgelöst.

Ich war nicht länger verknallt. Ich liebte sie. Aufrichtig, bedingungslos. Ihr Lächeln war das Schönste, was ich je gesehen hatte. Und dieses Lächeln hieß es jetzt zu beschützen.

Ich hatte Saschas Drohung, dass er sie aufklären wollte, wenn ich es nicht tat, nicht vergessen, doch dazu würde ich es nicht kommen lassen. Inzwischen hatte ich eingesehen, dass es naiv war, so weiterzumachen wie bisher. Damit riskierte ich nicht nur Lilyas Leben, sondern auch die Loyalität meiner Freunde.

Mir war bewusst, dass die Wahrheit alles zerstören könnte, doch ich war zuversichtlich, auch wenn das vermutlich ebenfalls naiv war. Ich hatte es jedoch in Lilyas Augen gesehen. Ihre Gefühle für mich waren genauso stark. Sie würden stark genug sein, um die Wahrheit zu verkraften.

Wenn ich es schaffte, sie am Leben zu erhalten, würde uns außerdem genug Zeit zur Verfügung stehen, um die Vergangenheit aufzuarbeiten.

***

Am Nachmittag verließen wir das Hotel, um doch noch kurz in Lilyas Wohnung vorbeizuschauen. Vermutlich würden wir aber für die Nacht in die Suite zurückkommen, bezahlt war schließlich bezahlt.

»Kannst du sie nicht einfach kaufen, wenn du steinreich bist?«, fragte Lilya vergnügt, als wir durch den Central Park liefen. Offenbar hatte sie dieselbe Idee wie ich heute Morgen. Ihre High Heels hatte sie ausgezogen und mir in die Hand gedrückt. Meinen Vorschlag, sich von mir tragen zu lassen, hatte sie aber dankend abgelehnt.

»Dir scheint es da drinnen ja genauso gut gefallen zu haben wie mir.«

Lächelnd griff sie nach meiner freien Hand. »Schon möglich.«

Als wir an einem Bettler vorbeikamen, der auf einer Bank saß, zog sie ihre Geldbörse aus der Umhängetasche und warf einen Dollar in den Becher zu seinen Füßen. Dann bemerkte sie wohl meinen irritierten Blick.

»Was ist? Du schaust mich an, als wäre ich ein Alien.«

»Ähm, nichts …«, antwortete ich ausweichend und ging weiter.

Sie musterte mich. »Du hast so viel Geld geerbt, ist dir noch nie in den Sinn gekommen, anderen etwas davon abzugeben?« Ihr Blick war nicht anklagend oder belehrend, sondern schlicht neugierig.

»Nicht wirklich«, gestand ich schließlich. Ich sah zurück zu dem Obdachlosen auf der Bank, der all seine Habseligkeiten in einer Tasche verstaut hatte. »Nur durch Spenden wird sich die Welt nicht verändern, Lya. Es löst nicht die Ursachen, sondern lindert nur die Folgen. Und das auch nur für kurze Zeit.«

»Ich weiß.« Bedrückt folgte Lilya meinem Blick auf den Obdachlosen. »Aber es ändert sich auch nichts, wenn alle wegsehen.«

Ihre Worte berührten mich. Ohne weiter nachzudenken zog ich ebenfalls die Geldbörse und zückte einen Hundertdollarschein, den ich dem Obdachlosen reichte. Dieser starrte mich mit großen Augen an und bedankte sich dann tausendmal. Ich winkte ab und sah zu, dass ich schnell wieder wegkam. Lilya lief grinsend neben mir her.

»Du hättest das nicht tun müssen, um mich zu beeindrucken.«

»Deshalb habe ich es auch nicht getan, aber du hast recht. Man sollte nicht einfach wegsehen. Außerdem fühlt es sich gut an.«

In Wahrheit war es aber ihr entwaffnendes Lächeln, wegen dem ich nun jedem Obdachlosen Geld in die Hand drücken wollte. Ich tat etwas Gutes und das nicht für die Mitglieder meiner Rasse, sondern für Menschen. Die Spezies, die ich tagtäglich unterdrückte und schikanierte.

Nachdenklich betrachtete ich Lilya. »Ich habe eine Idee. Komm mit.«

Ohne auf eine Antwort zu warten griff ich nach ihrem Arm und zog sie aus dem Park. Als wir an die Straße kamen, schlüpfte sie wieder in die Schuhe.

An einer der Banken, bei denen ich ein Konto hatte, blieb ich schließlich stehen.

»Ist dir nach dieser Spende jetzt etwa aufgefallen, dass du kein Geld mehr hast?«, fragte Lilya scherzhaft.

»Nicht ganz.« Wir betraten das Gebäude und ich bedeutete ihr, im Foyer auf mich zu warten, während ich einen Angestellten ansteuerte.

Es dauerte nicht lange, bis ich zurück zu Lilya kam, die mir mit skeptischer Miene entgegensah.

»So, bitte schön.« Ich drückte ihr die Tüte mit den Geldscheinen in die Hand, die ich eben geholt hatte. Irritiert warf sie einen Blick in die Tüte und erbleichte.

»Hast du gerade die Bank ausgeraubt?«, fragte sie leicht panisch und sah sich verstohlen um. Als ich laut anfing zu lachen, schlug sie mir wütend gegen den Arm. »Idiot!«

»Entschuldigung.« Es war schwer, sich zusammenzureißen, wenn sie auf solche Theorien kam. Die anderen Kunden der Bank liefen an uns vorbei und warfen uns kurze Blicke zu. »Meinst du, die Kosten der letzten Nacht hätten mich in den Ruin getrieben, sodass ich das jetzt nötig hätte? Und mein unglaublicher Charme reicht aus, dass ich ohne Waffe eine Bank ausrauben kann?« Schmunzelnd zog ich sie in die Arme. »Erstens, bei so wenig Geld wäre es ein sehr schlechter Überfall – und zweitens würde ich dich sicher nicht mitnehmen, wenn ich meine kriminellen Geschäfte erledige«, flüsterte ich ihr ins Ohr.

Lilya erstarrte in meinen Armen und ich konnte förmlich hören, wie es in ihrem Kopf ratterte. Schließlich schnappte sie nach Luft und wollte die Bemerkung vermutlich kommentieren, doch ich ließ sie nicht zu Wort kommen, sondern presste die Lippen auf ihre. Nachdem ich sie wieder losgelassen hatte, zwinkerte ich ihr zu und verließ die Bank. Einen Moment blieb sie perplex stehen, ehe sie mir nach draußen folgte.

»So jetzt mal Spaß beiseite, was hast du mit dem Geld vor?«

»Wir laufen jetzt durch die Stadt und geben jedem Obdachlosen hundert Dollar«, erklärte ich gut gelaunt. »Ich habe zwanzigtausend Dollar geholt, das macht zweihundert Scheine. Dies sollte für den Anfang reichen.«

Entgeistert starrte sie mich an. »Das ist nicht dein Ernst.«

Ich musste mich zusammenreißen, wegen ihres verdutzten Gesichtsausdrucks nicht erneut in Gelächter auszubrechen. »Doch. Ich habe die letzten vierundzwanzig Stunden schon über zehntausend Dollar ausgegeben, dann kann ich das Doppelte auch für einen guten Zweck opfern.« Ich griff in die

Tüte und fischte einen Schein heraus, den ich einem Bettler gab, der ein paar Meter weiter saß.

Lilya beobachtete mich noch immer mit großen Augen. »Du spinnst wirklich.«

***

Letztendlich überließ ich es Lilya, die restlichen Geldscheine zu verteilen, was sie gerne übernahm, nachdem sie sich genug über mein Verhalten gewundert hatte. Ihre Augen leuchteten vor Begeisterung und die der Menschen vor Dankbarkeit. Es war ein schönes Bild.

»Dir scheint es auch zu gefallen, etwas Gutes zu tun«, bemerkte sie lächelnd. »Was ist aus ›Nur durch Spenden wird sich die Welt nicht verändern‹ geworden?«

Ich zuckte mit den Schultern. »Es löst wahrlich keine Probleme, doch du zauberst diesen Menschen ein Lächeln auf das Gesicht. Die kleine Geste gibt ihnen Hoffnung. Und ein Moment der Freude ist viel wert.«

Wir waren seit zwei Stunden in der Stadt unterwegs und hatten bereits einen Großteil des Geldes verteilt. Gerade kamen wir vom Times Square, wo wir viele Scheine losgeworden waren.

»Das hast du schön gesagt.« Sie schlang die Arme um meinen Hals und küsste mich leidenschaftlich.

Nachdem sie sich wieder von mir gelöst hatte, verteilte sie zwei weitere Scheine, doch das Strahlen in ihrem Gesicht wurde plötzlich von einer tiefen Falte auf der Stirn getrübt.

»Was ist los?«, fragte ich besorgt.

»So ein komischer Typ beobachtet uns schon seit einer Weile«, murmelte sie und direkt erfasste mich Panik.

»Wie bitte? Wo?« Entsetzt ließ ich den Blick durch die Menge schweifen, ehe Lilya mit einem Kopfnicken die genaue Richtung anzeigte.

Und tatsächlich. Dort stand jemand an der Ecke einer Seitenstraße, der seltsam fehl am Platz wirkte. Ein dunkel gekleideter Mann, der die Kapuze tief ins Gesicht gezogen hatte, damit man ihn nur schwer erkennen konnte.

Doch mir genügte ein kurzer Blick auf den Unbekannten, um mich in höchste Alarmbereitschaft zu versetzen. Schnell wandte ich mich um, bevor er bemerkte, dass ich ihn entdeckt hatte.

»Ach, der beobachtet bestimmt nicht uns«, meinte ich betont lässig und legte einen Arm um Lilya.

»Wen denn sonst? Er verfolgt uns schon seit einer halben Stunde!«

Verdammt. Hätte sie mir das nicht gleich sagen können?

»Vielleicht beobachtet er unsere Spendenaktion und will uns ausrauben?«, überlegte sie und umklammerte krampfhaft die Tüte. Theoretisch wäre ihre Idee gar nicht so abwegig. Über so was hatte ich mir keine Gedanken gemacht, da ich keine Angst vor menschlichen Räubern hatte. Trotzdem nahm ich Lilya vorsichtshalber die Tüte ab.

»Gut möglich, aber kein Grund zur Panik. Wir gehen jetzt in einen Laden und wenn er dort immer noch steht, wenn wir rauskommen, wissen wir vielleicht mehr«, schlug ich vor und ehe sie protestieren konnte, zog ich sie in ein mehrstöckiges Bekleidungsgeschäft. Ohne mich noch mal zu unserem Verfolger umzudrehen, schob ich Lilya immer weiter in den hinteren Teil des Gebäudes, damit wir vom Eingang aus nicht mehr zu sehen waren. »Willst du nicht gleich etwas anprobieren, wenn wir schon mal hier sind? Wir sind ja nicht gerade unauffällig gekleidet.«

Von der Situation sichtlich verwirrt legte sie die Stirn in Falten, doch sie widersprach mir nicht.

Seufzend suchte sie ein paar Sachen zusammen und verzog sich schließlich in eine Kabine. Endlich allein zog ich mein Handy aus der Tasche und schrieb zur Sicherheit gleich Sascha, Ana und Boris.

Ein Djiyo verfolgt uns. Schnappt ihn euch.

Nur wenige Sekunden später erhielt ich von Sascha bereits Antwort.

Wird erledigt.

Erleichtert atmete ich aus. Die drei würden sich um das Problem kümmern, da war ich mir sicher. In der Eile hatte ich nur keine Zeit gehabt, um nach noch mehr Verfolgern Ausschau zu halten. Sollten es mehrere sein, wären wir wirklich in Gefahr.

***

Nachdem Lilya sich für ein unauffälligeres und vor allem bequemeres Outfit, bestehend aus Jeans, einem bordeauxroten Oberteil und schwarzen Sneakers entschieden hatte, verließen wir eine halbe Stunde später das Gebäude. Der Typ war nicht mehr zu sehen, was mich nicht überraschte, da Sascha inzwischen Entwarnung gegeben hatte. Wut und Ungeduld brodelten in mir, denn ich wollte mich sofort um den fremden Djiyo kümmern. Dafür musste ich aber erst mal Lilya in Sicherheit bringen.

Ich überredete sie, die Spendenaktion am nächsten Tag fortzuführen und in ihre Wohnung zu gehen, um ein paar Sachen zu holen, ehe wir zurück ins Hotel fahren konnten. Das hatten wir immerhin ursprünglich geplant. Ich überlegte, unter welchem Vorwand ich Lilya allein in der Wohnung lassen könnte und wollte bereits Ana Bescheid geben, dass sie Lilya eine Weile ablenken sollte, als mir doch der Zufall zu Hilfe kam. Lilya wurde von Olivia angerufen, die fragte, ob sie irgendwelche Unterlagen für die Uni von ihr haben könne. Nachdem ich Lilya zu Hause abgesetzt hatte, erklärte ich ihr, dass ich noch kurz etwas einkaufen wollte. So konnten die Mädchen sich ein wenig allein unterhalten.

Anschließend ließ ich Boris die Bewachung der Wohnung übernehmen und eilte zu Sascha und Ana, die den Fremden ein paar Straßen weiter in dem Keller einer Baustelle versteckten.

Ich schlich mich auf das abgesperrte Gelände und betrat ein wenig nervös das halb fertige Gebäude.

Der Keller wurde spärlich vom letzten Tageslicht erleuchtet, das durch die kleinen Fenster fiel. Es reichte, um zu erkennen, dass Sascha den richtigen Mann erwischt hatte. Als Djiyo hatte er natürlich die gleichen braunen Augen und Haare wie wir und war ziemlich muskulös. Das rasierte Gesicht, das ihn sehr jung wirken ließ, erkannte ich aber auf den ersten Blick wieder, auch wenn ich ihn nur kurz gesehen hatte. Der Typ schien schon einiges an Prügel eingesteckt zu haben. In seinem Gesicht klebte getrocknetes Blut. Er saß an die Wand gelehnt auf dem Boden und starrte Ana finster an, die ihn mit ihrem Schwert und einem grimmigen Gesichtsausdruck in Schach hielt.

»Er hat sich bisher geweigert mit uns zu reden«, erklärte sie, als sie mich bemerkte.

»Ich verhandle auch nicht mit dir, Weib!«, zischte der Mann. Anas Augen funkelten und sie drückte die Schwertspitze fester gegen seine Brust, sodass dieser vor Schmerz aufkeuchte.

»Dieses Weib hat dich k. o. geschlagen, du Vollidiot. Was allerdings kein Wunder ist, denn du kämpfst wie ein kleines Mädchen.«

Der Djiyo knurrte wütend, rührte sich allerdings nicht. Sein schwarzes T-Shirt färbte sich rötlich an der Stelle, an der Ana langsam seine Haut durchbohrte.

»Arbeitest du für meinen Bruder?«, fragte ich ohne Umschweife. Seine Augen weiteten sich merklich, als sich unsere Blicke trafen. Sehr gut, er hatte Respekt vor mir, nachdem er jetzt den Schutz der Menschenmenge verloren hatte. Um ihn noch mehr einzuschüchtern ließ ich meinem Vampyrblut freien Lauf, wodurch sich meine Augen rot färbten und die Fangzähne hervortraten.

»Mein Prinz, ich habe einige Jahre unter der Herrschaft Eures Bruders gelebt, stehe aber nicht mehr in seinem Dienst. Wenn Ihr wollt, könnte ich jedoch Euer Spion werden, und Euch so von Nutzen sein.« Demütig senkte er das Haupt und ich hatte das Bedürfnis, die Augen zu verdrehen. Ich brauchte keinen Spion, der vermutlich meinem Bruder die Treue geschworen hatte. Ich gab Ana ein Zeichen, woraufhin sie einen Schritt zurücktrat und den Mann freigab. Dieser atmete erleichtert aus und presste sofort eine Hand auf die Wunde. Was war das denn für ein Weichei?

»Wie alt bist du?« Er sah noch sehr jung aus und so benahm er sich auch.

»Fünfundzwanzig«, antwortete er knapp. Er hatte die größten Dramen also nur als Kleinkind miterlebt. Es war sehr unklug zu erzählen, dass er einige Jahre für Valentin gearbeitet hatte, immerhin war er erst vor drei Jahren erwacht und mit Kindern konnte auch mein Bruder nichts anfangen.

»Was weißt du von Valentins Plänen?« Ich verzichtete auf sinnloses Geplänkel und wollte lieber gleich brauchbare Informationen haben.

Der junge Mann legte die Stirn in Falten. Seine Antwort kam einen Moment zu spät, wodurch ich mich erst recht darin bestätigt sah, einen eindeutigen Verbündeten meines Bruders vor mir zu haben.

»Er ist genauso wie Ihr auf der Suche nach dem letzten Überlebenden der Kiye. Die Ältesten erfüllen ohne einen rechtmäßigen Herrscher der Kiye seinen Wunsch nicht, ihn zum König der Djiye zu krönen.« Nun, das wusste jeder. Entweder hatte man ihn nicht in nähere Pläne eingeweiht oder er wollte nicht mehr verraten. »Aber wie es aussieht, ist diese Suche bereits vorbei«, fügte der Djiyo hinzu und hob den Blick. Ein Grinsen umspielte seine Mundwinkel. »Meine Augen haben mich nicht getäuscht, ich habe Euch mit einer Kiya zusammen gesehen, nicht wahr?«

Ich ging nicht auf den Kommentar ein, sondern stellte die nächste Frage. »Verfolgt mein Bruder mich?«

Er zuckte die Achseln. »Meistens. Er hat genug Leute, da findet sich immer jemand, der nach Euch Ausschau hält.«

Das hatte ich mir bereits gedacht, doch es von einem von Valentins Männern zu hören, machte es noch schlimmer. Ich warf meinen Freunden einen Blick zu, den sie mit ernster Miene erwiderten.

Es war wirklich nur Glück, dass wir bisher nicht entdeckt worden waren. Oder vielleicht waren wir das bereits, doch Valentin wiegte uns in Sicherheit? Wie auch immer, wir standen mit dem Rücken zur Wand.

»Was ist mit der Kronprinzessin der Siye? Weißt du etwas über sie?«, führte ich mein Verhör fort. Eine Krönung konnte nur mit allen drei Oberhäuptern vonstattengehen. Sascha hatte mir erzählt, dass Prinzessin Soley verschwunden war, und ich hatte direkt meinen Bruder im Verdacht gehabt.

»Soweit ich weiß, hat er das Mädchen wieder in seiner Gewalt«, antwortete der Djiyo nach einer kurzen Pause und bestätigte damit meine Befürchtung.

Ich nickte und fuhr mir mit einer Hand durchs Haar. Nachdem ich Soley nach dem Tod ihrer Eltern aus den Klauen meines Bruders befreien konnte, hatte ich ihr versprochen, dass ich dafür sorgen würde, dass er sie nicht mehr in die Finger bekäme. Hätte die junge Prinzessin sich in Kanada aufgehalten, wie ich es ihr geraten hatte, wäre es vielleicht auch nicht so weit gekommen, doch sie war ein Freigeist, der die Welt sehen und erforschen wollte. Obwohl ihre Entführung deshalb nicht meine Schuld war, sollte ich mich dennoch schleunigst darum kümmern, dass mein Bruder sie nicht für seine Zwecke missbrauchen konnte.

»Okay, das war alles, was ich von dir wissen wollte«, meinte ich zu dem Djiyo und ging vor ihm in die Hocke.

»Dimitri, willst du ihn nicht vielleicht doch …?«, fing Sascha an, doch ich schüttelte den Kopf.

»Er ist definitiv kein Kind mehr, also versuche gar nicht erst mich zu überreden.«

Der Fremde schien zu erahnen, worüber wir gerade sprachen, und machte Anstalten aufzuspringen, doch ich hielt ihn mit einem warnenden Blick davon ab.

»Ihr könnt mich nicht einfach töten! Das ist gegen unseren Ehrenkodex! Oder habt Ihr Angst, dass Ihr oder Eure Begleiter nicht stark genug für einen fairen Kampf seid?« Herausfordernd starrte er mich an. Der Kampf um Leben und Tod war eine Tradition unter Djiye. Wir töteten nicht einfach so und schon gar nicht hinterhältig. Das verletzte nur unseren Stolz und unsere Ehre.

Ich schüttelte lachend den Kopf. »Dir wurde bereits von meiner treuesten Djiya der Arsch versohlt, erspare uns und dir eine weitere Blamage.«

Statt meinen Rat zu beherzigen, sprang er nun doch auf die Beine und zeigte seine Fangzähne.

»Dann habt Ihr ja nichts zu befürchten.«

Ich erhob mich und streckte die rechte Hand zu Sascha aus. Wortlos reichte er mir sein Schwert. Ana trat vor und hielt dem Fremden den Griff ihres Schwertes hin.

»Ein Schwertkampf?«, fragte der Mann ungläubig und nahm ihr die Waffe ab. Anas Augen leuchteten vor Belustigung auf.

»Willst du es lieber ohne Hilfsmittel mit ihm aufnehmen?«

Sichtlich verunsichert beobachtete er, wie ich das Schwert elegant in der Hand kreisen ließ. Offenbar brachte Valentin seinen Sprösslingen nicht mehr bei, wie man ordentlich kämpfte. Das kam mir nur gelegen. Ich befehligte mit Ana und Sascha die zwei besten Schwertkämpfer, die es gab. Natürlich abgesehen von mir.

»Du scheinst eine miserable Ausbildung genossen zu haben«, sprach ich meine Gedanken laut aus, woraufhin sich das Gesicht des Djiyos verfinsterte. »Also, willst du noch etwas loswerden, bevor ich dich in Häppchen schneide, Bürschchen?«, fragte ich.

»Auch wenn Ihr mich jetzt tötet, Euren Bruder werdet Ihr nicht aufhalten«, flüsterte er. Mit einem seltsamen Aufschrei sprang er dann nach vorn und setzte zum ersten Schlag an, den ich mühelos parierte. Fast gelangweilt konterte ich auch die nächsten Hiebe, bevor ich genug hatte und zum Angriff überging. Im Nu schlug ich ihm das Schwert aus der Hand und noch ehe es klirrend auf dem Boden aufschlagen konnte, holte ich aus und trennte ihm mit einem sauberen Schlag den Kopf von den Schultern, der dumpf auf dem Boden aufschlug.

Der leblose Körper sackte in sich zusammen und eine Blutlache breitete sich aus.

Kopfschüttelnd nahm Sascha mir sein Schwert ab und betrachtete missbilligend die Leiche.

»Vielleicht hättet ihr doch ohne Schwerter kämpfen sollen, dann hättest du ihm einfach das Genick brechen können und wir hätten nicht so eine große Sauerei.«

Ana hob grinsend ihr Schwert vom Boden auf. »Quatsch, das hättest du vielleicht getan, aber Dimitri hätte ihm den Kopf dann einfach mit bloßen Händen von den Schultern gerissen.«

Die Augen verdrehend wischte Sascha das Blut auf der Klinge an den Sachen des Toten ab. »Hat dieser Zwischenfall jetzt eigentlich deine Meinung beeinflusst?«, fragte er neugierig.

Ich nickte. »Sie hat sich geändert, aber nicht erst gerade eben.«

»Und was heißt das jetzt?«, hakte er nach und warf mir einen ernsten Blick zu.

Ich seufzte leise und starrte auf das Blut am Boden. »Ich werde Lilya alles erzählen und sie nach Kanada bringen, wo sie hoffentlich erst mal in Sicherheit ist.«

Ana musterte mich überrascht. »Hast du dir schon überlegt, wie das ablaufen soll?«

Ich lachte trocken auf. »Nein. Ich würde euch deshalb bitten, Vorschläge zu machen.«

»Mh …«, machte Ana und legte die Stirn in Falten. »Sascha könnte sie entführen und sich als Vampyr outen. Du rettest sie anschließend, erklärst ihr alles und beteuerst, dass du sie nur beschützen wolltest und deshalb nicht alles aufgeklärt hast …«

Ich schüttelte den Kopf. »Sie hat Sascha schon mal gesehen, außerdem wird sie irgendwann erfahren, dass er mein bester Freund ist. Dann können wir schlecht erklären, warum er sie entführen wollte.«

»So schlecht ist der Plan aber vielleicht gar nicht«, mischte sich nun auch Sascha ein. »Meinen Part müsste nur jemand übernehmen, dem sie später wohl nicht mehr über den Weg laufen würde.«

Ich war trotzdem nicht ganz überzeugt. »Möglich. Wir sammeln erst mal ein paar Ideen. Beratet euch auch mit Boris, dann diskutieren wir das morgen noch mal aus.« Ich nickte in Richtung Boden. »Ihr kümmert euch darum. Ich gehe zurück zu Lilya.«

Als wäre nichts gewesen, verließ ich das Gelände und mischte mich unter die Menschenmenge der Stadt, allerdings nicht, ohne mich vorher zu vergewissern, dass ich nicht das Blut des Vampyrs, von dem ich noch nicht einmal den Namen kannte, abbekommen hatte.

***

Nach einem Abstecher zu einem Blumenladen, bei dem ich einen Strauß Lilien kaufte, machte ich mich auf den Weg zu Lilyas Wohnung. Olivia war noch dort, verabschiedete sich aber hastig, als ich die Wohnung betrat. Während die Blondine fast fluchtartig den Raum verließ, grübelte ich darüber nach, was Lilya ihren Freundinnen über mich erzählte. Ana hielt sich in der Beziehung auch sehr bedeckt. Ich war mir aber sicher, dass ich häufig ein Gesprächsthema war. Frauen redeten doch immer über ihre Beziehungen.

»Sind die für mich?« Lilyas Augen leuchteten, als sie die Blumen bemerkte.

»Nein, eigentlich wollte ich sie Olivia mitbringen, aber so schnell wie sie geflüchtet ist, scheint sie keine Blumen zu mögen«, meinte ich schulterzuckend.

Lächelnd verdrehte Lilya die Augen. »Offensichtlich. Aber ich würde mich auch anbieten, damit du die Blümchen loswirst.«

Schmunzelnd reichte ich ihr den Blumenstrauß und erntete einen Kuss als Dankeschön.

»Woher wusstest du, dass ich Lilien liebe?«, fragte sie, nachdem sie die rosa-weißen Blumen in eine Vase gestellt hatte.

»Nun, bei deinem Namen wäre es ja merkwürdig, wenn du Lilien nicht ausstehen könntest. Aber da du Lilienparfüm benutzt, gehe ich davon aus, dass du doch ein Fan der Blumen bist.«

Sie machte große Augen. »Dir ist aufgefallen, dass mein Parfüm nach Lilien riecht?«

»Den Duft erkennt man doch«, meinte ich stirnrunzelnd und sah, wie Lilya leicht errötete.

»Vielleicht hat bisher noch niemand so intensiv an mir geschnuppert«, mutmaßte sie leise und vergrub die Nase zwischen den Blütenblättern.

»Das kann natürlich auch sein.« Ich stellte mich hinter sie und strich ihr Haar zur Seite. Übertrieben laut atmete ich ein und wusste, dass sie grinste. Zärtlich hauchte ich ihr ein paar Küsse auf die Schulter, die einen Schauer über ihren Körper zu jagen schienen, denn sie bekam eine Gänsehaut.

»Wollen wir noch einmal zurück ins Hotel?«, fragte ich leise.

Seufzend lehnte sie sich an meine Brust. »Auch wenn es unheimlich schade um das Geld ist, aber ich würde es vorziehen, das Haus heute nicht mehr zu verlassen.«

»Sehe ich auch so. Scheiß auf das Geld.« Ich drehte Lilya zu mir um und presste gierig die Lippen auf ihre. Heute Nacht würde ich alle Sorgen verdrängen, bevor ich morgen mit den anderen einen Plan schmieden würde. Das entspannte Leben wäre dann vorbei.

24. KAPITEL

Lilya

Es war noch mitten in der Nacht, als ich wach wurde. Wir waren eng umschlungen auf der Couch eingeschlafen. Dimitri lag hinter mir und hatte den rechten Arm und das rechte Bein um mich geschlungen. Ich konnte seinen heißen Atem im Nacken spüren. Vorsichtig wand ich mich aus der Umklammerung und drehte mich um. Das Licht der Straßenlaternen, das durch die Fensterläden drang, erhellte Dimitris Gesicht.

Ich betrachtete meinen schlafenden Freund und fühlte das Lächeln, das sich unwillkürlich auf meinen Lippen ausbreitete. In diesem Moment war ich einfach nur glücklich. Das Gefühl, sicher und geborgen zu sein, war unbeschreiblich. Nicht einmal zu Beginn meiner Beziehung mit Ben hatte ich solche starken Gefühle verspürt. Ich dachte immer, dass ich ihn wirklich geliebt hatte – und vermutlich hatte ich das auch, zumindest mit meinem damaligen Verständnis von Liebe. Aus heutiger Sicht war es jedoch nur noch mit einer Teenieschwärmerei zu vergleichen. Neben Ben hatte ich mich nie so belebt gefühlt. Behutsam strich ich mit einer Hand über Dimitris Gesicht. Ich würde niemals genug davon bekommen, ihn anzustarren. Er seufzte leise und ich zog die Hand zurück.

»Ich liebe dich«, flüsterte ich. Diese Worte waren noch nicht für ihn bestimmt, sondern mehr eine Bestätigung für mich selbst.

Zärtlich hauchte ich einen Kuss auf seine Stirn, stand auf und ging möglichst leise aus dem Zimmer, um ihn nicht zu wecken. Ich kannte meine Wohnung in- und auswendig, sodass ich auf dem Weg in die Küche kein Licht anmachen musste. Die leuchtenden Ziffern der Uhr im Flur verrieten mir, dass es fast vier Uhr morgens war. Während sich um diese Zeit die einen noch auf einer Party befanden, standen andere bereits wieder auf und machten sich auf den Weg zur Arbeit. Um diese Uhrzeit war ich zum Feiern häufig noch draußen unterwegs gewesen. Doch um ehrlich zu sein, war mir die Lust darauf in letzter Zeit deutlich vergangen. Zumal ich meistens von Rachel mitgeschleppt worden war, was sich ja nun erledigt hatte.

Mit einem Gähnen betrat ich die Küche und öffnete den Kühlschrank, um mir eine Flasche Wasser zu holen. Das automatische Licht blendete mich und ich blinzelte verschlafen, als ich plötzlich eine Bewegung hinter mir vernahm. Im ersten Moment dachte ich, dass Dimitri aufgewacht war, und wollte mich zu ihm umdrehen. Mit einer Hand hielt ich noch immer die Kühlschranktür auf, sodass die Person, die hinter mir stand, angeleuchtet wurde. Es handelte sich allerdings nicht um Dimitri.

Ein fremder Mann stand in meiner Küche und starrte mich stumm an. Sein Blick ließ mir das Blut in den Adern gefrieren und die Angst schnürte mir die Kehle zu. Ich wollte schreien oder weglaufen, aber ich war starr vor Schreck und brachte keinen Ton heraus. Der Fremde war riesig. Mindestens drei Köpfe größer als ich und sehr gut gebaut. Seine Kleidung war komplett schwarz und an einigen Stellen so eng, dass man die Muskeln nicht nur erahnen konnte. Er rührte sich nicht von der Stelle und sah mich einfach nur an. Er verschlang mich regelrecht mit bohrendem Blick.

Nachdem ich den ersten Schrecken überwunden hatte, öffnete ich den Mund, um zu schreien oder um Hilfe zu rufen, da stürzte sich der Unbekannte blitzschnell auf mich und presste eine Hand auf meinen Mund. Sein Gewicht drückte mich nach hinten, die Kühlschranktür fiel zu und es wurde dunkel.

»An deiner Stelle wäre ich lieber ruhig«, zischte mir der Mann ins Ohr. »Wir wollen doch nicht, dass dein Freund wach wird und ihm was passiert. Nicht wahr, Lilya?«

Panik erfasste mich. Woher kannte er meinen Namen? Und woher wusste er von Dimitri? Nach der Aktion mit Ben war ich mir sicher, dass Dimitri gut kämpfen konnte, aber möglicherweise war der Mann bewaffnet. Ich überlegte fieberhaft, was ich jetzt tun sollte, doch ich konnte keinen klaren Gedanken fassen. Einen Moment beschlich mich der Verdacht, dass Ben diesen Kerl angeheuert haben könnte. Würde er wirklich so weit gehen?

»So ist es brav. Du bist ein sehr schlaues Mädchen. Und jetzt wirst du mir ohne Widerstand zu leisten folgen.«

Sein Griff lockerte sich und ich witterte eine Chance. Mein Vater hatte mich in meinem Leben schon zu etlichen Selbstverteidigungskursen geschickt, allerdings konnte ich mich in dem Moment an keine Technik erinnern, die man mir beigebracht hatte, und tat das Erstbeste, was mir einfiel. Ich biss ihm in die Hand.

Fluchend zog er sie weg. »Du verdammtes Miststück!«

Ich wollte weglaufen, da packte er mich und presste mich wieder gegen den Kühlschrank. Der Türgriff stach mir schmerzhaft in den Rücken. Er beugte sich zu mir herunter, bis sein Gesicht direkt vor meinem war.

»Das wirst du bereuen.« Entsetzt schnappte ich nach Luft, als ich in sein völlig verzerrtes Gesicht sah. Selbst in der Dunkelheit konnte ich die harten Züge ausmachen und seine Augen funkelten blutrot.

Bei meiner Reaktion verzog er den Mund zu einem eiskalten Grinsen, das zwei spitze Reißzähne freilegte. Ich schloss die Augen bei dem Versuch, dieses entsetzliche Bild aus dem Kopf zu verbannen, aber sein Anblick war bereits in mein Gedächtnis eingebrannt. Das musste ein böser Traum sein, versuchte ich mir einzureden. Das konnte nicht real sein. Ich wünschte mir, diesem Albtraum zu entfliehen und neben Dimitri aufzuwachen. Doch etwas in mir wusste ganz genau, dass das alles andere als ein Traum war. Als ich seinen kalten Atem am Hals spürte, begann ich zu zittern und öffnete wieder die Augen.

»Ihr riecht so gut, Eure Hoheit. Ich würde gerne einen Schluck probieren. Das königliche Blut soll vorzüglich sein.« Seine Worte bestätigten, was mir bei seinem Anblick als Erstes in den Kopf geschossen war. *Vampir.*

Panisch wehrte ich mich gegen seinen Griff und versuchte, ihn wegzustoßen, doch es war so, als kämpfte ich gegen eine Wand an.

»Du kannst so viel gegen mich ankämpfen, wie du möchtest. Du hast nicht den Hauch einer Chance.« Er lachte leise.

Verzweifelt wollte ich ihn anschreien, als er mit der Hand erneut meinen Mund bedeckte.

»Das würde ich lieber lassen«, warnte er mich. »Also, wo waren wir? Ach ja, ich weiß es wieder.« Ein grausamer Ausdruck trat in sein Gesicht, dann beugte er sich vor und presste den Mund auf meinen Hals. Genau an die Stelle, an der die Halsschlagader pulsierte.

Ängstlich biss ich die Zähne zusammen und dachte an Dimitri. Ich hoffte inständig, dass dieses Ungeheuer ihn verschonen würde. In dem Moment, als ich spürte, wie die scharfen Zähne über meine Haut kratzten, schloss ich mit dem Leben ab. Ich würde hier und jetzt sterben. Einfach so. Von einem unbekannten Monster ermordet und ausgesaugt. Bei dem Gedanken, wie meine Familie auf meinen Tod reagieren würde, überkam mich tiefe Trauer. Sie würden nie erfahren, wer oder was mich getötet hatte. Ich kniff die Augen fest zusammen und betete, dass es nicht so wehtun würde. Der Fremde stöhnte, der Druck seiner Zähne an meinem Hals ließ einen Moment nach und ich spannte mich an, in der Erwartung gebissen zu werden. Doch das wurde ich nicht. Ich hörte ein Geräusch und spürte, wie der Fremde sich verkrampfte.

»So, du bist also endlich aufgewacht.«

»Lass sie sofort los!« Dimitris Stimme klang eiskalt und bedrohlich. Ich konnte ihn nicht sehen, da der Unbekannte mir die Sicht versperrte, aber ich spürte, wie aufgebracht er war.

»Lauf weg, Dimitri!«, rief ich ihm zu, nachdem die Hand meinen Mund freigegeben hatte.

Der Fremde lachte. »Hör lieber auf deine Freundin, Dimitri. Du solltest besser nicht gegen mich kämpfen. Außerdem ...« Er drehte sich blitzschnell um, zerrte mich vor sich, schlang einen Arm um mich und umfasste mit der anderen Hand meinen Nacken. »... befinde ich mich in einer deutlich besseren Position. Du willst doch nicht, dass ich deiner hübschen Freundin das Genick breche.«

Ich nahm die Drohung des Unbekannten kaum wahr, denn meine komplette Konzentration galt Dimitri. Er stand im Türrahmen, lediglich mit einer Jogginghose bekleidet. Seine Muskeln waren sichtlich angespannt. Der Angreifer war zwar größer und kräftiger als er, aber Dimitri strahlte eine unglaubliche Stärke aus, die selbst mich ängstigte. Dem Mann in meinem Rücken schien es ähnlich zu gehen, denn seine Hände zitterten leicht.

»Das wirst du nicht tun, denn ich vermute, dass du sie lebend abliefern sollst. Ich sage es dir also noch einmal. Lass. Sie. Los.« Dabei betonte er jedes Wort einzeln.

Der Fremde schien nicht nachgeben zu wollen. »Du wirst es wohl auf einen Versuch ankommen lassen müssen. Mein Prinz würde sie lieber tot als in deinen Händen sehen.«

Dann ging alles plötzlich ganz schnell. Dimitri schien eine Veränderung durchzumachen. Er ballte die Hände zu Fäusten und sein ganzer Körper spannte sich an. Die größte Veränderung spielte sich jedoch in seinem Gesicht ab. Zu meinem Entsetzen verwandelte es sich in das Abbild meines Angreifers. Die Augenfarbe wechselte von einem warmen Braun in ein beängstigendes Rot. Als er die Zähne bleckte, waren sie lang und spitz. Fangzähne! Dimitri hatte Fangzähne.

Ich hatte keine Zeit, um zu reagieren oder darüber nachzudenken, da schnellte Dimitris Arm vor und er entriss mich dem Fremden. Ich verlor das Gleichgewicht und fiel zu Boden. Ehe ich mich's versah, waren die beiden Männer bereits in einen unerbittlichen Kampf verwickelt. Ich konnte ihren Angriffen mit dem bloßen Auge kaum folgen. Meine Vermutung schien richtig gewesen zu sein. Dimitri war offensichtlich der Stärkere, auch wenn man es im ersten Moment nicht vermutet hätte. Die beiden tauschten ein paar gezielte Schläge und Tritte aus, die der andere jedoch kaum zu spüren schien. Ein paar Sekunden verstrichen, bis ich den Blick von ihnen losreißen konnte, mich aufrappelte und rückwärts aus dem Zimmer eilte.

Im Flur drehte ich mich um und wollte aus der Wohnung flüchten, als ich hörte, wie ein Fenster zersplitterte. Es kam nicht aus der Küche, sondern aus dem Wohnzimmer. Ich schrie laut auf, als ich sah, wie zwei weitere Kerle in der Wohnung auftauchten und sich an den Kragen gingen. Um mich herum war das Chaos ausgebrochen. Möbel stürzten um und Gläser zerbrachen. Alles würde wohl in ein paar Minuten in Schutt und Asche liegen, doch das war gerade nicht meine größte Sorge. Ich drehte mich noch einmal zu Dimitri und dem Fremden um. Dimitri hatte den Unbekannten zu Boden gerissen und nun rangelten sie auf den Küchenfliesen miteinander. Für einen Moment erwiderte er meinen Blick.

»Lauf!«, rief er mir zu. Adrenalin schoss mir durch die Adern und ich rannte los, ohne mich noch einmal umzusehen.

***

Es hatte inzwischen angefangen zu regnen. Sobald ich durch die Tür nach draußen gehastet war, zerzauste mir der Wind die Haare und der Regen prasselte auf mich nieder. Mein Körper, nur in kurze Schlafshorts und Shirt gehüllt, zitterte wie Espenlaub. Ich zögerte jedoch keine Sekunde und sprintete planlos durch die Straßen. Ein paar Autos fuhren vorbei und ich erkannte in der Ferne immer wieder Passanten, doch ich ignorierte sie. Ich wusste nicht, wohin ich lief, sondern rannte einfach immer weiter, bis meine Fußsohlen brannten und ich Seitenstechen bekam. Schließlich wurde ich langsamer und blieb keuchend stehen. Ich stützte die Arme auf die Oberschenkel und schnappte nach Luft.

Verdammt, wo bin ich überhaupt?, dachte ich verzweifelt. Ich wusste nicht, was ich jetzt tun sollte. Auf jeden Fall durfte ich nicht daran denken, was ich gerade eben in meiner Wohnung erlebt hatte. Dimitri so zu sehen ... mit feuerroten Augen und diesem mörderischen Ausdruck in seinem Gesicht! Bei der bloßen Erinnerung lief es mir eiskalt den Rücken hinunter. Konnte der Abend überhaupt noch schlimmer werden?

Ich starrte in den schwarzen Himmel, während der Regen auf mich niederprasselte. Es war kalt und ich völlig durchnässt, aber nichts davon kümmerte mich in diesem Augenblick. Fieberhaft überlegte ich, wohin ich jetzt gehen könnte. Zur Polizei? Das erschien mir keine gute Idee zu sein. Man würde mich lediglich für verrückt erklären. Allerdings wäre ich dort vielleicht auch sicher vor diesen Wesen. Zu einer Freundin oder gar zu Ben zu flüchten, das war wohl auch keine Option.

Verzweifelt setzte ich mich auf den Boden und schlang die Arme um die Knie. Ein weiteres Mal in dieser Nacht wünschte ich mir nichts sehnlicher, als aufzuwachen und festzustellen, dass alles ein böser Traum war. Ein einfacher Albtraum, wie ich in letzter Zeit Hunderte gehabt hatte.

So saß ich einen Moment da und versuchte mich zu beruhigen. Als ich nach einiger Zeit Stimmen vernahm, verkrampfte ich mich. Ich wollte aufstehen und davonrennen, aber ich war erneut wie erstarrt. Die Stimmen kamen jedoch aus der entgegengesetzten Richtung. Und diese Monster würden sich nicht lautstark unterhalten. Meine kurze Erleichterung verschwand aber schnell wieder, als eine Gruppe von jungen Männern in die Gasse einbog.

Mir wurde schlagartig bewusst, dass diese unbekannten Wesen mit den roten Augen nicht die einzigen Monster auf der Welt waren. Leise stand ich auf und verschränkte die Arme vor der Brust, da mein weißes Schlafshirt völlig durchnässt war. Ich drückte mich an die Hauswand und betete, dass sie mich bei dem dichten Regen nicht bemerkten. Ich hoffte jedoch vergebens.

Die Männer waren mittlerweile auf mich aufmerksam geworden und kamen langsam näher. Bei ihren durchbohrenden Blicken fühlte ich mich nackt. Einige von ihnen hielten eine Bierflasche in der Hand. Sie schienen schon lange unterwegs gewesen zu sein und ordentlich einen über den Durst getrunken zu haben. Ich starrte auf den Boden und überlegte, wie ich aus dieser Situation herauskommen sollte. Ich kam mir vor wie im falschen Film. Da war ich gerade der Hölle entsprungen und fiel nun in die Hände dieser Männer.

Meine Chancen mochten besser stehen als gegen die mutmaßlichen Vampire, aber ich machte mir dennoch keine Hoffnungen. Es waren fünf Männer, etwa Mitte zwanzig und ziemlich gut gebaut. Gegen einen einzigen Angreifer hätte ich mich dank meiner Selbstverteidigungskurse bestimmt noch wehren können, aber bei einer ganzen Gruppe war es aussichtslos. Warum war ich nicht sofort davongerannt?

Ohne etwas zu sagen, hatten die Männer mich eingekreist und starrten mich etwas ungläubig an. Der Typ, der mir am nächsten stand, begann schließlich zu sprechen. »Na, sieh mal einer an. Welches bezaubernde Geschöpf kreuzt so spät nachts noch unseren Weg? Das muss ein Geschenk Gottes sein.« Die anderen Kerle stimmten lachend zu.

Ich spannte mich an und ging alle Fluchtmöglichkeiten im Kopf durch. Die Typen schienen nicht mehr allzu sicher auf den Beinen zu sein. Wenn sie genug getrunken hatten, konnte ich mich vielleicht an ihnen vorbeischlängeln und davonrennen. Ich ärgerte mich darüber, nicht genau darauf geachtet zu haben, in welche Richtung ich gelaufen war. In diesem Viertel würde mir um diese Zeit niemand zu Hilfe kommen und ich hatte nichts, um mich zu verteidigen.

Der Typ, der mich angesprochen hatte, ging einen Schritt auf mich zu und musterte mich interessiert. »Mein Name ist David und wie heißt du? Hast du nicht Lust, uns ein wenig Gesellschaft zu leisten, meine Schöne?«

»An eurer Stelle würde ich so schnell wie möglich von hier verschwinden. Monster sind hinter mir her«, platzte ich unüberlegt heraus und hätte mich dafür am liebsten selbst geohrfeigt.

Er starrte mich verblüfft an und dann fingen sie alle lauthals an zu lachen.

»Soso, du wirst also von Monstern verfolgt. Nun, dann sei doch froh, dass nur wir dich gefunden haben. Wir sind auch ganz nett zu dir.« Er streckte die Hand nach mir aus und ich wich entsetzt zurück. Er grinste kalt und drückte mich gegen die Hauswand.

Ich warf ihm einen hasserfüllten Blick zu. »Wenn ihr mich anfasst, werdet ihr das bitter bereuen.«

Meine Warnung ignorierend kamen nun auch die anderen näher und grinsten angesichts dessen, was sie gleich mit mir anstellen wollten. Ich rammte mein Knie zwischen Davids Beine, woraufhin er fluchend zu Boden ging.

»Scheiße, du verdammtes Miststück!«

Ich hatte allerdings keine Chance zu flüchten, weil mich bereits zwei andere Kerle packten. Verzweifelt versuchte ich, sie von mir wegzustoßen, doch ich war zu schwach. Sie lachten nur angesichts meines Versuches und drückten mich anschließend umso fester gegen die Wand. David hatte sich inzwischen wieder aufgerappelt. Er zog ein Messer aus der Hosentasche, das er mir an die Kehle hielt.

»Eigentlich wollten wir ja sehr behutsam vorgehen, aber das hast du dir jetzt verspielt, Kleine.« Seine Hand glitt unter mein Shirt und Übelkeit stieg in mir auf, während ich weitere Hände spürte, die meinen Körper betatschten.

Ich wand mich unter ihren Berührungen und fing an zu schreien. Das schien sie jedoch nur noch weiter anzustacheln.

Ich schloss die Augen und dachte überraschenderweise an Dimitri. *Wo bist du nur? Ich brauche deine Hilfe.* Tränen brannten unter meinen Lidern. Egal wie viel Angst er mir eingejagt hatte und was für ein Monster er sein mochte, er war immer noch der Mann, in den ich mich verliebt und der mich vor dem anderen Kerl beschützt hatte. Nach allem, was ich heute über ihn erfahren hatte, zweifelte ich auch nicht daran, dass er locker mit diesen fünf Männern fertigwerden würde. Aber er war nicht hier und vielleicht hatte dieses Monster in meiner Küche ihn auch getötet, nachdem ich entkommen war. Ich biss die Zähne zusammen und wollte einen weiteren Versuch starten, um meine Angreifer abzuschütteln, als eine tiefe Stimme durch den Regen hallte.

»Lasst das Mädchen los!«

Überrascht und erleichtert öffnete ich die Augen.

»Hey, verschwinde gefälligst, sonst knallt es. Das hier geht dich nichts an«, rief David dem Mann zu.

Das Lachen des Fremden ging mir durch Mark und Bein.

»Soso, das will ich sehen«, spottete er. Mit ein paar großen Schritten steuerte er auf uns zu. Als er sich einen Meter vor dem Anführer der Gruppe bedrohlich aufbaute, wichen alle fünf kaum merklich zurück. Auch ich wurde mir schlagartig der geheimnisvollen Aura des Fremden bewusst. Aus der Nähe konnte ich ihn nun genauer betrachten. Er war groß. Sehr groß sogar.

Ich schätzte ihn auf über zwei Meter. Seine Haare waren dunkelbraun, genauso wie seine Augen. Dass er dem Einbrecher so ähnlich sah, erweckte in mir einen schrecklichen Verdacht.

Ich drückte mich an die Wand und schlang zitternd die Arme um den Körper. Die Typen schienen meine Reaktion bemerkt zu haben. Die Gewissheit, dass ich vor dem Fremden noch mehr Angst hatte als vor ihnen, schien sie weiter zu beunruhigen. Über meine Worte zu den Monstern, die hinter mir her wären, würden sie jetzt nicht mehr lachend witzeln.

Eben hatte ich mir noch eine Rettung gewünscht, doch nun war ich mir nicht mehr so sicher, ob ich sie überhaupt wollte. Diese Kerle hier würden entsetzliche Dinge mit mir anstellen, doch ich würde vermutlich am Leben bleiben. Was der Fremde jedoch von mir wollte, bereitete mir mehr Sorgen.

»Was ist denn? Wolltet ihr mir nicht zeigen, wie es knallt?«, fragte er.

»Alter. Bleib mal locker. Wir gehen schon.« David hob die Hände und entfernte sich langsam von mir.

»Ich habe euch die Chance gegeben zu fliehen. Jetzt habe ich andere Pläne mit euch.«

Mein Retter legte den Kopf schief und entblößte spitze Fangzähne. Seine Züge verhärteten sich und die Augen glühten blutrot. Die optische Veränderung bestätigte meine Theorie. Sein verändertes Gesicht war nach den anderen Erlebnissen in dieser Nacht kein Schock mehr für mich. Die fünf jungen Männer hingegen schnappten entsetzt nach Luft und schienen sich vor Angst nicht mehr rühren zu können.

»Ich würde euch ja gehen lassen, aber ihr habt das Mädchen angefasst. Mein Prinz würde es nicht gutheißen, wenn ihr damit durchkommt. Außerdem habe ich Durst.«

Das Monster schien die Angst seiner Gegner zu genießen. Es warf einen skeptischen Blick auf eine zerbrochene Bierflasche am Boden, die einer der Typen fallen gelassen hatte.

»Nun denn, da ich nicht weiß, was für Substanzen ihr noch zu euch genommen habt, werde ich Letzteres wohl verschieben müssen.«

Bei diesen Worten schien Leben in die Männer zurückzukehren. Panisch lösten sie sich aus ihrer Starre und liefen in verschiedene Richtungen auseinander. Ich blieb weiter wie angewurzelt stehen und schaute ihnen hinterher.

Der Fremde schnaubte. »Das wird einen Moment dauern«, sagte er und wandte sich nach rechts, um drei von ihnen zu folgen. Sie waren nur ein paar Schritte weit gekommen, als sie von dem Unbekannten eingeholt und zu Boden geworfen wurden. In seiner Hand blitzte ein Messer auf, das er David abgenommen hatte, und innerhalb eines Wimpernschlags hatte er alle drei niedergestochen.

Bevor mein Schrei die Nacht durchriss, war er in die andere Richtung gespurtet und hatte auch die restlichen Kerle getötet.

Geschockt wendete ich den Blick von den Leichen ab und meine zitternden Hände legten sich wie ferngesteuert über meine geöffneten Lippen. Die Knie gaben nach und entkräftet ließ ich mich zu Boden gleiten. Ich war durchgefroren und hatte keine Kraft mehr zu fliehen, was ohnehin aussichtslos gewesen wäre.

»Steh auf! Wir müssen hier weg.«

Ich hob den Kopf und schaute dem Mörder direkt in die Augen. Diese leuchteten zwar nicht mehr in dem kräftigen Rot, waren aber trotzdem noch angsteinflößend. Ich rührte mich nicht. Sollte er mich doch an Ort und Stelle töten. Ich würde nicht mehr kämpfen. Ich war völlig ausgelaugt, seit das Adrenalin nicht mehr in meinen Adern pulsierte.

Statt weiterer Worte beugte er sich zu mir herunter und hob mich hoch, als wäre ich nicht schwerer als eine Feder.

Ich schnappte nach Luft, als er loslief und die Häuser um mich herum verschwammen. Der Wind und der Regen, der mir ins Gesicht peitschte, ließen mich wieder wacher werden. Als der Unbekannte auf ein Hausdach sprang, kreischte ich laut auf. Mehr überrascht als ängstlich. Er blieb stehen und ich zappelte in seinen Armen.

»Lass mich runter. Wohin bringst du mich überhaupt?«

»Sei gefälligst still«, fauchte er, positionierte mich neu und rannte weiter.

***

Es dämmerte bereits und der Regen hatte nachgelassen, als wir ein mehrstöckiges Gebäude erreichten, das nach einem Hotel aussah. Er setzte mich auf dem Dach ab und noch ehe ich verschnaufen konnte, zerrte er mich zur Tür. Seltsamerweise war diese nicht versperrt. Er führte mich hinein und schloss die Kälte aus.

Wir befanden uns auf einem kleinen Absatz, an den das Treppenhaus grenzte. Endlich im Trockenen merkte ich, wie durchgefroren ich war; ich zitterte wie Espenlaub und klapperte mit den Zähnen. Meinen Entführer schien das Geräusch zu stören. Er warf mir einen genervten Blick zu und zog stöhnend die Jacke und den Kapuzenpullover aus. Darunter trug er ein T-Shirt, das seine ausgeprägten Muskeln erahnen ließ. Er drückte mir den Pulli in die Hände und zog die nasse Jacke wieder über.

»Zieh den an«, wies er mich an.

Da mir schrecklich kalt war, zog ich den schwarzen Kapuzen-Pullover dankbar über und protestierte nicht. Er war viel zu groß und reichte bis zu meinen Oberschenkeln, wodurch ich mich wenigstens nicht mehr so entblößt fühlte. Zwar war er auch etwas feucht geworden, dafür aber noch ganz warm von seinem Träger. Diese Tatsache irritierte mich. Ich hatte bereits bemerkt, dass seine Hände recht warm gewesen waren, mir aber bisher nichts dabei gedacht. Doch wenn er das war, wofür ich ihn hielt, müsste seine Haut dann nicht eiskalt sein?

Dimitri. Müsste nicht auch Dimitris Körper kalt sein?

Mir blieb keine Zeit zu grübeln, denn ich wurde bereits wieder am Arm gepackt und die Treppen hinuntergezogen. Als wir durch eine weitere Tür traten, bestätigte sich mein Verdacht, dass es sich tatsächlich um ein Hotel handelte. Ein besonders nobles sogar, wie es den Anschein hatte. Der Flur war mehr als doppelt so breit wie in den Hotels, die ich kannte, und auf dem weißen Marmorboden war ein roter Teppich ausgerollt. Die Wände waren in dezentem Gelb gestrichen und mit geschmackvollen Bildern verziert. Die weißen Holztüren mit goldenem Griff lagen weit auseinander, es ließ auf größere Suiten schließen. Die hohe schwarze Decke war durchzogen von vielen kleinen Lichtern, was wie ein Sternenhimmel wirkte. Die Beleuchtung – leicht gedämmt, vielleicht wegen der Tageszeit.

Plötzlich blieb mein Entführer stehen und schien zu lauschen. Sein Gesicht verfinsterte sich, als er auf mich herabsah. Er zog mir die Kapuze über den Kopf und strich meine Haare nach hinten. Den Rand der Kapuze zog er tief in mein Gesicht, bis ich nur noch seine Schuhe sehen konnte.

»So, komm mit und wage es ja nicht, die Kapuze zurückzuschieben. Ich will jetzt keinen Mucks mehr von dir hören.«

Er ergriff wieder meinen rechten Arm und lief weiter den Gang entlang. So schnell, dass ich aufpassen musste, nicht zu stolpern. Vor allem, da ich kaum etwas sehen konnte. Als er um eine Ecke bog, konnte ich hören, was ihn vermutlich verunsichert hatte. Eine Frauenstimme, die leise vor sich hinsang, ertönte durch eine geöffnete Tür.

Der Mann neben mir entspannte sich und ging sichtlich erleichtert auf die Tür zu.

»Elena?«, rief er in einem sonderbar freundlich klingenden Ton.

Die Stimme verstummte und etwas schepperte.

»Boris?«, antwortete die Frauenstimme und ein hübsches brünettes Zimmermädchen erschien im Türrahmen. Ehe ich sie näher betrachten konnte, fiel mir ein, dass ich nicht erkannt werden sollte, und senkte den Kopf.

»Hey Elena. Ich brauche deine Hilfe. Hast du ein Zimmer für mich?«

»Was hast du getan?«, fragte sie skeptisch. Ich konnte förmlich spüren, wie Elena mich anstarrte. Boris schob sich vor mich, um ihr den Blick zu versperren.

»Das tut nichts zur Sache. Gib mir bitte einen Schlüssel.«

Ich hob leicht den Kopf und linste unter dem Rand der Kapuze hindurch. Elena schaute nicht in meine Richtung, sondern blickte traurig zu Boris auf. Ihre haselnussbraunen Augen wirkten normal auf mich, doch irgendwie spürte ich, dass auch sie kein Mensch war. Begegnete ich nur noch solchen seltsamen Wesen?

Sie nickte, zog aus der Hosentasche einen goldenen Schlüssel und reichte ihn Boris.

»Suite 46«, flüsterte sie, bevor sie wieder hinter der Tür mit der Aufschrift »Zutritt nur für Personal« verschwand.

Boris seufzte tief. »Komm«, sagte er an mich gewandt und machte sich auf den Weg zu dem genannten Zimmer.

Schließlich standen wir am Ende des Ganges vor einer weißen Holztür, an der ein goldenes Schild mit der Aufschrift »Suite 46« prangte. Boris sperrte die Tür auf und schob mich in den Raum.

***

Das Licht schaltete sich automatisch an und ich stolperte in den Flur der Suite. Boris sperrte hinter mir die Tür von innen ab und lief dann an mir vorbei in das Zimmer. Im Vorbeigehen zog er mir die Kapuze vom Kopf.

»Danke«, murmelte ich automatisch.

Ich folgte Boris in das große Wohnzimmer und schaute mich vorsichtig um. Eine riesige Fensterfront erstreckte sich über eine ganze Wandbreite und gab den Blick auf die beeindruckende Skyline von New York frei, hinter der die ersten Sonnenstrahlen zu erkennen waren. Doch ich lenkte meine Aufmerksamkeit auf das Monster neben mir.

Boris hatte ein Handy aus der Jackentasche gezogen und tippte nervös darauf herum. In den letzten Minuten war er ruhiger geworden und flößte mir nicht mehr so viel Angst ein wie zuvor. Trotzdem musste ich auf der Hut bleiben. Ich wusste nach wie vor nicht, wie ich in diese Situation geraten war. Als er bemerkte, dass ich ihn anschaute, warf er mir einen seltsamen Blick zu. Dann deutete er mit dem Kopf nach rechts zu einer verschlossenen Tür.

»Du kannst dir ein Schlafzimmer aussuchen. Sie haben alle ein eigenes Badezimmer.«

»Okay« war alles, was mir als Antwort einfiel. Einen Moment überlegte ich, ob ich ihn fragen sollte, was er von mir wollte, und ob er beabsichtigte, mich genauso zu töten wie die Jugendlichen. Ich vermutete jedoch, dass er es bereits getan hätte, wenn er das vorgehabt hätte, doch sicher war ich mir nicht.

Die Angst vor der Antwort ließ mich also stumm an ihm vorbei in den nächsten Raum huschen. Mit klopfendem Herzen schloss ich die Tür hinter mir ab und sank daran herab. Ich genoss es, einen Moment das Gefühl von Sicherheit zu haben, so lächerlich es auch sein mochte. Eine verschlossene Tür würde Boris nicht von mir fernhalten. Ich wurde einfach nicht schlau aus ihm. Was wollte er von mir? Was genau war er? Ein Vampir oder etwas anderes? Es passte alles nicht so wirklich zusammen. Er war nicht kalt und er schien auch keine Angst vor der aufgehenden Sonne zu haben.

Ansonsten hätte Dimitri auch nicht die letzten Wochen wie ein ganz normaler Mensch mit mir verbringen können. Wieso hatte ich erst jetzt bemerkt, dass etwas mit ihm nicht stimmte? Fakten aus Büchern und Filmen über Vampire schossen mir in den Kopf. Dimitri war sehr stark, hatte Fangzähne und offenbar trank er auch Blut. Das waren aber schon die einzigen Merkmale, die ich bisher ausgemacht hatte. Verzweifelt vergrub ich das Gesicht in den Händen. Das war doch alles Wahnsinn. Vampire gab es nicht, aber wie sollte ich sonst erklären, was ich gesehen hatte?

In den meisten Geschichten gab es gute und schlechte Vampire und in Gedanken fing ich bereits an, eine Trennung vorzunehmen. Auf jeden Fall konnte ich mir nicht vorstellen, dass Dimitri böse war. Und irgendwie musste ich zugeben, dass ich auch bei Boris nicht jene gefährliche Aura spürte wie bei dem Mann, der mich in meiner Wohnung überfallen hatte. Boris hatte bisher nicht versucht, mir etwas anzutun, sondern mich sogar vor diesen Typen gerettet. Dennoch schockierte es mich, wie er – ohne mit der Wimper zu zucken – diese fünf Männer getötet hatte. Offensichtlich war es nicht das erste Mal gewesen, dass er gemordet hatte. Seine ruppige Art mir gegenüber ließ mich auch nicht das Beste von ihm hoffen. Behandelte man so jemanden, den man mit guten Absichten retten wollte?

In diesem Moment fühlte ich mich so allein wie noch nie zuvor im Leben.

Ach, Dimitri, ich vermisse dich. Warum bist du nicht bei mir?

Die Sehnsucht nach ihm trieb mir die Tränen in die Augen – und ich gab zum ersten Mal in dieser schrecklichen Nacht meinem Drang nach, zu weinen. Ich kauerte mich zusammen und schluchzte unaufhörlich.

25. KAPITEL

Lilya

Als es irgendwann an der Tür klopfte, war ich schlagartig hellwach und erinnerte mich an die Geschehnisse der vergangenen Nacht. Verzweifelt schaute ich mich in dem Zimmer um. Ja, das war alles tatsächlich passiert. Nachdem ich den Tränen freien Lauf gelassen hatte, hatte ich geduscht und war schließlich eingeschlafen.

Ich schlüpfte aus dem Bett, zog den Bademantel fester um mich und schlich leise zur Tür. Draußen war wieder alles ruhig. Zaghaft öffnete ich die Tür und war überrascht, einen Servierwagen mit Frühstück und sauberen Kleidungsstücken vorzufinden.

Ich schob den Wagen ins Zimmer und sperrte vorsichtshalber die Tür ab. Erleichtert ging ich ins Bad und probierte die frischen Sachen an.

Boris hatte für mich eine verwaschene Jeans, ein dunkelgraues T-Shirt, eine schwarze Jacke und schwarze Turnschuhe besorgt. Sogar an Unterwäsche hatte er gedacht. Ich fragte mich, ob er die Sachen von Elena hatte. Sie passten überraschenderweise ziemlich gut.

Die derzeitige Situation verdarb mir zwar den Appetit, doch ich wusste, dass ich dringend etwas essen musste. Nach einem ausgiebigen Frühstück würde ich vielleicht annähernd dem gewachsen sein, was noch vor mir stand. Meine Neugier überwog schließlich die Vorsicht und ich trat ins Wohnzimmer, wo Boris am Esstisch saß und gerade ein Brötchen verspeiste. Ich blieb stehen und starrte ihn mit offenem Mund an. Dieses Bild erschien mir so unwirklich, dabei wusste ich nicht einmal, warum. Dimitri hatte auch immer zusammen mit mir gegessen. Wieso fiel es mir so schwer, mir einzugestehen, dass er ebenfalls kein Mensch war?

»Guten Morgen«, begrüßte mich Boris und unterbrach damit die Stille.

»Ähm, guten Morgen«, stammelte ich nervös. »Danke für die Sachen.«

»Keine Ursache. Ich hoffe, sie sind in Ordnung. Auf die Schnelle konnte ich nichts anderes auftreiben.«

»Nein, ist schon in Ordnung. Sie passen mir.«

»Gut.« Er wandte den Blick wieder von mir ab und aß weiter.

Als ich meinen ganzen Mut zusammennahm, um ihn zu fragen, was er eigentlich von mir wollte, fiel mein Blick auf den angeschalteten Fernseher. Es kamen gerade die Nachrichten und es wurde berichtet, dass am Morgen fünf Jugendliche tot aufgefunden worden waren. Die Polizei bat um Hinweise. Sie vermuteten ein Drogendelikt oder Bandenkriminalität. Ich schluckte. Auch Boris schien zugehört zu haben, denn er drehte den Kopf ebenfalls in Richtung Fernseher. Er runzelte die Stirn und sah mich dann fragend an.

»Wäre es dir lieber gewesen, wenn ich sie am Leben gelassen hätte? Für den Verrat haben sie den Tod verdient.«

Ich sollte entsetzt sein angesichts seiner Skrupellosigkeit, aber ich durfte nicht vergessen, dass er nicht menschlich war. Wer weiß, wie es um seine Moralvorstellungen bestellt war? Ich entschied mich deshalb gegen eine Grundsatzdiskussion. Auf keinen Fall wollte ich es mir mit ihm verscherzen. Stattdessen zuckte ich mit den Achseln und er lächelte. Was ging nur in seinem Kopf vor? Er schien heute bei guter Laune zu sein. Keine Spur mehr von dem groben Kerl, der mich hierhergeschleppt hatte. Waren Vampire vielleicht nur nachts böse? Das erschien mir unlogisch.

»Warum bin ich hier?«, fragte ich vorsichtig, in der Hoffnung, er würde weiterhin guter Stimmung bleiben.

Seufzend schaltete er den Fernseher aus und drehte sich zu mir. Ich nahm an, dass er überlegte, was er mir erzählen konnte. Wenn er vorhatte, mich zu töten, spielte das doch keine Rolle oder irrte ich mich da?

»Ich sollte dich in Dimitris Auftrag in Sicherheit bringen, als ihr angegriffen wurdet.«

Oh, Dimitri. Mein Herz machte einen Sprung. Mit dieser Erklärung hatte ich nicht gerechnet.

Ich traute mich kaum, die nächste Frage laut auszusprechen, aber ich musste es wissen.

»Lebt er noch?«

Boris starrte mich überrascht an. Dann fing er an zu lachen. »Natürlich lebt er noch. Der Mann ist zäher, als du denkst. Da müssen schon andere Geschütze aufgefahren werden, dass jemand diesen Kerl ins Grab bringt. Ich habe ihm gesagt, wo wir sind, und er ist bereits auf dem Weg hierher.«

Seine Antwort beruhigte mich, aber rief auch noch mehr Fragen in mir auf. Was war so besonders an ihm? Und wie konnte es sein, dass ich mir solche Sorgen um ihn machte und ihn vermisste, bei allem, was ich bisher über ihn erfahren hatte?

Ich machte den Mund auf, um eine weitere Frage zu stellen, aber Boris schüttelte den Kopf.

»Es reicht jetzt. Du kannst Dimitri alles fragen, was du willst, aber ich bin der Falsche, um dich einzuweihen.«

Ich nickte und kaute auf der Unterlippe. Immerhin wusste ich jetzt, dass Dimitri am Leben und auf dem Weg zu mir war und ich zumindest vorläufig keine Angst vor Boris haben musste. Die Gewissheit, dass er bald hier wäre, bereitete mir allerdings auch Kopfzerbrechen. Wie sollte ich ihm nur gegenübertreten – nach allem, was vergangene Nacht geschehen war? *Mach dir keine Sorgen Lilya,* versuchte ich mich selbst zu beruhigen. *Wenn er dir etwas antun wollte, hätte er es längst tun können.* Als Vampir hätte er nicht erst mein Herz erobern müssen, um mich anschließend auszusaugen oder wer weiß was mit mir anzustellen.

***

Nach meinem kurzen Gespräch mit Boris hatte er keinerlei Fragen mehr beantwortet und mich ignoriert. Er hatte mittlerweile sein Frühstück beendet und war nervös in der Wohnung auf- und abgegangen.

Da mir sonst nichts einfiel, wie ich die Wartezeit überbrücken sollte, und mir in Boris' Anwesenheit noch immer unbehaglich war, ging ich wieder in mein Schlafzimmer und legte mich aufs Bett.

Die Gedanken kreisten um die vergangenen Wochen mit Dimitri. Ich hatte gedacht, ich wüsste, wie der weitere Verlauf unserer Beziehung aussähe. Seit heute war ich mir aber auch meiner eigenen Zukunft nicht mehr sicher. Ich überlegte, wie meine Familie und Freunde auf mein Verschwinden reagieren würden. Mein Magen verkrampfte sich bei dem Gedanken daran, dass ich sie vielleicht nie wiedersehen würde.

Olivia würde sich spätestens morgen Sorgen um mich machen, wenn ich nicht beim Training und in den Vorlesungen erschien. Mein Handy lag in der Wohnung. Hoffentlich kam sie nicht auf die Idee, bei mir zu Hause aufzutauchen, wenn ich nicht mehr erreichbar war. Wer weiß, was oder wen sie noch dort antreffen würde! Möglicherweise dachte sie aber auch, dass ich die Uni schwänzte und Zeit mit Dimitri verbrachte. Frischverliebte taten so was immerhin.

Bevor ich noch weiter Trübsal blasen konnte, ertönte ein lauter Knall aus den unteren Stockwerken und Schreie hallten über die Flure. Erschrocken fuhr ich hoch und sprang aus dem Bett, als eine Explosion das Gebäude erschütterte. Was passierte hier?

Ich stürzte aus dem Zimmer und blieb fassungslos stehen, als ich sah, welches Bild mich im Wohnzimmer erwartete. Boris kniete neben Elena, die völlig aufgelöst auf dem Boden saß. Ihre weiße Bluse war blutüberströmt und sie hatte mehrere Schnittwunden an den Armen.

»Was ...?«, fing ich an, verstummte aber, als ich Boris' finsteren Blick auffing.

Elena folgte seinem Blick und erstarrte, als sie mich sah.

»Das kann nicht sein«, keuchte sie.

»Was ist passiert?«, fragte ich vorsichtig und ging ein paar Schritte auf sie zu.

Elena schien ihre Verletzungen völlig vergessen zu haben. Sie sah mich an, als sei ich ein Geist. Was stimmte nur nicht mit mir, dass mich jeder so anstarrte?

»Wer bist du?«

Verwirrt schaute ich zu ihr herab. »Ich heiße Lilya. Lilya Braden.«

»Aber das ist unmöglich.« Sichtlich aufgebracht wandte sie sich an Boris. »Wo kommt sie her? Was hat das alles zu bedeuten?«

Boris schaute mich missbilligend an. »Sie ist offensichtlich Anisyas Tochter. Das ist wohl kaum zu übersehen.«

Ich verstand nicht, worüber sie redeten. »Wer ist Anisya?«, fragte ich. »Meine Mutter heißt Claudia.«

Boris schien mir darauf nur ungern eine Antwort geben zu wollen. »Nein, wir reden von deiner leiblichen Mutter.«

»Aber ...« Ich wollte protestieren und um eine logische Erklärung bitten, wieso er behauptete, meine Mom wäre nicht meine leibliche Mutter, als eine erneute Erschütterung folgte. Das war vermutlich kein guter Zeitpunkt, um solche Dinge zu klären.

Ich kniete mich zu ihnen und wollte nachsehen, wie schwer Elenas Verletzungen waren. Von Nahem wirken die Kratzer nicht mehr so bedrohlich und das meiste Blut schien auch nicht von ihr zu stammen.

»Wie ist das passiert? Was geht dort unten vor sich?«, fragte ich erneut. Boris schüttelte den Kopf und stand auf.

»Nicht jetzt. Wir müssen von hier verschwinden, bevor sie uns finden. In der Suite sitzen wir in der Falle.«

»Ich werde nirgendwohin gehen, bevor ich nicht weiß, was los ist. Ich dachte, Dimitri wollte herkommen. Wer ist für diese Explosion verantwortlich? Ist dieser Typ von gestern wieder da?«

»Valentins Männer haben das Hotel angegriffen. Ich vermute, sie wissen von dir«, beantwortete Elena meine Fragen.

Irritiert schaute ich sie an. »Wer ist Valentin?«

»Das tut jetzt nichts zur Sache. Boris, bitte bring sie von hier weg. Du musst sie verstecken. Ich komme schon klar.«

Fassungslos blickte er sie an. »Kommt nicht infrage! Ich lasse dich nicht zurück.«

Ihre Augen strahlten bei seinen lieben Worten, doch sie schüttelte den Kopf.

»Bitte tu es einfach. Du weißt, wie wichtig sie für uns ist. Ich verstehe die Umstände ihres Auftauchens nicht, aber da scheint es ihr nicht anders zu gehen.«

Damit hatte sie nicht unrecht. Ich verstand nach wie vor nur Bahnhof, doch im Moment schien mir niemand weitere Erklärungen geben zu wollen.

»Versteck dich irgendwo. Ich bringe sie raus«, meinte Boris zu Elena und zog mich auf die Beine. Die zwei tauschten noch einen eindeutigen Blick und meine romantische Ader wartete auf einen Abschiedskuss der beiden, der allerdings nicht folgte. Stattdessen schleifte Boris mich zur Tür und spähte den Gang entlang. »Sie werden vermutlich alle Ausgänge versperrt haben. Über das Dach abzuhauen wird also auch unmöglich.«

»Was ist mit den Fenstern?« Ich wusste nicht, in welchem Stock wir uns genau befanden – nur, dass wir ziemlich weit oben waren. Aus dem Fenster zu springen war in meinen Augen wahnsinnig, aber so wie Boris heute Nacht von Dach zu Dach gesprungen war, erschien mir das als eine machbare Option. Ich würde ohnehin alles machen, solange ich nicht noch mehr unheimlichen Typen wie dem aus meiner Küche begegnen musste.

Überraschenderweise war Boris gegen meinen Vorschlag. »Wir befinden uns mitten in der Stadt. Jetzt aus dem Fenster zu springen würde unglaublich viel Aufsehen erregen. Das Gebäude ist inzwischen bestimmt von Schaulustigen umstellt, nachdem es die Explosion gab.«

»Was ist schlimmer? Diese anderen Männer oder die Schaulustigen?«

Boris knirschte mit den Zähnen. »Darüber erlaube ich mir kein Urteil.« Seine Antwort konnte ich nicht nachvollziehen. Ich wusste, wovor ich definitiv mehr Angst hatte. Ich wollte bereits zurück zur Suite laufen und notfalls Elena bitten, mit mir aus dem Fenster zu springen, als ein Mann am Ende des Ganges erschien.

»Hey ihr, bleibt, wo ihr seid!«, rief er und wir taten augenblicklich das Gegenteil. Ehe ich mich's versah, hatte Boris mich gepackt, über die Schulter geworfen und rannte mit mir in die andere Richtung. Ich krallte mich an seinem T-Shirt fest und warf unserem Verfolger immer wieder sorgenvolle Blicke entgegen. Zu meinem Entsetzen bekam dieser Verstärkung, sodass uns nun drei angsteinflößende Gestalten verfolgten.

Boris bog scharf nach rechts ab und betrat ein Treppenhaus. Ohne zu zögern übersprang er jeweils alle Stufen eines Stockwerkes. Als Rufe von unten ertönten, wurde mir bewusst, dass unsere Verfolger mittlerweile von beiden Richtungen kommen mussten. Boris fluchte vor sich hin, rannte aber weiter die Treppen hinunter, anstatt das Treppenhaus wieder zu verlassen.

Als die Stimmen plötzlich ganz nah waren, kniff ich panisch die Augen zusammen. Ich sah ohnehin nicht, wer am Fuße der Treppe lauerte. Boris sprang erneut die Stufen hinunter, doch dieses Mal schien er im Flug jemanden zu treten, denn ein lauter Aufschrei erklang.

»Gib auf!«, schrie dieser Jemand. Ich spürte, wie Boris zu einem Schlag ausholte und plötzlich landeten warme Tropfen auf meinen Armen. Es dauerte einen Moment, bis ich mich traute, die Augen wieder zu öffnen. Wie befürchtet hatte ich Blutspritzer abbekommen. Ohne mich loszulassen hatte Boris gerade jemanden mit einer Hand schwer verletzt – oder sogar getötet? Ich wollte nicht genauer darüber nachdenken.

Boris verließ das Treppenhaus und eilte wieder einen Gang entlang. Plötzlich blieb er fluchend stehen. Panisch registrierte ich, dass unsere drei Verfolger näherkamen.

»Hier geht es nicht weiter. Gib uns das Mädchen«, verlangte eine tiefe Stimme aus der anderen Richtung. Offenbar war Boris erneut der Weg versperrt worden.

Er setzte mich ab und ich konnte nun auch sehen, wieso er nicht weitergekämpft hatte. Vier Männer füllten den Gang vor uns aus.

»Ich kümmere mich um sie, aber du musst allein weiter«, zischte Boris mir leise zu. Ich wollte protestieren, da rannte er brüllend auf die Gruppe vor uns zu. Ich folgte ihm, da ich nicht den drei Männern hinter uns in die Arme laufen wollte. Boris stürzte sich so auf seine Gegner, dass sie alle beschäftigt waren und ich durch eine Lücke rennen konnte. Ich hatte keine Ahnung, wohin ich laufen sollte, doch das Wichtigste war vermutlich, in Bewegung zu bleiben. Selbst wenn ich einen Ausgang finden sollte, Boris hatte gesagt, dass alle mit Sicherheit bewacht wurden ...

Zum zweiten Mal innerhalb von vierundzwanzig Stunden rannte ich also planlos durch die Gegend. Ich lief um eine Ecke und vernahm Kampfgeräusche, die immer lauter wurden. Am Ende des Ganges erspähte ich ein Geländer und ahnte bereits, genau vor mir befand sich offenbar die Eingangshalle und ich war auf der Galerie.

Zurücklaufen war keine Option, weshalb ich weiter das Zentrum des Lärms ansteuerte.

Als ich das Geländer erreichte, blieb ich atemlos stehen und starrte sprachlos auf das Chaos unter mir. Die Explosionen schienen hier erfolgt zu sein, denn zwei Außenmauern wiesen riesige Löcher auf, welche die große Halle durch dichte Staubwolken mit Tageslicht fluteten.

In der Halle selbst war die Hölle los. Dutzende Personen kämpften miteinander. Ich ließ den Blick über die Menge schweifen, bis ich *ihn* fand.

Dimitri. Er war tatsächlich unter ihnen. Zum Aufatmen war es jedoch zu früh, denn er wurde von allen Seiten attackiert. Mit offenem Mund beobachtete ich, wie er gekonnt ein Schwert schwang und sich gegen die vielen Angreifer behauptete. Dimitri kämpfte mit einem Schwert? Ehe ich mich darüber wundern konnte, ließen laute Schritte hinter mir mich einen Blick über die Schulter werfen. Zwei Männer hatten es offenbar an Boris vorbei geschafft. Sie hatten mich fast erreicht und ich wusste, dass es keinen Ausweg mehr gab.

Keuchend klammerte ich mich an das Geländer und blickte wieder auf die große Eingangshalle hinab. Dimitri befand sich nach wie vor im unerbittlichen Kampf mit einer ganzen Gruppe. Er schlug sich einen Weg frei, um zur Treppe zu kommen, doch es waren zu viele Angreifer. Obwohl er sie durch die Luft schleuderte, als wären sie bloß lästige Fliegen, war so eine Übermacht offenbar auch für ihn ein Problem.

Ich hielt einen Moment die Luft an und wappnete mich auf das Kommende. Dass ich entführt werden sollte, hatte ich inzwischen verstanden, auch wenn ich das Warum noch nicht beantworten konnte.

Zwar konnte ich eigentlich nicht wissen, ob Dimitri zu den Guten gehörte, falls es unter diesen Vampiren überhaupt eine gute Seite gab, doch ich spürte tief im Inneren, dass er mich wirklich beschützen wollte.

»So, das Weglaufen hat ein Ende, Kleines.« Der erste Typ hatte mich erreicht und war ein paar Schritte entfernt von mir stehen geblieben. Sein Kumpel schlenderte jetzt eher gemächlich auf mich zu. Das nahm ich allerdings nur aus den Augenwinkeln wahr, denn meine Konzentration galt immer noch Dimitri. Vielleicht würde ich ihn nie wiedersehen! Der Gedanke versetzte mich mehr in Panik als die Bedrohung in meinem Rücken.

Ohne nachzudenken rief ich Dimitris Namen, so laut ich konnte. Mitten in der Bewegung hielt er inne und sah zu mir herauf. Unsere Blicke trafen sich. Ich erkannte blanke Angst in seinem Gesicht. Der Anblick zerriss mir beinahe das Herz.

Ich spürte eine Hand, die mich grob am Arm packte und vom Geländer wegzerrte. Jemand anderes stieß mir eine Spritze in den Hals und ich schrie vor Schmerz kurz auf, doch ich weigerte mich noch immer, den Blick von Dimitri zu lösen.

»Ich liebe dich!«, schrie ich noch, ehe ich ihn aus dem Blickfeld verlor und alles schwarz wurde. Er musste wissen, dass ich ihn trotz allem nach wie vor liebte!

26. KAPITEL

Dimitri

Der schlimmste Moment in meinem Leben war der, in dem ich von fern in Lilyas Augen blickte, ehe sie ihr durch die Betäubung zufielen. Nicht zu wissen, ob ich diese leuchtenden Augen jemals würde wiedersehen können, zerriss mich innerlich in tausend Teile. »Ich liebe dich«, hatte sie gerufen. Nach allem, was heute Nacht passiert war, waren das ihre letzten Worte an mich gewesen? War es ihr egal, dass ich ein Monster war?

Ich hatte so sehr gehofft, dass sie noch hatte entkommen können, doch das war offensichtlich nicht der Fall. Ich stieß ein lautes Brüllen aus und schlug unkontrolliert auf mein Gegenüber ein, bis der Kontrahent tot zu Boden ging. Als ich mich abwenden und endlich die Treppe erreichen wollte, damit ich Lilyas Entführer verfolgen konnte, ertönte eine bekannte Stimme hinter mir.

»Du solltest dich lieber nicht von der Stelle rühren.«

Ich drehte den Kopf und sah in den Lauf einer Pistole.

»Du willst schummeln, mein alter Freund?«

Hasserfüllt musterte ich Andrej, mit dem Valentin und ich früher befreundet gewesen waren. Mittlerweile war er nur noch der Freund von einem von uns beiden.

»Von fairen Kämpfen haben Valentin und seine Jünger noch nie etwas gehalten. Ihr seid eine Schande für alle Djiye«, fauchte ich und umklammerte den mit Rubinen besetzten Griff meines Schwertes fester.

Andrej zuckte mit den Schultern. »Keine Angst, Dimitri. Wir haben Anordnung, dich nicht zu töten. Das ist nur eine Methode, um dich in Schach zu halten, bis wir deine kleine Freundin weggebracht haben.«

Zischend atmete ich ein und aus. Andrej würde mich nicht töten und ich durfte nicht zulassen, dass Lilya verschleppt wurde.

Ohne weiter nachzudenken stürzte ich mich auf den Djiyo, doch auch wenn ich schnell und das Überraschungsmoment auf meiner Seite war, hatte ich keine Chance. Mehrere Schüsse ertönten und Schmerz zuckte durch meinen Körper. Keuchend ging ich in die Knie und musste mit ansehen, wie Andrej sich aus dem Staub machte. Fluchend griff ich mir mit einer Hand an die verletzte Schulter und sah mich nach meinen Kameraden um.

Auf der anderen Seite der Halle erkannte ich Boris, der Ana zu Hilfe eilte, die gegen ein halbes Dutzend Männer kämpfte. Geschickt schwang er sein Schwert und trennte einem von ihnen einen Arm ab, ehe er dem zweiten den Kopf abschlug. Für dieses Manöver musste er jedoch dem dritten Mann für eine Sekunde den ungeschützten Rücken zuwenden. Ich wollte schreien oder ihm zu Hilfe eilen, doch es verging keine Millisekunde, in der ich überhaupt den Mund öffnen, geschweige denn mich bewegen konnte, bevor der Djiyo mit seinem Schwert Boris durchbohrte, sodass es aus seiner Brust wieder zum Vorschein kam.

Mein Herz setzte für einen Moment aus, als Boris tot zu Boden fiel und zeitgleich zwei markerschütternde Schreie ertönten. Ohne mich umzusehen wusste ich, wer geschrien hatte. Ana und Elena.

Ein Pfiff ertönte und ließ mich einen Blick über die Schulter werfen. Ich erkannte Andrej, der inzwischen auf der Galerie stand und offenbar seine Männer zurückrief. Das hieß, sie hatten uns lange genug in Schach gehalten. Vermutlich waren sie mit Lilya bereits über alle Berge. Ich konnte wetten, dass auf dem Dach des Gebäudes ein Helikopter gewartet hatte. Die Djiye folgten seinem Ruf und zerstreuten sich.

Ich ließ mein Schwert fallen und kämpfte mich wieder auf die Beine. Die Kugeln, die noch immer in meinem Fleisch steckten, ließen mich vor Schmerz die Zähne fest zusammenbeißen. Zumindest bluteten die Wunden nicht mehr.

Noch immer war die Luft trüb vom Staub der Explosionen. Aus der Ferne hörte ich bereits Sirenen, die sich dem Hotel näherten. Polizei und Rettungsdienst würden jeden Moment eintreffen und unangenehme Fragen stellen. Es war clever von Valentins Männern gewesen, so ein Aufsehen zu erregen.

Langsam ging ich auf meine Kameraden zu. Ana kniete neben der Leiche ihres Bruders und weinte bitterlich. Sascha war hinter sie getreten und hatte ihr eine Hand auf die Schulter gelegt. Sein Gesicht war ebenso von Trauer gezeichnet wie das seiner Frau. Er hatte seinen Schwager verloren, mit dem er bereits als Kind befreundet gewesen war.

Es war meine Schuld. Ich war schuld an Boris' Tod und Lilyas Entführung. Beide hatten mir vertraut und ich hatte ihr Vertrauen enttäuscht.

Wieso hatte ich nicht auf Sascha gehört? Wieso war ich so blind gewesen, die Katastrophe nicht kommen zu sehen? Wobei, ich hatte sie kommen sehen, doch all die Wochen konsequent verdrängt. Jetzt war es zu spät.

All meine Qualitäten als Anführer, die meine Untergebenen an mir geschätzt hatten, hatten im letzten Monat versagt. Sascha hatte auch damit recht gehabt. Ich war ein verliebter Trottel, der nicht mehr klar denken konnte. Und diese Tatsache hatte Lilya vielleicht das Leben gekostet, das ich um jeden Preis schützen wollte.

Ich schnappte mir einen der teuren Stühle, die in der Halle herumstanden, und schleuderte ihn mit einem lauten Schrei durch die Luft. Das Holz zersplitterte an der nächsten Wand.

Das Geräusch ließ Sascha hochfahren. Mit tiefen Sorgenfalten im Gesicht musterte er mich. Er beugte sich zu seiner Frau und flüsterte ihr etwas ins Ohr, ehe er ihr einen Kuss aufs Haar drückte und auf mich zukam.

Mit ernstem Blick sah er mir in die Augen und legte eine Hand auf meine Schulter. Er erkannte die Entschlossenheit und den Kampfgeist, der in mir entfacht war. Natürlich wusste er, was ich vorhatte, und er würde an meiner Seite stehen.

»Wir werden sie befreien!«

III

SIBIRIEN

27. KAPITEL

Lilya

Als ich langsam wieder zu mir kam, war mir unglaublich schlecht und ich hatte das Gefühl, von einem Lkw überrollt worden zu sein.

Es brummte in meinen Ohren. Ich wusste, wo ich mich befand. In meinem Leben war ich oft genug geflogen, um sofort die Geräusche und die Bewegungen zu erkennen, wenn ich in einem Flugzeug war.

Stöhnend versuchte ich die Augen einen Spalt zu öffnen. Verschwommen erkannte ich zwei Gestalten, die neben mir saßen.

»Hey, ich glaube, sie wird wach«, sagte einer von ihnen.

»Verdammt! Ich konnte schlecht einschätzen, wie viel ich ihr geben muss«, ertönte die Stimme des anderen.

Jemand tastete nach meinem Hals und ich wollte protestieren. Nicht noch mehr von diesem elenden Zeug, das diese Übelkeit in mir hervorrief! Doch es kam kein Laut über meine Lippen und erneut übermannte mich die Müdigkeit.

***

Als ich das nächste Mal das Bewusstsein erlangte, war mir noch schlechter als zuvor. Ich spürte Hände am Rücken und unter den Kniekehlen. Offenbar wurde ich getragen. Ohne die Augen zu öffnen drehte ich mich zur Seite und übergab mich.

»Ihhh«, rief mein Träger angeekelt. »Sie hat mir auf die Schuhe gekotzt.«

Ich hörte mehrere Männer lachen. »Sieh es positiv, Igor, es ist königliche Kotze«, kommentierte jemand.

»Sehr lustig. Hey, aufwachen, Dornröschen!« Mein Träger rüttelte mich und ich blinzelte erschöpft. Da es um mich herum recht dunkel war, konnte ich die Augen ganz öffnen.

Mein Blick glitt zuerst zu dem Mann, der mich auf die Arme gehoben hatte. Seine dunkelbraunen Augen musterten mich und er grinste kalt. Er war einer der Typen, die mich im Hotel geschnappt hatten.

»Guten Morgen, Prinzessin. Wenn du wach bist, kannst du jetzt auch selber gehen. Nicht dass du noch mal erbrichst.« Ohne auf eine Antwort zu warten, stellte er mich auf meine Beine.

Ich kämpfte darum, das Gleichgewicht zu halten, ohne mich bei dem Mann abstützen zu müssen, und schaute mich vorsichtig um. Wir befanden uns in einem dunklen Gang, der von Fackeln erleuchtet wurde. *Fackeln? Wo zum Teufel sind wir?*

Die Wände waren aus dunklem Gestein und der Weg wirkte wie in den Felsen gemeißelt. Schnell rieb ich mir mit den Händen über die Oberarme. Wo auch immer wir waren, es war eisig kalt.

Hinter dem Mann, der mich getragen hatte, erkannte ich ein halbes Dutzend weiterer dunkel gekleideter Gestalten. Der Anblick war furchteinflößend. Überheblich musterte mich der Schlägertrupp aus tiefbraunen Augen. Sie sahen sich alle so ähnlich, dass ich mein ganzes Geld darauf setzen würde, dass sie sich einen Genpool teilten. Ihr Aussehen glich dem von dem Monster aus meiner Küche genauso wie dem von Boris. Wenn ich es mir recht überlegte, könnten sie auch mit Dimitri verwandt sein. War die optische Ähnlichkeit ein typisches Merkmal für diese *Monster*?

Ich hatte keine Gelegenheit, mich richtig zu sammeln, ehe der Fremde mich schubste und verlangte, dass ich mich bewegte.

»Wo sind wir?«, fragte ich mit kratziger Stimme. Mein Hals war staubtrocken und im Mund haftete noch der saure Geschmack des Mageninhaltes.

»In Sibirien«, antwortete er knapp.

»Was?«

Sibirien! Das konnte nicht wahr sein. In meinem Kopf ratterte es bei der Frage, warum man mich ausgerechnet hierher gebracht hatte. Stück für Stück setzte mein Hirn alle Informationen wie ein Puzzle zusammen. Dimitri kam aus Sibirien. Das konnte kein Zufall sein. Laut Boris und Elena gehörten diese Männer zu jemandem namens Valentin. Und auch wenn es bisher niemand erwähnt hatte, bildete sich irgendwo im Hinterkopf eine vage Theorie, wer dieser Valentin sein könnte.

Abrupt blieb ich stehen, woraufhin einer von ihnen in mich reinlief und mich fast umwarf. Der Unbekannte stöhnte genervt, packte grob meinen Arm und zog mich vorwärts.

Ich zerrte fluchend an ihm, doch der Mann lief einfach weiter. Er würde wohl auch nicht stehen bleiben, wenn ich mich auf den Boden werfen würde. Inzwischen sollte ich eigentlich kapiert haben, dass ich mich nicht gegen diese Wesen wehren konnte, doch der Fluchtinstinkt war einfach stärker als die Vernunft. Mein Kopf schaltete ab, als ich mit dem freien Arm wild um mich schlug und nach den Männern trat. Tatsächlich ließ man mich los, doch einen Moment später packten mich erneut zwei starke Hände und bogen mir beide Arme schmerzhaft nach hinten, sodass mir Tränen in die Augen schossen.

»Ganz schön temperamentvoll die Kleine«, meinte einer von ihnen schmunzelnd.

»Süße, du bist noch ein schwaches Kätzchen und keine ausgewachsene Wildkatze, du hast keine Chance gegen uns. Wenn du älter bist, können wir den Kampf vielleicht fortsetzen«, flüsterte mir der Typ, der mich festhielt, ins Ohr.

»Kugel ihr nicht die Arme aus, Andrej.«

Augenblicklich lockerte sich Andrejs Griff. »Wenn du brav bist, lasse ich dich wieder los«, murmelte er.

Da mir die Schulter wehtat und jeder Angriff ohnehin sinnlos war, nickte ich.

Ich rieb meine schmerzende Schulter, sobald er mich losgelassen hatte.

Die Männer setzten ihren Weg fort, als wäre nichts gewesen, und dieses Mal trottete ich brav neben ihnen her.

Am Ende des Ganges erreichten wir eine Treppe, die nach oben führte. Ich hoffte, endlich aus dieser gruseligen Höhle herauszukommen.

Wir gelangten in einen Gang, der im Gegensatz zu dem letzten aus gemauerten Wänden bestand. Anstatt Fackeln sorgten nun Lampen an der Decke für Licht. Diese passten nicht zu dem altmodischen Stil des Gemäuers. An der Wand waren noch immer Vorrichtungen für Fackeln, die vermutlich auch hier früher den Gang erleuchtet hatten. Waren wir in einer Burg oder so? Fehlte nur noch, dass eine alte Rüstung herumstand.

Es war zwar wärmer als in dem Tunnel, doch ich fröstelte noch immer. So ein Gebäude war vermutlich schwer zu heizen.

Auf dem Weg durch den Gang begegnete uns niemand. Die Burg – oder was immer es war – wirkte wie ausgestorben.

Igor blieb plötzlich stehen und wandte sich an seine Kameraden.

»Ich will mir die Schuhe sauber machen und unsere Prinzessin sollte sich vielleicht auch den Mund ausspülen«, erklärte er und zog mich durch eine Tür, die offenbar in ein Bad führte. Im Gegensatz zum Flur wirkte dieses äußerst modern. Es war schwarz-weiß gefliest und hatte zwei Waschbecken und vier Kabinen. Igor ließ mich los, trat ans Becken und nahm einen Stapel Papierhandtücher, um mein Erbrochenes von seinen Schuhen zu wischen.

Zwei andere Männer waren mit ins Bad getreten und beobachteten mich. Mein Blick glitt von ihnen zu den Klokabinen. Einer von ihnen nickte mir schließlich zu und ich verschwand in die linke Kabine. Um ihre Geduld nicht auf die Probe zu stellen, beeilte ich mich und kam schnell wieder heraus.

Ich ging zum zweiten Waschbecken, wusch die Hände und spritzte mir Wasser ins Gesicht. Anschließend spülte ich wie gewünscht den Mund aus und trank gierig einige Schlucke, um den trockenen Hals zu beruhigen. Ich wusste nicht, ob es Trinkwasser war, aber ich ging das Risiko ein, damit ich die Männer nicht um etwas zu trinken bitten musste.

Nachdem Igors Schuhe wieder sauber waren, traten wir wieder zum Rest der Truppe auf den Gang hinaus. Ich fühlte mich nun etwas wacher und eher dem gewachsen, was nun auf mich zukommen könnte.

Am Ende des langen Flures vernahm ich leises Stimmengewirr. Es schien aus einem Raum hinter einer schweren Holztür zu kommen, vor der die Männer mit mir stehen blieben.

»Showtime, Männer«, raunte Andrej den anderen zu, griff nach meinem Arm und stieß mit der freien Hand die Tür auf, woraufhin alle Stimmen von drinnen erstarben.

***

Ich hatte nicht gewusst, was mich hinter der Tür erwarten könnte, doch definitiv hatte ich nicht mit dem gerechnet, was ich schließlich vorfand.

Eine riesige Halle erstreckte sich vor mir. Sie war gefüllt mit mehreren Hundert Personen, die sich links und rechts von uns aufgestellt hatten und einen breiten Gang frei ließen, der durch den ganzen Raum führte. Am anderen Ende der Halle befand sich eine Art Thron, auf dem ein Mann saß, den ich wegen der Entfernung jedoch nicht genau erkennen konnte.

An dem Gerede von einem Prinzen schien tatsächlich etwas dran gewesen zu sein. Das hier war offenbar der Thronsaal eines Schlosses.

Die Umherstehenden starrten mich gebannt an und ich hätte mich am liebsten in Luft aufgelöst. Ich bezweifelte, dass es sich bei ihnen um Menschen handelte.

Vereinzelt leuchteten blonde Haare in der Menge, doch fast alle hatten dunkle, wie meine Entführer.

Wo war ich hier nur gelandet?

Andrej setzte sich wieder in Bewegung und zwang mich so, mich ebenfalls von der Stelle zu rühren. Genau auf den Thron zu. Die anderen Männer folgten uns mit etwas Abstand.

Als wir näher kamen, konnte ich den jungen Mann, der vor uns thronte, genauer betrachten. Entsetzt schnappte ich nach Luft und wäre am liebsten stehen geblieben, wenn Andrej das zugelassen hätte.

Das Gesicht des Mannes, der nun nicht mehr weit entfernt war und mich höhnisch angrinste, kam mir so bekannt vor, dass es schmerzte. Ich hatte inzwischen begriffen, dass diese Typen sich alle ähnlich sahen, doch fanden sich beim näheren Betrachten viele Unterschiede. Der Mann aber, von dem ich mir fast sicher war, dass es sich um diesen ominösen Valentin handeln musste, sah dem Mann, in den ich mich verliebt hatte, zum Verwechseln ähnlich, und je näher ich kam, desto auffälliger wurde es.

»Wir sind Zwillinge«, hatte Dimitri gesagt und nun konnte ich es mit eigenen Augen sehen. Zugegeben, offenbar waren sie keine eineiigen Zwillinge, dennoch sahen sie sich unglaublich ähnlich.

»Willkommen, Prinzessin Lilya«, begrüßte er mich und erhob sich von seinem Thron – einem überdimensionalen goldenen Stuhl, der mit rotem Samt überzogen war. Ich hatte mich mittlerweile damit abgefunden, dass mich jeder von ihnen Prinzessin nannte, auch wenn ich es nach wie vor nicht verstand.

»Valentin«, antwortete ich trocken und seine Mundwinkel hoben sich vergnügt. Offenbar hatte ich richtiggelegen.

Andrej ließ meinen Arm los, griff von hinten nach meinem Hals und zwang mich auf die Knie.

»Sprich unseren Prinzen gefälligst richtig an!«, zischte er.

Valentin hob eine Hand. »Danke, Andrej, aber die Kleine wird es noch schnell genug lernen.«

Er ging vor mir in die Hocke und griff nach meinem Kinn. Er war mir jetzt so nah, dass ich jedes Detail in seinem Gesicht erkennen konnte. Die Ähnlichkeit zu Dimitri nahm ich nun noch stärker wahr, wodurch die Sehnsucht nach meinem Freund schier unerträglich wurde. Gleichzeitig bemerkte ich aber auch die Unterschiede zwischen den beiden. Valentins Züge waren härter als die seines Bruders. Sein Gesicht war kantiger, die Augen waren noch etwas dunkler und die Haare kürzer. Doch der größte Unterschied war die Ausstrahlung. Allein Valentins bohrender Blick jagte mir einen Schauer über den Rücken. Zudem signalisierte alles an seiner Haltung Überheblichkeit, was ihn unsympathisch machte. Grob drehte er meinen Kopf nach links und rechts und musterte mich neugierig.

»Tatsächlich. Sie sieht genauso aus wie ihre Mutter.«

Jetzt reichte es mir. Ich hatte keine Ahnung, was vor sich ging, wo genau ich war und was für Wesen ich gegenüberstand, doch ich wollte nicht länger im Dunkeln tappen. Ich hatte mich bereits in der Wohnung von meinem alten Leben verabschiedet, doch ich würde es vorziehen, zumindest nicht unwissend zu sterben.

»Besitzt jemand die Freundlichkeit, mir zu sagen, wovon eigentlich die Rede ist?«, fragte ich deshalb in so patzigem Ton, dass Valentin überrascht blinzelte. Dann brach er in lautes Gelächter aus. Seiner Stimme fehlte jegliche Wärme, die Dimitris besaß.

»Ich fasse es nicht, du weißt wirklich nicht Bescheid?« Er erhob sich und blickte ungläubig zu mir herunter.

»Würde ich sonst fragen?«, gab ich bissig zurück.

Aus den Augenwinkeln sah ich, wie Andrej zu einem Schlag ausholte, und verkrampfte mich, doch Valentin schüttelte den Kopf.

»Niemand außer mir legt ab sofort Hand an die Prinzessin, ist das klar?«, meinte Valentin streng zu Andrej und wandte sich dann wieder mir zu. »Steh auf, Kleine«, säuselte er und zog mich auf die Beine.

Überraschend sanft legte er eine Hand an meine Wange, doch alles in mir sperrte sich gegen die Berührung und ich unterdrückte den Drang, zurückzuweichen.

»Mit spitzen Bemerkungen wirst du dich in Zukunft zurückhalten.«

Seine Hand verschwand von meiner Wange, traf diese einen Augenblick später jedoch mit voller Wucht. Die Ohrfeige riss mich von den Füßen und ich schlug hart auf dem Steinboden auf. Ein Raunen ging durch die Menge.

»So, damit sollten wir geklärt haben, wer hier das Sagen hat«, tat er so laut kund, dass es jeder gehört haben musste.

In meinem Kopf dröhnte es. Die Handflächen brannten von Abschürfungen bei dem Sturz. Es dauerte einen Moment, bis ich mich wieder aufsetzen konnte.

Valentin rieb sich die Hände. »Dann können wir uns jetzt um deinen mangelnden Wissensstand kümmern. Was weißt du bereits?«

Mit zusammengebissenen Zähnen stand ich wieder auf. Hasserfüllt starrte ich ihn an und schwieg.

Er seufzte und griff nach meiner Hand. »Muss es wirklich auf die harte Tour sein?« In seiner Stimme schwang kein Hauch von Bedauern mit, sondern ganz im Gegenteil. Er klang erheitert. »Wie du willst.« Er umfasste mein Handgelenk und drückte zu. Schmerz schoss mir den Arm hoch und zwang mich fast wieder in die Knie. Ich schrie kurz auf, woraufhin er mich losließ.

Sofort presste ich das schmerzende Gelenk an die Brust. Ich war mir fast sicher, dass er nur leichten Druck ausgeübt hatte, sodass es nicht geprellt, geschweige denn gebrochen war. Vermutlich wäre die ganze Hand ab gewesen, wenn er mit aller Gewalt zugedrückt hätte.

Er strich mir durchs Haar, während ich versuchte, ihn mit Blicken zu töten. »Ich glaube, du weißt, dass ich dir sehr wehtun kann, Prinzessin. Du willst doch nicht bereits am ersten Tag an deine Grenzen kommen.«

Es hatte keinen Sinn. Ich wollte Informationen haben, dann musste ich wohl mit ihm reden.

»Du bist Dimitris Bruder«, hauchte ich.

Er nickte. »Sehr richtig. Was weißt du noch über mich?«

Ich zögerte. »Du hast eure Familie getötet.«

Valentin grinste. »Ach ja, dieses verräterische Pack. Hat er dir auch gesagt, weshalb?«

»Sie haben dir dein Erbe weggenommen.«

»Sie haben mir den Thron weggenommen«, verbesserte er mich. »Und was weißt du über dich?«

Gute Frage. Inzwischen hatte ich das Gefühl, nichts über mich zu wissen. Jeder behauptete, dass ich eine Prinzessin und meine Mutter nicht meine leibliche Mutter wäre.

»Nichts«, erwiderte ich schließlich.

»Nichts?«, wiederholte Valentin ungläubig. »Du weißt nicht, wer deine leibliche Familie ist? *Was* du bist?«

Ich schüttelte den Kopf.

»Du bist also als ganz normales Mädchen aufgewachsen?«

Mein Schweigen war Antwort genug.

Er runzelte die Stirn. »Verstehe. Wie kommt es dann, dass du so viel über mich und meinen Bruder weißt?«

»Ich weiß nicht, *was* ihr seid«, gab ich zurück.

»Was glaubst du denn, was wir sind?«, fragte er grinsend.

Ich schüttelte den Kopf. Ich würde es nicht aussprechen.

»Mein Bruder und ich sowie fast alle in dieser Halle«, er machte eine ausschweifende Geste, »sind Djiye und es befinden sich vereinzelt auch Siye in dieser Halle. Das sind zwei von drei Unterarten von Vampyren. Und du bist ebenfalls ein Vampyr, genauer gesagt eine Kiya, die dritte Rasse und die letzte deiner Art.«

Ungläubig starrte ich ihn an. *Ich* sollte ein Vampir sein? Das konnte nicht wahr sein. Ich war kurz davor, hysterisch zu lachen. *Es gibt keine Vampire! Ich bin ein Mensch. Ein Mensch.* Ich wiederholte es immer wieder im Geiste, denn die Panik schien mich zu überwältigen.

»Du heißt Lilya Braden, nicht wahr?«

Ich erstarrte. Woher kannte er meinen Namen?

»Wir haben dich und meinen Bruder ein paar Tage beobachtet«, erklärte er. »Wir sind aber noch dabei, mehr Informationen über dich zu sammeln. Dich hierher zu bringen hatte erst mal oberste Priorität.«

Ich schloss für einen Moment die Augen und unterdrückte den Drang, zu weinen. Wenn sie etwas über meine Familie herausfanden, würden sie ihnen etwas antun? Ich atmete langsam ein und aus und öffnete die Augen wieder. Mein Blick begegnete Valentins, der reine Bosheit ausstrahlte.

»Du wirst einige Zeit brauchen, alles zu verstehen.« Er betrachtete mich nachdenklich. »Auch wenn dein Aussehen und Geruch keinen Zweifel lassen ... Ich muss es einfach testen.« Entsetzt blickte ich in seine Augen, die sich bei den Worten rötlich färbten. Ehe ich begriff, wovon er sprach, hatte er mich an den Schultern gepackt und zu sich gezogen. Sein Mund fand meinen Hals und sofort durchstießen seine Fänge meine Haut. Ich schrie auf vor Schmerz und versuchte, ihn von mir zu stoßen, doch natürlich gelang es mir nicht. Meine Bewegungen verstärkten bloß den Schmerz, den seine Zähne auslösten.

Nach wenigen Augenblicken schien Valentin genug von meinem Blut getrunken zu haben und ließ von mir ab. Die Beine gaben unter mir nach und ich sank zu Boden.

Ich presste eine Hand an den Hals und robbte von ihm weg. *Er hat mein Blut getrunken!* Das war endgültig zu viel für mich. Mein ganzer Körper zitterte unkontrolliert. Vermutlich stand ich unter Schock.

Valentin blickte grinsend zu mir herab. Die Fangzähne waren verschwunden, aber das Blut, das seine Mundwinkel hinablief, zeigte, was eben passiert war. Er wandte sich an die anderen Vampire – oder *Vampyre,* wie er sie genannt hatte.

»Wir haben Anisyas Tochter gefunden!« Seine tiefe Stimme hallte durch die Halle. »Nach zwanzig Jahren gibt es eine neue Kiya. Nun, da sich alle Thronerben in diesem Schloss befinden, können wir alle Vorbereitungen für die Krönungen treffen.«

Krönungen?

Valentin drehte sich zu Andrej. »Sperrt sie erst mal in die Zelle, ich habe noch zu tun. Unser Sonnenblümchen kann ihr alles erklären.«

Ehe ich bei dem Wort »Zelle« endgültig die Nerven verlieren konnte, hatte Andrej mich bereits auf die Füße gezerrt und führte mich aus der Halle. Dabei mied ich konsequent die Blicke der Umstehenden.

Draußen angekommen steuerte Andrej die andere Richtung an als die, aus der wir vorhin gekommen waren. Irgendwann erreichte er eine Treppe, die erneut in einen unterirdischen Gang führte.

Wieder waren Fackeln die einzige Lichtquelle. Ich hörte Stimmen, die durch verschiedene Türen zu mir drangen. Es waren Kerkertüren mit kleinen vergitterten Fenstern. Hinter manchen stand jemand und beobachtete mich beim Vorbeilaufen. Ob es Menschen oder Vampyre waren, vermochte ich nicht zu sagen. Einige riefen mir zu, als wir an ihnen vorbeikamen.

»Seid Ihr das, Anisya?«

»Die Prinzessin ist zurückgekehrt!«

»Bitte, Prinzessin, rettet uns!«

»Möchtet Ihr mir in der Zelle Gesellschaft leisten?«

Mir lief es eiskalt den Rücken hinunter.

Schließlich blieb Andrej stehen und öffnete eine Zellentür ohne Fenster.

Er schubste mich in den Kerker und als ich auf dem kalten Steinboden aufschlug, hatte er die Tür bereits wieder zugeschlagen.

Ich blieb zitternd in der Dunkelheit zurück.

28. KAPITEL

Lilya

Ich hörte, wie Andrej den Schlüssel im Schloss drehte und wieder davonmarschierte. Toll, ich war in einem dunklen Verlies eingesperrt. Zitternd zog ich die Beine an und schlang die Arme um die Knie. Es war schrecklich kalt hier unten. Ich war dankbar dafür, dass Boris mir richtige Kleidung gegeben hatte, ansonsten wäre ich wohl erfroren.

»Wer ist da?«, ertönte plötzlich hinter mir eine verschlafene Frauenstimme und ich schrie vor Angst auf. »Tut mir leid, ich wollte dich nicht erschrecken. Ich bin Soley«, fügte die Stimme sanft hinzu.

Ich drehte mich um und versuchte etwas zu erkennen. Bei dieser völligen Finsternis war das aber unmöglich.

»Ich bin Lilya«, antwortete ich und krabbelte vorsichtig in ihre Richtung.

»Lilya?«, fragte das Mädchen ungläubig. »Was bist du?«

Ein Mensch, wollte ich antworten, doch laut Valentin war ich das ja nicht.

»Ehrlich gesagt bin ich mir da nicht mehr so sicher«, meinte ich wahrheitsgetreu. »Was bist denn du?«

»Sagt dir mein Name denn nichts?«, fragte sie ungläubig.

»Ähm, nein. Tut mir leid, aber sollte er das?«

Sie lachte leise. »Ich bin die Kronprinzessin der Siye«, erklärte sie mir.

Valentin hatte erwähnt, dass es drei Vampyrrassen gab. Er und Dimitri waren demnach die Prinzen der Djiye, und ich war die Prinzessin der Kiye.

Dieses Mädchen zählte also zu der dritten Rasse. Das hatte er offenbar damit gemeint, dass nun alle Thronerben hier waren.

»Oh. Wenn ich Valentin richtig verstanden habe, bin ich die Kronprinzessin der Kiye«, flüsterte ich.

»Was?« Soley schnappte hörbar nach Luft. »Das kann nicht sein.«

»Wieso nicht?«

»Weil alle Kiye seit Jahren tot sind. Das letzte Mitglied dieser Rasse war Königin Anisya.« *Oh.*

»Ich soll wohl ihre Tochter sein ...«

Auch wenn ich nach wie vor das Gefühl hatte, im falschen Film gelandet zu sein, und nicht glauben konnte, dass meine Eltern nicht meine leiblichen Eltern sein sollten, fing ich an, ernsthaft über all das nachzudenken. Welche andere Möglichkeit hatte ich auch? Ich saß in einem stockdunklen Verlies herum, ohne zu wissen, was ich hier eigentlich sollte.

»Mhm ...«, machte sie. »Theoretisch wäre es möglich und Valentin würde in der Hinsicht nie einen Fehler machen. Außerdem ...« Sie stockte und ich konnte hören, wie sie einatmete. »... riechst du eindeutig nach einer Kiya. Und dann ist da dieser Duft nach Lilie ... Dimitri hat immer den Gerüchten geglaubt, dass es noch einen Nachfahren der Königslinie gibt. Wie tragisch, dass du ausgerechnet in Valentins Hände gefallen bist!«

Als Dimitris Name fiel, schlug mein Herz augenblicklich schneller. »Du kennst Dimitri?«

»Natürlich, aber woher kennst du ihn denn?«

»Ist eine längere Geschichte.« Ich seufzte.

»Nun, ich denke, dass wir im Moment nichts Besseres zu tun haben, oder wie siehst du das? Dann können wir uns auch gegenseitig unsere Lebensgeschichten erzählen.«

Trotz der ausweglosen Situation, in der ich mich befand, schaffte sie es, mir ein kleines Lächeln zu entlocken. Dennoch überlegte ich einen Moment, was ich ihr erzählen sollte. Ich kannte die vermutlich noch recht junge Frau nicht, doch ich war offenbar hier mit ihr eingeschlossen worden, damit ich Antworten bekam. Es war vermutlich egal, was ich ihr erzählte. Ich hielt es für sehr wahrscheinlich, dass ich an diesem Ort sterben würde und ich fand es schön, jemanden zu haben, mit dem ich mich unterhalten konnte. Sonst würde diese absolute Finsternis mich vermutlich in größte Panik versetzen.

Ich konnte sie nicht sehen und musste mich ganz allein auf mein Gehör verlassen. Soleys Stimme war das Einzige, woran ich mich hier klammern konnte.

Also begann ich zu erzählen. In wenigen Sätzen beschrieb ich mein altes Leben. Erzählte von meiner Kindheit in Texas und dem Studium in New York. Anschließend berichtete ich ihr, wie ich vor circa einem Monat auf Dimitri getroffen war und was wir in der kurzen Zeit erlebt hatten.

Mein Herz wurde schwer bei dem Gedanken an unsere gemeinsame Zeit. Sie war wunderschön gewesen, doch diese Erinnerungen wurden von einem dunklen Schatten getrübt. War das alles eine Lüge gewesen? Er war ein Vampyr, der genauso wie sein Bruder auf der Suche nach mir war. Hatte er mir seine Gefühle nur vorgespielt, um an mich heranzukommen?

Als ich meine Ausführungen mit der Entführung beendet hatte, fühlte ich mich ausgelaugt. Normalerweise tat es doch gut zu reden, doch im Moment hatte ich das Gefühl, als hätte das Geschehene alle Energie aus mir gezogen.

Soley schwieg eine Weile.

»Ich denke, ich muss dir jetzt einiges erklären.«

»Das glaube ich auch.«

»Okay, hör gut zu. Dass Valentin, Dimitri und ich keine Menschen sind, hast du inzwischen wohl begriffen. Genauso wenig bist du ein Mensch. Ich kann im Dunkeln sehr gut sehen, doch in diese Zelle dringt kein Licht, weshalb ich nicht beurteilen kann, ob du wirklich aussiehst wie Anisya. Aber ich bin sicher, dass es stimmt. Wahrscheinlich bist du geschockt, dass es Vampyre überhaupt gibt, aber diese Tatsache wirst du leider hinnehmen müssen.« Sie machte eine kurze Pause und ich nickte. Sie hatte recht. Ich musste es hinnehmen, auch wenn das alles Wahnsinn war. Ich wartete drauf, dass sie weitersprach, doch vermutlich erwartete sie eine Reaktion von mir und erst jetzt fiel mir wieder ein, dass sie ein Nicken nicht sehen konnte.

»Bleibt mir wohl nichts anderes übrig.«

»Tut mir leid, ich wünschte, ich könnte etwas tun, um dir das alles zu erleichtern. Aber es gibt wohl nichts, was es erträglicher macht, wenn man erfährt, dass das gesamte Leben eine Lüge ist und die Welt, in der man lebt, mehr bereithält, als man dachte.« Sie klang zerknirscht und ich seufzte.

»Wie wahr …! Kannst du mir mehr über Vampyre erzählen?«, bat ich. »Ihr scheint nicht wie die Vampire aus unseren Geschichten zu sein.«

»Nein, Vampire sind untote Monster, wir Vampyre sind Lebewesen, so wie Mensch und Tier. Ich denke, es macht Sinn, dir erst mal die wichtigsten Fakten zu erzählen, damit du überhaupt eine Ahnung hast, wovon ich rede.«

»Das wäre wohl das Beste«, stimmte ich ihr zu und wartete gespannt auf ihre Erläuterungen.

»Also, es gibt drei verschiedene Vampyrrassen. Die Kiye, die Siye und die Djiye. Jede dieser Rassen besitzt ein Königshaus, das sein eigenes Volk regiert. Dann ist da noch ein Ältestenrat, der aus Mitgliedern von allen Rassen besteht, doch das ist erst mal irrelevant. Diese Rassen unterscheiden sich im Aussehen und bei den Fähigkeiten. Dir dürfte aufgefallen sein, dass die Djiye alle braune Augen und Haare haben. Ohne dich sehen zu können, tippe ich mal darauf, dass du das für eine Kiya typische schwarze Haar hast und blauäugig bist. Ich dagegen bin blond und habe grüne Augen.«

Die Gemeinsamkeiten der Djiye hatte ich tatsächlich bemerkt. Ich dachte an die wenigen Vampyre mit hellen Haaren, die ich im Thronsaal gesehen hatte. Das mussten Siye gewesen sein. »Die Kiye, also dein Volk, sind jedoch nicht nur für ihre eigene Rasse verantwortlich, sondern auch für alle anderen. Die Königin der Kiye ist gleichzeitig das Oberhaupt aller Vampyre.«

Ich runzelte die Stirn. »Ich stehe also über dir und Valentin? Wieso denn das?«

»Die Legende unserer Entstehung besagt, dass die ersten drei Vampyre und Könige Geschwister waren, die sich irgendwann bekämpften. Königin Lilyana, die erste Kiya, gewann den Kampf und seitdem herrscht deine Rasse über unsere«, erklärte sie und ich stellte fest, dass ich offenbar nach der ersten Königin benannt worden war. Das war den anderen Vampyren vermutlich bereits aufgefallen, auch wenn sich niemand dazu geäußert hatte.

Bevor ich Soley auf dieses Detail ansprechen konnte, redete sie bereits weiter.

»Valentin hat es schon immer ungerecht gefunden, dass ihr wegen einer alten Legende das Sagen habt. Doch eure Herrschaft beruht nicht nur auf dieser Geschichte. Jetzt ist vielleicht ein guter Moment gekommen, um dir unsere Unterschiede aufzuzeigen.«

Sie räusperte sich und ich wartete gespannt auf weitere Erklärungen. Es war unheimlich, mit einer Fremden im Dunkeln zu sitzen und eine komplett neue Weltordnung erläutert zu bekommen.

»Die Djiye sind mit Abstand die Stärksten unter uns. Ein einzelner Djiyo vereint die Kraft von hundert Mann. Sie waren immer so etwas wie unsere persönliche Polizei.«

Dass Dimitri und diese anderen Djiye stark waren, hatte ich ja bereits mitbekommen, doch laut Soleys Beschreibung mussten sie noch viel stärker sein, als ich mir vorstellen konnte.

»Wir Siye haben dagegen viel ausgeprägtere Sinne als ihr. Wir hören, sehen, fühlen und schmecken besser. Zudem haben wir eine größere Heilungsfähigkeit. Wir heilen unglaublich schnell und unser Blut vermag es, in bestimmten Situationen auch anderen Vampyren das Leben zu retten. Ich hoffe, das klingt jetzt nicht so überheblich, aber wir sind außerdem die intelligentesten Wesen dieser Welt. Ohne uns gäbe es die meisten Technologien nicht. Wir haben Wissenschaftler in allen erdenklichen Bereichen. Ich selbst bin eine leidenschaftliche Forscherin. Ich habe viele Jahre Medizin studiert und forsche an den Unterschieden zwischen Mensch und Vampyr.«

Darüber wird sie mit Sicherheit keine Doktorarbeit geschrieben haben, überlegte ich kurz, wurde mir aber direkt des Ernstes der Situation bewusst.

»So, und nun zu dir. Und den Kiye.« Ich hielt den Atem an, so gespannt war ich, was sie über meine angebliche Rasse erzählen würde. »Rein vom Körperlichen her seid ihr die schnellsten Läufer. Doch das Besondere an euch sind eure kognitiven Fähigkeiten.«

»Was meinst du damit?«

»Ihr besitzt Kräfte, die Menschen wohl als übersinnlich bezeichnen würden.«

Mir klappte der Mund auf. Ich und übersinnliche Fähigkeiten?

»So etwas wie Gedanken lesen?«, hakte ich nach.

»Ganz genau. Deine Mutter beispielsweise war in der Lage, die Erinnerungen ihres Gegenübers zu beeinflussen. Niemand kann vorhersagen, was für eine Fähigkeit ihr entwickelt – weshalb Valentin auch große Angst vor dem Tag hat, an dem du erwachen wirst.«

Ich runzelte die Stirn. »Was bedeutet ›erwachen‹?«

»Wir Vampyre teilen unser Leben in zwei Abschnitte: den Teil, in dem wir unerweckt sind, also quasi unsere Kindheit, und die Zeit nach der Erweckung, welche um unseren zweiundzwanzigsten Geburtstag geschieht.«

»Also kein Beißen ... oder Blut teilen und dann sterben?«, fragte ich ehrlich überrascht. Es würde ja bedeuten, dass ich in nicht einmal einem Jahr diese sogenannte Erweckung durchlaufen würde.

»Nein. Wir sind keine Untoten. Wir werden geboren wie ganz normale Menschen. Nachdem wir ausgewachsen sind, verändert sich jedoch unser Organismus. Wir sind bereits bei der Geburt nicht so wie Menschen, doch ihnen zumindest sehr ähnlich.«

»Nach meinem zweiundzwanzigsten Geburtstag werde ich also auch irgendwelche übersinnlichen Fähigkeiten besitzen? Zum Beispiel in die Zukunft sehen?« Das war die erste Information, die mich irgendwie aufheiterte.

»Ganz genau. Auch wenn ich hoffe, dass es etwas ist, was wirklich nützlich ist. Ich weiß, wie momentan meine Zukunft aussieht, wenn wir weiter hier eingesperrt sind, dafür brauche ich keinen Hellseher mehr«, meinte sie bitter.

»Aber müsste ich das nicht merken, wenn ich wirklich kein Mensch wäre? Müsste ich mich nicht irgendwie anders fühlen?«

Sie lachte leise. »Wie würdest du das bemerken wollen? Du warst nie ein Mensch, du weißt nicht, wie es ist, einer zu sein.«

Da musste ich ihr rein logisch allerdings recht geben. Doch ich hatte keine gravierenden Unterschiede zwischen mir und meinen Freunden bemerkt, weshalb ich nach wie vor nicht überzeugt war, kein Mensch zu sein.

»Aber ich habe noch immer nicht verstanden, warum alle Welt hinter mir her ist und wieso ich angeblich die letzte meiner Art bin. Was ist mit dem Rest passiert?«

»Sie sind alle tot. Deine Familie war noch nie besonders groß, denn in Machtkämpfen waren sie immer das erste Ziel. Doch in den letzten Jahrzehnten wurde auch der Rest systematisch vernichtet. Und zu dem Grund, warum man hinter dir her ist ... Es gibt ein Gesetz, das besagt, dass ein neuer König oder eine neue Königin nur gekrönt werden und das Amt antreten kann, wenn alle drei Oberhäupter bei der Zeremonie anwesend sind. Valentin hat versucht, das Gesetz zu umgehen, doch die Ältesten wollen ihn auf die Art bestrafen, eine gesamte Spezies ausgelöscht zu haben. Lange Zeit glaubten wir deshalb, dass unsere Eltern die letzten Könige von uns waren. Doch nun bist du aufgetaucht und Valentin hat endlich die Möglichkeit, König zu werden.«

Deshalb also ...

»Was ist an diesem Titel denn so wichtig? Herrscht er nicht quasi schon die ganze Zeit – nur eben als Prinz?«

»Theoretisch schon. Aber glaub mir, so ein Titel kann sehr viel Macht verleihen. Es war immer Valentins Ziel, König zu werden. Es ist ihm egal, dass er quasi bereits König ist. Er ist regelrecht davon besessen. Wenn es nach mir ginge, könnte der Titel gerne weiterhin unerreichbar sein. Mir hat es im Leben noch nichts Positives gebracht, Kronprinzessin zu sein. Ganz im Gegenteil. Meine Familie wurde gnadenlos abgeschlachtet, weshalb ich mittlerweile die Letzte aus der Königsfamilie bin. Im Gegensatz zu dir bin ich aber sehr weit davon entfernt, die letzte meiner Art zu sein. Es gibt noch mehrere Millionen Siye und Djiye auf dieser Welt.«

Mir klappte der Mund auf. *Mehrere Millionen?* Es gab mehrere Millionen Vampyre auf dieser Welt, wie konnten die nur alle verdeckt leben?

»Und was ist ein Vampyr jetzt überhaupt? Du hast mir die Unterschiede der drei Rassen erklärt, aber nicht die Unterschiede zwischen Mensch und Vampyr.«

»Nun, wie du dir denken kannst, trifft das Hauptmerkmal von Vampiren aus Geschichten auf uns zu. Wir trinken Blut. Außerdem leben wir sehr lang, sind jedoch nicht unsterblich. Der bisher älteste Vampyr soll etwa tausendsechzig Jahre alt geworden sein. Der älteste Vampyr unserer Zeit ist Zakhar, ein Djiyo aus dem Rat, der neunhundertvierundzwanzig Jahre alt ist. Die meisten von uns sterben aber deutlich früher. Wir sind ganz normale Lebewesen, wir müssen essen, trinken, schlafen und wir können getötet werden. Außerdem gibt es Krankheiten, die auch uns gefährlich werden können. Früher wurden viele Kriege geführt, die zahlreichen von uns das Leben gekostet haben. Aber so wie die Lebenserwartung der Menschen jährlich steigt, ist das bei uns genauso.«

»Was ist mit der Sonne?« Dimitri war in Texas jeden Tag der Sonne ausgesetzt gewesen und es hat ihm offenbar überhaupt nichts ausgemacht.

»Sie ist nicht gefährlich für uns. Zumindest nicht viel gefährlicher als für Menschen. Wir können Sonnenbrand bekommen und zu intensives Sonnenbaden lässt unsere Haut schneller altern. Die Legenden mit der Sonne rühren daher, dass wir eigentlich nachtaktiv sind. Unsere Augen mögen deshalb kein direktes Sonnenlicht.«

Deshalb hatte Dimitri also häufiger eine Sonnenbrille getragen. Bisher hatte ich mir nie etwas dabei gedacht. »Und alles andere? Spiegel, Särge, Knoblauch, Weihrauch?«

»Alles Quatsch.« Auch wenn ich es nicht sah, war ich mir sicher, dass sie grinste.

»Du hast gesagt, ihr ernährt euch von Blut ...«

»Ganz genau. Wir springen aber nicht wahllos Menschen an und saugen ihr Blut. Auch sind wir nicht so besessen davon, wie es immer heißt. Es lässt sich eher mit einem Heißhunger auf Schokolade vergleichen.«

»Aber ihr ernährt euch von Menschenblut?«, hakte ich nach.

»Ja ... In der Regel leben immer Menschen bei uns, denen regelmäßig Blut abgenommen wird, welches wir trinken können.«

Dass sie nicht einfach Menschen töteten, beruhigte mich, doch irgendwie stellte mich ihre Antwort dennoch nicht zufrieden. »Wissen diese Menschen, was ihr seid?«

»Natürlich. Valentin wird es sich sicher nicht nehmen lassen, dich noch durch sein Schloss zu führen, dann wirst du auf den ein oder anderen treffen.«

»Was genau hat er denn jetzt mit uns vor? Valentin hat gesagt, dass er die Krönung vorbereiten will. Muss ich ihn zum König ernennen, wenn ich angeblich das Oberhaupt bin?«

»Ja, so wird wohl sein Plan aussehen ...«

»Und wenn ich es nicht tue?«

»Glaub mir, es ist nicht gut, sich gegen Valentin zu stellen. Er kennt genug Mittel und Wege, dich gefügig zu machen.«

»Ist es das, was er bereits mit dir gemacht hat?«

Soley antwortete nicht und ich sah meine Frage damit als beantwortet.

»Besteht nicht die Möglichkeit, dass Dimitri uns rettet?« Egal, was alles eine Lüge gewesen war ... Auch wenn es nicht rational erklärbar war, glaubte ich daran, dass Dimitri mich wirklich liebte und mich nicht kampflos seinem Bruder überlassen würde.

»Er wird es auf jeden Fall versuchen, aber du kannst sicher sein, dass Valentin alles daransetzt, dich nicht mehr zu verlieren.«

Ich wollte noch etwas sagen, doch ihre nächsten Worte ließen mich innehalten.

»Es kommt jemand ...«

29. KAPITEL

Lilya

Deutlich später als Soley konnte ich es auch hören. Schwere Schritte, die sich näherten. Ich rutschte dichter zu Soley heran. Sie griff nach meiner Hand und drückte sie leicht. Im Gegensatz zu meiner war ihre unglaublich warm. Die Kälte in diesem Verlies schien ihr nichts auszumachen.

Als die stählerne Tür aufgeschlossen wurde, hielt ich den Atem an. Der Eingang zum Verlies wurde aufgestoßen und das Licht der Fackeln im Gang erhellte den Raum.

Ich warf einen Blick auf Andrej, der im Türrahmen stand. Neugierig wie ich war, drehte ich den Kopf und nutzte die Gelegenheit, um Soley anzusehen. Zischend stieß ich die Luft aus und auch sie gab ein seltsames Geräusch von sich, als sie mich musterte.

Ich sah in ihre smaragdgrünen Augen und erkannte die Überraschung darin. Sie wusste bereits, wer ich war, doch sie zeigte die gleiche Reaktion auf mein Äußeres wie alle Vampyre, die meine Mutter gekannt hatten und die die Ähnlichkeit bemerkten, die wir offenbar teilten. Doch Soleys Äußeres war für mich ebenfalls eine Überraschung. Sie hatte mir bereits gesagt, dass sie blond war und grüne Augen hatte, doch sie machte noch so viel mehr aus, was ich nicht in Worte fassen konnte.

Auch wenn ich wusste, dass sie ein Vampyr war, hätte ich schwören können, dass ein Engel neben mir saß.

Ihr unglaublich schönes Gesicht wurde eingerahmt von goldblonden Locken, die ihr bis zur Hüfte reichten. Es drang nicht viel Licht in den Raum, doch der Schein der Fackeln ließ sie förmlich erstrahlen.

Sie hatte dunkle Schatten unter den Augen und ihre Haut war sehr blass, da sie vermutlich schon längere Zeit hier unter der Erde eingesperrt war, doch das konnte ihre Schönheit nicht trüben. Eher im Gegenteil. Die helle Haut würde man wohl als die vornehme Blässe einer Prinzessin bezeichnen.

Ihre Ausstrahlung war überwältigend. Sie war nicht sexy, sondern einfach nur schön. In meiner Vorstellung hatten Engel immer so ausgesehen wie sie. Einfach vollkommen. Der liebevolle Ausdruck in ihren grünen Augen unterstrich ihre engelsgleiche Wirkung auf mich.

»Hast du deine neue Mitbewohnerin jetzt genug angestarrt?«, fragte der Djiyo und unsere Köpfe fuhren herum. Ich wusste nicht, wen von uns beiden er angesprochen hatte, doch das war vermutlich egal.

»Was willst du?«, fragte ich mit fester Stimme.

»Dich abholen. Mein Prinz möchte dich sehen«, sagte er und war schon neben mir, um mich auf die Beine zu zerren.

»Sag Valentin, er soll seine dreckigen Finger von ihr lassen!«, zischte Soley. Sie war ebenfalls auf die Beine gesprungen. Als sie neben mir stand, fiel mir auf, wie klein und zierlich sie war. Ihre Kleidung, die aus einer einfachen Jeans und einem T-Shirt bestand, war verdreckt und etwas zerrissen.

»Das kannst du ihm selber sagen, er will bestimmt auch bald wieder Besuch von dir ...«, antwortete er und zog mich aus dem Raum. Ich warf Soley noch einen Blick zu, die den Vampyr finster anfunkelte. Bei ihrer Erscheinung hätte ich nicht damit gerechnet, dass sie überhaupt so böse schauen konnte.

Bevor er die Tür hinter uns zuschlagen konnte, sah sie noch mal zu mir und ihr mitleidiger Blick traf mich mitten ins Herz.

***

Ich vermied es, darüber nachzudenken, was Valentin nun von mir wollen könnte. Soley hatte gesagt, dass er uns brauchte, um König zu werden, also war zumindest mein Leben im Moment in Sicherheit. Doch er hatte bestimmt nicht ohne Grund alle Mitglieder meiner Familie getötet. Lag es wirklich nur daran, dass er die Oberhäupter hatte stürzen wollen und ihre Kräfte für ihn zu gefährlich waren?

Dieses Mal wurde ich nicht in den Thronsaal, sondern in einen kleinen Raum geführt. Er sah wie eine Art Wohnzimmer aus, denn eine große Couch befand sich darin und in einem Kamin brannte Feuer. Ich sah jedoch keinen Fernseher, sondern nur zwei Bücherregale. Die Fenster waren mit dichten Vorhängen verhangen. Valentin hatte mir den Rücken zugedreht und starrte in die Flammen.

Nachdem ich in den Raum geschoben worden war, wurden wir allein gelassen. Ich zuckte zusammen, als die Tür hinter mir ins Schloss fiel.

»Ich bin neugierig – wie waren die letzten Stunden für dich?«, fragte Valentin ohne sich umzudrehen.

Mein Blick glitt kurz über seine Gestalt. Er trug schwarze Jeans und ein schwarzes Hemd. Er war genauso gebaut wie Dimitri. Von hinten hätte ich sie leicht verwechseln können.

»Was glaubst du wohl? Dass deine Zellen an keine Fünfsternesuite heranreichen, sollte dir bereits bekannt sein.«

Obwohl er mir beim letzten Mal bereits deutlich gezeigt hatte, dass er keine spitzen Bemerkungen mochte, konnte ich mich einfach nicht zurückhalten.

Er drehte sich um und hob die Augenbrauen.

»Wie ich sehe, hat dich die Zeit im Kerker kein bisschen eingeschüchtert. Umso besser, so macht es viel mehr Spaß.«

Er lief um die Couch herum auf mich zu. Automatisch wich ich zurück und stieß mit dem Rücken gegen die Tür. Ich hatte nicht überprüft, ob abgeschlossen worden war. Flucht war ohnehin sinnlos.

»Was hat Soley dir erzählt?« Er blieb dicht vor mir stehen und stützte die Arme links und rechts von mir ab. Mein Herz schlug vor Panik schneller. Ich ertrug die Nähe dieses Mannes nicht. Er mochte zwar Dimitris Zwillingsbruder sein, doch mein Körper reagierte so unterschiedlich auf die beiden wie auf Tag und Nacht. Selbst wenn ich Valentin unter anderen Umständen begegnet wäre, war ich mir sicher, dass ich mich bei ihm immer unwohl gefühlt hätte. Sein Anblick reichte, um mir einen Schauer über den Rücken zu jagen.

»Ich schätze alles. Was ihr seid, was ich bin …« Ich schluckte. Egal was ich in den letzten Tagen gesehen und erfahren hatte, ich konnte einfach nicht glauben, dass ich kein Mensch sein sollte. Sie mussten das falsche Mädchen erwischt haben. Die Alternative wäre zu schrecklich. Ein Leben voller Lügen, eine Familie, die nicht mit mir verwandt war.

»Nun gut. Ich werde dich ein wenig durch das Schloss führen, dann können wir auch gleich weitere Wissenslücken schließen.«

***

Soley hatte ja bereits angekündigt, dass ich vermutlich einen Rundgang bekommen würde. Während Valentin mich durch die Gänge dieses unheimlichen Schlosses führte, das nicht nur von der Atmosphäre her, sondern auch von der Temperatur unheimlich kalt war, versuchte ich mir alles einzuprägen, was ich sah. Auch wenn die Chance auf eine Flucht gegen null ging, würde ich nicht untätig sein. Leider wusste ich nicht, wie ich in das Schloss gelangt war. Aber ich kannte zumindest den Gang, in dem ich wieder zu mir gekommen war. Dort musste auch ein Ausgang sein.

Wir begegneten auf den Fluren mehreren Personen, die angesichts ihrer dunklen Haare und Augen alle Djiye sein mussten. Sie grinsten, als sie mich sahen, und nickten Valentin höflich zu.

Es war mir unangenehm, dass mich jeder so anschaute, als wäre ich von einem anderen Planeten. Valentin hatte erzählt, dass meine Mutter vor zwanzig Jahren gestorben war. Sie hatten jemanden wie mich, ein Mitglied der Kiye, also schon lange nicht mehr gesehen.

Valentin führte mich über eine lange Wendeltreppe in einen Turm. Oben angekommen öffnete er eine Tür, die nach draußen führte, und hielt sie mir auf. Eiskalte Luft wehte mir entgegen. Ich hatte schon im Schloss gefroren, da ging ich ungern nach draußen, doch ich wollte wissen, wo ich war.

Zitternd schlang ich die Arme um mich und trat durch die Tür. Meine dünne Jacke bot kaum Schutz gegen die Kälte und den eisigen Wind. Wir befanden uns tatsächlich auf einem Turm, der an die Schlossmauer angrenzte. Der Weg war von Eis und Schnee bedeckt. Zaghaft ging ich an die Balustrade heran und schaute in die Ferne. Weiß. So weit das Auge reichte, war alles von Schnee bedeckt. Das Schloss musste in den Gebirgen von Sibirien liegen. Ein Nadelwald erstreckte sich in der umliegenden Gegend. Die Bäume waren ebenfalls von Schnee bedeckt, wie auch die Felsen, deren kahle Spitzen daraus hervorragten. Die Sonne stand hoch am Himmel und ließ den Schnee glitzern.

Früher war ich mit meiner Familie unheimlich gerne Ski gefahren. Ich liebte den Anblick verschneiter Landschaften, auch wenn ich kein Fan der Kälte war. Doch jetzt deprimierte mich die endlose Schneelandschaft. Weit und breit nichts – auch keine Hilfe in Sicht. Wie sollte ich von diesem Ort fliehen, ohne zu erfrieren? Vielleicht könnte ich auf der anderen Seite des Schlosses etwas Hilfreiches erkennen, doch die konnte ich von meinem Standpunkt aus nicht sehen.

»Soll ich dich wärmen?«, ertönte Valentins Stimme unglaublich sanft hinter mir. Er legte die warmen Hände auf meine Arme und zog mich an die Brust. Die Berührung löste noch eine Gänsehaut auf meinem Körper aus. Auch wenn mir schrecklich kalt war, entwand ich mich ihm und entfernte mich einige Schritte, was er ohne einen Kommentar zuließ.

Seine Freundlichkeit war eine Fassade. Ich sah ihm an, dass es ihm gefiel, wie ich fror. Die Augen funkelten belustigt und um die Mundwinkel zuckte es verräterisch. Valentins Herz war so kalt wie die umgebende Landschaft. Nur mit dem Unterschied, dass die Sonne bei ihm kein glitzernd funkelndes Licht hervorbringen konnte, denn seine Seele war pechschwarz.

Ich wandte mich von ihm ab und betrachtete nachdenklich das Schloss. Es war riesig. Ich konnte nicht einschätzen, wie alt es sein musste, doch ich tippte auf viele Hundert Jahre.

»Das ist das Schloss meiner Familie«, erklärte Valentin und stellte sich neben mich. »Dimitri und ich sind hier aufgewachsen. Hat Soley dir bereits erzählt, dass sie aus Norwegen stammt und das Schloss deiner Vorfahren in Kanada steht?«

Ich schüttelte stumm den Kopf. Es gab also drei Schlösser, jeweils eins für die Königsfamilien jeder Rasse.

»Wir sollten wieder reingehen, deine Lippen werden schon ganz blau.«

Dankbar, aus dem kalten Wind zu kommen, folgte ich ihm nach drinnen.

»Leben alle Mitglieder deiner Rasse in Sibirien?«, fragte ich, konnte mir die Antwort aber bereits denken.

»Natürlich nicht. Es leben viele Djiye hier im Schloss, aber sie sind eigentlich auf der ganzen Welt verteilt.«

Die Ähnlichkeit der einzelnen Djiye war mir bereits aufgefallen, bevor ich die ganze Wahrheit über Vampyre erfahren hatte. Doch wie häufig sie mir in letzter Zeit tatsächlich über den Weg gelaufen waren, wurde mir erst jetzt bewusst. Ich dachte an all die seltsamen Vorfälle mit Dimitri. Der Mann und die zwei Jugendlichen in Texas, unser Verfolger in New York. Bestimmt waren sie alle Djiye, die mich erkannt hatten, und ich hatte mir nie weitere Gedanken über sie gemacht. Wie blind ich gewesen war, nicht zu sehen, wie viel Dimitri mir verheimlicht hatte!

»Ich habe ein paar Siye im Thronsaal gesehen. Arbeiten sie für dich?«

»Ja, auch wenn es nur eine Handvoll gibt, die mir tatsächlich treu ergeben sind. Die Mehrheit von ihnen hasst mich abgrundtief.« Er grinste. »Trotzdem oder gerade deshalb lasse ich viele von ihnen für mich arbeiten. Ihr Blut ist köstlich und stärkt mich mehr als Menschenblut.« Er leckte sich über die Lippen. »Aber dein Blut war das köstlichste, das ich jemals probiert habe.«

Angewidert presste ich die Lippen fest aufeinander.

»Wie alt bist du, Lilya?«, fragte er plötzlich.

»Warum willst du das wissen?« Er stellte bestimmt keine Frage ohne Hintergedanken.

Kaum hatten die Worte meinen Mund verlassen, hatte er mich bereits gepackt und gegen die Wand gedrückt. Seine Hand drückte mir leicht die Luftröhre zu.

»Antworte!«, zischte er.

»Einundzwanzig«, keuchte ich.

»Wann hast du Geburtstag?«

»Am siebzehnten Januar.« Ich kam gar nicht auf die Idee, ihm ein falsches Datum zu nennen.

Er ließ mich los und trat einen Schritt zurück. Ich atmete schwer. »Du bist tatsächlich ein Halbblut«, meinte er und betrachtete mich stirnrunzelnd.

»Ein Halbblut?«

»Die Gerüchte besagten, dass Anisya ein Kind mit einem Menschen gezeugt hat. Ich vermute, dass du bei deinem leiblichen Vater aufgewachsen bist.«

Mein Vater und eine Vampyrkönigin? Es wurde wirklich immer verrückter.

»Wo lebt er?«

»Das werde ich dir niemals verraten.«

Unter gar keinen Umständen würde ich dabei helfen, dass meine Familie in seine Hände fiel. Es war vermutlich nur eine Frage der Zeit, bis seine Leute alles über sie in Erfahrung gebracht hatten, doch ein Teil von mir hoffte, dass Dimitri vielleicht meine und ihre Spuren verwischen würde.

Solange meine Familie in Sicherheit war, hatte ich noch Hoffnung.

»Meinetwegen. Wir erfahren es noch früh genug.« Es überraschte mich, dass er so einfach lockerließ. Ich hätte eher mit einem Ausflug in einen Folterkeller gerechnet.

»Hast du meine Mutter getötet?«

Er schüttelte den Kopf. »Leider nicht. Dafür ihren Mann und deine Oma, die vorherige Königin«, verkündete er stolz und mir wurde schlecht.

»Wieso?«, fragte ich schockiert.

»Das erkläre ich dir ein andermal. Wir werden noch genug Zeit miteinander verbringen. Aber ich muss aktuell viel vorbereiten. So eine Krönung und eine Hochzeit organisieren sich nicht von allein.«

Eine Hochzeit?

»Wessen Hochzeit?«, fragte ich. Als ich den Ausdruck in Valentins Gesicht sah, wich aus meinem vermutlich alle Farbe, denn das Blut sackte mir in die Beine.

»Unsere, Liebste.«

»Nein.« Ich starrte ihn mit offenem Mund an und hoffte, mich verhört zu haben. »Nein«, wiederholte ich. »Ich ... ich werde dich nicht heiraten.«

»O doch, das wirst du.« Valentins Augen funkelten belustigt. »Anscheinend hat Soley dir das noch nicht erzählt. Aber umso besser, so konntest du es von mir erfahren. Tut mir leid, dass ich so mit der Tür ins Haus falle. Hättest du gerne einen Verlobungsring?«

»Ich will überhaupt nichts von dir. Und es wird definitiv keine Hochzeit stattfinden!«, stellte ich klar.

»Glaub mir, du wirst schon noch zustimmen. Das hat Soley auch bereits.«

»Was?«

»Ach, ja richtig. Ich werde nicht nur dich, sondern auch sie heiraten. Aber keine Sorge, ich werde euch beiden gerecht werden.«

Er war wahnsinnig. Absolut wahnsinnig. Anders konnte ich mir sein Gerede nicht erklären.

»Wieso willst du uns beide heiraten?«

»Liegt das nicht auf der Hand? Ich werde die Königreiche vereinen.«

Ich wollte ihn fragen, ob er überhaupt dazu befugt sei, verkniff es mir aber. Valentin schien sich nicht viel aus Regeln zu machen, auch wenn er dieses eine Gesetz, das ihm bisher verwehrte, König zu werden, nicht umgehen konnte.

Was es sonst noch für Gesetze unter den Vampyren gab, wusste ich nicht. Das musste ich Soley unbedingt fragen.

30. KAPITEL

Lilya

Nach unserem Gespräch brachte mich Valentin zu Andrej. Unser Spaziergang war wohl beendet. Andrej führte mich in Richtung Kerker, vorher aber noch einmal in das Bad, in dem wir zuvor schon waren. Man hatte mir bisher weder zu essen noch zu trinken gegeben, weshalb ich wieder Leitungswasser trank. Gegen meinen knurrenden Magen konnte ich allerdings nichts unternehmen. Alles, was ich zuletzt gegessen hatte, war bei meiner Ankunft auf Igors Schuhen gelandet.

Ob sie darauf warteten, dass ich um Essen bettelte und mir vorher nichts gaben?

Solange es noch irgendwie auszuhalten war, würde ich das Thema nicht ansprechen. Vielleicht erfuhr ich von Soley ja, wie das mit dem Essen gehandhabt wurde.

In der Zelle hängte Andrej eine Fackel auf, wofür ich dankbar war. Die Dunkelheit zermürbte mich. Nun hatte ich die Gelegenheit, mein Gefängnis besser zu erkunden. Es war ein kahler kleiner Raum mit Wänden aus demselben Fels wie draußen. Es gab kein Bett und keine Toilette. *Wie im Mittelalter,* dachte ich bitter. In der Schule hatten wir einmal ein Gefängnis besucht und im Gegensatz zu dem hier war das wirklich Luxus gewesen.

Soley hatte sich auf dem harten Boden zusammengerollt und rappelte sich hoch, als ich mich neben sie setzte. Erst jetzt fiel mir auf, dass ihr Fuß an die Wand gekettet war.

»Wie war es?«, fragte sie mit besorgtem Gesichtsausdruck.

Ich zuckte die Schultern. Man hatte mir nichts angetan, doch was ich erfahren hatte, war ein Schock gewesen.

»Er will uns beide heiraten?!« Es war mehr eine Feststellung als eine Frage.

Soley seufzte laut und schlang die Arme um die Knie. »Das wollte ich dir nicht als Allererstes erzählen.«

»Hast du wirklich der Ehe zugestimmt?« Kein normaler Mensch, oder meinetwegen auch Vampyr, würde jemanden heiraten wollen, der die eigenen Eltern getötet hatte und einen in einem Verlies gefangen hielt.

Soley verzog das Gesicht. »Mir bleibt nichts anderes übrig. Ich bin schon eine Weile hier und du kannst mir glauben, gäbe es irgendeinen Ausweg, würde ich mich weigern.«

»Ich verstehe dich nicht. Ich würde eher sterben, als dieses Monster zu ehelichen.«

Sie lachte trocken. »Das sehe ich genauso, aber hier geht es nicht nur um mich. Du bist vielleicht als ganz normales Mädchen aufgewachsen, doch ich wurde zur Kronprinzessin erzogen. Ich kann mein Volk nicht im Stich lassen.«

»Du meinst, du kannst deinen Leuten helfen, wenn du die Frau dieses Irren bist? Ich bezweifle, dass er dir irgendwelche Freiheiten gibt, auch wenn du eine Königin und seine Frau bist.«

»Das weiß ich, aber glaub mir, ich habe keine Wahl. Was ich dagegen an deiner Stelle machen würde, weiß ich nicht.«

Ich runzelte die Stirn. »Wie meinst du das?«

Statt einer Antwort wich sie meinem Blick aus und starrte ins Leere.

»Soley, sag, was verschweigst du mir?«

Sie seufzte und ihr Blick aus smaragdgrünen Augen begegneten meinem. »Er wird dafür sorgen, dass du deinen zweiundzwanzigsten Geburtstag nicht mehr erleben wirst«, flüsterte sie. Die Nachricht schockierte mich nicht so sehr, wie sie vielleicht sollte. Schon als ich Valentin das erste Mal gesehen hatte, war mir bewusst geworden, dass ich hier nicht mehr lebend herauskommen würde.

»Aber warum? Was hat das mit meinem Geburtstag zu tun? Warum töten sie mich nicht gleich?«

»Weil du mit deinem nächsten Geburtstag erweckt wirst. Ich habe dir doch erklärt, dass wir Vampyre mit zweiundzwanzig unsere Fähigkeiten entdecken. Ab dann altern wir auch langsamer. Valentin hat Angst davor, zu was du fähig sein könntest. Es gibt schließlich einen Grund, warum deine Familie systematisch ausgelöscht wurde. Allerdings braucht er dich noch, weshalb er einige Monate warten wird.«

»Und wofür genau braucht er mich? Ich muss ihn zum König ernennen und offenbar will er mich heiraten. Doch warum möchte er mich danach nicht gleich töten?«

»Genau, er will endlich König werden und außerdem ...« Ihre Stimme brach und sie schluckte schwer. »... will er die totale Kontrolle über alle Lebewesen. Nicht nur die Vampyre seiner Rasse, sondern alle. Anschließend will er unsere Existenz vor den Menschen offenlegen und sie versklaven. Aber das erreicht er nur, indem er die Führung über alle Vampyre übernimmt.«

»Und wie will er das schaffen?«, fragte ich ungeduldig.

»Er hat uns beide in seiner Gewalt ... Sein Ziel ist es, die totale Kontrolle über die zukünftigen Oberhäupter zu gewinnen. Das erreicht er nur, indem er uns und unsere Nachkommen in der Hand hat. Uns beide wird er zwar zu einigem zwingen können, doch manipulieren kann er uns nicht. Aber sehr wohl unsere Kinder, wenn sie in seiner Obhut aufwachsen.«

»Unsere Kinder?« Ich traute meinen Ohren nicht. »Aber ich habe noch keine Kinder. Du etwa?«, fragte ich und mir wurde schlagartig bewusst, was sie mir sagen wollte.

»Nein. Doch ... es ist in Arbeit«, sagte sie und war offensichtlich den Tränen nahe. »Ich wünschte, ich könnte es dir verheimlichen, aber du wirst vermutlich bald damit konfrontiert werden und ich weiß nicht, wie wir das verhindern sollen.«

»Oh, mein Gott. Soley, du willst damit nicht etwa sagen, dass er ...« In meinem Inneren verkrampfte sich alles und mir wurde schlecht.

»Doch. Er will nicht nur unser Ehemann, sondern auch der Vater unserer Kinder sein. Sein Ziel ist es, dich zu schwängern, dir das Kind wegzunehmen und dich anschließend zu töten.«

Jetzt war es raus. Ich hatte genug gehört und zog Soley in die Arme. Sie schluchzte verzweifelt an meiner Schulter. Ich wusste nicht, was ich sagen oder fühlen sollte. Das war also der Plan für meine Zukunft? Dieser elende Mistkerl! Ich hatte Valentin erst zweimal gesehen, doch schon jetzt war mir klar, dass ich niemanden jemals mehr hassen könnte. Anstatt zu resignieren spürte ich jedoch eine unbekannte Kraft in mir, die kämpfen wollte. Er hatte meine Familie ausgelöscht, viele Menschen und Vampyre getötet und Soley aufs Übelste misshandelt. Ich würde alles in meiner Macht Stehende tun, dass er damit nicht durchkommen würde. Auch wenn ich noch immer so schwach wie ein einfacher Mensch war, dachte ich überhaupt nicht daran, Valentin irgendetwas davon zu geben, was er wollte. Er würde mich vorher töten müssen und damit wäre er genau an dem Punkt von vor zwanzig Jahren.

***

Ich verlor jegliches Zeitgefühl in dem Verlies. Da es keine Fenster gab, konnte ich nicht abschätzen, welche Tageszeit wir hatten. In der Nacht vom einunddreißigsten März auf den ersten April war ich vor diesem Vampyr aus meiner Wohnung geflüchtet. Welchen Tag wir heute hatten, wusste ich nicht. Ich konnte auch nicht sagen, wie lange die Reise nach Sibirien gedauert hatte. Allzu viel Zeit konnte aber nicht vergangen sein, ansonsten würde es mir körperlich viel schlechter gehen, immerhin hatte ich nach wie vor nichts gegessen.

Soley hatte ebenfalls ihr Zeitgefühl verloren. Anhand des Datums meiner Entführung konnte sie mir aber sagen, dass sie bereits seit fast zwei Monaten hier war.

Was sie in dieser Zeit alles durchgemacht haben musste, konnte und mochte ich mir nicht vorstellen.

Allein zu fliehen war laut Soley unmöglich. Zu zweit müssten wir erst einmal aus dem Verlies ausbrechen, vor dem immer jemand Wache hielt, einen Weg aus dem Schloss finden und es dann zurück in die Zivilisation schaffen.

Zumindest hatte sich das Rätsel gelöst, wie ich hierhergekommen war. Laut Soley gab es einen großen Hubschrauberlandeplatz und sogar eine kurze Landebahn für Kleinflugzeuge. Das war etwas, was meine Hoffnung auf eine Flucht nicht endgültig zerstörte. Sollten wir es wie durch ein Wunder bis zu den Flugzeugen schaffen, würde ich uns hier rausbringen können. All die Hindernisse davor galt es allerdings zuerst zu umgehen. Aus dem Verlies ausbrechen … Ich untersuchte die Tür nach einer Schwachstelle. Doch selbst wenn wir sie öffnen könnten, blieben der Wächter und die Tatsache, dass Lilya festgekettet war. Ohne Schlüssel ging also nichts.

»Unsere einzige Hoffnung ist Dimitri«, meinte Soley, als ich in unserem Gefängnis auf und ab tigerte. »Er hat mich bereits einmal hier herausgeholt. Jetzt, wo du hier bist, wird er alles daransetzen, uns beide zu retten.«

Ich hockte mich wieder neben sie und fuhr mir verzweifelt durch die Haare. »Vermutlich, aber du hast gesagt, dass Valentin das mit allen Mitteln verhindern wird.«

»Uns bleibt nichts anderes übrig, als auf Dimitri zu vertrauen. Er ist hier aufgewachsen, er kennt seinen Bruder und das Schloss sehr gut.«

Ich wusste, sie versuchte mir Hoffnung zu machen, aber ich bemerkte am Tonfall ihrer Stimme, dass sie sich Sorgen machte.

»Hören die Djiye eigentlich alle auf Valentin? Immerhin ist doch eigentlich Dimitri zum Thronfolger ernannt worden.«

»Ja, das stimmt, allerdings hat Valentin sich den Thron mit Gewalt geholt und zahlreiche Djiye bewundern so etwas. Außerdem teilen viele von ihnen seine Meinung im Hinblick auf die Versklavung der Menschen. Dimitri ist ihnen schlicht zu nett«, meinte sie schulterzuckend.

»Zu nett?« Verständnislos schüttelte ich den Kopf. Wie konnte man einen Herrscher unterstützen, der so grausam war? Aber womöglich war das meine menschliche Sichtweise. »Was ist passiert, nachdem Valentin seine Familie umgebracht hat? Dimitri hat erzählt, dass er abgehauen ist.«

»Richtig, er ist nach Kanada geflüchtet. Deine Mutter hat ihn dort aufgenommen.«

Als sie meine Mutter erwähnte, zuckte ich innerlich zusammen. Ich konnte mir immer noch nicht vorstellen, dass Claudia nicht meine leibliche Mutter war. Sie konnten mich doch nicht all die Jahre angelogen haben, oder doch?

»Und was ist dann passiert?«

»Nun, Valentin hat anschließend meine Familie aus dem Weg geräumt und das Schloss in Norwegen fast vollständig zerstört. Zu der Zeit bin ich das erste Mal in seiner Gewalt gewesen. Nachdem Dimitri mich befreit hatte, nahm er mich mit nach Kanada. Zwei Jahre später starb deine Mutter und anschließend kamen die Gerüchte bezüglich eines Nachfahren der Königslinie der Kiye in Umlauf und Dimitri entschloss sich, dem nachzugehen.«

»Das mit deiner Familie tut mir so leid. Wie lange ist es her, dass du sie verloren hast?«

»Über zwanzig Jahre. Ich war damals frisch erwacht. Es hat lange gedauert, bis ich halbwegs damit umgehen konnte, dass sie alle fort sind. Meine Eltern, mein großer und mein kleiner Bruder, meine Onkel und Tanten, Cousins, Großeltern ...« Ihre Stimme versagte und erneut rannen Tränen über die Wangen. Ihre Trauer und Hoffnungslosigkeit brachen mir das Herz. Ich konnte nichts für sie tun, außer sie in den Arm zu nehmen. Meine eigenen Tränen fanden schließlich auch ihren Weg. Wir wiegten uns gegenseitig hin und her, auf der Suche nach Trost. Wir waren zwei kaputte Seelen, deren Leben in tausend Teile zerbrochen war. Zerschlagen von einem Monster, das in diesem gruseligen Schloss hauste. Es war tröstlich, in dem Moment nicht ganz allein zu sein.

Auch wenn mir noch viele Fragen im Kopf herumschwirrten, war es der falsche Zeitpunkt, um sie zu stellen. Wir hatten Zeit, immerhin würden wir voraussichtlich noch eine ganze Weile hier eingesperrt sein. Und auch wenn ich alles über mich, meine Herkunft und die Welt der Vampyre erfahren wollte, würde nichts von dem Wissen mir in dieser Situation helfen. Ich wollte nicht unwissend sterben, doch was brachte es mir, zu erfahren, wie viele

Leben Valentin auf dem Gewissen hatte, welche Grausamkeiten er begangen hatte …? Ich hasste ihn bereits, dieser Hass konnte sich nicht mehr vergrößern.

31. KAPITEL

Lilya

Nach einer gefühlten Ewigkeit öffnete sich die Kerkertür erneut. Dieses Mal war es nicht Andrej, sondern ein anderer Djiyo, der ebenfalls bei meiner Entführung dabei gewesen war.

Ich fühlte, dass meine Augen vom Weinen verquollen waren, und ich war dehydriert. Ich hatte fast nichts trinken können und trotzdem so lange mit Soley gesprochen, dass es ein Wunder war, dass meine Stimme nicht den Dienst versagte.

Wie erwartet brachte der Vampyr mich erneut zu Valentin. Dieser führte mich in ein kleines Esszimmer, in dem ein Tisch für zwei Personen gedeckt war. Das Licht war gedämpft und auf dem Tisch brannte eine Kerze, wie bei einem romantischen Candle-Light-Dinner. Ich hatte duschen und anschließend ein schönes Kleid anziehen müssen. Er trug sogar einen schwarzen Anzug.

Valentin zog meinen Stuhl zurück und wartete, bis ich mich setzte. Ich fragte mich, was er mit dieser Kavaliersnummer erreichen wollte. Fürs Erste durfte ich ihn nicht reizen und musste sein Spiel einfach mitmachen. Ich vermochte es nicht, diesen Mann einzuschätzen, ich wusste nur, dass er mich mit einem Schlag töten konnte. Doch die Aussicht auf etwas zu essen hob meine trübe Laune ein wenig. Ich hatte so lange nichts mehr zu mir genommen. Es war wichtig, dass ich bei Kräften blieb, auch wenn ich gegen Vampyre offensichtlich nichts ausrichten konnte. *Noch* nicht.

Als Valentin mir Wein einschenken wollte, lehnte ich dankend ab, obwohl ich schrecklich durstig war. Alkohol wäre in dieser Situation nicht gerade förderlich. Valentin ignorierte mich und füllte mein Glas dennoch. Als ich die rote Flüssigkeit betrachtete, fiel mir sofort auf, dass es ganz und gar kein Wein war. Ich verzog das Gesicht, als mir ein süßlicher und metallischer Geruch in die Nase stieg. Doch nicht, weil ich Blut nicht riechen konnte, sondern ich an den Ursprung denken musste. Den Geruch von Blut fand ich tatsächlich schon immer ein wenig anziehend und ich konnte nie verstehen, wieso manche beim Anblick des roten Lebenssafts in Ohnmacht fielen. Vielleicht war das doch ein Hinweis darauf, dass ich tatsächlich kein Mensch war, auch wenn ich mir sicher war, dass es bestimmt dem ein oder anderen Menschen ebenso ging.

Valentin füllte sein eigenes Glas und hielt es in die Luft, damit wir anstoßen konnten. Ich machte jedoch keine Anstalten, mein Glas anzufassen.

Er seufzte und nippte genüsslich an der Flüssigkeit. Mir lief es bei dem Anblick eiskalt den Rücken hinunter. Mein Hals kribbelte an der Stelle, wo er mich vor ein paar Stunden oder Tagen, oder wie viel Zeit auch immer vergangen war, gebissen hatte. Die Wunde war bereits vollständig geheilt, zumindest hatte ich nichts mehr erkennen können, nachdem ich mir im Bad das Blut abgewischt hatte. Wie das sein konnte, war mir ein weiteres Rätsel, dem ich noch nachgehen wollte.

Valentin zwinkerte mir zu. Seine Augen leuchteten mittlerweile in derselben Farbe wie sein Getränk.

»Du solltest einen Schluck probieren. Es ist köstlich. Auch unerweckt kann man Blut genießen. Es ist mit Wein verdünnt und sorgt vielleicht für bessere Laune bei dir.«

Angeekelt beobachtete ich, wie er einen weiteren Schluck trank und sich anschließend mit einer Serviette das Blut aus den Mundwinkeln tupfte.

»Andere Frauen versuchen, sich Männer schönzutrinken, doch ich bezweifle, dass ich es überlebe, wenn ich mir dich netter trinken möchte«, murmelte ich nahezu tonlos, doch er hörte es trotzdem.

»Teuerste, ich bin ein Vampyr, keiner von uns ist einfach nur nett – und ein Djiyo schon gar nicht«, erklärte er grinsend.

»Dimitri ist es«, erwiderte ich nüchtern. Ich hätte erwartet, dass Valentin die Augen verdrehen und seinen Bruder als Weichei oder sonst etwas hinstellen würde, doch stattdessen brach er in Gelächter aus.

»Natürlich, mein kleines unschuldiges Brüderchen. Hat er sich dir gegenüber so präsentiert – *nett*?« Sein ironischer Tonfall machte mich rasend und ich zwang mich, nicht vom Stuhl aufzuspringen.

»Was sollte er denn sonst sein? Wer hat eure Familie ermordet? Wer hat Soleys Familie getötet? Wer hat meine Familie auf dem Gewissen? Wer hat Soley und mich entführt und hält uns nun in einem kalten Kerker gefangen? Du!«, fauchte ich.

Valentin sah fast gelangweilt zu mir. Das Rot in seiner Iris war wieder verschwunden. Er zuckte die Schultern.

»Du hast einen Denkfehler, meine Schöne, aber das erkläre ich dir ein andermal.«

Irritiert runzelte ich die Stirn. Er hatte doch zugegeben, all das getan zu haben.

Ich öffnete den Mund und wollte eine Erklärung fordern, doch er unterbrach mich. »Essen ist fertig«, meinte er gut gelaunt und sah zur Tür.

Ich folgte seinem Blick – und in dem Moment öffnete der Vampyr die Tür und eine junge Frau mit zwei Tellern in den Händen betrat den Raum. Die Aussicht auf etwas zu essen drängte unser Gespräch in den Hintergrund. Ich war am Verhungern und musste dringend etwas zu mir nehmen, um nicht zusammenzuklappen.

Meine Hoffnung auf eine Stärkung wurde jedoch endgültig zerstört, als sie die Teller vor uns abstellte und wieder verschwand. Trotz meines knurrenden Magens starrte ich unglücklich auf das Essen vor mir.

»Ich esse kein Fleisch«, meinte ich und schob den Teller von mir weg.

Valentin grinste. »Das kannst du beruhigt essen. Keiner von uns ernährt sich von dem Fleisch von Tieren.«

Ich erstarrte und warf erneut einen Blick auf den Teller.

»Du meinst …« Entsetzt, wie ich war, konnte ich den Satz nicht beenden.

»… dass das Menschenfleisch ist? Ja«, beantwortete er meine unausgesprochene Frage und mir wurde übel.

»Das ist nicht dein Ernst.«

Valentin schüttelte belustigt den Kopf. »Ach, kleine naive Lilya, Menschen stehen nun mal auf unserem Speiseplan, wie Schwein und Rind auf dem der Menschen.«

Angeekelt schob ich den Teller weiter von mir weg. »Das werde ich niemals essen, lieber verhungere ich.«

»Wie heldenhaft von dir, aber was für eine Verschwendung das wäre! Das arme Ding wäre völlig umsonst gestorben.«

Ich verschränkte die Arme vor der Brust und funkelte Valentin wütend an. »Du wirst mich eh nicht lange am Leben lassen, tu uns doch beiden einen Gefallen und bring es hinter dich. Ich werde mich deinem Willen nicht beugen.«

Ein kaltes Grinsen umspielte Valentins Lippen. »Ich habe gehofft, dass du das sagen würdest. So macht es gleich viel mehr Spaß, dich zu erziehen.«

Ich wollte zu einer bissigen Antwort ansetzen, als er die Hand hob und der Wächter die Tür erneut öffnete, doch dieses Mal trat ein junges Mädchen hindurch. Sie konnte höchstens zwölf Jahre alt sein. Den Kopf hielt sie gesenkt, während sie sich neben Valentin stellte. Ich bemerkte, dass sie zitterte, und wäre am liebsten aufgesprungen, um sie in den Arm zu nehmen.

»Das ist Patricia«, erklärte Valentin und nickte in Richtung des dunkelhaarigen Mädchens. »Ihre Schwester war zwei Jahre älter als sie. Das zarte Fleisch der dreizehnjährigen Viola ist das, was du soeben verschmähst.«

Ich zog scharf die Luft ein, während Patricia leise wimmerte. Ich musste mich verhört haben. Das konnte er doch nicht ernst meinen. Dieser elende Bastard!

»Wenn du das leckere Fleisch nicht essen möchtest, Patricia hat mit Sicherheit auch Hunger.«

Mein Blick huschte kurz zu dem Messer auf dem Tisch. Es juckte in meinen Fingern, es nach Valentin zu werfen. Das wäre allerdings zwecklos. Stattdessen dachte ich einen Moment daran, mir die Klinge selber ins Herz zu rammen, um aus dieser Hölle herauszukommen.

»Spar's dir.« Valentin lehnte sich auf seinem Stuhl zurück. »Ich lasse dich nicht so einfach sterben und wenn du dich doch umbringst, schwöre ich dir, dass du in keinem Paradies Frieden finden wirst, da du mit der Schuld leben musst, Tausenden das Leben genommen zu haben.«

»Was willst du von mir?«, fragte ich mit zusammengebissenen Zähnen.

Valentin legte den Kopf schief und musterte mich aus dunklen Augen. »Dass du deinen Teller leer isst, ansonsten scheint morgen nicht die Sonne, und über die freut sich doch jedes Lebewesen.«

»Und wenn ich es nicht tue?« Es war dumm, sich mit ihm anzulegen, doch es lag einfach in meiner Natur.

»Du willst es also auf die harte Tour?«, fragte er laut seufzend, doch in seinen Augen erkannte ich Freude. Er griff nach dem Handgelenk des Mädchens und entblößte seine Fangzähne. »Ich bin kein Siyo, doch auch so weiß ich, dass sie nicht so lange leben wird, sobald ich erst mal angefangen habe, von ihr zu trinken. Erst wenn du alles aufgegessen hast, höre ich auf, also würde ich mich beeilen.«

Ich hatte keine Zeit, etwas zu erwidern oder nach einem Ausweg zu suchen, denn Valentin zögerte keine Sekunde und vergrub die Zähne in dem schmalen Handgelenk. Das Mädchen schrie auf und reflexartig zog ich den Teller wieder zu mir. Ich begann so schnell zu essen, wie ich nur konnte. In mir herrschte in diesem Moment eine völlige Leere. Ich schmeckte und fühlte nichts. Trotzdem kämpfte ich mit der Übelkeit und dem Drang, mich zu übergeben. Tränen begannen, mir die Wangen hinunterzulaufen. Durch das Anschwellen meiner Nasenschleimhäute fiel mir allerdings das Atmen und schnelle Essen nur noch schwerer.

»Bitte hör auf, ich esse ja«, bettelte ich zwischen zwei Bissen. Valentin schaute tatsächlich kurz auf, trank dann aber ungerührt weiter. Patricia hatte derweil keine Kraft mehr, sich auf den Beinen zu halten, und war halb auf Valentin zusammengesunken.

In Rekordzeit leerte ich meinen Teller und sprang schließlich auf. »Ich bin fertig! Hör endlich auf!«

Valentin genehmigte sich noch ein oder zwei Schlucke und leckte genüsslich über die Wunde, ehe er von Patricia abließ. Er stellte sie wieder auf die Füße, auf denen sie sich noch wackelig halten konnte. Gott sei Dank war sie am Leben!

Ich wünschte, ich hätte etwas anderes als das Blut, um mir den Mund auszuspülen. Zum Essen hatte er mich zwingen können, doch das Blut würde ich nicht anrühren. Der Geschmack des Fleisches haftete in meinem Mund, und auch wenn ich nicht wüsste, worum es sich handelte, würde ich mich vermutlich übergeben wollen.

Valentin tupfte sich mit seiner Serviette das Blut von den Lippen. »Danke für die Erfrischung, Kleine. Würdest du uns jetzt das Dessert bringen?«

Patricia nickte schwach, es lief kaum noch Blut aus ihrer Wunde, und ich betete, dass der schlimmste Teil überstanden war. Ich setzte mich wieder auf meinen Platz, doch ehe Patricia sich umdrehen und zur Küche laufen konnte, schnellte Valentins Hand zur Seite und ich sah nur noch, wie sich ein Messer in ihre Brust bohrte.

Ich schrie laut auf, als das Mädchen auf den Boden sackte.

»Erste Regel: Leg dich nie wieder mit mir an, Prinzessin«, sagte Valentin ruhig. »Wenn ich etwas von dir verlange, hinterfragst du es nicht, sondern tust es einfach. Verstanden? Es gibt noch Milliarden Menschen, die ich nur zu gerne töten würde.«

Ich konnte nichts tun, außer ihn stumm anzustarren.

Wie es aussah, würde ich niemals in der Lage sein, meine geheimen Fähigkeiten zu entdecken. Ich würde nie erfahren, ob sie hilfreich im Kampf gegen Valentin wären. In diesem Moment wünschte ich mir die Macht, diesen Mann einfach nur in Flammen aufgehen lassen zu können.

Er war wahnsinnig und absolut gefühllos. Kein Wunder, dass Soley resigniert hatte. Wie konnte so jemand nur Dimitris Bruder sein?

Mir war es egal, ob er mich umbrachte, immerhin hatte er das sowieso vor, doch das wusste er. Deshalb quälte er Unschuldige, um mich zu treffen.

»Wie hat dir das zarte Fleisch geschmeckt?«, fragte er, während er sich selbst an sein Essen machte. Das Mädchen auf dem Boden würdigte er keines Blickes mehr.

»Für dich mag es ein Genuss sein, Leichenteile zu essen, für mich ist es das nicht.« Ich warf ihm einen hasserfüllten Blick zu.

Er verdrehte die Augen und steckte sich ein Stück Fleisch in den Mund. Nachdem er es hinuntergeschluckt hatte, trank er von seinem Weingemisch.

»Ich bin neugierig, hast du das auch zu den Menschen in deinem Umfeld gesagt, wenn sie Fleisch gegessen haben?«

»Das ist …«

»… etwas anderes?« Er schüttelte den Kopf und schnitt sich ein weiteres Stück ab. »Es ist kein Kannibalismus, falls du das meinst, denn wir sind keine Menschen. Auch wenn die Menschen sich für die Krone der Schöpfung halten und denken, sie würden an der Spitze der Nahrungskette stehen, ist das in Wahrheit unsere Position. Fressen und gefressen werden war schon immer der Lauf des Lebens.«

»Es ist moralisch dennoch verwerflich.«

Er hob die Augenbrauen. »Was würdest du denn von Dimitri halten, wenn er statt meiner hier am Tisch säße?«

Er würde es nicht essen, wollte ich antworten, doch ich konnte nicht. Ich hatte Dimitris Vampyrseite nicht kennengelernt. Er hatte mir gesagt, dass er kein Fleisch aß, doch hatte sich das damals auf jedes Fleisch bezogen oder nur auf das von Tieren? Wie ernährte er sich, wenn ich nicht dabei war?

»Wenn du weiterhin so nachdenkst, fängt dein schöner Kopf noch an zu rauchen.«

Ich ballte die Hände unter dem Tisch zu Fäusten. »Worauf wolltest du mit deiner Frage hinaus?«

Er legte Messer und Gabel zur Seite und verschränkte die Hände ineinander.

»Mein Bruder liebt Menschenfleisch genauso wie ich.«

Ich hatte die Antwort bereits befürchtet, trotzdem erschütterte sie mich bis ins Mark.

»Du lügst«, entfuhr es mir. Die Worte waren nicht ernst gemeint, ich ahnte, dass er die Wahrheit sagte. Nein, sie waren ein Wunsch! Ich wollte es nicht wahrhaben, dass der Mann, den ich liebte, ein »Menschenfresser« war. Doch was hatte ich erwartet? Er war ein Vampyr und dass diese sich von Blut ernährten, war logisch. Ob man Menschen nun bloß leer saugte oder auch ihr Fleisch verwertete, machte wohl keinen großen Unterschied. Trotzdem fand ich es schrecklich. Es gab mit Sicherheit Alternativen. In Büchern fanden sich immer andere Möglichkeiten, als Menschen zu töten.

»Du weißt, dass ich das nicht tue«, erwiderte Valentin. »Dimitri und ich haben keine Party ausgelassen. Als junger Prinz hat man absolute Narrenfreiheit und die haben wir ausgelebt. Wir reisten durch die Welt und lebten nach unseren eigenen Regeln. Es gab haufenweise junge hübsche Frauen, die uns in Scharen hinterherliefen und uns nachts Gesellschaft leisteten. Wenn wir ihrer überdrüssig waren, tranken wir ihr Blut und aßen ihr zartes Fleisch. Wir töteten, wenn uns danach war, und mussten uns vor niemandem rechtfertigen.«

Während er sprach, sah er mich zur Abwechslung nicht an, sondern fixierte einen Punkt an der Wand. Er schien in Erinnerungen versunken zu sein. Valentins Erzählung schockierte mich und zerriss mein Innerstes. Ich konnte nicht verhindern, dass ich mir Dimitri bildlich bei dem vorstellte, was Valentin erzählte. Er war ein eiskalter Mörder. Das konnte und wollte ich nicht glauben ...

Verzweifelt vergrub ich das Gesicht in den Händen. Meine gesamte Welt war zerbrochen. Die Wahrheit tat weh. Unheimlich weh. Wofür lebte ich noch? Wie konnte mein Herz bei all dem Schmerz weiterschlagen?

Der Kampfwille, den ich in der Zelle noch verspürt hatte, war erloschen wie eine Kerze, die der Wind ausgeblasen hatte. Nur dass Valentins Worte kein Windhauch waren, sondern ein Tornado, der alles zerstörte.

»Kein schönes Gefühl, wenn man erfährt, dass man von den Leuten, die einem am meisten bedeuten, angelogen wurde, was?«, bemerkte Valentin nüchtern. Sein Tonfall ließ mich aufhorchen.

Ich vernahm in seinen Worten keinen Hauch von Schadenfreude, Arroganz, Verbitterung oder sonstigen negativen Eigenschaften, die er bisher verkörperte. Im Gegenteil. Wenn mich nicht alles täuschte, klang er traurig. Was hatte es in ihm ausgelöst, von seinen Eltern »hintergangen« worden zu sein? Bereute er es, durch seine Taten den Zwillingsbruder verloren zu haben?

Sein Gesicht war eine ausdruckslose Maske, doch für einen Moment spiegelten sich seine Gefühle in den Augen, ehe es wieder zu einer ausdruckslosen Maske gefror. Einen Anflug von Niedergeschlagenheit, Kummer und Melancholie hatte ich darin erkennen können. War er einsam? Er hatte einen Lebensweg eingeschlagen, der nur aus Tod, Hass und Zerstörung bestand. Für eine Familie und richtige Freunde war da kein Platz, dafür hatte er gesorgt.

»Nein, ist es nicht«, erwiderte ich schließlich. »Das wissen wir beide. Doch gerade weil wir diesen Schmerz kennen, können wir es besser machen. Wir müssen nicht die Fehler anderer wiederholen. Unsere Erfahrungen machen uns aus. Positive sowie negative. Es ist unsere Entscheidung, was wir aus ihnen lernen. Rache ist nie eine Lösung. Auch du musst kein Monster sein, Valentin.« Ich betete, dass meine Worte ihn erreichten. Für einen Augenblick sah er mich einfach nur an. Dieses Mal konnte ich keinerlei Gefühlsregung in seinem Gesicht erkennen. Er rührte sich nicht. Er schien nicht einmal zu atmen. Er war wie versteinert. Sein Blick aus braunen Augen ruhte auf mir. Kein Blinzeln, nichts.

Nach schier einer Ewigkeit schloss er die Augen und fuhr sich mit der Hand durch das kurze Haar.

»Ach Lilya ...« In dem Moment, in dem er die Augen wieder öffnete, erkannte ich, dass ich es nicht geschafft hatte, zu ihm durchzudringen. Enttäuschung und Hoffnungslosigkeit überrollten mich. »... du bist wirklich noch naiver, als ich gedacht habe.« Sein spöttischer Blick traf mich und ein kaltes Grinsen erschien auf seinem Gesicht. »Mein armer kleiner Bruder war töricht, sich mit dir einzulassen. Du bist nicht die Richtige für ihn. Er braucht kein Mädchen, das krampfhaft versuchen wird, die Bestie in ihm zu zähmen.«

»Und was willst du dann mit mir? Du bist doch noch schlimmer«, erwiderte ich mit zusammengebissenen Zähnen.

»Der Unterschied zwischen Dimitri und mir ist, dass es mir egal ist, was du von mir denkst. Halte ruhig deine Moralpredigten, sie interessieren mich nicht. Es ist mir gleich, ob du mich hasst. Tatsächlich finde ich deine Abneigung sogar viel spannender als eine mögliche Zuneigung«, erklärte er grinsend und verschränkte lässig die Arme vor der Brust. »Ich weiß nicht, welche Pläne mein Brüderchen mit dir hatte, aber mein Ziel war es nie, dir den Hof zu machen, bevor ich dich heirate. Das habe ich nicht nötig.«

32. KAPITEL

Lilya
Nachdem ich zurück in die Zelle gebracht worden war, hatte ich keine Gelegenheit, mit Soley zu sprechen. Der schweigsame Djiyo lieferte mich dort ab und nahm sie an meiner Stelle mit.

Ich sah die Panik in ihren Augen, als er sie aus dem Verlies zerrte, und wünschte, ich könnte ihr helfen. Doch ich konnte natürlich nichts gegen den Wächter ausrichten. Ich war so machtlos wie ein normaler Mensch.

Allein blieb ich im Dunkeln zurück. In eine Ecke gekauert versuchte ich, die letzten Ereignisse zu verarbeiten. Es erschien mir unmöglich, tatsächlich zu realisieren, was passiert war.

Ich dachte darüber nach, was mir Valentin über Dimitri erzählt hatte. Was sollte ich nur davon halten? Was über Dimitri denken? Wer war dieser Mann wirklich, der mich vom ersten Moment an so fasziniert hatte? Welche Seite an ihm überwog? Die, die er mir in Texas und New York gezeigt hatte, oder die, von der mir Valentin erzählt hatte? Hatte Dimitri mir die ganze Zeit etwas vorgespielt, um mein Vertrauen zu erschleichen? Handelte es sich lediglich um eine andere Taktik, um an die Thronerbin der Kiye zu kommen? Ich wusste es nicht – und egal, wie lange ich mir nun den Kopf zerbrach, keines der Fragezeichen würde dadurch verschwinden.

Auch wenn ich hundemüde war, überwältigte mich sofort die Panik, sobald ich die Augen schloss. Dabei war es in der Zelle ohnehin dunkel, seitdem die Fackel niedergebrannt war.

Es war seltsam, ohne Soley eingesperrt zu sein. Ich vermisste ihre Anwesenheit. Ich wollte ihre Stimme hören und ihre Hand halten, um hier drinnen nicht verrückt zu werden. Wie es mir gehen würde, wenn man mich ganz allein in eine Zelle gesperrt hätte, wollte ich mir besser nicht vorstellen. Ich hätte niemanden gehabt, mit dem ich über den ganzen Wahnsinn hätte reden können.

Wir waren Valentin hilflos ausgeliefert und er würde großen Spaß daran haben, uns bis zur totalen Verzweiflung zu treiben. Ich verbat mir darüber nachzudenken, was er Soley in diesem Augenblick antat. Mit großer Wahrscheinlichkeit war es das, was mir auch bald blühen würde. Noch hatte er mich zumindest körperlich so gut wie unversehrt gelassen und sich darauf beschränkt, mich psychisch zu quälen. Doch das würde sich schneller ändern, als mir lieb wäre.

Wie lange es wohl noch dauern würde, bis er mich in sein Bett holte? Bis er auch anfing zu versuchen, mich zu schwängern? Bei dem Gedanken daran schossen mir die Tränen in die Augen und ich hätte schreien können.

»Ganz ruhig, Lilya. Noch ist nicht alles verloren«, murmelte ich mit zittriger Stimme, um mich selbst zu beruhigen. Doch es half nichts. Die Panik ließ nicht nach.

Es verging schier eine Ewigkeit, in der ich stumm in die Dunkelheit starrte. Ich hörte lediglich den eigenen Herzschlag, der in meinen Ohren tobte.

Schließlich vernahm ich, wie sich Schritte näherten, und atmete erleichtert aus.

Die Tür wurde aufgerissen und Soley fiel in die Zelle. Ich hielt sie in den Armen, während der Wächter eine neue Fackel in die Halterung steckte und wieder verschwand. Soleys Anblick ließ mich entsetzt aufkeuchen.

»Oh, mein Gott, Soley! Du siehst furchtbar aus!«

Sie brachte ein müdes Lächeln zustande und wand sich aus meiner Umarmung.

»Sieht schlimmer aus, als es ist«, murmelte sie schulterzuckend.

»Machst du Witze?« Das Gesicht und ihr ganzer Körper waren mit blauen Flecken und kleinen Wunden übersät. Vampyre heilten deutlich schneller als

Menschen, doch wie übel hatte Valentin sie zugerichtet, dass sie noch immer so aussah? »Warum heilst du nicht richtig?«, fragte ich besorgt.

Sie seufzte leise. »Valentin gibt mir kein Blut und mein Körper ist mittlerweile so schwach, dass meine natürlich ausgeprägten Selbstheilungskräfte nicht mehr so stark sind.«

»Du brauchst also Blut ...« Ohne weiter darüber nachzudenken, hielt ich ihr mein Handgelenk vor die Nase. Einen Moment starrte sie mich entgeistert an, ehe sie entschieden den Kopf schüttelte und meine Hand wegdrückte.

»Ich werde nicht von dir trinken. Du brauchst deine Kraft selber.«

»Ein bisschen weniger Blut wird mich nicht umbringen, Soley. Noch bin ich kein richtiger Vampyr und vermutlich werde ich nie herausfinden, wie es sich anfühlt, einer zu sein. Du bist die Einzige, die bei Kräften bleiben muss. Also los, trink schon«, sagte ich bestimmt und hielt ihr erneut das Handgelenk hin.

Unsicher knabberte sie an ihrer Unterlippe und sah mich fragend an. »Und du bist ganz sicher?«

Ich nickte nur und versuchte mir die Unsicherheit nicht anmerken zu lassen. Schließlich seufzte Soley und griff nach meinem Handgelenk. Sie warf mir noch einen prüfenden Blick zu, als die Farbe ihrer Augen plötzlich von Grün zu einem warmen Goldton wechselte und die Fangzähne hervortraten.

Ängstlich kniff ich die Augen zusammen, als Soleys Zähne durch meine Haut drangen. Es tat weniger weh, als ich erwartet hätte. Sie war deutlich behutsamer als Valentin. Nach nur wenigen Sekunden zog sie die Fangzähne heraus und leckte kurz über die Wunde. Nachdenklich sah sie auf mein Handgelenk hinunter, das bereits aufgehört hatte zu bluten. Überrascht betrachtete ich die zwei kleinen Löcher, die immer winziger wurden.

»War das denn genug für dich?«, fragte ich, doch Soley schien meine Frage überhört zu haben. Eine Antwort erhielt ich bei einem Blick auf Soleys Verletzungen, die augenblicklich verschwanden.

»Merkwürdig«, murmelte sie und leckte sich über die Lippen. Sie nahm keinerlei Notiz von ihrer Heilung.

»Was ist merkwürdig?«

»Dein Blut … Ich konnte keinerlei Verunreinigung deiner DNA schmecken.«

Verwirrt sah ich sie an. »Verunreinigung meiner DNA? Was soll das heißen?«

»Ich kann durch den Geschmack verschiedene Blutslinien bestimmen. Egal ob bei Kiye, Siye, Djiye oder den Menschen. Dein Blut ist das einer reinen Kiya, aber das ist eigentlich unmöglich.«

»Wie meinst du das?« Ich verstand nur Bahnhof.

»Du hast gesagt, du wurdest im Januar einundzwanzig Jahre alt, oder?« Soley warf mir einen fragenden Blick zu.

»Ja, wieso?«

»Weil das nicht stimmen kann. Deine Mutter war die letzte Überlebende der Kiye. Deinem Blut nach zu urteilen, bist du aber rein. Das heißt, dein Vater muss ein Kiyo gewesen sein.«

»Hast du nicht erzählt, meine leibliche Mutter war verheiratet? Dann wird doch ihr Mann mein leiblicher Vater sein.«

Sie nickte langsam. »Ich vermute es. Allerdings starb Yaris, Anisyas Ehemann, bereits am sechsundzwanzigsten September 1995.«

Auch ohne lange nachzurechnen, wusste ich sofort, dass das nicht passen konnte. »Aber ich wurde erst am siebzehnten Januar 1997 geboren! Dann kann er wohl doch nicht mein Vater gewesen sein. Ich muss ja im April des Vorjahres gezeugt worden sein.«

»Eher im März«, meinte Soley knapp. Als ich sie verständnislos ansah, fügte sie hinzu: »Unsere Schwangerschaften dauern zweiundvierzig anstatt achtunddreißig Wochen.«

»Aha. Das haut trotzdem nicht hin. Da müsste die Schwangerschaft noch mal deutlich länger gedauert haben.«

Sie musterte mich ernst. »Ich vermute etwas anderes.«

»Und das wäre?« Ich wollte endlich wissen, worauf sie hinauswollte.

»Wenn dein Vater im September 1995 starb, musst du spätestens im Juli 1996 geboren worden sein. Das bedeutet, dass du noch bis Ende Juli erweckt werden wirst«, erklärte sie.

Sprachlos sah ich sie an. »Das macht doch überhaupt keinen Sinn.« Ich hätte eher damit gerechnet, dass sie vermutete, meine Mutter hätte mich doch mit jemand anderem gezeugt.

»Natürlich.« Soley zuckte mit den Achseln. »Geburtstage kann man fälschen.«

»Hm.« Mir schwirrte der Kopf. Ich fand Soleys Theorie ziemlich weit hergeholt, aber nach den letzten Ereignissen brauchte es mehr, um mich zu schockieren. *Ich bin ein Vampyr?* Gut, das konnte ich hinnehmen. *Meine Eltern sind nicht meine richtigen Eltern? Mein Bruder ist angeblich nicht mein Bruder?* Meine leibliche Familie und meine gesamte Rasse wurden von Dimitris wahnsinnigem Bruder getötet? Schön, auch das akzeptierte ich langsam. Mein Geburtstag wurde gefälscht, damit man mich nicht so leicht finden konnte? Okay, das klang von allem noch am logischsten.

Himmel, viel verrückter konnte es doch nicht mehr werden.

Ruhig bleiben, Lilya.

»Und was machen wir jetzt?«, fragte ich, nachdem ich meine Stimme wiedergefunden hatte.

»Valentin darf auf keinen Fall erfahren, dass deine Erweckung kurz bevorsteht, ansonsten tötet er dich.«

***

Die Nachricht, dass mein Geburtstag gefälscht sein musste, war die erste gute Erkenntnis, seitdem ich in Sibirien war. Denn sie bedeutete Hoffnung. Es bestand durchaus die Gefahr, dass unsere Überlegungen falsch waren und ich doch jünger war, als wir nun annahmen. Eventuell war mein Vater auch ein Kiyo, doch nicht Yaris, der Mann, mit dem meine Mutter laut Soley verheiratet gewesen war, sondern ein ganz anderer. Auch wenn Soley mir erzählt hatte, dass Yaris der letzte lebende Kiyo gewesen war. Es bestand die Möglichkeit, dass es in Wahrheit noch einen anderen gegeben hatte.

Und selbst wenn Yaris tatsächlich mein Vater war und ich demnächst erweckt werden würde, hatten wir keine Garantie, dass sich unsere Lage dadurch verbesserte. Niemand konnte vorhersagen, welche Fähigkeit ich entwickeln würde. Möglicherweise war sie absolut nutzlos in einem Kampf oder Valentin tötete mich, bevor ich überhaupt lernen konnte, meine Kräfte sinnvoll einzusetzen.

Doch uns blieb nichts anderes übrig, als zu hoffen, dass das Ganze positiv für uns ausgehen würde. Es war neben einer Rettung durch Dimitri unsere einzige Chance auf Freiheit.

»Warum hat Valentin eigentlich nicht auch erkannt, was los ist, als er von mir trank?« Es kam mir seltsam vor, dass mein Blut Soley stutzen ließ, Valentin aber offensichtlich nur den guten Geschmack im Sinn hatte.

»Weil er kein Siyo ist. Und auch nur sehr wenige aus meinem Volk können solche Details so genau erfassen wie ich. Die Fähigkeiten einer Rasse sind in der Königsfamilie am meisten ausgeprägt. Deshalb sind Valentin und Dimitri auch die stärksten Djiye.«

»Das heißt, dass niemand herausfinden wird, dass ich älter bin als angenommen?«, kombinierte ich hoffnungsvoll.

Statt einer Antwort nickte sie.

»Und wird sonst jemand bemerken, dass ich demnächst erweckt werde? Gibt es irgendwelche Anzeichen dafür oder wie läuft das ab?«

»Nun, die Erweckung ist in erster Linie ein schleichender Prozess. Du wirst nicht an deinem Geburtstag plötzlich auf einen Schlag Superkräfte haben«, meinte sie lächelnd und mir wurde bewusst, dass ich es mir tatsächlich so vorgestellt hatte. »In der Regel beginnen die Veränderungen ein paar Wochen früher. Das ist bei jedem unterschiedlich. Dein Organismus verändert sich, das wirst du bemerken. Normalerweise fangen junge Vampyre einige Wochen vor ihrem Geburtstag damit an, Blut zu trinken. Es stärkt uns und mit jedem Tag wird dein Körper immer mehr mit dem Blut anfangen können. Die Erweckung ist schließlich abgeschlossen, wenn deine Fangzähne das erste Mal durchbrechen und sich die Augenfarbe verändert.«

»Wie wird meine Augenfarbe eigentlich aussehen?« Es gab vermutlich wichtigere Fragen zu klären, doch ich war einfach neugierig. Die Iris der Djiye färbte sich rot, während die der Siye golden wurde. Wie war es bei den Kiye?

»Violett«, erklärte sie knapp und in meinem Hinterkopf regte sich etwas. Ich sah eine Frau mit violett leuchtenden Augen und Fangzähnen vor mir. Sie hatte dunkles Haar und war mir zum Verwechseln ähnlich. Ob das eine Erinnerung an meine leibliche Mutter oder nur ein Produkt der Fantasie war? So ähnlich könnte ich jedenfalls bald aussehen ... Noch konnte ich mir zwar nicht vorstellen, ein richtiger Vampyr zu sein, aber an den Gedanken würde ich mich wohl gewöhnen müssen.

Dass die Situation langsam ernst wurde, war mir schlagartig bewusst, als Soley mir jetzt selbst ihr Handgelenk entgegenstreckte und mich ernst anschaute.

»Ich soll dein Blut trinken?«, fragte ich leicht panisch.

»Hast du mir eben nicht zugehört? Deine Erweckung wird vermutlich in den nächsten Wochen ablaufen. Du musst gestärkt werden.«

»Aber wir wissen doch nicht, ob diese Theorie überhaupt stimmt.« Ich wich ein Stück zurück. Der Gedanke, Soleys Blut zu trinken, war befremdlich. »Außerdem bist du selbst viel zu schwach.« Hätten wir nur etwas früher herausgefunden, was mit meinen Genen los ist, hätte ich auch das Blut trinken können, das Valentin mir angeboten hatte!

»Mach dir meinetwegen keine Sorgen. Dein Blut hat die Selbstheilungskräfte wiedererweckt, da kann ich ohne Probleme selbst etwas abgeben.«

»Ich habe noch nicht einmal Fangzähne, wie soll ich da Blut trinken ...?«, versuchte ich erneut, mich herauszureden.

Soley verdrehte die Augen, die sich daraufhin golden färbten, und ritzte mit der Ecke eines Fangzahnes ihre dünne Haut auf. Augenblicklich floss Blut aus der Wunde.

Ehe ich erneut zurückweichen konnte, hielt sie mir ihr blutendes Handgelenk vor die Nase und zog mich mit der freien Hand näher zu sich heran. Sie war wirklich viel stärker, als sie aussah.

»Los, trink schon.«

Ich ergab mich meinem Schicksal und presste die Lippen vorsichtig auf die Wunde.

Eigentlich hätte ich erwartet, dass sich Bluttrinken völlig unnatürlich anfühlen und ich unbeholfen und angeekelt an der Wunde lecken würde, doch stattdessen setzte bei mir ein Saugreflex ein, sobald ich Soleys Blut schmeckte. Wie bei einem neugeborenen Baby schien dieser Reflex einem Vampyr angeboren zu sein.

Auch der Geschmack war alles andere als unangenehm. Ich musste zugeben, Soleys Blut war vorzüglich. Ich konnte nicht näher definieren, wie die warme Flüssigkeit schmeckte, die meinen Rachen hinunterlief, doch sie war etwas süßlich und hatte irgendwie einen Geschmack nach ... Macht.

Ohne Fangzähne, die die Wunde offen hielten, begann Soleys Haut schnell wieder zu heilen, sodass kaum noch Blut kam. Ich löste die Lippen von ihrem Handgelenk und lehnte mich zurück. Das Blut hatte ein warmes Gefühl im Magen hinterlassen und augenblicklich war mir nicht mehr kalt.

Beim Blick auf Soleys Wunde fiel mir wieder eine Frage ein. »Wieso haben meine Bisswunden eigentlich auch immer so schnell aufgehört zu bluten, wenn ich noch nicht erwacht bin?«

»Das liegt an unserem Speichel, wenn wir darüberlecken. Er enthält Enzyme, die dein Blut schneller gerinnen lassen. So ist sichergestellt, dass unsere Opfer nicht einfach verbluten.«

Irritiert runzelte ich die Stirn. »Aber ist das für einen Vampyr nicht ziemlich kontraproduktiv? Immerhin spritzen Mücken doch extra etwas gegen den Gerinnungsprozess in unser Blut und Vampyre tun das Gegenteil?«

Soley schüttelte lächelnd den Kopf. »Nun, es ist nicht so stark, dass die Wunde augenblicklich heilt, schon gar nicht, solange unsere Fangzähne noch drinnen stecken.«

»Verstehe. Aber wäre der Speichel eines Vampyrs dann nicht sehr nützlich für Menschen? Er kann doch sicher bei Unfällen helfen, ein Leben zu retten.«

»Nein, für größere Wunden ist es zu schwach. Es reicht lediglich, um die Gerinnung bei unseren Bisswunden zu unterstützen. Ich forsche allerdings tatsächlich an Möglichkeiten, die Bestandteile unseres Speichels als Medikament für Menschen zu nutzen.«

»Das klingt toll.«

Ihre Stirn legte sich in Falten. »Hm. Mal schauen, ob ich überhaupt jemals wieder in mein Labor komme.«

Betroffen schwieg ich und starrte auf den Boden. Es schien, als wurde uns augenblicklich wieder bewusst, dass wir hier womöglich bis zum Ende unseres Lebens festsitzen könnten.

33. Kapitel

Lilya

Ich sitze am Boden und spiele mit meinen Puppen, als Daddy in mein Kinderzimmer kommt.

»Hey, meine Kleine. Bist du schön am Spielen?«, fragt er und setzt sich zu mir. Ich nicke und reiche ihm eine Puppe. Ich mag es, wenn Daddy mit mir spielt.

Eine Frau taucht plötzlich im Türrahmen auf. Sie hat lange schwarze Haare und blaue Augen, so wie ich.

»Hallo Lilya. Es ist so schön, dich mal wiederzusehen«, sagt sie und kniet sich neben Daddy.

»Meinst du, es ist so klug, wenn sie dich sieht, Anisya?«, fragt er mit gesenkter Stimme.

»Keine Sorge, ich werde ihr später alle Erinnerungen an mich nehmen.«

Ich verstehe die Bedeutung ihrer Worte nicht, doch ich klammere mich an meiner Puppe fest.

»Hab keine Angst, Lya. Ich weiß, du erkennst mich nicht, doch ich bin deine Mutter.«

»Meine Mommy?« Ich blinzle sie verdutzt an.

»Ich liebe dich, meine kleine Maus. Es tut mir so leid, dass ich dich nicht aufwachsen sehen kann. Aber dein Daddy wird sich gut um dich kümmern.«

Sie sieht zu ihm.

»Du hast gesagt, dass du eine Ersatzmutter für sie gefunden hast. Wenn du mir

ein Foto von ihr zeigst, kann ich Lyas Erinnerungen so verändern, dass sie sie für ihre Mama hält.«

Sie lächelt mich an und legt eine Hand an meine Wange.

»Was hast du vor?« Daddy klingt besorgt.

»Ich werde ihr ein paar meiner Erinnerungen übertragen. Nach ihrer Erweckung werden sie zusammen mit dieser Begegnung wieder freigesetzt werden.«

Die blauen Augen meiner Mommy verschwinden und stattdessen tauchen neue Gesichter auf. Bilder in meinem Kopf, die so schnell kommen und gehen, dass ich keins davon lange genug festhalten kann. Ich sehe fremde Menschen, ein Schloss und einen Kampf.

Blut, überall Blut.

Nein, nein, nein. Es soll aufhören. Ich presse die Hände vors Gesicht, doch die Bilder verschwinden nicht.

Ich fange an zu schreien.

Jemand drückt mich an sich, dann wird alles schwarz.

Ich riss die Augen auf. Genauso wie in meinem Traum war alles schwarz um mich herum. *Ich kann mich erinnern.*

Die Erkenntnis traf mich völlig unerwartet. Die Albträume der letzten Wochen … Das mussten alles Erinnerungen meiner Mutter gewesen sein.

»Soley!«, rief ich und tastete nach ihr.

»Was ist passiert?«, ertönte ihre schlafrige Stimme neben mir.

»Meine Mutter hat mir ihre Erinnerungen eingepflanzt«, platzte ich heraus.

»Wie bitte?«

»Meine ständigen Albträume … das sind ihre Erinnerungen«, erklärte ich ungeduldig. Mein Herz raste.

»Unmöglich, deine Mutter konnte die Erinnerungen ihres Gegenübers verändern, nicht ihre eigenen an jemanden übertragen.«

»Offenbar konnte sie es! Es muss doch nicht jeder von dieser Fähigkeit gewusst haben. Vermutlich hat sie es geheim gehalten.« Schnell fasste ich meinen Traum zusammen. Ich hatte Angst, dass er jeden Moment wieder verblassen würde, wie die letzten Träume. Mein Unterbewusstsein hatte sich offenbar langsam wieder an alles erinnert, je näher ich meiner Erweckung kam. Und nun war es so weit. Auch wenn ich mich nicht an alles erinnern konnte, war ich mir sicher, dass meine Theorie stimmte.

»Und was für Erinnerungen hat sie dir nun übertragen?«, fragte Soley.

»Ich weiß es nicht genau. Ich erinnere mich bisher nur bruchstückhaft. Ich hoffe, dass es in nächster Zeit noch klarer wird.«

»Hm«, machte sie. »Dass du dich an etwas erinnern kannst, bestätigt zumindest unsere Theorie über deine bevorstehende Erweckung. Du hast gesagt, du hast die Albträume seit Monaten, ich kann mir nicht vorstellen, dass du dann erst in einem halben Jahr erweckt wirst.«

»Stimmt.« Ich sprach es nicht aus, doch die Erinnerung bestätigte noch etwas anderes. Mein Vater Diego, der offenbar tatsächlich nicht mein Erzeuger war, wusste Bescheid über mich und meine Herkunft. Wie er Anisya wohl kennengelernt hatte?

Er hatte mich all die Jahre über angelogen und nun wusste ich auch, warum er immer so besorgt um mich war. Er hatte Angst vor meiner Entdeckung. Jetzt machte alles Sinn. Es war vermutlich auch kein Zufall, dass mein Vater im Mai mit mir nach Australien reisen wollte. In dem Zeitraum, in dem meine Erweckung möglicherweise begann. War das ein Hinweis darauf, dass mein Geburtsdatum tatsächlich gefälscht wurde? Wohin hatte er wirklich mit mir gewollt?

In dem Moment wünschte ich mir nichts sehnlicher, als mit ihm über alles reden zu können. Mein Herz blutete bei dem Gedanken, ihn vielleicht niemals wiederzusehen. Ihm nicht sagen zu können, dass ich ihn liebte und es mir egal war, wer mich gezeugt hatte.

***

Die nächsten Tage in Sibirien vergingen nach einem ähnlichen Schema. Soley gab mir regelmäßig ihr Blut und ich wartete ungeduldig auf weitere Anzeichen, dass meine Erweckung voranschritt. Körperlich bemerkte ich nichts, außer dass ich unempfindlicher auf die kalten Temperaturen in diesem

Schloss reagierte. Ob das an Soleys Blut, meiner baldigen Erweckung oder einfach nur daran lag, dass ich mich langsam an die Kälte gewöhnte, wusste ich nicht.

Ich hatte nicht das Gefühl, dass mein Körper zu dem eines mächtigen Vampyrs wurde. Mich plagten stechende Kopfschmerzen und mein Kiefer tat weh, wie eigentlich alles an mir – aufgrund des fehlenden Bettes!

Nach und nach erinnerte ich mich an ein paar meiner vielen Albträume beziehungsweise Erinnerungen meiner Mutter, doch bisher hatte ich nichts Hilfreiches erfahren. Valentin sah ich zu meiner Erleichterung nur selten. Wächter brachten uns zu essen und zu trinken. Menschenfleisch oder Blut waren zum Glück nicht dabei. Wobei Soley wohl Blut gebraucht hätte, um fitter zu werden.

Tagtäglich kämpften wir gegen die Resignation. Für Soley gestaltete sich das schwieriger als für mich. Sie war deutlich länger hier als ich und hatte mehr von dem Schrecken gesehen, der hinter diesen Mauern lauerte. Doch auch mir fiel es zunehmend schwerer, die Hoffnung aufrechtzuerhalten. Aber ich konnte und wollte nicht aufgeben. Einer von uns beiden musste stark bleiben und auf eine Gelegenheit zur Flucht warten.

»Solange wir beide leben, hat er nicht gewonnen. Solange wir beide leben …«, murmelte ich mein Mantra immer wieder leise vor mich hin. Es war töricht, so zu denken. Mir war durchaus bewusst, dass es weitaus Schlimmeres als den Tod gab. Tapfer verdrängte ich aber bisher alle Bilder von möglichen Folterszenarien aus dem Kopf. Ich hatte definitiv zu viele Filme gesehen. Als wäre meine Fantasie nicht auch so in der Lage, sich genug Grausamkeiten auszudenken. Ich zweifelte nicht daran, dass Valentin ebenfalls auf all diese Ideen kommen und sie liebend gerne ausprobieren würde.

Soley hockte neben mir und hatte den Kopf in die Hände gestützt. Sie war schwach und verzweifelt. Sanft strich ich ihr mit der Hand über den Rücken. Ein Teil von mir wollte sich weinend in eine Ecke kauern, doch der Rest blieb standhaft. Angeblich war die Rasse der Kiye für Anführer bekannt, die ihresgleichen verteidigten und bis zum Letzten kämpften. Steckte es in meinem Blut, *nicht* klein beizugeben? Ich wusste nicht, ob es Stolz oder Dummheit war, so zu handeln. Mein Volk war komplett ausgelöscht worden, weshalb ich ein bisschen von beidem vermutete.

Das Geräusch des Schlüssels im Schloss ließ mich blitzartig aufspringen. Auch wenn ich mein Zeitgefühl fast komplett verloren hatte, konnte ich inzwischen zumindest die Abstände zwischen den Besuchen der Wärter, in denen sie uns Essen brachten, ganz gut abschätzen. Meine innere Uhr sagte mir, dass dies definitiv nicht so ein Besuch war – und das bedeutete in der Regel nichts Gutes. Auch wenn er meist zu beschäftigt war, um uns täglich zu quälen, nahm Valentin sich ab und zu doch die Zeit, uns aus dem Kerker zu holen. Auf seine Gesellschaft konnte ich gerade sehr gut verzichten und wenn ich es mir genau überlegte, auch für den Rest meines Lebens.

Soley hob den Kopf und starrte finster auf die Tür. Andrej betrat mit einem anderen Wächter unsere Zelle.

»Guten Tag, meine Damen.« Andrej nickte dem Djiyo zu, der daraufhin zu Soley ging und ihre Fußfessel löste. Aus ihrem Gesicht wich alle Farbe.

»Heute nehmen wir euch beide mit. Ihr habt einen wichtigen Termin«, verkündete Andrej – und Soley und ich warfen uns misstrauische Blicke zu.

***

Die Männer brachten uns in einen mir bis dato unbekannten Teil des Schlosses. Der Raum, von dem mehrere Gänge abgingen, wirkte auf mich wie ein Warteraum. Mehrere Sessel standen herum. Bunte Bilder an den Wänden und viele Pflanzen ließen ihn einladend und gemütlich wirken. Ganz untypisch bei der sonst so düsteren Stimmung des Schlosses. Leise Musik lief im Hintergrund.

Soleys Gesichtsausdruck nach zu urteilen, war sie bereits hier gewesen. Sie wirkte relativ gelassen, was mir signalisierte, dass uns vielleicht nichts allzu Schlimmes erwartete.

Eine der Türen ging auf und eine gutaussehende Djiya in einem kittelartigen weißen Kleid stieß zu uns. Sie lächelte und musterte mich neugierig aus dunklen Augen. Kopfschüttelnd wendete sie sich schließlich an Andrej.

»Was habt ihr mit dem armen Ding nur angestellt? Da werde ich ja ewig brauchen.«

Ich runzelte die Stirn. Was meinte sie denn damit?

Andrej zuckte nur mit den Schultern. »Du kriegst das schon hin.«

»Natürlich kriege ich das hin. Und jetzt verzieht euch, ihr stört mich nur bei der Arbeit.« Sie deutete auf die Tür, durch die wir gekommen waren. Sichtlich widerwillig verschwand Andrej mit dem anderen Wächter.

Ich atmete auf, als sie weg waren. Der Djiya schien es ähnlich zu gehen.

»So, die wären wir los.« Sie umarmte Soley kurz und streckte mir dann die rechte Hand entgegen. »Ich bin übrigens Sofia.«

»Ähm.« Zaghaft ergriff ich sie. »Lilya. Freut mich. Was genau hast du denn mit uns vor?«

»Ich habe die Aufgabe, Euch ein bisschen hübsch zu machen, Prinzessin«, erklärte sie lächelnd und bedeutete uns, ihr zu folgen. Das klang zunächst gut, bis in meinem Kopf die Frage aufkam, für was oder vielmehr wen man uns hübsch machen wollte.

»Vor ihr können wir offen reden. Sie kann Valentin auch nicht ausstehen«, meinte Soley zu mir, während wir in einen der angrenzenden Räume gingen, der wie eine Umkleide aussah.

»Super, kann sie uns denn nicht bei unserer Flucht helfen?«, fragte ich an Soley gewandt, doch Sofia antwortete an ihrer Stelle.

»Nein.« Traurig schüttelte sie den Kopf. »Ein paar entspannte Stunden sind alles, was ich Euch bieten kann, Prinzessin. Versteht das bitte.«

»Aber warum? Du könntest doch Hilfe organisieren ... Und du brauchst auch nicht so förmlich zu sein. Sag einfach Du.«

»Lass sie, Lilya«, unterbrach mich Soley. »Nur weil sie in keinem Verließ sitzt, ist sie nicht automatisch frei.«

Der kleine Funken Hoffnung, der eben aufgekommen war, erlosch augenblicklich wieder.

»So, wenn das nun geklärt ist, kann ich ja mit meiner Arbeit anfangen. Eure Sachen, oder vielmehr das, was davon übrig ist, könnt ihr einfach hier liegen lassen. Ich gebe euch später neue.« Sie überreichte jedem von uns einen Bademantel und wartete, bis wir uns entkleidet hatten, ehe sie uns ins nächste Zimmer führte. Warmer Dampf schlug uns entgegen und ich starrte sehnsüchtig auf den Whirlpool, der uns dort erwartete. Reflexartig ließ ich den Bademantel zu Boden fallen und sprang in das heiße Wasser, ohne mir Gedanken darum zu machen, dass ich nackt war. Soley schloss sich mir augenblicklich an.

Ich tauchte mit dem Kopf unter Wasser und genoss das Gefühl, endlich wieder sauber zu werden. Es war unglaublich, wie schnell man ein bisschen warmes Wasser vermissen konnte. Das war mein erstes Bad seit Wochen. Noch nie hatte ich mich so schmutzig gefühlt.

Als ich wieder auftauchte, strich ich mir das Wasser aus dem Gesicht und sah zu Sofia, die neben dem Whirlpool stand.

»Ich lasse euch erst mal eine halbe Stunde in dem Wasser, ehe ihr duschen könnt und wir mit den Behandlungen beginnen«, erklärte sie und verschwand.

»Behandlungen?«, fragte ich Soley, als die Djiya weg war.

»Mh, das volle Programm. Maniküre, Pediküre, Haare schneiden, Waxing ...«

»*Waxing?*« Meine Stimme klang augenblicklich eine Oktave höher. Soley hatte den Kopf in den Nacken gelegt und die Augen geschlossen.

»Jepp, aber das Waxing ist harmlos – verglichen mit dem Grund, aus dem es gemacht wird.« Ihre Stimme war fast nur noch ein Flüstern.

»Können wir nicht von hier aus fliehen? Wir sind in keinem Verlies eingesperrt. So eine Gelegenheit bekommen wir nicht wieder.«

Zu meiner Enttäuschung schüttelte Soley mit dem Kopf. »Vergiss es. Du glaubst doch nicht etwa, dass die Wächter nicht jeden Ausgang aus diesem Wellnesstempel bewachen?«

»Einen Versuch wäre es trotzdem wert. Wir haben doch nichts zu verlieren«, beharrte ich.

Soley hob eine Augenbraue. »Nun, wenn du versuchst, dich nackt an den Wächtern vorbeizuschleichen, werden sie zumindest einen Moment verwirrt sein.«

»Sehr witzig.« Ich streckte die Zunge raus und spritzte Wasser nach ihr.

Sie kicherte und tat es mir gleich. Eine kleine Wasserschlacht entbrannte, ehe wir beide lachend aufgaben.

Das war das erste Mal seit meiner Ankunft in Sibirien, dass wir einfach ausgelassen waren. Auch wenn es nur einen Moment andauerte, verdeutlichte es mir, dass noch nicht alles verloren war. Schwarzsehen und den Kopf in den Sand stecken brachten nichts.

34. Kapitel

Lilya

Nachdem Soley und ich etwas Zeit im Whirlpool verbracht hatten, wurden wir von Sofia abgeholt und in die Behandlungsräume gebracht. Ich war nie der Typ Mädchen gewesen, der zur Kosmetikerin ging. Wenn ich mal lackierte Nägel haben wollte, dann kümmerte ich mich selbst darum. Bis auf das Waxing, was verdammt schmerzhaft war, genoss ich allerdings sämtliche Behandlungen, die Sofia zusammen mit einer anderen Djiya namens Alina durchführte.

Es war schön und tat gut, auch wenn der Hintergrund zum Fürchten war. Ich vermied es aber, in einen der Spiegel zu schauen. Ein kurzer Blick vorhin hatte gereicht, um zu zeigen, dass mir die Zeit im Kerker nicht gut bekam. Das wenige Essen und die fehlende Sonne hatten mich schlanker und noch blasser gemacht. Doch nicht nur Fett hatte ich verloren, sondern auch einiges an Muskelmasse. Ich war es gewohnt, mich täglich zu bewegen, und hatte nun das Gefühl, mein Körper verkümmerte in der Zelle.

Als wir mit allem durch waren, steckte Sofia uns in saubere Sachen und wollte uns bereits wieder entlassen. Bei dem Gedanken an unsere Unterkunft wollte ich Sofia schon anbetteln, uns nicht wegzuschicken.

»Oh, verdammt, beinahe hätte ich es vergessen.« Sofia schlug die Hände über dem Kopf zusammen und verschwand kurz im Nebenzimmer. »Ich muss noch eure Maße nehmen«, verkündete sie und kam mit einem Maßband zurück.

»Wofür brauchst du die?«, fragte ich skeptisch.

Sie legte das Band um meine Taille und sah mir nicht in die Augen, als sie antwortete. »Es müssen noch Kleider genäht werden. Für die Krönung und die Hochzeit.«

Mir wurde schlagartig wieder bewusst, dass uns eine Katastrophe bevorstand. Ich tauschte einen Blick mit Soley, die bei Sofias Worten ganz blass geworden war. Sie dachte vermutlich das Gleiche wie ich. Unsere Schonfrist war bald vorbei.

***

Sofia tat es sichtlich leid, uns wieder den Wächtern zu übergeben, nachdem sie nun endgültig fertig mit ihrer Arbeit war. Ich war jedoch nicht mehr ganz so traurig darüber. Zu erfahren, dass nicht jeder hier im Schloss auf Valentins Seite stand, machte mir Mut, auch wenn es uns momentan nicht weiterhalf.

Während der mir unbekannte Wächter Soley zurück in die Zelle bringen sollte, führte mich Andrej zum großen Thronsaal, in dem ich Valentin zum ersten Mal begegnet war. Dieser wartete dort natürlich bereits auf mich.

»Wow, Sofia hat ganze Arbeit geleistet. Du siehst wunderschön aus«, begrüßte Valentin mich grinsend.

Er schickte Andrej weg und führte mich in die Halle.

»Freust du dich schon auf die Feierlichkeiten?«, fragte er gut gelaunt.

»Und wie …« Egal wie oft ich es mir vornahm, den ironischen Tonfall in seiner Gegenwart zu unterlassen, ich vergaß es jedes Mal aufs Neue.

Valentin blieb stehen, doch anstatt mir einen vernichtenden Blick zuzuwerfen, hoben sich seine Mundwinkel. Er zeigte mir aber kein freundliches Lächeln, sondern ein gruseliges Grinsen. »Ach Lilya, die Ehe mit dir wird mit Sicherheit niemals langweilig.«

Er streckte einen Arm nach mir aus und ich wich zurück, in der Erwartung, geschlagen zu werden. Zu meiner Überraschung zog er mich in eine Umarmung. Stocksteif stand ich da, während er das Kinn auf meinem Kopf ablegte und seine Finger meine Wirbelsäule hinabwanderten und eine Gänsehaut hinterließen. Doch nicht nur seine Berührung, sondern auch die anschließenden Worte jagten einen Schauer durch meinen Körper.

»Was für eine Schande, dass ich dich momentan zumindest körperlich nicht züchtigen kann. Du bist noch unerweckt und ich will ja nicht, dass du bei der Krönung und unserer anschließenden Hochzeit ganz grün und blau bist.« Er ließ mich los und schaute sich in dem Saal um. »Das würde überhaupt nicht zu der rot-goldenen Dekoration passen.«

Ich verdrehte die Augen. »Da hast du natürlich recht. Heb dir die Schläge besser für die Ehe auf.« Ich folgte seinem Blick und betrachtete die goldenen Banner, auf denen ein Schwert abgebildet war, das von einer Rose umschlungen wurde. Inzwischen hatte ich bemerkt, dass Rosen für die Djiye standen, Sonnenblumen für die Siye und Lilien für mein Volk.

Die Krönungszeremonie fand laut Valentin bereits in drei Wochen statt. Im Schloss herrschte deshalb Ausnahmezustand.

Haufenweise Gäste reisten an, um dieses Spektakel zu sehen. Ebenfalls ein Grund, warum man Soley und mich hauptsächlich streng bewacht im Kerker ließ. So blieben wir noch größtenteils verborgen vor den Schaulustigen. Valentin hob es sich offenbar lieber für besondere Anlässe auf, uns der Welt zu präsentieren. Ich brauchte nur an meinen ersten Tag hier zu denken!

Er drehte sich wieder zu mir und griff nach meinem Kinn. »Vorfreude ist doch die schönste Freude.« Der Ausdruck in seinen Augen ließ mir das Blut in den Adern gefrieren.

Bisher verdrängte ich noch jeglichen Gedanken an die bevorstehende Hochzeit und die Zeit danach. Ich konnte und wollte mir nicht ausmalen, was er mit mir nach den Feierlichkeiten vorhatte. Ich betete jeden Tag dafür, dass Dimitri uns retten oder meine Erweckung rechtzeitig und vor allem hilfreich sein würde.

»Weißt du eigentlich, welches Datum wir morgen haben?«, fragte er plötzlich. Er ließ mich los und machte einen Schritt rückwärts.

Ich runzelte die Stirn. »Wieso, muss ich mir für morgen irgendetwas Wichtiges im Terminkalender notieren?«

»Morgen ist der zwanzigste April ...« Er legte den Kopf schief und grinste mich an. »... und mein Geburtstag.«

Das überraschte mich und einen Moment wusste ich nicht, was ich darauf erwidern sollte. »Ich hoffe, du erwartest nichts von mir. Im Kerker lässt es sich schlecht Geschenke shoppen«, meinte ich bissig, als ich mich wieder gefangen hatte. Mir grauste davor, was Valentin sich einfallen lassen würde. Er war jemand, der seinen Geburtstag sicher nicht nur mit einer normalen Party feierte.

»Natürlich, dafür habe ich vollstes Verständnis. Du reichst mir als Geschenk.«

***

Zurück im Kerker erzählte ich Soley, was ich eben erfahren hatte. Sie nahm die Neuigkeit genauso wenig begeistert auf wie ich. »Wusstest du das wirklich nicht?«, fragte ich sie irritiert.

Sie seufzte und starrte an die mit Spinnenweben überzogene Decke. »Dass er am zwanzigsten April geboren wurde, war mir bewusst, aber genau wie du habe ich hier unten das Zeitgefühl verloren und hatte anderes im Kopf, als Valentins Ankunft in der Welt zu feiern.«

Das konnte ich sehr gut nachvollziehen. Erst jetzt fiel mir ein, dass morgen nicht nur Valentins Geburtstag war!

»Dimitri hat dann auch Geburtstag«, sprach ich meinen Gedanken aus. Als seine Freundin hätte ich es wissen müssen, aber mir fiel auf, dass ich ihn nie nach seinem Geburtstag gefragt hatte.

Soley sah mich ungläubig an. »Ja, du hast das Prinzip von Zwillingen also verstanden.«

Ich ignorierte ihren ironischen Unterton. »Wie alt werden sie überhaupt?« Darüber hatte ich mir bisher überhaupt keine Gedanken gemacht.

Soley überlegte einen Moment, ehe sie antwortete. »Sie wurden 1966 geboren, also werden sie zweiundfünfzig Jahre alt.«

Es war schwer vorstellbar, dass Dimitri und Valentin älter als mein Vater waren. Doch immerhin war Dimitri nicht bereits mehrere Hundert Jahre alt. Schließlich alterten auch Vampyre irgendwie ...

»1966«, wiederholte ich leise. Die Zahl sagte mir irgendetwas. Als es mir wieder einfiel, schüttelte ich lachend den Kopf. »Ich fass es nicht.«

»Was ist los?«

»Dimitri und ich haben in unserer gemeinsamen Hotelnacht Champagner getrunken. Soweit ich mich erinnere, war die Flasche von 1966 und Dimitri hat gemeint, dass das der beste Jahrgang überhaupt ist. Mich beschleicht das Gefühl, dass er damit nicht den Inhalt gemeint hat.«

Lächelnd verdrehte Soley die Augen. »Oh, so was passt zu ihm.«

Ein warmes Gefühl stieg in mir hoch. Es tat überraschend gut, dieses Mal an Dimitri zu denken. Nicht daran, dass er Valentins Bruder war, oder daran, dass er Menschenfleisch aß, sondern an so etwas Normales und Banales wie unsere gemeinsame Hotelnacht.

Ob ich ihn jemals wiedersehen würde?

***

Am nächsten Tag wurden Soley und ich aus dem Verlies geholt. Man brachte uns leider nicht zu Sofia, sondern einer anderen Djiya, die kein Wort mehr als nötig mit uns wechselte. Sie frisierte und schminkte uns und wies uns schließlich an, in verdammt freizügige rote Kleider zu schlüpfen.

Widerstrebend fügten wir uns, denn was wäre die Alternative?

Ich konzentrierte mich nur auf das Klackern unserer Absätze und zählte im Kopf die Schritte mit, als wir von Andrej in Richtung Thronsaal geführt wurden. Er brachte uns jedoch nicht direkt in den Saal, sondern bog vorher ab und führte uns in einen Nebenraum, wo Valentin uns in Empfang nahm. Er war in schwarze Jeans und T-Shirt gekleidet und lehnte lässig an der Fensterbank.

»Ihr seht umwerfend aus, Ladys«, bemerkte er, nachdem Andrej uns allein gelassen hatte.

»Ich hoffe, du erwartest nicht, dass wir uns freuen, dass du deinen Geburtstag feiern kannst.«

Schmunzelnd betrachtete er mich. »Nein, das wäre wohl zu viel des Guten. Aber ich freue mich, dass ihr der Party dennoch beiwohnen werdet.«

Ich wollte erneut einen bissigen Kommentar abgeben, doch ich hielt mich zurück. Er fand es ohnehin nur erheiternd.

Valentin stellte sich zwischen Soley und mich und signalisierte, uns bei ihm unterzuhaken. Widerwillig griff ich nach seinem Arm.

»Also dann, meine Prinzessinnen, zeige ich euch mal, wie man richtig feiert.«

***

Wie erwartet, betrat Valentin mit Soley und mir zusammen den Thronsaal. Ich wusste nicht, wie ich mir Valentins Partylocation vorgestellt hatte, doch ich war nicht auf das vorbereitet, was ich zu sehen bekam.

Wie an meinem ersten Tag in Sibirien war der Saal voller Vampyre, wobei die meisten von ihnen wieder Djiye zu sein schienen. Offenbar waren die vielen Gäste nicht nur wegen der Hochzeit angereist, wie mir jetzt bewusst wurde. Rote Lichtstrahler erhellten den Raum und laute Musik schlug mir entgegen. In einem Teil der Halle waren Pole-Dance-Stangen aufgebaut, an denen sich halb nackte Frauen rekelten. Auf die Entfernung konnte ich aber nicht erkennen, ob es Menschen oder Vampyre waren. Auf der anderen Seite befand sich ein großes Buffet und in der Mitte die Tanzfläche.

Die Partygäste tanzten und unterhielten sich ausgelassen, verstummten aber augenblicklich, als sie uns bemerkten.

Valentin stolzierte in den Saal, als wäre er ein junger Gott. Ich bemühte mich, meine Gefühle nicht äußerlich zur Schau zu stellen, und starrte an einen Punkt an der Wand.

»Noch einmal herzlich willkommen an all meine Gäste, falls ich euch noch nicht persönlich begrüßt habe.« Valentins tiefe Stimme hallte durch den Saal. Die Musik war ausgeschaltet worden und ich spürte die Blicke aller auf uns. »Es freut mich sehr, dass ihr meinen Geburtstag mit mir feiern möchtet. Genießt die Party. Esst und trinkt reichlich. Ich habe keine Kosten und Mühen gescheut, euch gut zu unterhalten.«

Einen Moment löste ich den Blick von der Wand und schielte hinüber zu Valentin, der einigen Gästen gut gelaunt zunickte. Was es zu essen und zu trinken gab, konnte ich mir bereits denken, doch was hatte er sich als Unterhaltungsprogramm ausgedacht?

Soley, die an Valentins anderer Seite stand, hatte Sorgenfalten auf der Stirn. Ihr war diese Party auch nicht geheuer.

Valentin setzte sich unterdessen in Bewegung und zog uns einfach mit sich. Er hielt es offenbar nicht für nötig, mit uns zu reden. Auf seinem Weg durch den Saal, bei dem er hier und da kurz plauderte, behandelte er uns wie Luft, ließ uns aber keine Sekunde los. Es wunderte mich, dass er uns nicht sogar an die Leine genommen hatte. Zugetraut hätte ich es ihm. Wie kleine Rassehunde, die man nur kurz dem Publikum vorführen wollte.

Überraschenderweise dauerte es auch eine Weile, bis einer seiner Gäste uns direkt ansprach und nicht nur über uns redete, als wären wir Schmuckstücke, die nicht selbstständig denken konnten.

»Prinzessin Lilya, ich freue mich außerordentlich, Eure Bekanntschaft zu machen.« Der leicht ergraute Djiyo machte eine tiefe Verbeugung, griff anschließend nach meiner Hand und gab mir einen Handkuss. Zu überrascht von dieser Geste zog ich die Hand nicht sofort weg.

Ich war mir unsicher, ob ich antworten sollte oder ob es besser wäre, den Mund zu halten. Da ich es aber satthatte, wie ein Gegenstand behandelt zu werden, entschied ich mich, meinem Naturell entsprechend zu handeln.

»Ich würde ja sagen, die Freude ist ganz meinerseits, aber ich weiß leider nicht, wer Ihr seid«, gab ich deshalb zurück.

Der Mann nickte. »Natürlich, Prinzessin, verzeiht mir meine Unhöflichkeit. Ihr dürft mich Zakhar nennen. Ich bin Mitglied des Ältestenrates.«

»Oh«, entfuhr es mir. Von dem Ältestenrat hatte Soley mir doch erzählt. Angeblich bestand er aus den ältesten Vampyren und anscheinend waren es diese Mitglieder, die mich zur Königin ernennen sollten. Besonders alt wirkte Zakhar auf mich jedoch nicht. Es weckte die Frage in mir, was sein tatsächliches Alter war.

»Darf ich fragen, wie alt Ihr seid?«, fragte ich ohne Umschweife. Entweder beantwortete er es oder Valentin würde mich wegen meiner Neugierde maßregeln und weiterziehen. Letzteres war jedoch nicht der Fall.

»Neunhundertvierundzwanzig«, antwortete er mit einem leichten Lächeln.

Unfähig, meine Überraschung zu verstecken, klappte mir der Mund auf.

Im Geiste wiederholte ich die genannte Zahl mehrmals. *Neunhundertvierundzwanzig.* Unmöglich. Ich wusste bereits, dass Vampyre langsamer alterten als Menschen, und wenn ich mich recht erinnerte, war laut Soley der älteste lebende Vampyr irgendetwas um die neunhundert Jahre alt. Das könnte durchaus Zakhar sein. Wäre er ein Mensch, würde ich ihn auf fünfzig oder sechzig Jahre schätzen. Ein paar graue Haare und einzelne Falten waren die einzigen sichtbaren Zeichen, die die Zeit bei ihm hinterlassen hatte. Ansonsten wirkte er auf mich sowohl körperlich als auch geistig völlig fit.

»Ihr habt Euch gut gehalten für das Alter«, rutschte es mir heraus und Zakhar legte nachdenklich den Kopf schief.

»Vielen Dank, Prinzessin. Ihr scheint nicht sehr gut über unseren Alterungsprozess Bescheid zu wissen.«

Da hatte er wohl recht. Ehe ich etwas erwidern konnte, mischte sich Valentin nun doch in das Gespräch ein.

»Ich muss noch einige Gäste begrüßen, entschuldigt uns, Zakhar.«

»Gewiss. Wir sehen uns bei den Krönungszeremonien wieder.«

Er verbeugte sich vor uns dreien, wandte sich schließlich ab und verschwand in der Menge.

»Habe ich dir erlaubt, mit den Leuten zu reden?«, zischte Valentin mir ins Ohr, während er uns wieder durch den Saal dirigierte.

»Dann sag deinen Freunden, dass sie mich nicht ansprechen sollen, oder steck mich gleich in einen Glaskasten, wenn ich lediglich angegafft werden soll«, blaffte ich zurück. Er löste sich kurz von mir, um mich anschließend eng an sich heranzuziehen. »Diese Option habe ich durchaus in Betracht gezogen. Doch glücklicherweise bist du nicht in der Position, dich mir zu widersetzen«, flüsterte er.

Jede Minute, die ich länger auf dieser Party verbringen musste, wurde mir deutlicher bewusst, dass Valentin und ich einen unterschiedlichen Geschmack in Bezug auf Geburtstage hatten.

Gutaussehende Menschenmänner und -frauen liefen oberkörperfrei durch den Saal und verteilten Gläser, die mit Champagner gefüllt waren. Im ersten Moment irritierte es mich, dass der Alkohol nicht mit Blut vermischt war, bis mir klar wurde, dass an diesem Abend wohl niemand kaltes Blut zu sich nahm. Stattdessen dienten die Kellner als Blutbeigabe zum Alkohol.

Schockiert beobachtete ich einen Vampyr, der zuerst den Champagner hinunterkippte und anschließend die junge Frau an sich riss, sie befummelte, ihr ganz offensichtlich gegen ihren Willen einen Kuss aufzwang und seine Fänge in ihrem Hals versenkte.

Ich versuchte Valentin meinen Arm zu entreißen, um dem Mädchen zu helfen. Es war mir egal, dass ich keine Chance gegen die Djiye hatte, ich konnte nicht tatenlos zusehen.

»Wage es ja nicht, meinen Gästen den Spaß zu verderben«, kommentierte Valentin meinen Versuch, von ihm wegzukommen. »Wir können mit unseren Sklaven machen, was wir wollen.«

»Das ist abartig und barbarisch!«, schrie ich, mir wohl bewusst, dass jeder mich hören konnte.

»Deshalb macht es auch so Spaß.« Er ignorierte meine Einwände und zog uns zum Buffet.

Alle möglichen Speisen waren dort angerichtet, die ich nicht näher betrachtete, denn meine gesamte Aufmerksamkeit galt einem Tisch, an dem etwas aufgebaut war, was bittere Galle in mir hochsteigen ließ. Würgend wandte ich mich ab.

»Was stellst du dich denn so an?«, fragte Valentin grinsend. »Du hast doch bestimmt schon einmal ein Spanferkel gesehen, das wird auf die gleiche Art zubereitet und sieht ähnlich aus. Wobei das Schwein bei der Zubereitung wohl nicht so laut schreit.«

Bei seinen Worten stiegen mir Tränen in die Augen. Ich hatte gewusst, dass es auf der Party Menschenfleisch geben würde, doch es auf diese Art und Weise zu sehen, war schrecklich. Das gegrillte Fleisch auf dem Tisch hatte die Form eines Frauenkörpers. Und man erkannte noch viel zu viel von dem Menschen, der sie mal gewesen war. Ich konzentrierte mich darauf, mich nicht zu übergeben. Nur am Rande nahm ich wahr, wie Valentin mich ansprach.

»Kannst du mit Pfeil und Bogen umgehen? Ich könnte mit dir darum wetten, ob du es schaffst, einen Pfeil durch den Apfel zu schießen, den die Dame im Mund hat.« Er wandte sich an Soley. »Du bist doch eine herausragende Bogenschützin. Möchtest du es mal probieren?«

»Nur wenn ich auf dich schießen dürfte«, antwortete sie nüchtern und Valentin stöhnte genervt.

»Ihr versteht auch keinen Spaß.«

35. KAPITEL

Lilya

Ich hatte nicht damit gerechnet, dass der Abend noch schlimmer werden konnte, aber ich wurde eines Besseren belehrt.

Valentin aß genüsslich das angerichtete Menschenfleisch, während Soley und ich uns an die Speisen hielten, für die niemand zu Tode gekommen war. Lediglich ein Glas Blut genehmigte Soley sich dann doch, um etwas zu Kräften zu kommen.

Als Valentin anschließend nach seiner privaten Blutspenderin verlangte, war dieses Mal nicht ich es, die ausrastete, sondern Soley. Ich hatte die junge Frau noch nicht einmal bemerkt, als meine Freundin anfing zu schreien und zu ihr eilen wollte.

Ein Blick auf die Blondine, die von Andrej zu unserem Tisch geleitet wurde, genügte, um den Grund für Soleys Entsetzen zu erkennen. Es handelte sich um eine Siya, die die gleiche »Arbeitskleidung« wie die Menschen trug, also lediglich ein rotes Höschen.

»Du wirst sie nicht anfassen!«, fauchte Soley und wollte Valentin zähnefletschend anfallen. Gelassen packte dieser ihre Handgelenke und hielt sie unter Kontrolle.

»Wäre es dir lieber, wenn ich wieder dein Blut trinke?«

»Es ist verboten, das Blut eines anderen Vampyrs zu trinken, ohne dessen Einwilligung!«

Schmunzelnd legte er den Kopf schief. »Süße, ich schere mich nicht um Regeln, das solltest du mittlerweile wissen. Die Kleine ist ein exklusiver Leckerbissen für mich und meine wichtigsten Gäste.«

Mit einer Hand hielt er weiterhin Soley fest und mit der anderen zog er die fremde Siya an sich heran. Er griff nach ihrem rechten Handgelenk und präsentierte uns eine Tätowierung darauf. Es war das gleiche Symbol, das auch auf den Bannern abgebildet war. Ein Schwert, umschlungen von einer Rose. Es war mir bereits bei einigen der Menschen aufgefallen, denen ich hier im Schloss begegnet war. Jetzt erfuhr ich auch, was es damit auf sich hatte.

»Sie ist als eine Sklavin dieses Schlosses gekennzeichnet, damit gehört sie mir«, erklärte Valentin grinsend. Mit einem Seitenblick auf mich entblößte er die Fangzähne und grub sie in den Hals der Siya. Soley wand sich in seinem Griff und fauchte wütend. Ihre Fangzähne traten ebenfalls hervor. Ihre goldenen Augen funkelten Valentin an, der genüsslich das Blut der Siya trank. Wenn Blicke töten könnten, würde er sofort in Flammen aufgehen. Gerne wollte ich ihr zu Hilfe kommen, doch Andrej beobachtete mich mit wachsamem Blick. Ehe ich mich rühren könnte, hätte er mich vermutlich schon zu Boden gedrückt.

Ich fragte mich, wieso Soley sich nicht mit den Zähnen wehrte, wenn sie Valentin schon körperlich unterlegen war. In dem Moment schien ihr der Gedanke offensichtlich auch zu kommen, denn sie riss die Arme hoch und biss in die Hand, die sie festhielt. Augenblicklich zog Valentin seine Hand weg, wodurch Soleys Zähne eine hässliche Wunde rissen.

Er ließ von seiner Blutspenderin ab und holte aus, um meine Freundin zu schlagen. Andrejs Aufmerksamkeit war nicht mehr auf mich gerichtet, weshalb ich aufsprang und mich an Valentins Arm klammerte.

»Ich verbiete dir, Soley zu schlagen!«

Keine Ahnung, woher ich auf einmal den Mut hatte, Valentin anzugreifen. Vermutlich, weil es keinen Unterschied mehr machte. Er konnte mit uns tun und lassen, was er wollte, und nutzte das ohnehin aus. Sogar Soley hatte eben eindeutig gezeigt, dass sie mit seinen Taten nicht einverstanden war. Sie hatte immer Angst gehabt, sich gegen Valentin aufzulehnen, doch so wie er sich an ihrem eigenen Volk vergriff, schien auch für sie endgültig der Bogen überspannt worden zu sein.

Dass wir uns jedoch ausgerechnet auf seiner Geburtstagsfeier wehrten, war vielleicht weniger klug.

Valentin knurrte und schüttelte mich ab, als wäre ich eine lästige Fliege. Ich landete auf dem Boden und wurde prompt von Andrej gepackt, der mir die Arme schmerzhaft auf den Rücken bog.

»Ihr seid so töricht. Anscheinend unterschätzt ihr mich immer noch.« Valentin verpasste Soley eine Ohrfeige, die sie ebenfalls auf dem Boden aufschlagen ließ. Spätestens jetzt hatten wir die Aufmerksamkeit aller Anwesenden im Saal. Sogar die Musik schien verstummt zu sein.

»Es tut mir leid, mein Prinz. Ich wollte nicht, dass sie mir helfen«, meldete sich zum ersten Mal die Blutspenderin zu Wort. Sie hatte die Arme vor der nackten Brust verschränkt und zitterte entsetzlich.

»Ich weiß, mein Schatz«, säuselte Valentin und schloss sie in die Arme. »Du hast nichts falsch gemacht.« Er löste sich von ihr und legte die Hände an ihre Wangen. »Unglücklicherweise kann ich Soley so am besten bestrafen.«

Panik blitzte in ihren grünen Augen auf. Ein Wächter packte sie von hinten und mit einem Ruck riss Valentin ihr den Kopf von den Schultern. Blut spritzte in alle Richtungen.

»Neeeein!« Der Mord war in meinem Kopf noch nicht einmal richtig angekommen, als ich anfing zu schreien. Zum zweiten Mal hatte Valentin jemanden grausam vor meinen Augen getötet. Eiskalt, ohne Skrupel oder Gewissen. Der leblose Körper schlug auf dem Boden auf, den Kopf der Frau hielt Valentin noch grinsend in den Händen. Ihre starren toten Augen schienen mich schuldbewusst anzublicken. Ich stierte auf das Entsetzen vor mir und konnte mich nicht beruhigen. Ich schrie und schrie.

Ich bemerkte nicht einmal, dass Andrej mich losließ. Erst als ich mit den Knien hart auf dem Boden aufschlug, wurde mein Schreien durch ein Aufkeuchen unterbrochen. Ich vergrub das Gesicht in den Händen und ließ den Tränen freien Lauf. In meinen Ohren hallte immer noch ein Schrei und es dauerte einen Moment, bis ich realisierte, dass es Soleys war.

Ich traute mich nicht, die Hände von meinem Gesicht zu lösen. Ich wollte nichts mehr sehen. Auch so würde ich niemals das Bild vergessen, als Valentin den Kopf der jungen Frau in den Händen hielt.

Als irgendwann keine neuen Tränen mehr kamen, wusste ich, es wurde Zeit, sich der Realität zu stellen. Ich würde nicht für immer heulend auf dem kalten Steinboden sitzen können. Soleys Schreie hatten aufgehört, ich vernahm nur noch ihr leises Schluchzen. Die Musik lief und Stimmengewirr drang an mein Ohr. Als wäre nichts gewesen, feierte die Menge offenbar weiter. Monster. Das waren alles herzlose Monster.

»Du hast jetzt genug geschmollt, steh endlich auf.«

Valentins Stimme entfachte die Gefühle in mir erneut. Wut, Trauer, Verzweiflung. Mein Herz raste. Blinzelnd sah ich zu ihm hoch. Ich war fassungslos. Es schien ihn nicht zu kümmern.

»Süße, die ganze Heulerei hat dein Make-up zerstört.« Er wandte sich an Andrej. »Sorg dafür, dass sie wieder hergerichtet werden. So kann ich mich mit ihnen doch nicht sehen lassen.« Und mit diesen Worten verschwand er in der Menge.

Mein Blick glitt zu Soley, die zwei Meter vor mir saß, die Augen stumm auf eine Blutlache am Boden gerichtet. Die Leiche war offensichtlich bereits fortgeschafft worden.

»Ihr habt's gehört. Aufstehen!« Andrej trat mir leicht in die Seite. Ich warf ihm einen hasserfüllten Blick zu. Am liebsten hätte ich ihm gesagt, dass sich abgesehen von Valentin niemand an mir vergreifen durfte, doch ich verkniff es mir. Er würde darüber nur lachen. Valentin würde das vermutlich auch nicht als ein Vergreifen ansehen. Ich presste die Lippen fest aufeinander und stand widerstrebend auf.

***

Nachdem die unfreundliche Djiya uns wieder aufgehübscht hatte, mussten wir zurück auf diese abscheuliche Party. Ich wäre lieber in der Zelle, als noch eine Minute länger die Gesellschaft dieser Monster ertragen zu müssen.

Andrej lieferte uns bei Valentin ab, der sich angeregt mit einer Gruppe

Männer unterhielt. Die Vampyre lachten und flüsterten sich etwas zu, als wir bei ihnen ankamen.

»Ihr seid genau rechtzeitig da – zu meinem ersten Spiel«, meinte Valentin und ich erkannte einen Revolver in seiner Hand. Ich ahnte Schreckliches.

»Als Russe muss ich natürlich russisches Roulette spielen.« Grinsend drehte er die Trommel der Waffe.

Ich sah zu Soley, die den Revolver mit finsterer Miene fixierte. Valentin trommelte noch ein paar Leute zusammen und erklärte dann die Spielregeln.

»Es gibt drei Revolver und wir werden in Teams spielen. Wir machen zwei Durchgänge, beim ersten Mal schießt ihr auf euch selbst und beim zweiten Mal auf einen Menschen.« Bei Erwähnung dieser Regel schnappte ich nach Luft. Unbeirrt fuhr Valentin fort. »Da ich an meinem Geburtstag keinen meiner Freunde verlieren will, bitte ich euch, dass ihr die Waffe weder an euren Kopf noch euer Herz haltet. Außer ihr seid sehr tollkühn«, fügte er zwinkernd hinzu und die Männer grölten. »Das gilt besonders für euch beide.«

Warnend sah er von Soley zu mir. Tatsächlich wäre das eine schnelle und einfache Lösung, mein Leben zu beenden.

»Wenn ihr auf einen Menschen schießt, dürft ihr natürlich hinzielen, wo ihr wollt. Wenn die Kugel einen Menschen trifft, darf der Schütze diesen behalten und entweder dessen Blut leer trinken oder was anderes mit ihm machen, je nachdem ob er dann noch atmet.« Lachend sah er zu den Frauen, die gerade zu der Gruppe geführt wurden.

Ich ballte die Hände zu Fäusten. Egal was ich machte, ich würde das Schicksal dieser Menschen nur verschlimmern.

Er teilte die Vampyre in drei Gruppen mit je sechs Leuten auf und gab zwei Revolver weiter, nachdem er sie mit einer Kugel geladen hatte. Einen behielt er selbst.

Natürlich waren Soley und ich in seinem Team. Die drei Gruppen stellten sich nebeneinander auf. Es sollte immer gleichzeitig in allen Gruppen geschossen werden.

Viele der restlichen Gäste hatten sich in einem großen Kreis um uns herum versammelt und warteten neugierig darauf, dass das Spiel begann. Alle

Revolver wurden noch mal von einem Wächter kontrolliert und die Trommeln gedreht.

Valentin war der erste Schütze aus unserer Gruppe. Gelassen zielte er auf seine rechte Brust. Er spannte den Hahn und wartete, bis von drei herunter auf null gezählt wurde, ehe er abdrückte. Zu meiner Enttäuschung fiel kein Schuss und ich stieß zischend die Luft aus. Ich hatte sie beim Zählen angehalten.

Grinsend reichte er den Revolver weiter an mich. Es überraschte mich, dass er mein Leben so leichtfertig riskierte. *Er weiß, dass sich kein Schuss lösen wird*, überlegte ich, während ich den Lauf der Waffe mutig auf meinen Oberschenkel richtete. Ich spannte den Hahn und die Menge begann zu zählen. Mit dem Finger am Abzug schloss ich die Augen. Es war beängstigend ruhig geworden. Bei null drückte ich ab. Ein Schuss durchbrach die Stille und ich ließ den Revolver fallen.

Panisch öffnete ich die Augen und sah auf mein Bein, das unverletzt war. Der Schuss war von einer anderen Gruppe gekommen. Ich schaute mich um und bemerkte einen Djiyo, der laut fluchte. Er presste eine Hand auf seinen Bauch, wo ihn die Patrone getroffen hatte. Ununterbrochen sickerte Blut aus der Wunde und tropfte auf den Boden.

»Verflucht, ich habe wohl echt eine ungünstige Stelle getroffen. Und mein schönes Hemd ist jetzt durchlöchert!«, beklagte er sich. Die anderen Männer lachten.

»Stell dich nicht so an, Sergej«, meinte einer von ihnen. »Trink ein Schlückchen von den hübschen Damen hier, damit wir weiterspielen können. Die Kugel kannst du später entfernen lassen.«

Ich wandte den Blick ab und bemerkte, dass Soley mich sorgenvoll ansah. »Alles okay?«, fragte sie und ich nickte. Ich hob den Revolver auf und reichte ihn ihr. Mein Herz raste noch von dem Knall, aber immerhin war ich nicht getroffen. Die Gäste musterten mich ohnehin schon genug und ich wollte nicht wissen, wie sie auf mein Blut reagierten.

»Weiter geht's, Leute!«, rief Valentin und es kehrte wieder Ruhe ein.

Ich verschränkte die Finger ineinander und beobachtete mit angehaltenem Atem, wie Soley den Revolver an ihrer Schulter ansetzte. Erneut wurde runtergezählt. Bei null erklang ein ohrenbetäubender Knall. Beide übrig gebliebenen Revolver waren losgegangen.

Ich stieß einen Schrei aus und fing Soley auf, die mit schmerzverzerrtem Gesicht auf die Knie sank. Die Schusswunde blutete entsetzlich.

»O nein, halte durch, Soley!« Ich legte die Hand über ihre, die die Wunde an der Schulter bedeckte.

»Ist schon in Ordnung. Das heilt gleich wieder«, stieß sie zwischen zusammengebissen Zähnen hervor. Vampyr oder nicht, so eine Schusswunde musste höllisch wehtun.

»Hilf ihr doch mal!«, schrie ich Valentin an, der mit verschränkten Armen neben uns stand.

»Wieso sollte ich? Sie hat die besten Selbstheilungskräfte auf der ganzen Welt. Ich muss nach meinem Gast sehen.«

Fassungslos beobachtete ich, wie er zu einem Djiyo ging, der stark aus der Brust blutete.

»Elender Mistkerl«, fluchte ich und drückte Soleys freie Hand. Ein Blick auf ihre Schulter verriet mir, dass die Wunde offenbar kaum noch blutete.

Soley löste die Hand von der Stelle, sodass ich nun einen direkten Blick darauf werfen konnte. Man erkannte das Einschussloch noch sehr gut, doch es blutete nun tatsächlich nicht mehr.

»Bist du wirklich okay?«, fragte ich besorgt.

»Ja, alles gut. Es war ein glatter Durchschuss, nichts Lebenswichtiges getroffen. Ich habe lange genug Medizin studiert, um zu wissen, wo ich angeschossen werden muss, ohne dass was passiert«, meinte sie schulterzuckend. Bei der Bewegung stöhnte sie jedoch leise auf.

»Theorie und Praxis sind trotzdem zwei verschiedene Dinge, was?«

Sie lachte leise, verzog aber augenblicklich wieder das Gesicht. »Allerdings.«

»So, wir kommen zur zweiten Runde!«, rief Valentin in dem Moment und ich stöhnte genervt. Der Mann hatte Nerven!

Dieses Mal durfte sich jeder Teilnehmer einen Menschen aussuchen. Mir gegenüber stand nun eine junge Frau, die ich jünger als mich selbst schätzte. Sie hatte langes hellbraunes Haar und grüne Augen, die mich misstrauisch musterten.

Die Runde begann, dieses Mal ging die Reihe rückwärts. In den anderen Gruppen ertönten die Schüsse beim zweiten und vierten Versuch. Der eine Djiyo hatte dem Menschenmädchen direkt in den Kopf geschossen, während der andere sein Opfer am Bein lediglich streifte. Er triumphierte und zerrte das Mädchen fort.

Soley überreichte mir mit trauriger Miene den Revolver und ich schluckte schwer. Bei unserer Gruppe war noch kein Schuss losgegangen, was bedeutete, dass es bei mir oder Valentin so weit sein würde. Falls Valentin wirklich wusste, wann ein Schuss fallen würde, war ich mir sicher, dass es nun bei mir der Fall sein würde. Es wäre nur logisch, Soley mit einer Schussverletzung zu quälen und mich mit der Tatsache, auf einen Menschen geschossen zu haben. Auf keinen Fall würde ich die junge Frau tödlich treffen wollen. Laut Valentins Regel würde sie mir gehören, wenn der Schuss sich lösen sollte. Ich konnte nur beten, dass er sein Wort hielt und sie anschließend nicht einfach selbst töten würde.

Mit klopfendem Herzen streckte ich den Arm aus und zielte auf das rechte Bein der Frau. Sie schloss vor Angst die Augen. Am liebsten hätte ich es ihr gleichgetan, doch blind auf jemand Fremdes zu schießen, erschien mir wahnsinnig. Ich biss die Zähne zusammen und wartete darauf, dass der Countdown begann. Jemand fing an zu zählen und ich traf eine Entscheidung.

»Eins … Null.« Ich riss den Arm zur Seite und zielte auf Valentins Kopf. Entschlossen drückte ich ab.

36. KAPITEL

Lilya

Es dauerte einen Moment, bis ich realisierte, dass kein Schuss ertönt war. Ich konnte es kaum fassen, dass ich nicht dran gewesen war. Valentin grinste überheblich und ich wollte die Waffe bereits enttäuscht sinken lassen, als mir einfiel, dass die Kugel nun im sechsten und letzten Schuss losgehen würde.

Ich umklammerte den Revolver fester und richtete den Lauf der Waffe auf Valentins Stirn.

»Du elender Scheißkerl!«, zischte ich und drückte ein zweites Mal ab.

Der Knall erschreckte mich so sehr, dass mir die Waffe aus der Hand fiel und ich ein paar Schritte rückwärts taumelte.

Der Schuss, der mich erschreckt hatte, war von woanders abgefeuert worden. Ich drehte den Kopf und stieß einen spitzen Schrei aus. Das Menschenmädchen, auf das ich vor einer Minute noch selbst gezielt hatte, lag tot auf dem Boden. Blut sickerte aus einer Wunde am Kopf. Hinter ihr stand Andrej mit einer Pistole in der Hand. Er grinste kalt.

Nein! Ich sah zurück zu Valentin, der sich sichtlich bemühte, nicht loszulachen. Erst jetzt wurde mir bewusst, was passiert war. Er war nicht geladen! Dieser Mistkerl hatte damit gerechnet, dass ich auf ihn schießen würde, und den Revolver überhaupt nicht nachgeladen!

»Das ist nicht witzig!«, fauchte ich. »Hör endlich auf, deine kranken Spiele mit uns zu treiben!« Wütend hob ich die Waffe auf und warf sie nach Valentin. Er wich aus und mein Wutausbruch brachte ihn nun endgültig zum Lachen.

»Du hättest dein verdutztes Gesicht sehen sollen. Dachtest du wirklich, mich so einfach töten zu können?«, fragte er amüsiert, als er sich wieder gefangen hatte. »Selbst wenn ich dich auf mich hätte schießen lassen, hätte das nicht zwangsläufig meinen Tod bedeutet, aber ich wollte eben kein Risiko eingehen.«

»Du!« Mir war es egal, dass ich schwach war, in dem Moment sah ich einfach nur rot. Soley griff nach meiner Hand und hielt sie fest, damit ich nicht auf dumme Ideen kommen konnte. Wie zum Beispiel wie ein Stier auf Valentin loszustürmen. Vermutlich würde ich nämlich an ihm abprallen wie an einer Betonwand und mir dabei nur selbst wehtun.

»Valentin, sie ist hinreißend.« Eine Djiya hatte sich neben ihn gestellt und betrachtete mich vergnügt. Auch alle anderen Gäste sahen mich an, als wäre ich ein Teil des Unterhaltungsprogramms. Das trug nicht unbedingt zur Besserung meiner Stimmung bei.

Ich drehte mich um und marschierte einfach davon. Soley, die immer noch meine Hand hielt, lief mir überrascht hinterher. Es wunderte mich, dass man uns einfach davonspazieren ließ, doch vielleicht hatte Valentin uns fürs Erste genug geärgert.

Ich war nicht so dumm, den Saal verlassen zu wollen, sondern suchte mir irgendwo eine ruhige Ecke, um wieder runterzukommen. Ich lehnte mich an die kühle Mauer und mein Gemüt beruhigte sich langsam wieder.

Eine Kellnerin lief an uns vorbei und hielt uns höflich das Tablett vor die Nase. Ich wollte schon dankend ablehnen, sie konnte ja nicht wissen, wer ich war, doch dann entschied ich mich anders.

»Danke«, sagte ich und nahm zwei Sektgläser. Anhand der Farbe handelte es sich vermutlich um irgendein Blutgemisch. Zur späten Stunde stieg man wohl doch auf abgefülltes Blut um und trank nicht mehr aus direkter Quelle. Vielleicht hatte Valentin nicht genug menschliche Sklaven, um es sich leisten zu können, alle an einem Abend leer zu trinken. Ich kippte den Inhalt in einem Zug hinunter und schüttelte mich anschließend angeekelt. Es schmeckte nicht schlecht, sondern lediglich ungewohnt. Anscheinend war es Blut mit Champagner. Die Herkunft des Blutes war es und nicht sein Geschmack, der mich anekelte. Doch daran wollte ich jetzt nicht denken.

Das Menschenmädchen beobachtete mich mit weit aufgerissenen Augen. Soley schüttelte den Kopf, leerte dann aber ihrerseits auch ein Glas. Ich stellte die beiden leeren Gläser zurück auf das Tablett und nahm zwei neue. Eins davon reichte ich Soley.

»Prost! Auf dass ich diesen Abend für immer vergessen möge«, meinte ich und stieß gegen ihr Glas.

»Prost!«, erwiderte sie und wir leerten erneut unsere Gläser.

»Sieh an, die Damen haben also endlich ihren Spaß.« Valentin tauchte plötzlich neben uns auf und ich bereute es, mir nicht noch ein Glas genommen zu haben, ehe das Mädchen verschwunden war. Ich hätte Valentin den Inhalt mit Vergnügen ins Gesicht gekippt! Heute Abend benahm ich mich gerne wie ein trotziges Kind.

»Den hatten wir, bis zu dem Augenblick, an dem wir dich wiedersehen mussten«, meinte ich spitz.

Valentin grinste und sah sich suchend im Raum um. »Wo ist nur die Dame mit den Getränken hin? Vielleicht kann ich euch ja doch davon überzeugen, dass meine Gesellschaft ganz angenehm ist?«

»Das bezweifle ich.«

Er zuckte mit den Schultern. »Nun gut. Wenn ihr meint, dass ihr keinen Wert darauf legt, dann kümmere ich mich um die Gäste. Begebt euch bitte zurück auf eure Plätze. Das Programm geht weiter.«

Es gab tatsächlich noch einen Punkt auf der Programmliste, den wir uns anschauen mussten ... Valentin wollte ein Topmodel küren lassen. Dafür hatte er fünf attraktive menschliche Frauen und Männer ausgesucht, die nackt über einen aufgebauten Laufsteg laufen mussten und von den weiblichen und männlichen Vampyren bewertet werden konnten.

Die Teilnehmer mussten singen, tanzen und andere Kunststückchen aufführen. Außerdem wurde in die Bewertung neben dem Aussehen und der Herkunft noch die Blutgruppe mit hineingenommen.

Es war die reinste Fleischbeschau.

Am Ende wurden die Punkte zusammengezählt und eine Blondine aus New York wurde als Siegerin gekürt. Es war ein Stich ins Herz. Das Mädchen kam aus meiner zweiten Heimat. Valentin setzte dem armen Ding eine Krone auf und verkündete, dass nun für die Teilnehmer geboten werden konnte. Das Startgebot richtete sich nach der vorherigen Bewertung. Für die Siegerin begann es bei fünfzigtausend US-Dollar und verkauft wurde sie schließlich für fünfundneunzigtausend Dollar. Es überraschte mich, dass sie in US-Dollar rechneten, nicht in der russischen Währung. Doch vermutlich lag es daran, dass Vampyre aus der ganzen Welt hier waren, schließlich sprachen sie auch alle auf Englisch miteinander.

Die Bieter holten ihre »Ware« bei Valentin ab. Der Djiyo, der die Gewinnerin ersteigert hatte, grölte laut und warf sie sich über die Schulter. Die Krone fiel ihr vom Kopf, als er sie aus dem Saal trug.

Ich senkte den Blick und starrte auf meine Hände, die ich auf dem Schoß zu Fäusten geballt hatte. Es würde nichts bringen, wenn ich von meinem Platz aufsprang. Ich befürchtete, dass keiner dieser Menschen die Nacht überleben würde. Ich konnte ihr Schicksal nicht ändern. Die Hoffnungslosigkeit, die mich aufgrund dieser Erkenntnis überrollte, ließ Tränen in meine Augen schießen.

Soley strich mir tröstend mit einer Hand über den Rücken. Sie konnte auch nichts ausrichten. Wir waren Gefangene. Gefangene in unserer ganz privaten Hölle.

Ich vergrub den Kopf in meinen Armen auf dem Tisch und schloss die Augen. Die Geräusche der Party versuchte ich auszublenden. Was würde ich dafür geben, mich einfach in Luft aufzulösen!

***

»Aufwachen, Dornröschen.«

Erschrocken fuhr ich hoch. Valentin saß mit einem Sektglas in der Hand neben mir auf dem Tisch und sah zu mir herunter. Ich ließ den Blick durch den Raum schweifen und bemerkte entsetzt, dass der Saal fast leer war.

»Wo ist Soley?«, fragte ich panisch. Sie saß nicht mehr neben mir und war auch sonst nirgendwo zu sehen. Ich konnte kaum fassen, dass ich bei dem ganzen Trubel eingeschlafen war.

»Zurück im Kerker. Du hast so seelenruhig geschlafen, da hatte ich dich nicht wecken wollen. Doch ich kann dich ja nicht die ganze Nacht hier sitzen lassen.« Er leerte sein Glas und stand auf.

»Wie großzügig von dir! Ob ich mit dem Kopf auf einem Tisch oder auf dem Kerkerboden schlafe, ist vermutlich egal. Du kannst mich also auch wieder zu ihr bringen«, meinte ich und erhob mich ebenfalls. Ich glaubte ihm nicht, dass er mich aus reiner Herzensgüte nicht direkt ins Verlies gesteckt hatte. Doch warum hatte er uns nicht zusammen dorthin gebracht?

»Komm mit.«

***

Er führte mich aus dem Thronsaal und einen langen Gang entlang. Ich hatte keine Ahnung, wohin er mit mir wollte, und lief stumm neben ihm her. Ich war zu erschöpft für unsere Wortgefechte. Was wollte er mir mitten in der Nacht zeigen? Wir folgten dem Gang immer weiter, bis ich das Gefühl hatte, dass er selbst nicht wusste, was sein eigentliches Ziel war. Irgendwann blieb ich stehen. Er ging noch ein paar Schritte weiter, ehe er auch anhielt.

»Du weißt, dass der Kerker in der anderen Richtung liegt. Warum läufst du mitten in der Nacht mit mir durch dunkle Korridore?«

Er blieb eine Weile still und ich rechnete schon damit, dass er überhaupt nicht mehr antworten würde. Schließlich drehte er sich zu mir um. Den Ausdruck in seinem Gesicht konnte ich nicht deuten.

»Heute vor genau dreißig Jahren sind Dimitri und ich in die Welt aufgebrochen.«

Ich sog zischend die Luft ein. Mit der plötzlichen Erwähnung von Dimitri hatte ich nicht gerechnet. Wieso erzählte er mir davon?

Er trat ans Fenster und blickte in den noch dunklen Nachthimmel. Der Morgen würde jedoch vermutlich bald anbrechen.

»Der Tag nach unserem zweiundzwanzigsten Geburtstag. Tatsächlich waren wir drei Wochen vorher erweckt worden, doch zu unserem Geburtstag fanden die eigentlichen Feierlichkeiten statt. Am nächsten Morgen sind wir mit nichts als unseren Rucksäcken gegangen.«

Sein Stimmungswechsel überforderte mich. Konnte es sein, dass er erneut sentimental wurde? Vermisste er Dimitri?

»Wieso gestehst du dir nicht ein, dass du diese Zeit vermisst? Dass du deinen Zwillingsbruder vermisst?«

Er trat vom Fenster zurück und musterte mich mit hochgezogenen Augenbrauen. »Wer sagt dir, dass ich das tue?«

Ich machte einen vorsichtigen Schritt auf ihn zu. »Diese ganze Party … Haben Dimitri und du genauso gefeiert?«

Eigentlich wollte ich es nicht hören. Ich wollte nicht erneut gesagt bekommen, wen oder was Dimitri in seiner Vergangenheit getötet und gegessen hatte oder welches Unterhaltungsprogramm er genossen hatte. Doch mir blieb nichts anderes übrig, wenn ich eine Chance haben wollte, irgendwie zu Valentin durchzudringen.

»Allerdings. Die meisten Dinge haben Tradition bei Geburtstagsfeiern. Zumindest bei denen der königlichen Djiye.«

Ich konnte mir nicht vorstellen, dass Dimitri alles genauso machen würde wie sein Bruder, doch ich blieb stumm.

»Sag, Lilya, bin ich wirklich der böse Bruder?«, fragte Valentin plötzlich und brachte mich damit völlig aus dem Konzept.

»Was?«

Er legte den Kopf schief und seine Mundwinkel hoben sich leicht. »Ich sehe es dir an. Immer wenn wir allein sind, grübelst du darüber nach, ob ich der böse Zwilling bin. Ob sich nicht doch ein kleines Licht in meiner schwarzen Seele befindet. Wie das Licht, das du bei Dimitri gesehen hast. Du zweifelst an meinem Bruder und seiner Unschuld. Du hast ihn nie hier in Sibirien gesehen, ihn nie als Kronprinzen erlebt. Du überlegst, wie er wohl in Wahrheit ist.«

Seine Worte trafen direkt ins Schwarze, doch ich versuchte, mir nichts anmerken zu lassen. Er durfte nicht wissen, was in mir vorging. Ich verschränkte die Arme vor der Brust und sah ihm selbstsicher in die Augen.

»Es ist egal, wie er tatsächlich ist. Es spielt keine Rolle in der Hinsicht, wie ich dich einschätze. Ich verurteile dich für deine Taten und nicht danach, ob du mir sympathischer als Dimitri bist«, meinte ich bestimmt. »Ist es jetzt eigentlich schöner? Der Einzige zu sein, der feiert? Alle Gäste für dich allein zu haben? Die Aufmerksamkeit nicht teilen zu müssen?«

Er lachte trocken. »Habe ich sie nicht geteilt? Ich glaube, du hast den ganzen Abend nicht aufgepasst. Die Leute hatten nur Augen für dich.«

Irritiert sah ich ihn an. Ich hatte tatsächlich nicht besonders auf die Gäste geachtet. Immer wenn ich ihren Blicken begegnet war, hatte ich weggesehen. Es war mir unangenehm gewesen. Doch dass ich angeblich interessanter war als er, konnte ich kaum glauben. Die meisten Vampyre waren doch bestimmt bei meiner Ankunft hier gewesen und hatten mich damals bereits angaffen können.

»Ach Lya …« Er stellte sich direkt vor mich, sein Blick aus dunklen Augen ruhte auf mir. Mit den hohen Schuhen war ich fast genauso groß wie er. »Ich weiß, was mein Bruder in dir sieht. Ich weiß, was alle anderen in dir sehen, die dir begegnen.«

»Und das wäre?«

»Man könnte meinen, dass du noch nie in einen Spiegel geschaut hast.« Er hob die Hand und strich mir eine verirrte Haarsträhne hinters Ohr. Meine Haut schien zu glühen, wo seine Hand mich gestreift hatte.

»Ich gebe nicht so viel auf Oberflächlichkeiten«, erwiderte ich und wich leicht zurück.

»Ich spreche nicht nur von Äußerlichkeiten.« Sein Blick löste sich von meinem Gesicht und wanderte meinen Körper hinunter. »Auch wenn das einen nicht geringen Teil dazu beiträgt.«

Ich fühlte mich unwohl und zog am Saum des Kleides. Eigentlich hatte ich immer gerne kurze und freizügige Kleider auf Partys getragen, doch in Valentins Nähe fühlte ich mich darin völlig entblößt. Besonders jetzt, wo wir allein in diesem leeren Flur waren.

In dem Moment, in dem er mich so gierig anschaute, wurde mir wieder bewusst, was mir bevorstand. Wenn nicht heute Nacht, dann in ein paar Tagen oder Wochen. Mein Leben lang wurde ich versteckt und vor Monstern wie ihm ferngehalten. Doch nun war das Versteckspiel vorbei. Ich wurde mit der Realität konfrontiert. Es war niemand hier, der mich beschützen konnte. Doch ich weigerte mich, meiner Angst nachzugeben.

»Egal was du mir antust ... Ich gehöre dir nicht. Und ich werde dir auch niemals gehören«, stellte ich klar. Er liebte es, mit mir zu spielen, doch zumindest meinen Stolz wollte ich bis zum Schluss bewahren.

»Nicht?« Er lachte tonlos auf. »Das wollen wir doch mal sehen.« Ohne Umschweife packte er meinen Arm und zerrte mich weiter den Gang entlang, diesmal energischer. Er lief so schnell, dass ich Mühe hatte, in den High Heels nicht hinzufallen.

»Wo willst du hin?«, fragte ich mit klopfendem Herzen. Eine schlimme Vorahnung beschlich mich. Wieso hatte ich bloß nicht die Klappe gehalten? Der sentimentale, redselige Valentin war mir lieber als das, was ich nun befürchtete.

»Ich denke, es wird Zeit, dass du mein Schlafzimmer kennenlernst.«

Ich hatte recht mit meinen Befürchtungen. Abrupt blieb ich stehen und landete prompt auf dem Boden, als er nicht anhielt. Anstatt mir wieder auf die Beine zu helfen, warf er mich über die Schulter und marschierte einfach weiter.

»Nein! Lass mich runter!« Ich schrie und trommelte mit den Händen auf seinen Rücken. Doch es kümmerte ihn nicht. Nur meine Beine hielt er fest umklammert. Ich fluchte innerlich. Wieso musste ich mich um Kopf und Kragen reden und so jeden Aufschub zunichtemachen, der mir vielleicht noch geblieben wäre?

37. KAPITEL

Lilya

Hilflosigkeit überrollte mich und meine Augen füllten sich mit Tränen, als wir Valentins Schlafzimmer erreichten. Er schlug die Tür hinter uns zu und warf mich auf das große Bett. Ich krabbelte von ihm weg, bis ich mit dem Rücken gegen das Kopfteil stieß. Valentin zog sich lässig das dunkle T-Shirt über den Kopf und warf es auf einen Stuhl. Der Anblick seines muskulösen Oberkörpers jagte einen eiskalten Schauer durch mich hindurch. Mein Kleid war mir über die Oberschenkel nach oben gerutscht. Ängstlich presste ich die Beine fest zusammen. All meinen Mut hatte ich offensichtlich auf dem Weg hierher verloren. Zurück geblieben war nur blanke Panik. Mein Herz raste und in den Ohren rauschte es. Ich hatte das Gefühl, jede Sekunde in Ohnmacht zu fallen.

Valentin betrachtete mich seelenruhig und sagte nichts. Sein Blick war unergründlich. Ich hielt ihm stand, während gefühlt eine halbe Ewigkeit verging. Schließlich unterbrach er die Stille.

»Was mache ich jetzt nur mit dir?«

Ich schwieg. Es war egal, was ich sagte, es würde nichts ändern. Er ging um das Bett herum und setzte sich neben mich.

»Hast du deine spitze Zunge verschluckt?«, fragte er hämisch und strich eine Haarsträhne aus meinem Gesicht. Ich erstarrte unter der Berührung. Seine Hand wanderte an meinen Hinterkopf und zog mich zu ihm.

Ehe ich reagieren konnte, presste er die Lippen auf meine. Verzweifelt versuchte ich, seinem Kuss zu entkommen, doch die Hand an meinem Hinterkopf hielt mich unerbittlich fest. Grob stieß er mir die Zunge tief in den Rachen. Angewidert drückte ich die Hände auf seine Brust, um ihn wegzuschieben, und biss reflexartig zu.

Sofort wich er zurück und sprang rückwärts vom Bett.

»Du Miststück!«

Fluchend wischte er sich mit dem Handrücken über den Mund. Er blutete. Offenbar hatte ich aber nicht fest genug zugebissen, als dass seine Zunge ab gewesen wäre. Sein zornentbrannter Blick traf mich und ich wusste, dass ich sterben würde. Vielleicht nicht hier und heute, doch er würde mir einen langsamen und qualvollen Tod bescheren und mir bis dahin das Leben zur Hölle machen.

»Eigentlich wollte ich hiermit warten, bis wir Mann und Frau sind, doch du bettelst ja förmlich darum.« Während er seinen Gürtel öffnete, näherte er sich dem Bett – wie ein Raubtier auf dem Sprung, das seine Beute ins Visier genommen hatte. Mein Verstand setzte aus. Angst, Wut und Verzweiflung tobten in mir.

»Nein!«, schrie ich panisch, schloss die Augen und hielt die Hand hoch, um ihn auf Abstand zu halten. Ich wusste, dass ich gegen ihn nichts ausrichten könnte, und wappnete mich für den Schmerz, der mich treffen würde, wenn er sich auf mich stürzte. Doch er kam nicht ...

Stattdessen stieß Valentin erneut wütend Flüche aus. Ich blinzelte und traute meinen Augen nicht ... Er hing einen halben Meter über dem Boden an der gegenüberliegenden Wand, als wäre er dort festgenagelt.

»Du verdammtes Miststück!«, brüllte er, konnte sich offensichtlich aber nicht bewegen.

Mein Blick glitt zu meiner Hand, die ich immer noch – auf ihn gerichtet – ausgestreckt hielt und jetzt spürte ich die Macht, die daraus strömte.

Das war ich! Ich hielt ihn an der Wand fest. Waren das etwa meine Kräfte, die laut Soley in den nächsten Wochen ausbrechen mussten?

Ich hatte keine Zeit, länger darüber nachzudenken, sondern musste das

Überraschungsmoment nutzen, um zu fliehen. In der Hoffnung, dass der Plan aufging, riss ich den Arm zur Seite und Valentins Körper folgte tatsächlich der Bewegung.

Er schrie laut auf, als er auf die Glasscheibe traf und aus dem Fenster flog.

Eine Sekunde starrte ich entgeistert auf die zerbrochene Fensterscheibe, durch die ich Valentin eben befördert hatte, ehe ich aufsprang.

An der Tür hielt ich kurz inne, nachdem mein Blick mein Spiegelbild gestreift hatte. Violette Augen schauten mir entgegen. Sie wirkten nicht so fremd, wie ich vermutet hätte. Eine weitere Veränderung nahm ich wahr, bevor ich sie sah, denn ich spürte sie an meinen Lippen. Zaghaft öffnete ich den Mund und betrachtete im Spiegel die Fangzähne, die sich nun darin befanden. Der Anblick verstörte mich. Ich riskierte noch einen kurzen Blick auf meinen restlichen Körper, zog das Kleid wieder etwas nach unten und schlüpfte aus den High Heels, bevor ich mich abwandte und aus dem Zimmer eilte.

»Hey, stehen bleiben!«, hörte ich einen von Valentins Wächtern schreien, der mich zunächst verdutzt angestarrt hatte, als ich aus dessen Schlafzimmer gestürmt war.

Ich nutzte seine Verwirrtheit und rannte ohne Umwege den Gang entlang, der mich zurück zum Kerker führen musste.

***

Bevor ich an der Zelle ankam, versperrten mir zwei Wächter plötzlich den Weg.

Ich betete, dass der Trick von eben ein zweites Mal funktionierte. Atemlos streckte ich die Hände aus und konzentrierte mich auf die Körper der beiden Männer. Und tatsächlich spürte ich so etwas wie eine Verbindung zu ihnen. Ich fühlte, wie sich ein breites Lächeln auf mein Gesicht schlich, als ich die Wächter durch die Luft schleuderte, bevor sie hart an einer Wand aufschlugen und bewusstlos liegen blieben.

Ohne den kleinen Triumph länger auszukosten, flitzte ich weiter und erreichte die Treppen, die zu den Kerkern führten.

Vor der Zelle, in der Soley noch eingesperrt war, wartete ein weiterer von Valentins Männern. Ich zögerte keine Sekunde, sondern ließ seinen muskulösen Körper so stark gegen die Tür knallen, dass diese aus den Angeln gerissen wurde und krachend auf den Boden der Zelle schlug.

Von drinnen hörte ich Soleys entsetztes Aufschreien.

»Lilya, was …?«, keuchte sie, als sie mich im Türrahmen erblickte. Sie starrte mich entgeistert an, als hätte sie ein Gespenst gesehen.

»Keine Zeit für Erklärungen, wir müssen hier weg!«, drängte ich und zerrte sie auf die Beine.

»Aber ich kann doch nicht!« Sie hatte sich wieder gefangen und deutete hilflos auf ihren Fuß, der wie immer an der Wand festgekettet war. Verdammt! Ich blickte zu dem Wächter am Boden, den ich jetzt lieber nicht nach einem Schlüssel durchsuchen wollte. Er würde sicher jeden Moment wieder auf den Beinen sein.

»Warte.« Mir kam eine Idee. Ich ging neben ihr auf die Knie und legte eine Hand auf das kühle Metall. Offensichtlich konnte ich Sachen bewegen, wieso sollte ich also nicht …?

Ich schloss die Augen und spürte ganz deutlich jedes Einzelteil des Schlosses. Ich musste nur eins davon drehen, dann könnte ich es öffnen. Tatsächlich klickte es laut und triumphierend öffnete ich die Augen wieder.

Soley starrte zu mir herunter. »Ich fass es nicht«, sagte sie und löste das Metall vom Fuß.

»Du kannst mir später danken«, meinte ich leise lachend und griff nach ihrer Hand. »Los jetzt!«

***

Wir rannten sprichwörtlich um unser Leben. Barfuß und in unseren roten knappen Kleidern. Ich hatte keine Ahnung, wie wir hier rauskommen sollten, doch Soley hatte mich in einen dunklen Tunnel gezerrt, der angeblich nach draußen führen sollte. Ein schriller Alarm folgte uns bei der Flucht, der immer leiser wurde, je weiter wir im Gang gelangten.

Auch wenn ich es mir wünschte, meine Hoffnung, dass Valentin bei dem

Sturz aus dem Fenster gestorben war, hatte Soley schnell zunichtegemacht. Wenn wir Glück hatten, wäre er zumindest kurzzeitig so verletzt, dass er uns nicht selbst hinterherrennen könnte. Doch dafür hatte er ja noch genug Lakaien, die uns mit Sicherheit bereits auf den Fersen waren. Und wenn das noch nicht schlimm genug war, verließen mich außerdem zusehends meine Kräfte. In einem Aufeinandertreffen wäre ich Soley keine Hilfe mehr. Ich keuchte verzweifelt und brauchte meine restliche Kraft, um mich auf den Beinen halten zu können. Das Adrenalin in meinen Adern war schuld, dass ich überhaupt noch rennen konnte. Wenn ich jetzt ohnmächtig werden würde, wäre alles aus!

»Lilya, da kommt jemand«, raunte Soley mir plötzlich zu und griff nach meinem Arm, damit ich anhielt. Mein Kreislauf ließ mich in dieser Sekunde im Stich und die Beine gaben unter mir nach. Soley keuchte entsetzt und fing mich auf. Mir wurde schwarz vor Augen und ich kämpfte dagegen an, komplett wegzutreten.

Dann hörte ich Stimmen und spürte, wie mich irgendjemand Soley abnahm. Nein! *Es darf nicht alles umsonst gewesen sein!* Wir waren so weit gekommen. Erschöpft zwang ich mich, die Augen zu öffnen, um mich irgendwie gegen den Fremden wehren zu können, doch das Gesicht, das ich vor mir sah, ließ mich ungläubig verharren.

»Lya! Halte durch! Ich bring dich hier weg!«

Dimitri!

Er war es wirklich.

»Ich wusste, du würdest mich retten«, murmelte ich, ehe ich das Bewusstsein verlor.

IV

KANADA

38. KAPITEL

Lilya

Erneut sehe ich diese Frau vor mir, die mir so vertraut und doch fremd ist. Meine Mutter. Ich betrachte sie aus ihren Augen. Sie steht vor einem Spiegel und streicht sich sehnsüchtig über den Bauch. Noch sieht man es nicht, doch mein Herz schlägt bereits in ihr. Die schwarzen Locken hat sie hochgesteckt und sie blickt in das Spiegelbild ihrer eisblauen Augen, die mich zu durchdringen scheinen, als wüsste sie, dass noch jemand in ihrem Kopf ist.

»Auf dir lastet eine große Verantwortung.«

Ich schreckte hoch und versuchte mich zu orientieren. Blinzelnd registrierte ich, dass ich in einem großen Bett in einem fremden Raum lag.

Wo war ich? Die Erinnerungen kamen langsam zu mir zurück.

Natürlich, der Geburtstag. Die Flucht. Dimitri.

Hatte er mich hierher gebracht? War ich in Sicherheit?

Ich trug einen kuscheligen Bademantel über dem freizügigen Kleid, das ich bei unserer Flucht angehabt hatte. Offenbar hatte man ihn mir übergezogen und mich nur aufs Bett gelegt.

Ich strich mir eine feuchte Haarsträhne aus dem Gesicht. Mein Körper glühte und ich war nass geschwitzt. Dabei konnte ich mich nicht erinnern, einen Albtraum gehabt zu haben.

War uns die Flucht gelungen oder war ich noch in Sibirien? Letzteres erschien mir unwahrscheinlich, da ich mich weder in einem Verlies noch in Valentins Schlafzimmer befand. Das große Zimmer, das mehr nach einer offen geschnittenen Wohnung aussah, war sehr freundlich eingerichtet. Im Gegensatz zu den Zimmern in Sibirien war der Raum nicht rot-golden dekoriert, sondern wurde von lila Farbtönen dominiert. Auf einer weißen Kommode stand eine Vase mit frischen Lilien. Ihr Anblick beruhigte mich auf der Stelle. Ich kletterte aus dem Bett und vergrub die Nase in meinen Lieblingsblumen. Ob sie von Dimitri waren? Beim Gedanken an ihn schlug mein Herz augenblicklich schneller.

Eine leichte Brise wehte durch eine geöffnete Balkontür und mir fiel etwas auf. Die Temperatur. Es war wärmer als in Sibirien. Das bildete ich mir mit Sicherheit nicht ein, auch wenn mein Körper wie in Flammen stand. Neugierig spähte ich durch die Tür und trat schließlich nach draußen.

Der Ausblick, der sich mir bot, war überwältigend.

Erneut befand ich mich in einer Art Schloss. Mitten in den Bergen. Um das Schloss herum erstreckte sich ein Wald, so weit man schauen konnte. Sprachlos starrte ich in die Ferne. Ich hatte keine Ahnung, wo ich war. Nach Sibirien sah es definitiv nicht aus, was mir Hoffnung machte. Am wahrscheinlichsten war es wohl, dass ich mich im Schloss der Kiye in Kanada befand.

»Überwältigend, nicht?« Erschrocken zuckte ich zusammen und schaute mich um. Dimitri hockte auf dem Dach oberhalb der Tür und schaute zu mir herunter.

Anstelle einer Antwort nickte ich bloß und schluckte nervös. Hatte er die ganze Zeit dort gesessen?

Den Mann zu sehen, in den ich mich während Spring Break Hals über Kopf verliebt hatte, bereitete mir Unbehagen. Es war so viel passiert seitdem. Ich wusste nicht, wie ich mich in seiner Nähe verhalten sollte. Nach wie vor hatte ich das Bild vor Augen, wie er sich mir das erste Mal als Vampyr gezeigt hatte. Mittlerweile wusste ich zwar, dass ich selbst einer war, aber das vereinfachte die ganze Sache nicht.

»Wo sind wir?«, fragte ich schließlich.

Dimitri löste den Blick von mir und schaute in die Ferne.

»Im nordwestlichen Kanada.«

Damit bestätigte sich meine Vermutung. Ich drehte mich um und bewunderte das Bild, das sich mir bot. Das Schloss musste Richtung Osten ausgerichtet sein, denn genau vor uns ging in diesem Moment die Sonne auf und tauchte das Tal in ein mystisches Licht.

»Wie ist das möglich? Das Schloss kann doch niemals vor den Menschen geheim gehalten werden.« Wäre es ihnen bekannt, würde es zu einer Touristenattraktion werden und kein Vampyr könnte hier unerkannt leben, mal abgesehen davon, dass niemand von der Existenz der Vampyre wusste.

Wieso ich mich das erst jetzt und hier fragte – keine Ahnung. In Sibirien hatte ich nicht einen Gedanken daran verschwendet, wie das Schloss wohl vor den Menschen versteckt würde.

Dimitri lachte und sprang neben mir auf den Balkon.

»Das ist leichter, als man denkt. Ich könnte dir Satellitenbilder von diesem Ort zeigen und du würdest nichts außer Wald darauf erkennen.«

»Zauberei?«, fragte ich misstrauisch.

Sichtlich amüsiert schüttelte er den Kopf.

»Nein. Ganz normale Technik. Der technische Fortschritt ermöglicht es, alles und jeden zu finden. Gleichzeitig kann er alles und jeden spurlos verschwinden lassen, wenn man weiß, wie. Wir haben dafür unsere Spezialisten. Zudem achten wir darauf, dass niemand dem Gebiet zu nahekommt.«

»Aha«, meinte ich nur und richtete meine Aufmerksamkeit wieder auf den Sonnenaufgang. Ich glaubte, ich hatte vorerst genug Informationen, um die nächsten Tage kein Wort mehr hören zu wollen.

Die Hoffnung, in einem meiner Albträume gefangen zu sein, hatte ich mittlerweile aufgegeben. Trotzdem hatte ich nach wie vor das Gefühl, mein Leben von außen zu beobachten.

Es war seltsam, wieder in Dimitris Nähe zu sein. Vage erinnerte ich mich an unsere Flucht. Es war alles so schnell gegangen, dass ich noch gar keine Zeit hatte, es zu realisieren. So viele neue Eindrücke galt es zu verarbeiten.

»Wie geht es Soley?«, fragte ich nach einem Moment des Schweigens.

Dimitri kratzte sich nervös am Hinterkopf. »Ihr geht es gut, denke ich. Zumindest den Umständen entsprechend.«

Ich nickte langsam. Sie hatte in Sibirien die Hölle durchgemacht. Es würde dauern, diese Erlebnisse zu verarbeiten. Falls man sie überhaupt jemals verdauen konnte.

Dimitri verschwand für einen Augenblick nach drinnen und kam mit einer dunklen Glasflasche zurück, die er mir in die Hand drückte. »Hier, trink das.«

Erschrocken sah ich ihn an, weil ich ahnte, was sich darin befand.

»Es ist nicht so schlimm, wie du denkst. Dein Kopf ist das größte Hindernis.«

»Mhh«, gab ich skeptisch zurück. Ich versuchte, mich daran zu erinnern, wie es die letzten Male war, als ich Blut getrunken hatte. Der einzige Unterschied war, dass es sich hierbei vermutlich das erste Mal um reines Menschenblut handeln würde. Es kam mir fast wie eine Ewigkeit vor, dabei war es erst … ja, wie lange war es her, dass ich das Blutgemisch auf der Party getrunken hatte? Vermutlich nicht einmal vierundzwanzig Stunden. Ich wusste nicht, wie lange ich bewusstlos gewesen war.

Zaghaft führte ich das Glas an die Lippen und nippte an der roten Flüssigkeit. Zugegeben, es schmeckte tatsächlich. Auch wenn es nicht so gut wie das von Soley war. Trotzdem bereitete mir der Gedanke an den Inhalt Unbehagen. Soley hatte erzählt, dass sie Menschen nicht wegen ihres Blutes töteten. Ich hoffte für den Moment einfach, dass der Spender es freiwillig gegeben hatte.

Mutig nahm ich einen weiteren Schluck und kippte schließlich den restlichen Inhalt hinunter. Obwohl das Blut kalt war, schien es mein Inneres zu wärmen, als hätte ich heißen Tee getrunken. Dimitri betrachtete mich offensichtlich amüsiert, denn er schmunzelte. Vermutlich konnte er nicht nachvollziehen, warum ich mich so zierte. Aber ich war in dem Glauben aufgewachsen, ein Mensch zu sein. Genauso wie ich immer gedacht hatte, dass Vampyre lediglich ein Mythos waren. Nun, heute war ich selbst einer. Ich würde noch einige Zeit brauchen, um mich an diese Tatsache zu gewöhnen.

Anstatt weiter über mein neues Leben nachzudenken, konnte ich nicht anders, als meine gesamte Aufmerksamkeit wieder Dimitri zu schenken. Er stand nach wie vor neben mir und beobachtete mich sichtlich fasziniert. Wo ich eben noch ein Schmunzeln in seinen Zügen lesen konnte, erkannte ich jetzt allerdings eine tiefe Trauer. Er schien auch nicht zu wissen, wie er sich mir gegenüber verhalten sollte. Leicht verlegen drehte ich die leere Flasche in den Händen.

Kurz darauf seufzte er leise und fuhr sich nervös mit der Hand durch die Haare. »Lilya …«, fing er vorsichtig an. »Ich denke, wir müssen miteinander reden.«

Ich schaute in seine dunkelbraunen Augen und nickte. Es war nur eine Frage der Zeit gewesen, bis wir an diesen Punkt kommen würden. Unsere letzten Zusammentreffen waren nicht so verlaufen, wie ich mir das zu Beginn unserer Beziehung vorgestellt hätte.

Doch auch wenn ich in der Zeit bei Valentin so viel Negatives über Dimitri erfahren hatte, war mir eins klar geworden: Es war mir egal, ob er ein Mensch, ein Vampyr oder ein anderes Monster war. Ich hatte mich unsterblich in ihn verliebt und gespürt, dass es ihm ebenso ging, und wollte nicht glauben, dass das möglicherweise nur gespielt gewesen war.

Nun stand ich hier und wusste nicht, was ich tun sollte. Nur allzu gern hätte ich mich in seine Arme geworfen und so getan, als wäre nichts geschehen. Aber das stimmte nicht. Über Nacht hatte sich mein gesamtes Leben verändert und eigentlich sollte ich wütend auf ihn sein, dass er mir nicht die Wahrheit erzählt hatte. Wieso war er so lange bei mir geblieben und hatte so getan, als wäre er ein normaler Mensch? Diese Frage lag mir schon seit Wochen auf der Zunge.

»Wieso hast du es verheimlicht?«, fragte ich schließlich.

Offenbar wusste er, was ich meinte. Er verzog gequält das Gesicht. »Ich hatte keine Ahnung, wie ich es dir sagen sollte. Jeden Tag habe ich überlegt, was ich tun kann, aber ich habe immer Ausreden gefunden, dich noch nicht einweihen zu müssen. Ich weiß, dass eine Entschuldigung nicht ausreicht, um diese Entscheidung wiedergutzumachen. Aber vielleicht kannst du mir irgendwann verzeihen.«

Er nahm mir die leere Flasche ab und stellte sie auf der Mauer ab. Anschließend griff er nach meinen Händen.

»Lya ... ich bin auf die Reise gegangen, um Anisyas Sohn zu suchen. Dass ich dabei auf dich gestoßen bin, werte ich persönlich als Geschenk des Schicksals. Dir muss doch aufgefallen sein, wie ich mich in deiner Nähe verhalten habe. Das lag nicht nur daran, dass du Anisyas Tochter bist. Es lag an deiner Ausstrahlung, deinem herzlichen Wesen. Es ist die Wahrheit, wenn ich sage, dass du die umwerfendste Frau bist, der ich in meinem Leben begegnet bin.«

Seine Worte berührten mich zutiefst und ich konnte in seinen Augen lesen, dass sie von Herzen kamen. Seine Gefühle waren nicht gespielt, das waren sie nie.

»Nun, du bist auch nicht gerade von schlechten Eltern«, scherzte ich, einerseits um die Stimmung aufzulockern, und andererseits, weil ich angesichts der neuen Umstände noch nicht bereit war, offen über meine Empfindungen zu reden.

Dimitri schmunzelte kurz, wurde aber schnell wieder ernst. Er lehnte die Stirn an meine und seufzte leise.

»Du hast keine Ahnung, wie froh ich bin, dich endlich hier zu haben. Ich bin in den letzten Wochen tausend Tode gestorben.«

»Warum hast du uns nicht früher gerettet?« Ich biss mir auf die Lippe. Die Worte klangen vorwurfsvoller als beabsichtigt. Ich war froh, Valentins Klauen entkommen zu sein, und wollte Dimitri nicht noch ein schlechtes Gewissen machen.

»Ich wollte es, aber das war nicht so einfach. Nach deiner Entführung wäre ich am liebsten direkt nach Sibirien geflogen und hätte dich höchstpersönlich meinem Bruder entrissen, aber ich wäre ohne Hilfe nicht einmal in die Nähe des Schlosses gekommen. Mein Bruder ist nicht dumm. Er hat es gegen Eindringlinge zur Genüge gesichert, er weiß schließlich, wie gut ich das Schloss und alle Zugänge kenne.«

»Tut mir leid, ich glaube auch, dass du alles versucht hast. Danke, dass du uns da rausgeholt hast.« Ich entschied, das Thema ruhen zu lassen. Die Einzelheiten unserer Rettung konnte er mir immer noch später erzählen. Im Moment wollte ich nicht mehr an Sibirien denken.

Dimitri legte den Kopf schief und musterte mich. »Soley ist seit ihrer Rückkehr recht schweigsam, doch sie hat mir erzählt, wie du sie aus dem Kerker befreit hast. Das ist wirklich beeindruckend, wie du so schnell mit deinen Kräften umgehen konntest, Lya.«

Ich senkte den Blick. Meine Wangen glühten bei dem Kompliment. »Na ja, ich hatte eigentlich keine Ahnung, was ich da mache.«

»Das war auch nicht nötig. Deine Instinkte haben euch da rausgeholt.«

»Hm«, machte ich. Dimitri hob mit einer Hand mein Kinn an und strich mir mit der anderen eine Haarsträhne aus dem Gesicht. Eine Geste, die mich aus irgendeinem Grund plötzlich an Valentin erinnerte. Dass sie sich so ähnlich sahen, machte es mir nicht leichter. Er hauchte noch einen kurzen Kuss auf meine Stirn, ehe er einen Schritt zurücktrat.

»Wir haben so viel zu besprechen, aber das hat Zeit. Willst du dich etwas ausruhen oder gleich Soley sehen? Ich könnte sie holen gehen.«

Ich unterdrückte den Drang, meine Stirn zu berühren. Meine Haut glühte noch heißer an der Stelle, an der seine Lippen mich berührt hatten. Trotz des Blutes fühlte ich mich weiter ausgelaugt und schwach, dennoch war die Entscheidung klar. »Ich würde gerne mit ihr sprechen.«

Dimitri nickte. »Gut, ich bin gleich zurück.«

Er verließ den Balkon und ich konnte sehen, wie er auf die Wohnungstür zulief, doch mir fiel noch eine Frage ein, die ich sofort stellen musste, weshalb ich schnell nach drinnen trat.

»Was ist mit meiner Familie?«

Dimitri drehte sich zu mir um und blinzelte überrascht. Mit der Frage hatte er offenbar nicht gerechnet. »Was meinst du?«

»Habt ihr meine Spuren verwischt oder wird Valentin sie in die Finger bekommen können? Ich muss doch in den letzten Wochen von irgendjemandem vermisst worden sein.«

Dimitri schwieg einen Moment, ehe er laut seufzte und wieder auf mich zukam. Mit einem Gesichtsausdruck, den ich nicht deuten konnte, griff er nach meiner Hand. Ein argwöhnisches Gefühl machte sich im Magen breit. »Lya, ich habe deiner Freundin Olivia von deinem Handy aus geschrieben, dass du mit mir auf Weltreise gehst und ein Semester aussetzen möchtest.«

Und das hat sie geglaubt? Ich stellte die Frage nicht, da die Antwort mich nicht überraschen würde. Olivia kannte mich. Sie wusste, wie sehr mir die Vorstellung gefallen hätte, einfach mal rauszukommen und aus meinem Leben auszubrechen. Nach dem, was mit Rachel und Ben passiert war, würde keiner daran zweifeln, dass ich meinen neuen Freund einfach begleitete. Beim letzten Gespräch mit Olivia hatte ich ihr gestanden, wie sehr ich Dimitri für seine Weltreise beneidete. Dass ich aber mitten im Semester abhaute, während ich normalerweise so verantwortungsbewusst war, schob sie vermutlich auf meine Verliebtheit. Hoffentlich!

»Und meine Familie?«, bohrte ich nach.

»Wir haben all deine Spuren an der Universität verwischt. Ich habe außerdem jemanden zurück zur Ranch geschickt.« Er stockte und ich sah ihm an, dass er mir gleich eine schlechte Nachricht verkünden würde. Ich hielt den Atem an und meine Knie wurden weich. *Nein, nein, nein. Bitte, sag es nicht.*

»Lya ... die Ranch war völlig ausgestorben.«

Dimitris Worte ließen Bilder in meinem Kopf erscheinen, die nur schwer zu ertragen waren. Valentins Männer, wie sie die Ranch meiner Familie überfielen und alle entführten. Einer Ohnmacht nahe, wäre ich beinahe nach hinten getaumelt, wenn Dimitri nicht noch meine Hand festgehalten hätte.

»Bitte beruhige dich. Wir haben uns umgehört und angeblich steht das Grundstück zum Verkauf. Die Tiere kamen woanders unter.«

»Was?«, hauchte ich.

»Deine Familie ist weg. Nicht verschleppt, sondern anscheinend geflohen. Angeblich ist sie nach Europa gezogen.«

Es dauerte einen Moment, bis ich verstand. Meine Familie war nicht tot oder in den Fängen von Dimitris wahnsinnigem Bruder.

»Aber woher sollten sie ahnen, welche Gefahr ihnen droht?«

»Ich weiß es nicht, jedoch habe ich keinen Anhaltspunkt, um deine Familie in Europa zu finden. Da bräuchte ich deine Hilfe. Außerdem warst du erst mal wichtiger. Deine Familie ist fürs Erste in Sicherheit.«

Ich nickte. Mein Vater hatte mich viele Jahre vor den Vampyren versteckt, er würde es auch schaffen, sich selbst vor ihnen zu schützen. Zumindest hoffte ich das. Ich konnte immer noch nicht glauben, dass auch er mich all die Jahre angelogen und über Vampyre Bescheid gewusst hatte. Fest stand, dass ich aber auf keinen Fall lockerlassen würde und irgendwann versuchen wollte, sie aufzuspüren. Abgesehen von der Freude darüber, dass meine Familie den Vampyren anscheinend entkommen war, machte sich Trauer in mir breit.

Ich hatte mein Zuhause verloren und würde wohl nie wieder dorthin zurückkehren. Meine geliebten Tiere waren einfach abgegeben worden.

»Also, soll ich Soley holen?«, fragte Dimitri nach einer Weile.

»Ähm ...« Ich sah an mir hinunter. Ich trug die Sachen an meinem Körper schon viel zu lange und wenn ich es mir recht überlegte, würde ich gerne ein Bad aufsuchen, ehe ich irgendjemandem begegnete.

»Könnte ich mich erst duschen und umziehen?«

Etwas verwirrt schien Dimitri mein Outfit erst jetzt aufzufallen.

»Oh, tut mir leid, natürlich. Das Bad ist dort drüben und der Schrank ist voller Kleidung, die dir passen sollte. Bediene dich, das gehört jetzt alles dir. Ich gehe derweil Soley suchen.«

***

Die Bezeichnung »Schrank« war absolut untertrieben. Ich besaß einen begehbaren Kleiderschrank! Vorsichtig warf ich einen Blick hinein und mir klappte der Mund auf. So viele Sachen hatte ich in meinem ganzen Leben noch nicht gehabt. Zumindest hatte Dimitri gemeint, dass dies nun alles mir gehörte. Der Raum war voller Kleider, Hosen und Oberteile – in allen erdenklichen Farben. Zudem war ich nun Eigentümerin von zig High Heels, Sneakers, Stiefeln, Sandalen, Ballerinas.

Ich nahm eine einfache Jeans und ein T-Shirt, schnappte mir noch Unterwäsche und ging ins Bad, um kurz zu duschen. Anschließend zog ich mich an und flocht die feuchten Haare.

Als ich wieder aus dem Bad trat, kam Dimitri gerade mit Soley zurück. Ehe einer von uns etwas sagen konnte, waren sie und ich uns bereits in die Arme gefallen.

»Schön zu sehen, dass du wieder auf den Beinen bist«, sagte Soley an meinem Ohr und ich konnte das Lächeln auf ihrem Gesicht bereits in ihrer Stimme hören. Dann lösten wir uns voneinander.

39. KAPITEL

Lilya

Nachdem Dimitri uns allein gelassen hatte, machten wir es uns auf der Couch bequem. Soley war nicht mehr ganz so blass wie in Sibirien und sah deutlich gesünder aus. Auch sie schien schon ein Bad hinter sich zu haben und hatte ihr Kleid gegen Jeans und T-Shirt getauscht.

»Wie geht es dir?«, fragte ich und sie lachte.

»Das wollte ich dich eigentlich fragen. Wer ist denn in den Dornröschenschlaf verfallen?«

»Dornröschenschlaf?« Entsetzt sah ich sie an. »Wie lange habe ich denn geschlafen?«

»Vier Tage?« Sie biss sich auf die Unterlippe.

»Oh.« Für meinen Körper fühlten sich vier Tage offenbar wie wenige Stunden an.

»Ich habe dir mehrere Infusionen gegeben, du warst völlig ausgelaugt. Du hast in Sibirien viel zu viel Kraft verbraucht«, tadelte sie mich. Sie klang wie eine besorgte, fürsorgliche Mutter.

»Hätte ich es nicht getan, würden wir dort vielleicht immer noch im Kerker schmoren.« Ein eisiger Schauer lief mir den Rücken hinunter bei dem Gedanken, was Valentin vorgehabt hatte. Soley wusste vermutlich nicht, was er in der Nacht von mir gewollt hatte.

Sie seufzte leise. »Höchstwahrscheinlich, deshalb bin ich froh, dass du es getan hast.« Ein Lächeln erschien auf ihrem Gesicht und drückte die Erleichterung aus, die sie nun in Freiheit verspüren musste. »Aber mal ehrlich, wie fühlst du dich?«

»Ich bin erschöpft und noch immer durcheinander«, antwortete ich wahrheitsgemäß.

Sie nickte ernst. »Das ist verständlich, angesichts deiner Situation. Zumindest körperlich sollte es dir aber bald besser gehen.«

»Können Vampyre Fieber bekommen?« Ich schwitzte immer noch, weshalb ich auch Lust gehabt hatte, die Haare trocken zu föhnen.

Soley legte eine Hand auf meine Stirn. »Ja. Aber dass du momentan so glühst, ist normal. Dein Körper ist geschwächt von den Veränderungen, die er durchmacht. So was äußert sich bei uns wie beim Menschen mit Fieber. Außerdem wird deine Temperatur dauerhaft höher sein als früher.« Sie ließ die Hand wieder sinken.

»Wie meinst du das?«

»Das hängt mit dem Umbruch im Organismus zusammen. Unsere Körpertemperatur ist nach der Erweckung um einiges höher als beim Menschen. Dadurch ertragen wir die Kälte in den Regionen, in denen wir meistens wohnen, auch viel besser.«

Deshalb hatte ich in Sibirien am Ende fast nicht mehr gefroren. Das klang plausibel, auch wenn es absolut nicht dem Klischee entsprach, dass Blutsauger eine kalte Haut hätten.

Seufzend lehnte ich mich zurück und verschränkte die Arme hinter dem Kopf. »Und was steht jetzt an?« Ich war zwar erwacht, doch ich fühlte mich nicht so, als könnte ich nun Bäume ausreißen. Um meinen Geist war es dabei noch schlechter bestellt als um meinen Körper. Ich war ausgebrannt und wollte mich verkriechen, die Gedanken im Kopf abschalten und Musik hören. Soley schien zu bemerken, wie es in mir aussah, denn sie rutschte etwas von mir weg.

»Ruh dich noch ein wenig aus. Wenn etwas ist, kannst du den Wächter vor deiner Zimmertür ansprechen.« Sie machte Anstalten, aufzustehen, doch ich hielt ihre Hand fest und schaute in ihre grünen Augen.

»Du hast mir immer noch nicht verraten, wie es dir geht.«

Bei meinen Worten huschte ein Schatten über ihr Gesicht. Sie zwang sich nun sichtlich zu einem Lächeln.

»Es ist alles in Ordnung.« Skeptisch musterte ich sie. »Wirklich«, fügte sie noch hinzu. »Ich bin stärker, als ich aussehe. Und von jemandem wie ihm lasse ich mich nicht brechen.« Etwas in ihrem Blick veränderte sich. Ich erkannte ihre Entschlossenheit darin. Unter ihrer engelsgleichen Erscheinung steckte wahrlich eine starke Persönlichkeit, die so viel Leid wegstecken musste.

Ich nickte und zog sie in die Arme. »Das werden wir beide nicht.«

***

Mein Schädel brummte und ich wusste nicht, wo mir der Kopf stand. Nachdem Soley gegangen war, hatte ich mich ins Bett verkrochen, um in Ruhe nachzudenken. Die Gefangenschaft in Sibirien kam mir inzwischen so unwirklich vor – als hätte ich alles nur geträumt und wäre immer noch nicht aufgewacht. Wer weiß, vielleicht war ich vom Pferd gefallen oder beim Cheerleading verunglückt und lag nun im Koma? Ich war mir nicht sicher, ob ich mir das wünschen sollte oder lieber diese seltsame Realität akzeptierte. Wie würde mein Leben von nun an aussehen? Wie war das meiner Familie und Freunde weitergegangen? Ich wünschte, ich könnte irgendjemanden anrufen und mich auf die Suche nach meinem Dad machen.

Ich könnte tagelang grübelnd im Bett liegen und es würde trotzdem nicht reichen, um über alles nachzudenken, was mich beschäftigte. Es waren viel zu viele Fragen für ein einziges Gehirn. Auch wenn ich ein Vampyr war, mein Kopf schien vom Denken zu rauchen. Ich wollte mir nicht vorstellen, wie sich normale Menschen in solch einer Situation fühlten. Vermutlich erlitt man einen Nervenzusammenbruch.

Die Zeit verging, während ich untätig auf dem Bett lag und an die Zimmerdecke starrte. Dann ein Klopfen an der Tür.

Eigentlich wollte ich niemanden mehr sehen und wünschte, die Person würde einfach wieder gehen, wenn ich nicht reagierte. Vom Bett aus konnte ich die Tür nicht sehen, doch in dem Moment hörte ich, wie sie geöffnet wurde und Absätze über den Boden klackerten.

Augenblicklich saß ich kerzengerade im Bett und wartete mit angehaltenem Atem, wer um die Ecke kommen würde. Als ich schließlich die Person erkannte, die sich mir grinsend näherte, stieß ich einen spitzen Schrei aus und schlug eine Hand vor den Mund.

»Überrascht mich zu sehen?«, fragte Ana und setzte sich neben mich aufs Bett. Ungläubig musterte ich meine Cheerleader-Kollegin. Ich traute meinen Augen kaum, denn es konnte nicht wahr sein, dass sie hier war. Der Groschen fiel aber sehr schnell. Sie war ein Vampyr! Niemals hätte ich damit gerechnet – und doch passte vieles zusammen.

»Das ist unmöglich«, hauchte ich.

Sie legte den Kopf schief und lächelte verschmitzt. »Und ich dachte, man würde mir sofort anmerken, dass ich nicht menschlich sein kann.«

Ich reagierte nicht, sondern starrte sie nur sprachlos an. Sie sah ganz anders aus als in New York. An der Uni war sie eine sehr hübsche normale Studentin gewesen. Ihre langen braunen Haare hatte sie nun zu einem Zopf geflochten, der ihr über die Schulter fiel. Sie trug eine schwarze Hose und ein enges Top, das ihre üppige Oberweite unterstrich. An dem Gurt um ihre Hüften hingen eine Pistole und ein Dolch. Beeindruckend fand ich aber das Schwert, das auf ihren Rücken geschnallt war. Der Griff, der über ihre Schulter lugte, war mit Rubinen besetzt.

Ich schluckte. »Ana, du siehst aus wie eine sehr sexy Kriegerin.« Ihr Outfit zu kommentieren war das Erste, was mir einfiel, als ich meine Stimme wiedergefunden hatte.

»Danke, das bin ich ja auch«, erwiderte sie selbstsicher und gar nicht mehr schüchtern. »Ich bin zu deiner nächsten Wache eingeteilt«, erklärte sie gut gelaunt.

»Du gehörst zu Dimitris Wachpersonal?«, fragte ich ungläubig.

»Ich bin die Anführerin seines Wachpersonals«, verbesserte sie mich grinsend. Nur langsam realisierte ich, was das bedeutete. Sie arbeitete für Dimitri und offenbar hatte er sie benutzt, um auch in der Uni ein Auge auf mich haben zu können. Ich wusste nicht, was ich davon halten sollte, dass er seine Leute in meinen Freundeskreis eingeschleust hatte. Ana war meine Freundin; die Tatsache, dass das alles vermutlich nur gespielt gewesen war, traf mich hart. Ich hatte bisher noch nicht gänzlich verkraftet, dass Dimitri mir so viel verheimlicht hatte, und nun kamen immer mehr Geschichten ans Tageslicht.

Plötzlich fühlte ich mich schrecklich allein. Diese Leute im Schloss, in diesem fremden Land – kannte ich irgendjemanden tatsächlich? Was steckte hinter all den Lügen?

Ich war nicht in der Stimmung, mich zu streiten, und außerdem wollte ich das Thema nicht mit Ana ausdiskutieren, da die Entscheidungen von Dimitri getroffen worden waren.

Mein Blick fiel auf ihre Füße und ich vergaß beinahe den Schock darüber, dass sie hier war.

»Kämpfst du immer in High Heels?«

Lachend schlug sie die Beine übereinander. »Gekonnt ist eben gekonnt. Ich kämpfe mit Stil.«

»Das glaube ich dir gern.« Ich ließ den Blick kurz durch den Raum schweifen, ehe ich sie wieder ansah. »Ich weiß nicht, ob ich mich daran gewöhnen kann, dich hier zu sehen. Es ist so unwirklich, nachdem wir in New York scheinbar noch ein normales Leben hatten«, meinte ich und behielt meine tatsächliche Betroffenheit für mich.

Ana zuckte entschuldigend mit den Schultern. »Sorry, ich würde jetzt natürlich lieber mit dir zum Cheerleader-Training gehen, als über die Zukunft der Welt zu sprechen.«

Ich verdrehte die Augen, konnte mir ein Schmunzeln aber nicht verkneifen. War wirklich alles gespielt gewesen? Ich hatte das Gefühl, dass sie noch immer dieselbe war.

Schließlich stellte ich doch die Frage, die mich so beschäftigte. »Sind wir noch Freunde?«

Ana blinzelte überrascht. »Natürlich.« Ihr Blick wurde weich und sie legte eine Hand auf meine Schulter. »Hör zu, es ist vielleicht mein Job, auf dich aufzupassen, doch du bist und bleibst meine Freundin. Das war nie gelogen.«

Bei ihren Worten fiel mir ein Riesenstein vom Herzen und ich kämpfte gegen die aufkommenden Tränen an.

Es verging ein Moment, ehe Ana die Hand wegzog und nervös durch ihr Haar fuhr. »Wo wir gerade bei diesem Thema sind … Wie ist eigentlich die derzeitige Situation zwischen dir und Dimitri?«

»Ähm …« Ich hatte nicht damit gerechnet, dass sie meine Beziehung ansprechen würde. Allerdings waren wir befreundet und mit wem sprach man über Jungs, wenn nicht mit einer Freundin? »Es ist kompliziert«, antwortete ich deshalb wahrheitsgemäß.

Sie nickte verständnisvoll. »Natürlich. Aber lass dir von einer guten Freundin einen Rat geben: Wir alle machen Fehler und manchmal ist das Wichtigste, verzeihen zu können.«

Ana hatte keine Ahnung, wie gerne ich genau das tun würde. Doch es fiel mir unheimlich schwer, zu vergessen. »Das möchte ich ja, aber woher weiß ich, dass ich ihm wirklich verzeihen kann? Die Lügen, die Erlebnisse in Sibirien und seine Vergangenheit stehen zwischen uns.«

Sie lächelte. »Hör auf dein Herz. Ich weiß, dass er dich aufrichtig liebt. Wenn er dir so viel bedeutet wie du ihm, solltest du euch eine Chance geben. Wenn er der *eine* ist, kannst du vor den Gefühlen nicht davonlaufen.«

Nachdenklich biss ich auf meine Unterlippe. Wir schwiegen eine Weile, bis Ana plötzlich aufstand und ein paar Schritte rückwärts machte.

»Übrigens, ich habe jemanden mitgebracht, der dir hier Gesellschaft leisten kann und dich vielleicht etwas aufheitert.«

»Was?« Ich krabbelte aus dem Bett und beobachtete irritiert, wie Ana zur Tür lief und sie hinter sich schloss. Es dauerte einen Moment, ehe sie wieder aufging und ein kleines schwarz-weißes Fellknäuel ins Zimmer huschte. Ich erkannte ihn sofort.

»Scampino!« Mit einem Aufschrei rannte ich zu meinem Kater und nahm ihn auf den Arm. Schnurrend rieb er das Köpfchen an meiner Wange. Es war eigentlich unmöglich, dass er hier war, doch es bestand kein Zweifel, dass es sich um meinen geliebten Kater handelte. Nun verlor ich endgültig den Kampf gegen die Tränen.

Aus den Augenwinkeln bemerkte ich, dass Ana wieder das Zimmer betrat.

»Wie kann das sein?«, fragte ich sie und strich Scampino durch das weiche Fell.

»Dimitri hat dir doch erzählt, dass jemand bei eurer Ranch war. Nun, dieser Jemand war ich«, meinte sie lächelnd. »Ich dachte, wenn wir es schaffen, dich aus Sibirien zu befreien, würdest du dich freuen, zumindest einen kleinen Teil deiner Vergangenheit hier zu haben. Schließlich habe ich ein paar neue Besitzer deiner anderen Tiere ausgemacht.«

»Danke«, murmelte ich gerührt und wischte mir die Tränen von den Wangen. Ich setzte mich mit dem Kater auf die Couch, als mir etwas auffiel. »Was meintest du eigentlich mit ›ein paar neue Besitzer‹? Ist er etwa nicht der Einzige, den du mitgebracht hast?«, fragte ich hoffnungsvoll.

Grinsend setzte Ana sich neben mich und kraulte Scampino, der sich auf meinem Schoß zusammengerollt hatte. »Vielleicht. Weißt du noch, wer Rocco ist?«

»Natürlich.« Beim Gedanken an meinen geliebten Rüden sammelten sich neue Tränen in meinen Augen. »Ich weiß gar nicht, wie ich dir dafür danken soll, Ana.« Glücklich schloss ich sie in die Arme, was Scampino mit einem tiefen Maunzen kommentierte und von meinem Schoß sprang.

»Du musst mir nicht danken. Ich habe gehofft, dir so die ganze Umstellung ein wenig leichter zu machen.«

Wir lösten uns voneinander und ich beobachtete, wie Scampino neugierig durch die Wohnung streifte und alles beschnupperte. Der Anblick des Katers erweckte in mir das Gefühl, zu Hause zu sein. Vermutlich sollte dies in Zukunft meine Heimat werden und Ana hatte recht, ich würde mich mit Sicherheit besser einleben, wenn meine geliebten Tiere hier waren. Sie waren ein Teil von mir, schon lange bevor ich Dimitri, Soley oder Ana kennengelernt hatte.

40. KAPITEL

Dimitri

Es war ungewohnt zu wissen, dass sich Lilya in diesem Schloss befand. Den ganzen Tag versuchte ich mich abzulenken, um sie erst einmal ankommen zu lassen. Wir würden noch genug Zeit haben, um über Vergangenes und Zukünftiges zu sprechen. Nachdem ich in den letzten Wochen tausend Tode gestorben war, wollte ich nichts anderes, als sie nun in den Arm zu nehmen und sie nie wieder loszulassen. Bisher wahrten wir eine gewisse Distanz, doch es war nur eine Frage der Zeit, bis sich unser Umgang miteinander verändern würde. Ich wusste nur nicht, ob ins Positive oder Negative. Entweder ihre Gefühle waren so stark wie meine und sie verzieh mir meine Entscheidungen oder ich hatte ihr Vertrauen für immer verloren.

Soley und Ana hatten mir von ihren Gesprächen mit ihr erzählt. Es überraschte mich, dass Lilya sich Ana gegenüber angeblich normal verhalten hatte. Es musste ein Schock für sie gewesen sein, dass Personen aus ihrem Umfeld sich als Vampyre entpuppten. Immerhin dürfte es für sie ein Zeichen dafür sein, dass ich ihr mehr verschwiegen hatte, als ihr bisher klar gewesen war. Doch wenn sie Ana im Gespräch keine Vorwürfe gemacht hatte, bedeutete das entweder, dass sie die Schuld für all das nur mir gab oder sie uns nichts nachtrug.

Nachdem ich eine Weile ziellos durch den Wald gerannt war, machte ich mich auf die Suche nach Sascha und Ana, meinen besten Freunden. Ich fand die beiden schließlich in der Trainingshalle. Mit einem Klirren trafen ihre Schwerter immer wieder aufeinander. Sascha parierte sichtlich bemüht Anas Angriffe. Ana war seit Boris' Tod völlig durch den Wind, doch gegenüber Lilya hatte sie sich vermutlich nichts anmerken lassen. Hier beim Training sah man ihr aber deutlich an, dass etwas nicht stimmte. Sie kämpfte verbissen und schien im Geiste nicht ihren Mann, sondern den Mörder ihres Bruders vor sich zu haben.

»Bring Sascha bitte nicht um«, meinte ich, als ich mich ihnen näherte.

»Ist dir langweilig, dass du dich hier blicken lässt?«, fragte Ana, ohne auf meine Bitte zu reagieren, und ging wieder zum Angriff über.

Ich wandte mich an Sascha. »Gib mir dein Schwert.«

Sascha wich dem Schlag seiner Frau aus und machte ein paar Schritte rückwärts. Er drehte den Kopf in meine Richtung und musterte mich stirnrunzelnd.

»Eigentlich sollte keiner von euch beiden momentan kämpfen«, warf er ein, überreichte mir aber sein Schwert.

»Was gibt es Besseres, um Dampf abzulassen?«, erwiderte ich.

»Pass auf, dass du keine Hand verlierst, mein Prinz.« Anas Augen leuchteten rot, während sie ihr Schwert kreisen ließ. Die Klingen waren scharf, ein Fehler konnte durchaus fatal sein. Wir Djiye waren es gewohnt, nur mit scharfen Waffen zu trainieren. Das sollte uns härter werden lassen und für bessere Trainingserfolge sorgen.

»Ebenso. Ich werde mich nicht zurückhalten«, versicherte ich ihr und ging in Angriffsposition.

***

Nach einem langen Kampf, bei dem keiner zu unterliegen schien, einigten wir uns darauf, aufzuhören.

Ich wünschte, ich könnte direkt nach Sibirien reisen und meinem Bruder den Kopf abschlagen. Er hatte es verdient, für seine Taten bestraft zu werden.

»Boris wird nicht das letzte Opfer dieses Krieges gewesen sein«, murmelte

Ana gedankenverloren. Sascha hatte die Halle längst verlassen und vermutlich Lilyas Wächter abgelöst.

»Ich befürchte, du hast recht. Aber ich werde alles in meiner Macht Stehende tun, um diesen Krieg endlich zu beenden«, versprach ich. Ich war viel zu lange untätig gewesen. Es war meine Schuld, dass Boris tot war. Ana wusste das, machte mir aber trotzdem keine Vorwürfe. Ihr Anführer hatte eine folgenschwere Entscheidung getroffen, doch sie blieb mir weiterhin treu. In einem Krieg gab es keine Gewinner.

»Versprich nichts, was du nicht halten kannst, Dimitri. Es liegt jetzt an unserer neuen Prinzessin, ob es gut für uns ausgeht.« Mit diesen Worten schnappte sie sich beide Schwerter und verließ die Halle.

***

Ich machte mich auf den Weg in die Küche, um etwas zu essen für Lilya zu besorgen. Eine Siya namens Svea kümmerte sich dort um unser leibliches Wohl. Ich erklärte ihr, was sie uns zum Abendessen machen sollte, und packte schließlich die mit einem Deckel versehenen Teller auf einen Servierwagen, mit dem ich mich auf den Weg zu Lilya machte.

Wie vermutet wartete Sascha vor ihrer Zimmertür. Er hatte die Arme vor der Brust verschränkt und sah mir entgegen.

»Na, lebt ihr beide noch?«

»Also ich auf jeden Fall. Wie es bei Ana aussieht, kannst du ja selber nachschauen.«

Er verdrehte die Augen, stieß sich von der Wand ab und machte sich auf den Weg zu seiner Frau, während ich an die Tür klopfte.

Lilya kam gerade aus dem Bad, als ich ihr Zimmer betrat.

Sie zuckte erschrocken zusammen, als sie mich erblickte. Ich hatte meinen Bruder schon länger nicht mehr gesehen, doch ich wusste, dass er mir nicht unähnlich sah. Die kurz aufflackernde Panik in ihren Augen bestätigte meine Vermutung, dass sie an Valentin gedacht haben musste. Sie riss sich jedoch schnell wieder zusammen und richtete ihre Aufmerksamkeit auf die abgedeckten Teller, die ich ins Zimmer schob. Lilya legte eine Hand an ihren

Bauch und biss sich auf die Unterlippe. Ihre letzte ordentliche Mahlzeit schien lange her zu sein. Mir wurde ganz flau im Magen. Ich hatte keine Ahnung, wie es ihnen tatsächlich in Sibirien ergangen war, doch es erschien mir auch nicht richtig, nachzufragen. Ich war der falsche Gesprächspartner, wenn es um die Taten meines Bruders ging.

Ich räusperte mich. »Ich habe gehört, dass du heute Mittag dein Essen nicht angerührt hast, deshalb dachte ich, probieren wir es doch mal zusammen.«

Verlegen spielte Lilya an ihren Haaren. Ich konnte mir denken, warum sie nichts essen wollte, obwohl sie am Verhungern sein musste. Die Erlebnisse im Schloss meiner Familie waren für sie traumatisch gewesen.

Schließlich lächelte sie mich zaghaft an. »Klingt gut.«

Ich schob den Wagen zum Esstisch und stellte die Teller darauf. Schmunzelnd registrierte ich, wie Scampino an den Tisch kam und mich keine Sekunde aus den Augen ließ.

»Du hast schon gegessen, mein Kleiner.« Lilya kraulte kurz sein Köpfchen, ehe sie mir gegenüber Platz nahm. »Was gibt's denn?«

»Ich hoffe, du fasst es nicht falsch auf, aber lass es uns als Neuanfang sehen«, meinte ich und reichte ihr ein Paar Essstäbchen.

Vor Überraschung teilten sich ihre Lippen, als wollte sie etwas erwidern, und ihr Blick wechselte von den Essstäbchen zu mir. Wortlos hob sie schließlich die Abdeckung hoch. Zum Vorschein kam ein Teller mit gebratenen Nudeln.

»Unser erstes gemeinsames Essen ...«, erklärte ich – überflüssigerweise.

Sie presste die Lippen fest zusammen und in ihren Augen spiegelte sich der Kampf ihrer widerstreitenden Emotionen. Sie war sich unschlüssig, wie sie reagieren sollte. In ihrem Inneren mussten ihre positiven Gefühle gegen die schlechten ankämpfen. Ich wusste, dass sie sehr viel für mich empfand, doch ich konnte es mir jederzeit mit ihr verscherzen – wenn ich es nicht schon getan hatte. Nach wie vor hatte ich keine Ahnung, wie tief meine Lügen sie getroffen hatten. Sie mit dem Essen an unsere schöne und unbeschwerte Zeit zu erinnern, war riskant. Auf keinen Fall sollte sie denken, dass ich vergaß, was zwischenzeitlich passiert war, und ich ihr Leiden auf die leichte Schulter nähme.

Sie senkte die Lider und atmete schwer ein und aus, ehe ihre blauen Augen mich fixierten.

»Danke.« Ihre Stimme war nur noch ein Flüstern. Als ihre Lippen sich zu einem scheuen Lächeln verzogen, atmete ich erleichtert aus. Ein Moment verging, in dem wir uns einfach nur in die Augen schauten, bevor sie ihre Essstäbchen nahm und anfing zu essen. Ich tat es ihr gleich.

Während des Essens schwiegen wir. Jeder hing seinen Gedanken nach. Die momentane Stimmung bedrückte mich. Ich wollte sie fragen, wie es mit uns weitergehen sollte, aber ich hatte Angst, sie zu bedrängen.

Lilya musste wirklich hungrig sein, denn sie war deutlich schneller als ich fertig.

»Möchtest du noch etwas haben?«, fragte ich und bot ihr meinen Teller an, doch sie schüttelte den Kopf.

»Nein danke.«

Während sie darauf wartete, dass ich ebenfalls fertig wurde, schweifte ihr Blick unruhig durch den Raum. Nachdem auch mein Teller leer war, stellte ich beide zurück auf den Servierwagen und schob diesen neben die Tür. Als ich mich wieder umdrehte, bemerkte ich, dass Lilya mit Scampino auf die Couch gewandert war.

Mit etwas Abstand setzte ich mich neben sie und betrachtete ihr Profil, während sie den Kater kraulte. Sie war nicht weniger schön als vor ihrer Entführung, trotzdem hatte mein Bruder deutliche Spuren hinterlassen. Die gravierendsten waren die nicht sichtbaren. Ich vermisste das Strahlen ihrer Augen, ihre Unbekümmertheit und die Leichtigkeit zwischen uns. Valentin hatte es geschafft, sich zwischen uns zu stellen, und das wollte ich nicht akzeptieren.

41. KAPITEL

Lilya

»Lya, ich weiß, dass du Zeit brauchen wirst, aber möchtest du über irgendetwas reden?«

Dimitris Frage ließ mein Herz schneller schlagen. Ich konnte den Blick nicht heben, sondern fixierte immer noch Scampino, der schnurrend auf meinem Schoß lag. Es gab so viel, worüber ich reden wollte. So viel, was mich beschäftigte, doch da war nur ein Thema, das mir in diesem Moment wirklich am Herzen lag. Ich konnte nur an den Mann neben mir denken, der mir vor einer gefühlten Ewigkeit den Kopf verdreht hatte. Er hatte mein gesamtes Leben verändert, noch bevor die ganze Wahrheit ans Licht gekommen war. Die Gefühle für ihn waren besonders gewesen, weshalb ich umso erschütterter über die späteren Erkenntnisse war.

Wie war unser derzeitiger Beziehungsstatus? Wir waren in New York ganz offensichtlich ein Paar gewesen, doch nun? War eine Beziehung nichts wert, wenn sie auf falschen Tatsachen beruht hatte? Oder waren die äußeren Umstände egal, solange die Liebe echt war? Konnte sie so überhaupt echt sein?

Das Essen mit ihm hatte meine Gefühlswelt endgültig ins Chaos gestürzt. Mir deutlich zu zeigen, dass er ebenfalls an unsere wunderschönen ersten Tage dachte, signalisierte mir, dass es in ihm genauso aussehen musste wie in mir.

Unruhig verlagerte ich das Gewicht, woraufhin mein Kater mich beleidigt ansah und vom Schoß sprang.

Ich zog die Beine an und lehnte mich an Dimitri, genauso wie an unserem ersten Filmabend. Auch dieses Mal legte er sofort einen Arm um mich und drückte mich an sich.

»Was ist das zwischen uns?«, fragte ich nach einer Weile und schaute zu ihm hoch. Er schien einen Moment darüber nachzudenken und antwortete dann schulterzuckend.

»Ich weiß es nicht. Aber ich hoffe, ich habe dein Vertrauen nicht verloren und wir können das wieder hinkriegen.«

Ich nickte. Ich wünschte mir, dass es zwischen uns wieder so wurde wie vor meiner Entführung. Jedoch schien es mir unmöglich zu vergessen, was die letzten Wochen passiert war.

Mein Leben war völlig aus den Fugen geraten. Ich musste lernen damit umzugehen und ich würde Zeit brauchen, um auch mit der Beziehung dort weitermachen zu können, wo sie zuletzt gestanden hatte. Das zumindest sagte mir mein Verstand. Als ich Dimitri in die Augen schaute, sagte mein Herz etwas anderes. Die schrecklichen Ereignisse hatten meine Gefühle für ihn nicht getrübt. Ich liebte ihn nach wie vor und in seinen Augen konnte ich lesen, dass es ihm ebenso ging. Sein Blick war voller Liebe, als er sich zu mir drehte und mein Gesicht in beide Hände nahm. Während wir uns einen Moment stumm anstarrten, erkannte ich noch etwas anderes in seinen Augen: Verlangen und Begierde.

»Ich will dich. Ich brauche dich. Ich liebe dich«, raunte er mir zu. Seine Worte brachten mein Blut in Wallung. Es war das erste Mal, dass er mir sagte, dass er mich liebte. Er verweilte mit dem Gesicht dicht vor meinem und wartete auf meine Erlaubnis. Ich schloss die Augen und ließ zu, dass er mich küsste. Es war wie ein Blitz, der mich durchschlug, als er seine warmen Lippen auf meinen Mund presste.

Es war unser erster Kuss seit meiner Entführung. Er war heiß wie immer und entfachte ein Feuer in mir. Der Kuss begann zaghaft, wurde aber schnell leidenschaftlicher. Ohne ihn zu unterbrechen, zog er mich auf seinen Schoß.

Ich presste mich an ihn und vergrub die Finger in seinen Haaren. Ich vergaß alles um mich herum und gab mich ihm ganz und gar hin. Die traumatischen Ereignisse waren für den Moment vergessen. Ich war hier allein mit Dimitri. Dem Mann, den ich über alles liebte und von dem ich befürchtet hatte, ihn nie wiederzusehen. Die Probleme würden uns schon nicht davonlaufen!

Dimitris Hände fuhren unter mein T-Shirt und wanderten meinen Rücken hoch. Mit einem Griff hatte er den BH geöffnet und glitt mit den Fingern zu meinen Brüsten.

Ich fasste nach dem Saum seines T-Shirts und unterbrach den Kuss für einen kurzen Moment, um es ihm über den Kopf zu ziehen. Ich hauchte einen Kuss auf seine Brust, an der Stelle, an der sich sein Herz befand. »Ich liebe dich auch«, flüsterte ich, ehe meine Lippen wieder die seinen fanden.

***

Ich lag mit dem Kopf auf Dimitris Brust und lauschte seinem Herzschlag und seiner Atmung, die immer ruhiger wurden, während ich durch das Fenster die Sonne beobachtete, die langsam unterging.

In diesem Moment war es das schönste Gefühl auf der Welt, in seinen Armen zu liegen. Ich war überglücklich, dass die Distanz zwischen uns zumindest für den Moment verschwunden war. Dimitri hatte noch lange zärtlich über meinen Rücken gestreichelt, bis er schließlich eingeschlafen war. Er war offenbar genauso erschöpft wie ich. Doch im Gegensatz zu ihm konnte ich nicht schlafen. Aus Angst, in meinen Träumen alle Geschehnisse in Sibirien wieder zu erleben.

Vorsichtig löste ich mich aus der Umarmung und stand auf. Ich schlüpfte in meine Sachen und trat anschließend nach draußen auf den Balkon. Dort legte ich die Unterarme auf der Mauer ab, um die letzten Sonnenstrahlen des Tages zu genießen. Ich blieb so lange stehen und starrte in die Ferne, bis die Nacht hereingebrochen war. Anstatt der Sonne erhellten nun der Mond und die vielen Sterne den Himmel. Es war ein magischer Anblick. Ich war leider nie oft in den Bergen gewesen und die Weite Kanadas war wunderschön. Der Wind frischte auf und trug die kalte Nachtluft zu mir, doch für mich war sie angenehm auf der Haut. Kein Vergleich zu der Eiseskälte in Sibirien, auch wenn meine jetzige Körpertemperatur für einen gewissen Unterschied verantwortlich war. Die Kälte in Valentins Schloss war bis in mein Herz gedrungen.

Ich blickte zu der leuchtenden Mondsichel am Himmel, die in den nächsten Tagen immer breiter werden würde. Mein erster Tag in Kanada war vorüber. Zumindest der erste, den ich im wachen Zustand erlebt hatte. Niemand konnte vorhersehen, wie viele noch folgen würden.

»Hier versteckst du dich also.«

Erschrocken zuckte ich zusammen. Dimitri war auf den Balkon getreten und stellte sich hinter mich. Ich war so in Gedanken versunken, dass ich ihn überhaupt nicht gehört hatte.

»Ich habe eine ruhige Minute zum Nachdenken gebraucht«, sagte ich und lehnte mich gegen seine nackte Brust. Mit der Hand fuhr er zärtlich durch mein Haar. Ich schloss die Augen und genoss den Augenblick.

»Ich werde dich beschützen, Lilya. Und wenn es mich das Leben kostet«, sagte er irgendwann.

Ich öffnete die Augen und schaute zu ihm hoch. Würden wir jemals in Sicherheit sein? Valentin würde nicht so einfach aufgeben. Ich konnte mich nicht ewig vor ihm verstecken. Er musste endgültig aufgehalten werden. Der Kampf war noch nicht vorbei.

»Das weiß ich.« Ich nahm Dimitris Hand und schaute in die Ferne. »Aber das war erst der Anfang ...«

EPILOG

Valentin

Genervt starrte ich in die Ferne. Der Anblick der verschneiten und einsamen Landschaft schaffte es nicht, meine Stimmung zu verbessern, auch wenn ich nirgendwo anders auf der Welt leben wollte. Es war bereits Mai und trotzdem lagen die Temperaturen meist noch unter dem Gefrierpunkt. Der Sommer war glücklicherweise nur sehr kurz hier. Ich mochte diese Jahreszeit nicht. Schnee und Eis waren mir deutlich lieber, weshalb ich froh war, dass es hier nie so warm wurde wie an anderen Orten dieser Welt.

Zwei Wochen waren vergangen, seitdem Lilya und Soley geflüchtet waren. Zwei Wochen, in denen ich jeden Tag überlegte, wie es jetzt weitergehen sollte. Dass sie entkommen konnten, war ein Rückschlag in meinen Plänen, doch ich sah es gelassen. Ich hatte Zeit. Sollten sie sich nur in Sicherheit wiegen und ihren Erfolg feiern!

Zugegeben, dass Lilya so viel früher erweckt worden war, hatte mich wirklich überrascht. Es war ihr Glück, dass ich das nicht hatte kommen sehen und sie zudem eine nicht ganz unnütze Fähigkeit entwickelt hatte. Ich hatte die Kleine unterschätzt, ein weiteres Mal würde mir das nicht passieren. Bei unserem nächsten Aufeinandertreffen wäre ich vorbereitet und dann würde sie büßen. Büßen für die Blamage, die ich bei meinem Volk erlitten hatte, dadurch dass ich sie so kurz vor der Krönung und Hochzeit wieder verloren hatte. Das würde ich nicht auf mir sitzen lassen.

Keiner meiner Untertanen würde es sich trauen, das laut auszusprechen, aber ich sah ihnen an, was sie dachten. In den letzten Tagen hatte ich jedem, der es sich irgendwie anmerken ließ, an mir zu zweifeln, gezeigt, wer hier das Oberhaupt war.

Schon lange hatte ich nicht mehr so viele Vampyre und Menschen getötet und gezüchtigt. Die Tage nach Lilyas Flucht waren ein einziges Blutbad gewesen. Noch immer waren meine Leute damit beschäftigt, die Blutspuren im gesamten Schloss zu beseitigen.

Inzwischen hatte ich mich allerdings etwas abreagiert und war in der Lage, an die Zukunft zu denken.

Je länger sich meine Rache in die Zukunft verschob, desto schlimmer würde sie Dimitri und Lilya treffen. Dem kleinen Miststück würde es wie all ihren Verwandten ergehen, doch ich würde mich nicht damit zufriedengeben, sie zu töten. Ich würde sie vorher zerstören, bis sie um den Tod bettelte. Vermutlich dachte sie, dass ihr Aufenthalt hier in Sibirien der Horror gewesen war, doch tatsächlich hatte sie es noch gut gehabt. Sie hatte keine Ahnung, was ich alles mit ihr vorhatte.

»Die anderen wären nun bereit für die Besprechung.«

Andrej war zu mir auf die Außenmauer getreten. Ich hatte eine Sitzung meiner treuesten Untergebenen einberufen, um die nächsten Schritte zu planen. Ideen hatte ich genug, nun mussten sie nur noch umgesetzt werden.

»Schön, ich komme immer noch, wenn es mir passt«, gab ich zurück, ohne mich zu ihm umzudrehen.

»Natürlich, tut mir leid, mein Prinz.«

Bei der Erwähnung des Prinzentitels ballte ich die Hände zu Fäusten. Meine Untergebenen nutzten alle diesen Titel für mich und möglicherweise würde ich diesen für immer behalten. Seit mir die Option auf den rechtmäßigen Königstitel abhandengekommen war, machte es mich nur noch wütend, ihn zu hören.

Mit Sicherheit würde Dimitri nun von Lilya zum König gekrönt werden. Mein lieber kleiner Bruder bekam erneut alles, was mir zustand. Doch es war das letzte Mal, ich würde das nicht mehr mitmachen. Sollte er den Sieg auskosten, König werden und sich in seiner geliebten Kiya verlieren. Die Realität würde ihn schon bald einholen und dann würde ich ihm alles nehmen, was er liebte – genauso wie er mir alles geraubt hatte.

Ich drehte mich um und ging zurück ins Schloss. Andrej folgte mir mit etwas Abstand. Ich spürte, wie sich beim Gedanken an die nächsten Schritte ein Lächeln auf mein Gesicht stahl. Meine Feinde würden alles verlieren! Die Familie, die Freunde und jede Hoffnung.

Es wurde Zeit, meinem Schlachtplan Taten folgen zu lassen.

ENDE von Band 1

DANKSAGUNG

Es ist vollbracht. Nach zehn Jahren Arbeit habe ich mir meinen größten Wunsch erfüllt und meine erste Geschichte veröffentlicht.

Das Schreiben mag als einsamer Prozess erscheinen, doch das ist es nicht. Und ein Buch lässt sich auch nicht veröffentlichen, wenn man nicht einige Menschen um sich herum hat.

Ich danke zunächst dem Dark Diamonds Team, dass sie meiner Geschichte ein Zuhause gegeben haben. Die Unterzeichnung des Autorenvertrages war ein wahnsinniges Gefühl. Ich bin dort in bester Gesellschaft. Ich liebe die Bücher meiner Kollegen.

Ich danke meiner Familie, dass sie mich immer unterstützen und mich meine Träume verwirklichen lassen, auch wenn sie sie manchmal nicht nachvollziehen können. Mama und Papa, ich liebe euch. Danke an meine liebste Schwester Jessy, die nie wieder mit mir reden würde, wenn ich sie hier nicht erwähnen würde. Wehe, das Buch hat dir nicht gefallen.

Ich danke meinem Freund Jörn, dass er immer Verständnis hat, wenn ich beim Schreiben alles um mich herum vergesse. Auch wenn du ab und zu geflucht hast, dass ich nie wieder ein Buch veröffentlichen darf, weiß ich, wie unglaublich stolz du auf mich bist. Ich liebe dich, mein Schatz.

Einen Dank muss ich an die Zeilenspringer richten. Diese Gruppe hat mir geholfen, meinen Weg zu gehen und mich Freunde finden lassen, die ich nicht mehr missen möchte. Ihr habt meinen SUB zwar explodieren lassen, aber das verzeihe ich euch.

Danke an meine Autorenkollegin, Lebensberaterin und Freundin Kristina Licht. Du warst die erste, die die Geschichte lesen durfte und deine Kommentare waren der Grund, weshalb ich das Buch überhaupt beenden konnte. Das hier ist unser gemeinsames Buchbaby.

Danke an meine Autorenkollegin Chii, die eine wunderschöne Illustration meiner Protagonisten und die Wappen gezeichnet hat.

Danke auch an meine Autorenmädels Katja und Valerie. Ohne eure Hilfe wäre ich niemals so weit gekommen. Schade, dass ihr alle viel zu weit weg wohnt.

Danke an meine beste Freundin Melina, die sich meine Hirngespinste bereits seit der Krabbelgruppe anhört. Mein Buch ist fertig, jetzt muss deins folgen

Danke an meine Fliegerkollegin Magda. Hättest du mich nicht zum Flugplatz geschleppt, wäre mein Leben ganz anders verlaufen.

Danke an den Mann, der mir immer in den Hintern getreten hat, wenn ich an mir gezweifelt habe. Kay, das vergesse ich dir nie. Bleib so wie du bist.

Danke an meine liebe Arbeitskollegin Bianka, die Vampirbücher genauso liebt wie ich. Durch dich habe ich meinen Job noch viel mehr lieben gelernt.

Danke an alle meine Freunde, Bekannten und Arbeitskollegen, die ich hier nicht alle nennen kann, da es sonst den Rahmen sprengen würde. Fühlt euch alle angesprochen und geknuddelt.

Ein dickes Dankeschön auch an Mike und Petra von der Valley View Ranch in Texas, dass ihr mir alle meine Fragen beantwortet habt und dass meine Geschichte auf eurer Ranch spielen durfte. Ein Urlaub bei euch steht auf jeden Fall auf meiner Liste.

Und zuletzt danke ich jedem, der dieses Buch liest. Ein Buch zu schreiben ist etwas sehr persönliches und es ist ein großer Schritt, die Geschichte mit der ganzen Welt zu teilen. Nachdem man diesen gegangen ist, werden die Menschen sehr wichtig, die in diese Geschichte eintauchen und mit den Protagonisten mitfiebern. Ein Buch lebt von seinen Lesern.

Hoffentlich konnte ich dem ein oder anderen ein paar schöne Lesestunden bereiten.

Es ist mein erstes Buch, deshalb würde ich mich sehr über euer Feedback freuen.

Ich hoffe, euch hat die Geschichte von Lilya und Dimitri gefallen und ihr werdet sie weiter verfolgen.

Impress
Die Macht der Gefühle

Impress
Ein Imprint der CARLSEN Verlag GmbH
Januar 2020

Lektorat: Dietlind Koch
Umschlagbild: shutterstock.com / © Daria_Cherry / © Wlad74
Umschlaggestaltung: formlabor
Satz und Umsetzung: readbox publishing, Dortmund
Druck und Bindung: CPI Books GmbH, Birkach
ISBN 978-3-551-30229-8
Printed in Germany
www.carlsen.de/impress

Alle Bücher im Internet: www.carlsen.de